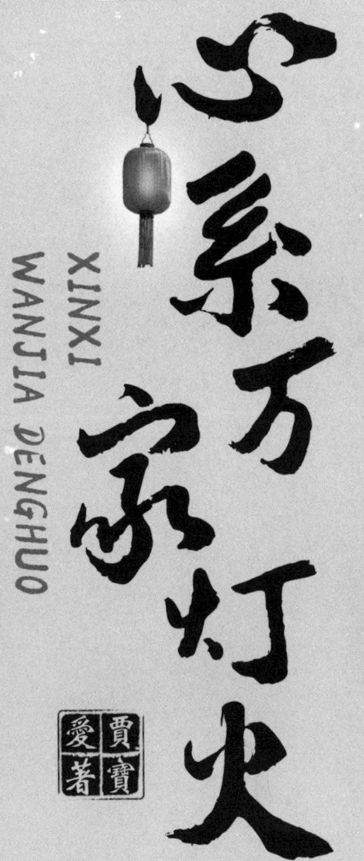

山西出版传媒集团
SHANXI PUBLISHING MEDIA GROUP
山西经济出版社

那明亮而动人的灯火

立秋之日，太原的天气依旧如盛夏一般，热热烈烈。也是这一天，宝爱发来她的新作《心系万家灯火》，嘱我为这本书写一篇序言。

我与宝爱，相识多年，无论工作上，还是生活上，我们都是很好的朋友。一直以来，她善诗词、喜散文，也常有作品发表。近年来，她开始转向报告文学创作，起初我对她的这个选择还有所担心，因为报告文学毕竟不同于诗词和散文创作，它需要通过大量的采访和思考，以及漫长的创作过程，才能完成。但通过这几年的观察，我欣喜地看到，宝爱在报告文学领域的创作中，成绩越来越突出。

《心系万家灯火》是宝爱在近两年的时间内创作完成的，之前，她参与过中国铁路太原局集团有限公司（以下简称“集团公司”）党委宣传部编纂的《山西铁路革命史话》《印记传承　大秦记忆》《星耀太铁》，主创过《平凡的坚守》，并参与了2021年由中共中央宣传部宣传教育局、中国国家铁路集团有限公司宣传部（党组宣传部）所编的2021年最美铁路人报告文学的撰写，两万多字的文章被收录于学习出版社出版的

《2021年最美铁路人》一书中。后来，她还参与了集团公司评选出年度“太铁之星”汇报材料的指导和修改。

上述这些作品和稿件，都是以纪实报告文学的形式呈现的。而宝爱近年来创作成就如此之多，究其原因，离不开她对铁路的深爱。

文学大师巴金先生曾经说过：我之所以写作，不是我有才华，而是我有感情。纵观宝爱的报告文学创作之路，她作为一名没有受过文学专业教育的普通铁路职工，却能一部接着一部作品地写，恰恰也是因为感情的原因。

我与宝爱一样，都供职于中国铁路太原局集团有限公司，这是一个无论是在革命战争年代，还是在社会主义建设中；无论是在改革开放时期，还是在新时代脱贫攻坚、抗击疫情、乡村振兴中，都始终发挥重要作用的铁路局，所留下的一段段气壮山河、可歌可泣的故事。

这些故事的背后，是一种精神，而这种精神，许多年来，被一代代太铁职工坚守和传承下来，并在不同历史时期，转化为不同行动，服务国家发展。

宝爱笔下的薛胜利、盖圣巍、刘芳军、呼长宝、刘星星、王卫国、霍宸浩、叶子、王勇、徐长江、贺兆山等人，有的是中国铁路的新时代铁路榜样，有的是集团公司的“太铁之星”，有的是大秦记忆30年的典型代表人物。他们是新一代太铁职工扎根岗位、无私奉献的缩影。通过阅读这一位位职工的故事，我明显感受到宝爱在采访和创作中所下的功夫。

与散文、小说等题材的文学作品相比，报告文学创作有着鲜明的特点，其中之一就是深入采访，可以说，采访是否深入，直接决定着笔下作品的成败。在宝爱所写的17篇故事中，每一个人物都是如此立体，每一个故事都是如此丰满。每读一篇文章，我都仿佛看到宝爱不辞辛苦在路上采访的背影。

宝爱是太原房建公寓段的一名职工，平时她有自己的本职工作。但2021年冬，当她与这些可爱的太铁职工相遇后，她一下子萌发了为他们写一本书的念头。

这是一个大胆的想法。她和我交流这个创作计划时，我既为她高兴，又为她担心，毕竟，她长期工作在房建系统，而她遇到的这些铁路职工分别工作在车务、机务、客运、工务等各个系统。她能坚持吗，她能写好吗？

带着隐隐的担忧，我关注宝爱的采访和创作。当她在凛冽的朔风中，跟着薛胜利的工作、生活轨迹，来到薛胜利的工作岗位和家中，一路采访完薛胜利，并埋头数日创作出关于薛胜利的文章，把文稿发给我看时，我认认真真读完，心终于有所放下。那一刻，我相信宝爱，相信这个看上去整日总是简单而快乐的好朋友，一定能很好地完成她心中的这部作品。

薛胜利的采访和作品创作完成后，宝爱也有了更大的信心，无论日常工作多忙多累，她都挤出时间，去一一采访。每次，她给我打来电话，总是高兴地告诉我，又有了哪些收获、有了哪些感动。每当这时，我也会毫不吝啬溢美之词，给她鼓励。

由于宝爱善诗词，喜散文，所以她的报告文学写出来后，有一种美感在里面。这一点，很是难得。比如，她在写《大秦线上点灯人》时，这样写道：

将465中继站安顿好了，王卫国还担心着493中继站。493中继站机械室坐落在半山腰，周围荒无人烟，在下雨的日子，他总感觉493中继站设备电压曲线会发生漏泄，红色的警示灯亮着、亮着……

不放心啊！不放心那就去守着，王卫国想到了也做到了。

9月13日，大雨再次降临。去往493中继站的路变得更加湿滑难走，一个不小心就会滑倒摔跤。如果不慎滚落，那旁边可是几十米深的沟啊！绝对不能让职工去冒这个险。

作为一名党员工长，王卫国在安排好职工们的日常盯控后，二话不说，扛着一箱方便面，冒着大雨赶往493中继站机械室盯控。等他深一脚、浅一脚地爬到了493中继站机械室门口，山上的雨似乎在跟他作对，下得更猛更大了。

打开机械室的门，进入不到30平方米的屋内，关上门，就只剩下密不透风的墙壁。机械室成了一间小黑屋，王卫国就像被囚禁在这里。陪伴他的除了风雨声，就是这里的线路设备……

比如在写《康康的高铁》时，她写道：

那一年，我国的桥梁转体技术仍在孕育，历史的舞台，向着郑太客专和他的建设者们打开。

郑太客专（山西段）全线桥梁102座，盖圣巍负责了其中56座桥梁的建设管理，但是，天不遂人愿，当他拿到图纸正准备“大展宏图”时，就碰到了一个难啃的“骨头”——白水河特大桥转体施工。

比如在写《闪光的叶子》时，她写道：

车厢之外，是绵延的山脉，空旷的田野，奔流的小河和偶尔闪烁的灯火……旅客在奔驰的高铁上欣赏着祖国的大好河山以及朝霞红日，同时，也享受着叶子带给他们温馨舒适的服务，就在这优雅和谐中，旅客和她的心紧紧连在了一起。

这些富有诗情画意的文字，增加了作品的可读性，引人入胜，让人在捧读这本30多万字的作品时，一点儿也不觉得枯燥和乏味，反而兴趣倍增。

创作《心系万家灯火》，不是一天两天就可以完成的，尤其是在后期的创作中，宝爱总是想超越自己以前的作品，为这些可爱的太铁人写一部真正的报告文学。因此无论是从主题，还是构思等方面，她都付出比以往多得多的努力，这也让她放弃了很多个人时间。以往爱爬山、唱歌、与友聚会的她，渐渐缩小了自己的社交范围，把节省下来的时间，都用在了《心系万家灯火》的创作上。就像一只勤劳的蜜蜂，忙碌在一座大花园中，虽然辛苦，但却乐此不疲。

经过一年多的辛勤耕耘，如今，宝爱终于拿出了一部令自己满意的作品。出版在即，我为她感到骄傲。

宝爱将新书的书名定为《心系万家灯火》，其实，这本书，何尝不是她为自己深爱的铁路行业、为身旁那些生动的铁路职工留下的一盏灯火，又何尝不是她为自己的文学之路点燃的一盏灯火呢！

希望，宝爱的这本新书能够早日出版，也希望这本书能被更多的读者读到。同时，期待她能创作出更多优秀作品。

林小静

二〇二三年初秋写于太原

目录

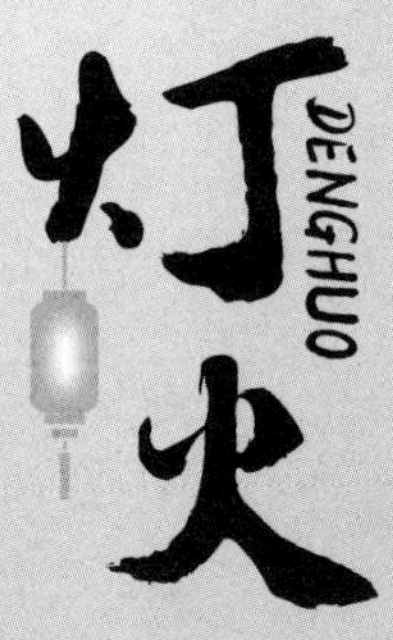
灯火
DENGHUO

小重山·征程

雪到站区迷雾生。大秦儿女勇、并肩行。
云端响彻笛扬声。车轮促、线上热潮鸣。
风起夜难成。穿山飞越岭、却关情。
披星戴月望征程。倾全力、灯火把心铭。

心系万家灯火

千里大秦巨龙腾飞，万吨重载乌金涌动。

大秦铁路，被誉为“中国重载第一路”，全长653公里。1988年开通运营以来，为全国六大电网、五大发电集团、上万家工矿企业和十几个省市运输生产生活用煤70多亿吨。

这是一条为百姓送温暖的铁路。有人说，大秦铁路运的煤点亮了大半个中国的灯。

铁路是典型的节能环保绿色交通工具，具有能耗低、污染小、成本低、运量大的优势。据测算，铁路每增加一亿吨运量，就能比公路少排放二氧化碳270.6万吨。为了打好污染防治攻坚战，中央提出“公转铁”决策部署，让更多的煤从铁路运出去。

朔州车务段宋家庄站，位于大秦铁路源头，是大秦铁路煤炭主要装车站，是我国“西煤东运”能源运输骨干力量，年运量2500多万吨。从山西怀仁地图上看，它很不起眼，只有一个黑点，就像一座深井，被隐藏在群山峡谷之间，而从这口深井中源源不断运出的煤炭，连接起来何止一座山脉。

作为宋家庄站的营销业务主管，薛胜利带着一支铁路货运营销队伍，一年四季，奔走在峙峰山、王坪、小峪、大峪口等煤矿，将源源不断的乌金聚集到大秦铁路的装车站，为我国京津冀、东北、华东、华南等地区源源不断供应生产生活用煤。

常年与煤打交道，薛胜利练就了“眼治超”“手测煤”的本领。绕车走一圈，就知道这辆车有没有超载或偏载；抓一把煤，在掌心掂一掂，就能估计出煤的热值和灰分；凑近鼻子闻一闻，就能判断出煤的含硫量。夏季，他把手伸进煤堆感觉一会儿，就能分析出这堆煤装到车上会不会形成“着火煤”。他坚持“一吨不能多、一吨不能少”，总结出“查、校、盯、比、核”五字治超法，满载不超载，既确保了运输安全，又赢得越来越多客户的信赖。

在激烈的市场竞争中，面对煤企客户，薛胜利不服输不认输，不抛弃不放弃。走出去、揽货源、抓营销、保安全、增效益，他以“勤、情、亲‘胜利’营销经”赢得客户信任，推进货物“公转铁”，打赢蓝天保卫战。宋家庄站货运量连续九年保持13%增长。

工作中，他很严厉，工友说他是“薛包公”，带过的徒弟，有的成为货运值班员，有的已成为业务主管。在合作企业的眼里，他又很随和，见面三分熟，交流三句暖，被热心地称为“薛红娘”。

多运煤、运好煤。让人民群众冬天有暖气、夏天有凉风，点亮城市乡村的万家灯火，是薛胜利恪守的承诺和心愿。

入路35年，薛胜利亲历了大秦铁路年运量从1亿吨到2亿吨、3亿吨、4亿吨，再到4.5亿吨的几何式增长，经受了货运增量、抗击冰雪、疫情防控等不同时期的能源保供运输考验。

2021年4月，薛胜利荣获“全国五一劳动奖章”。一年后，他又被中央宣传部、中国国家铁路集团有限公司联合授予“最美铁路人”的光荣称号。

薛胜利的路，是一条怎样的路?

煤乡走出来的少年

山西怀仁，位于山西省北部、桑干河上游，地处雁门关外，大同盆地中部。

这里有着“忠勇爱国、诚信仁爱、崇文尚礼、海纳百川”的人文精神。

雁门关外，金戈铁马、烽火狼烟、沙场厮杀早已远去。

新中国建设者架桥修路，打通了北同蒲铁路八庄站、怀仁站、宋家庄站、金沙滩站。

今天，为中国铁路大秦重载服务的铁路职工执着地坚守在这里，书写着保大秦铁路煤运的传奇。

薛胜利，就是地地道道、土生土长的怀仁人。

童年时期的薛胜利，经常听到大人们讲杨家将保家卫国、血战金沙滩的故事。于是，长大要做一名保家卫国的英雄，成为小小男子汉薛胜利的梦想。

薛胜利的父亲是一名地质勘察队员，走南闯北，见多识广。虽然长年在外，和家人聚少离多，但是对薛胜利的成长却极为关注。

有一天，父亲回到家，从包里抓出一把煤，对薛胜利说：“儿子，这是从咱怀仁地底下挖出的原煤，能发电、点灯、取暖，做好多事，是我们国家的主要能源，老百姓的生活离不开它呀！”

望着这堆黑乎乎的东西，薛胜利仿佛一下长大了，对自己的父亲肃然起敬：“爸爸竟然能找到煤，爸爸真伟大！”

父亲的话常常萦绕在薛胜利耳边，以后，只要父亲一回家，他就会跟在父亲后面追着问：“爸爸，爸爸，哪里又发现有煤？”

这时候，父亲都会微笑着告诉他山西的灵石、孝义、大同、朔州等地都有煤，而且这些煤都会被拉到很远的地方支援国家的“四化”建设。

“有了煤，才能发电，有了电，国家和人民才能正常生产和生活。”父亲语重心长地跟小胜利说。

“那爸爸就是在不断地找煤，为国家做贡献。”小胜利歪着小脑袋问。

“不光是煤，爸爸还能从地层中查勘到石油、金属、铁矿、铜矿等能源。”父亲微笑着说。

说罢，便会抱着心爱的二胡拉起来，那悠扬的旋律在小屋中游走。

“人说山西好风光，地肥水美五谷香……站在那高处，望上一望，你看那汾河的水呀，哗啦啦啦流过我的小村庄……”

抑扬顿挫的曲子将小胜利带到对未来的无限遐想之中。

此后，他开始留意和煤有关的事物。邻居家盖房子刨地基时，他跑去看地基下面有没有煤；冬天来了，他会担心家里拉的煤够不够烧；晚上写作业，他会盯着电灯出神，这些亮光都是煤变得吗？

有一次，母亲带着他回姥姥家。坐在火车上，小胜利看到一列运煤车从车窗外晃晃悠悠经过，好奇地想：“原来火车也能带着煤出远门呀！这些煤会被拉到哪里呢？”

这次出行，在小胜利心中留下了深刻的印象，也成为他童年时期和铁路的第一次交集。

1984年，薛胜利考上怀仁县新家园中学。

那一年，学校组织观看电影《李四光》，像小时候听大人们讲杨家将一样，15岁的薛胜利又一次被震撼了：科学家，那是怎样一个人啊！在那个年代，那种条件，能投身地质研究，为祖国和人民做出那么卓越的贡献。

他记住了李四光先生说的那句话：“人民需要我做什么，我就做什么，一直到我不能做的时候为止。”

在日记本封面上，薛胜利认真写下八个大字“努力向学，蔚为国用”，并用小字标注出：这是孙中山先生对李四光的赞许和鼓励。

“李四光献身地质，是为国为民的英雄！父亲干地质也是英雄吧！”薛胜利想。

父亲又有3个月没有回家了，他正在遥远的湖北省秭归市从事着地下勘测工作。

父亲是一名老党员，也是一名英雄。但父亲长年在外，顾不上管薛胜利，也顾不上管比薛胜利小10岁的弟弟。生活重压便都落在母亲身上。母亲是怀仁市农机公司的会计，也是一名共产党员。每天，从单位到家，两点一线，母亲既要上班，还要照顾爷爷奶奶、自己和年幼的弟弟，她就像陀螺一样不知疲倦地旋转，有时候，还把工作资料带回家在灯下加班。

薛胜利心疼啊！盼着自己快一点长大，再快一点，就能替母亲分担家务了。

冬天的怀仁，异常寒冷，西北风呼呼地刮着，雪花时不时会光顾这个雁北的小县城。

胜利家小暖炉里的煤泥，燃得通红，在母亲精心打理下，小小屋子里洋溢着幸福和温馨。他和弟弟一会儿在屋子里做游戏，一会儿就跑到院子里，迎着漫天飞舞的雪花奔跑嬉戏，那“咯咯咯……”的笑声在风雪中传得很远。

春节前，是母亲最忙的时候，成为小伙子的薛胜利能替母亲跑腿了，母亲会吩咐他去趟姥姥家，将节省下来的供应粮送过去。

姥姥家在平鲁，需乘坐火车，这也是薛胜利最乐意的。

坐在火车上，看着窗外的雪景，听着“咣当、咣当”有节奏的车轮声，不时会有一列列运煤货车擦身而过，那煤顶上覆盖的白雪和乌黑的煤对比鲜明，运煤车像乌龙又像蛟龙，一刻也不停地向前驶去。

抵达的地方，一定是美丽的地方。

从那时起，当一名铁路工人就成了他的梦想。

高中毕业后，18岁的薛胜利放弃就读普通大学的机会，选择了和其他同学不一样的道路——报名入铁路。

那个冬天，是让薛胜利终生难忘的冬天。在怀仁全县铁路招工考试中，薛胜利以第一名的好成绩被大同铁路分局录取。

离开家那天，母亲为他包了饺子，出门时，对他说：“不要担心家里，到了铁路要好好干，咱不能让人说不是。”母亲站在门口的身影在他脑海中挥之不去。

“不能让人说不是”这七个字牢牢地镌刻在薛胜利心里。

每当想起这句话，他浑身就像被注入满满的能量，迈出的脚步更加坚定。

“差一点儿”的教训

1987年12月，一个月的岗前培训后，薛胜利被分配到朔州车务段宋家庄站。

只是，薛胜利没有想到，放弃了城市的灯火选择在乡村车站工作后，梦想和现实的落差有这么大。

很多年前，他就畅想过自己长大后的情景，所追求的、所期待的是什么。

那天，乘坐了一小时公交车，再徒步行走三公里路后，一座偏僻孤单的小站呈现在他眼前。

宋家庄站，坐落在怀仁市新家园乡管辖的宋家庄村。

冬天的乡村，沉默、寂静、荒凉，原野漫无边际，乡间小路坑洼不平，路边有几棵倒垂柳，长长的树枝随风轻摆，偶尔能听到火车鸣笛声。

铁路在村南面，南北走向，看不到头，有火车在这一片苍茫中穿行。到了夜晚，可以看到一闪一闪的灯光，特别在风雪夜，火车的鸣叫声更加高亢。

“呜——呜——”，古老的静寂被划破，身在站区能感觉到大地在摇晃，房子在摇晃，梦也在摇晃。

在怀仁县里长大的薛胜利，对铁路的了解少之又少。

火车哪里去了？不知道。只是知道火车是呼啸着奔驰进站，装满货物后就会呼啸着奔向远方。

刚入路的他，明显感觉到自己对专业的领悟和同事之间差距很大，有些知识是书本上的，现场却不是那么回事儿。

新工到岗，薛胜利被分配到货运室，成为一名货运员。

货运室很小，只有九平方米大。一起工作的有三个人，除了薛胜利，一名职工负责内勤，一名职工负责外勤。

在工作中接触最多的就是煤。铁路货运走军品、运粮食、运木材、运鲜活物品……但更多是运煤。

起初他记不住车次，捆绑车门也没有窍门，对煤质和重量掌握也是一知半解，再加上刚从学校出来没有力气，经常搞出关不紧车门、爬不上车体、抄错车号等笑话。

那个年代，运煤的货车是C50型号，木头车厢，一辆车有六个门，一列连挂32辆。有一次，在和工友捆绑车门时，薛胜利连钳子都不会用，招来奚落："那么壮个后生，啥也不会干！不知道他来铁路做什么！"

刚开始的不适应，让薛胜利觉得很茫然。

为什么当初要选择铁路?

"没有人天生就是行家，自己选的路，爬着也要走完。"这是货运班组长对他说的话。

班组长叫王凤城，东北人，老党员，是一名退伍老兵。大高个子，戴着一副眼镜，总是身着铁路工装，性格直爽，讲起业务头头是道，工作起来干净利索，什么都知道，对货运工作是"门儿清"。

王凤城对待新入路职工特别严厉，批评起来毫不留情。薛胜利从心里佩服王师傅，心里就想着，自己什么时候能像王师傅一样，成为货运行家里手呢?

有一次，运送的煤炭有三车到营口，两车到东辽阳，四车到沈阳局通辽，结果他把东辽阳的两车都写到营口了，变成了到营口的有五车，这种失误会导致煤到了没票，而有票的却没煤。

“货票分离”，这可是铁路货运大忌。

这个错误还在制票当中就被王师傅发现了，劈头盖脸就是一通：“你个小玩意儿，干工作这么马虎，货到不了东辽阳你拿什么赔啊！你！还没赚到钱就先赔上一年薪水，照这么下去，我们货运班组就都别干了！”一边训着一边拍着薛胜利的头。

在场的人都为薛胜利捏了一把汗，看着他，仿佛在说：“你这个错可是犯大了，班长不知道会怎么惩治呢！”

结果并没有那么糟糕，由于王师傅发现及时，票据在第一时间做了修改，并没有真正造成货票分离。

被师傅拍过的头部还在隐隐作痛，这让薛胜利记住了，干货运不得有丝毫马虎，一个数都不能错。

“不能让人说不是”，母亲的话在耳边再次响起。

这之后，薛胜利像被打了鸡血一样，没日没夜地学习货运技术，熟悉货运标准，死记硬背专业术语，车次、站名、货物、砝码、比重、票据、煤质、含热量、含硫量……他都背得滚瓜烂熟。

他不但嘴勤、手勤，腿也勤，不懂就问，大伙儿工作时跟着看，眼疾手快递工具，爬上爬下，车前车后，毫无怨言。渐渐地大伙儿看出这个小伙子懂事、肯吃苦，都愿意教他。

薛胜利也从心里感激大伙，他随身带着一个小本子，干了什么记录什么，问了师傅什么记录什么，这个习惯成了他的货运“秘笈”，遇到困惑的事情就翻出来看看，对货运工作的探索，都在这个小本子里。不到一年时间，小本子记了六本，记录的问题达2000多条。

当时，水陆连用的货票，光戳记就3000多个，里面“发货人、收货人、车号、煤种、费用、里程、发站、到站”等内容都得手写，薛胜利一个格一个格地盯，每个字一笔一画都认认真真，生怕写错一个数。

接下来，薛胜利又从制票一步一步走向外勤，开始检查车体，学习装载技术，研究各种煤质，掌握各类数据。他越干越精通，渐渐成为师傅的好帮手。

有一天，师傅指着一张票问他："这车是什么煤，要发往哪里，里程是多少？"

薛胜利拿过票说："这车煤是原煤，从宋家庄发往吉林北，途经大同、通辽、四平、长春北四个结算站，最后抵达吉林北，总里程为1643公里。"

"这孩子，是块好料。"在师傅的赞许中，薛胜利学习和工作劲头更强了。

半年后，薛胜利代表新工到朔州车务段参加货运员比武，取得了第一名的好成绩。

王凤城是老党员，他不止教薛胜利业务，还教会他很多做人的道理。讲国家宏观经济政策、生产布局、体制改革，讲大秦线王家湾吴炳雄等三名共产党员"扎根大秦、终身报国"的事迹。

"干货运就是为国家经济建设输送能源，我们的工作很光荣，肩上的责任很重大！"这是他经常对薛胜利说的一句话。

在和师傅相处、交流的过程中，薛胜利渐渐理解了师傅说的话，常常悄悄地想："能做一名党员是多么光荣的事情，鲜红的党旗下，有那么多人物和故事让自己敬仰。"也因此，当他听到车站优质煤经由大秦线，源源不断地运往华北、东北等地发电厂、炼钢厂，为国家经济民生提供了能源保障时，他深深感觉到自己选择铁路是对的。

李四光先生说过："人民需要我做什么，我就做什么。"

"扎根大秦、终身报国。"这里就是国，这里就是家。

在宋家庄站的小院里，有一个小小的篮球场，闲暇时候，薛胜利就会和工友们打篮球，三步上篮是他学生时代的拿手戏，每每腾空跳跃于球场上投进一个球时，围观者的掌声和欢呼声就会响起。

而这时，如果恰好有列车奔驰而过，这个年轻人的心便会飞翔起来。

他心中的“煤海”

道路漫长，经历很多年的付出后，薛胜利不再是一个追随者，而是勇敢地成为一名实干家。

那一列列货车在大秦线上突破历史的数据，记录下薛胜利坚守在货运员岗位上的点点滴滴。

这一系列的背后，究竟有多少艰辛和汗水？

王凤城退休后，薛胜利已经成长为可以独当一面的货运安全员。

宋家庄编组站内，那5000平方米的煤场和小峪专用线就成为他的战场，C80、C70、C64、C62、C80E型货车静静地停在那里，等着装载机将一车车精煤装进敞车厢内，它们就像一头饥饿很久的巨兽，张开大口，试图将这一座又一座煤山吞噬。

薛胜利和同事们就是专业饲养员，精心呵护着它们，每日对钢铁巨兽的身体认真体检，做到“望、闻、问、切”，确保健康出行。喂到巨兽口中的煤炭，重量必须刚刚够，不能多，也不能少。多了会造成消化不良、“肠梗阻”，少了吃不饱，恐怕不能上路。

薛胜利要把的关，用专业术语说就是预防“超偏载”，这是确保货物运输安全的重要一环。

预防“超偏载”是货运安全管控的重要一环，涉及作业人员素质、装车设备质量、装载机称重砝码、装车作业、车厢容积、装载货物的重心、静态轨道衡、动态轨道衡、货物追踪等方面。

大秦线上，十多分钟就会开出一列重载列车，哪一个环节出现了问题，都会造成不可估量的经济和财产损失。

刚入路时，薛胜利曾参加过一次“超偏载”列车颠覆、脱轨的抢险任务，车辆和车轮挤到一堆，煤炭散落一地，敞车车厢互相穿插像在厮打。那钢轨扭成麻花，大轮全部裂开的场面，让人不寒而栗。于是，他在心中暗暗发誓，这么可怕的事故绝对不能在自己的货运生涯发生。也因此，薛胜利对车辆检查起来更细，测量起来更严。

有一次，在检查车辆装载时，他发现有一台装载机，一分钟装了四斗煤。

“这怎么行！重装！”薛胜利立即叫停。

按照规定，装载机装煤一分钟不能超过三斗，要按照程序一步步地装，如果一挖煤就动车的话，电子秤就会失去准确性，装快了会给货车超载埋下隐患。

还有一次，检查装车前砝码试举，薛胜利发现有“少试”现象，便立即停下来，从头再试。

同样按照规定，3.92吨的砝码需要试举十次，取最后的平均值，而这次只试举了八次。

装煤，一斗不能少，一斗不能多。砝码，多举一次不行，少举一次也不行。

严格要求，精益求精。出发前有任何一点细微的安全隐患都可能在途中被放大千倍万倍，那个列车颠覆的镜头时刻警醒着薛胜利。

装车前，对溜槽、定量仓、车底、车门全部检查一遍，不容一点闪失。装车后，他必须围着列车走一圈，检查车门是否关闭严实、周围的煤渣是否清扫干净。如果加固不良会造成漏煤，会影响车辆正常运行，严重时还会造成车门突然开放，击打沿途的设备和工作人员。

每次看车，手上拉个口子，脚上扎一下，那是常有的事。在加固车门上，薛胜利动了不少心思。

当时，C70的敞车门是14个，且两列对称，其中，中间的门最大，高1.97米，宽1.63米。由于长期受煤炭挤压，有的门变得不严实，合不住，货运员就得想办法将它合上。可是等合住了，插销又插不进去，只好一个人托着车门，一个人在下面使劲，如果托车门的劲道松一下，躲闪不及，35千克重的铁门就会无情压落，薛胜利的手指就被压伤过，那样的后果就是指甲盖都会掉下来。

痛，在心里打转，不能说出来。

顽症必须解决，自己的指甲盖掉了也绝对不能让同事再染血。之后，他发明了一种叫“滚门”的撬棍，在车门缝隙里一塞，使个巧劲，门就“哐当”一声合得严严实实，同事们再也不用拿手去冒险了。为防止门关不紧，再加上“双保险”，将门把手把处用铁线进行捆绑，同时在铁线处插入专制的木楔，这样保准万无一失。

提起他的钻劲儿，宋家庄站党总支书记高恒说：“薛胜利是个爱学习又好强的人，从来不能让人说不是。他管的货运班组，如果有上级领导检查发现了问题，人还没离开站区就已经整改了，而且同样的问题不会再犯。”

2002年，薛胜利光荣加入了中国共产党。一路走来，每一个脚印，都印证着薛胜利的初心和追求。2004年，他在山西广播电视大学进修了公共关系专业，这成为他以后货运营销工作的“敲门砖”。

再之后，薛胜利被调到朔州车务段营销办任营销主任。但不久，他主动提出申请：要到生产一线继续干货运。理由是：眼前看不到煤，心里不踏实。

那个煤乡少年，那个有着报国梦想的少年，就像当年杨家将一样，一心想着征战沙场；就像父亲一样，不但能找到煤，还能找到石油、金属、铁矿、铜矿……

薛胜利，不仅在宋家庄干货运工作，他还到了韩家岭、东榆林、北周庄、五寨、阳方口。

2008年1月31日，严冬，大秦铁路北周庄站。罕见的冰冻雨雪侵袭大半个中国，17个省市拉闸限电，全国各大电厂纷纷发出存煤红色预警。积极响应党中央号召支援灾区，抢运电煤。

一个月前，大秦铁路创造了年运量三亿吨的重载奇迹，为国民经济健康持续发展做出了空前巨大的贡献。

薛胜利，已经和这条运煤大动脉融在了一起，他深深地知道，只有多运煤炭才能缓解南方雨雪冰冻灾害。

腊月，极寒天气把站台上的煤炭冻成了磨盘大的冰块。面对困难，薛胜利带领货运职工两天两夜不下装车站台，同企业发运人员一起敲煤除冰。用锤子、镐头、铁锹等工具，把煤块敲碎打烂。

那是肉体与自然的抗争，铁疙瘩一样的煤块，被击碎、被分裂、被装车，不能停，一刻也不能停。汗水流下来用手一抹，黑色的指印，一道又一道，没关系，不停地流汗，不停地抹煤黑。饿了，啃个干饼子，渴了，喝口冰水，一心想着，粉碎，粉碎！装车，装车！

冰块再硬也没有大秦货运人的意志硬。

整整48个小时，奋战在煤场；整整48个小时，坚守在煤场。

不忘初心，牢记使命。大秦铁路人在数九严寒中，夜以继日，增运保供，每天以数十万吨的运量，支援湘鄂贵赣浙等重灾区，将灾害损失降到了最低。

2008年底，大秦铁路年运量突破3.4亿吨，跃居世界第一。

受命于危难之中

有这样一个地方，400多年前就以“数字化”的方式命名，它就是五寨。

刀光剑影，烽火狼烟，在这片土地上有武王城遗址、荷叶坪点将台……

2010年的一天，薛胜利正在五寨乡镇专用线检查防溜，内勤人员小李急匆匆跑过来：“主任，您快去看看吧，货主和装煤点货运员吵起来了。”

“怎么回事？”薛胜利问。

“还不是因为有一辆列车装得过重，货运员给拦住了。”小李一边喘气一边向薛胜利诉说事情的原委。

就在一个月前，五寨站发生了严重超载问题，朔州车务段把薛胜利从北周庄站调到五寨站担任货运负责人。

薛胜利到五寨的第一件事就是整治超载。他对所有装车点装载机称重砝码、轨道衡进行集中排查，并送到具备资质的计量单位进行检定。通过检定，发现有几处轨道衡指标与国家技术标准不符。

轨道衡是铁路装车计量器具，个别企业为了多装、省运费，就会在轨道衡上做文章，他们想办法将计量装置刻度调高，带着侥幸心理走煤。

“马上校对！”薛胜利一声令下。

就这样，一些不法企业得知后，找上门来，与货运工作人员理论。

“煤走的是国家车皮，我们出钱也是给国家，重量多些和你们有什么关系！”

“对煤炭运量把关是我们的职责。”货运人员答道。

“职责，不要跟我讲职责，赶紧把之前的轨道衡数据调回来。”对方不依不饶。

“那不可能！”货运人员话音未落。

“我让你看看可不可能。”对方一只手眼看就要扇过来。

说时迟，那时快。恰好薛胜利进门，只见他一个箭步，冲上前，握住对方的手，大声说道：“兄弟，你这是做什么？”

“煤走的是国家车皮，我们出钱也是给国家，重量多些和你们有什么关系！”还是那句话。

“关系？大得多了去了！国家给你运煤，也得保障安全啊！你知道煤炭超载的后果吗？”

对方看见来者不善，问道：“你是谁？”

“我是薛胜利！”铿锵有力地回答。

“哦，你就是那个有名的‘薛包公’，不是在北周庄吗？”

“就因为五寨超载问题严重，上级把我调来的。”

“有话好说，有话好说！先把我放开！”

这个时候，对方的手还被薛胜利握着。那是一双整天抓煤、托车门、抡铁鞋的有力的手啊！

“那你还动手吗？”

“不动了，不动了，对不住了，兄弟……”对方一改刚才的蛮横态度。

“我们铁路运货，是本着公平、公正的原则，在确保安全的前提下，轨道衡精准测量既要保护国家运输设备也要保证运送煤炭沿途的安全。”薛胜利也开始和颜悦色，给对方讲政策、讲货运的优势和保障。

听了薛胜利的讲解，对方神情逐渐缓解，不住地点头。

“没想过后果这么严重，真是对不起，以后不会给铁路添麻烦了。”对方道歉后离开了车站。

面对不正之风，薛胜利没有退缩，临危不惧，正气凛然，他时刻牢记一名共产党人的初心和使命，始终将国家利益放在首位。识大体，顾大局，勇敢承担起国家和铁路局所赋予的重担，将五寨站的顽疾解除。

三年后的五寨，风清气正，货运工作安全平稳。

2013年6月，薛胜利接到段主管货运副段长打来的电话：“胜利，宋家庄站因为发生严重超偏载问题，我们段挨批评了，经班子研究决定，安排你到宋家庄站负责货运工作。”

“宋家庄站”是培养他、让他成长的地方，更是让薛胜利刻骨铭心的地方，如今，却在困境中！不容迟疑，去，马上去！

“明天早晨，段派车，我去送你。”电话里的声音打断他的思绪。

“不用送，宋家庄我太熟悉了，自己去！”薛胜利的回答斩钉截铁。

下了公交车，站在离站区最近的208国道上，田野里庄稼青郁，那几棵倒垂柳还在，几年没见，长得更加粗壮繁盛，枝条翠绿，婀娜多姿。

6月的风带着暖意，友好轻拂着他的脸庞。

宋家庄，我回来了！

迎接薛胜利的，还是26年前的那个小站吗？

如今的宋家庄站，不但装车量大，而且装载方式多样化，静态衡、装载机、定量筒仓、简易筒仓，多种装载方式并存，且重载、储备物资、危险货物运输相互穿插，货装安全卡控难度极大。

经过了解，薛胜利掌握了那趟超载列车的情况。

那列车是一列杂型车，从宋家庄站发车后，到达大同南站，车站5T系统发出报警提示，经工作人员检查发现并及时汇报了调度，这列车整列出现超载，最多的一节车竟然超了11吨。车被扣在大同南站。

大秦线平均每秒运煤13.8吨，可以说分秒是金，保安全、保畅通是头等大事，而超载是严重影响安全畅通的“拦路虎”，也是铁路货运煤炭装载的一大顽症。

薛胜利下决心，要攻克这个顽症。多年以来，他的心中早已有一条不能触碰的红线，那就是“安全”。

从源头抓起，对装车计量设备进行拉网式排查，不放过任何一处。

薛胜利一头扎到了专用线上。

峙峰山、小峪发煤站为装载机作业；王坪煤矿为静态轨道衡作业；宋庄煤站、联友煤站、大峪口煤站、小峪煤矿都为筒仓作业。

这些专用线分布在宋家庄站周边山里，在不同的位置，使用不同的设备，被陌生的企业管理人员管理。

这个既陌生又熟悉的地方，货装安全，必须下大功夫整治了。

翻山越岭，驱车前往。

六七月的雨招呼也不打，说来就来，往往刚刚装完车，要对装载机电子秤所测的数据检查时，雨就来了，雨水渗入煤中，这就加大了超载的风险。不行，由于天气原因测量数据容易失真，等雨停后，重新检测。薛胜利经常是一身泥，一头水，一次又一次，一遍又一遍，实打实地检，绝不走过场。

薛胜利组织企业对台面、基坑及电脑内各项数据进行彻底清理，同时利用空车进行比对校验。

这种方法别具一格。比如王坪，在装完六七辆车后，薛胜利会先利用专用线的轨道衡比对重量，然后和敞车车体标注重量进行比对，如果重量结果吻合，就表示轨道衡计量准确；如果低或高于车体标注数值，就表示该轨道衡不准。立即找原因，重新校验轨道衡。

筒仓设备的计量标准高于上述两种，在按规定验码的基础上，还必须对机电系统、液压系统、软连接等部位进行检查。

薛胜利的办公室里，有一个摆满资料的文件柜，柜子里除了铁路专用的各种规章制度和书籍以外，还有他自购的PLC控制系统（可编程逻辑控制器系统）、人工智能、无人化装车、智能车厢检测、3D可视化仿真系统等资料。

薛胜利认真学习先进的科学技术，翻阅大量的资料，对筒仓设备的原理、性能和日常卡控做到了融会贯通。

2016年12月的一天，薛胜利在大峪口专用线盯控，当装完第20辆车后，却发现后面的敞车越装越高。

不好！凭直觉判定，装车系统一定出现了问题。

马上停！他一边组织对缓冲仓、定量仓等设备进行检查，一边和同事们逐个校对计量砝码。

都没问题，眼看开车时间逼近。

到底是什么原因？

一筹莫展时，口袋里的手机震动了。“传感器！”三个字从薛胜利口中蹦了出来，筒仓设备机电系统的传感器失灵会导致数据传输错误。

马上排查。最终找出是连接筒仓设备的四号传感器失灵，迅速联系厂家，更换、校准、安装，保证了每辆车误差在±0.02吨以内。

“安全是压倒其他事情的头等大事，如果安全把不住，一切效率都是零。”这是薛胜利常挂在嘴上的话。

举一反三，薛胜利马上组织职工对宋庄、联友、小峪等处筒仓设备机电系统全部进行维护保养，一下子查出了两处安全隐患。

刻不容缓，马上整改。

装一列车就要保一路平安。于薛胜利而言，火车驶出站点，这列重车的安全考验才刚刚开始。

不放心啊！看着到点了，车辆追踪系统显示车还没到站，心就会悬着。

一列车最长在路上要走半个月或20多天，车门未关好，会导致中断行车，影响铁路网；如果超载、偏重会导致列车脱轨，甚至翻车；还有洒落在岔区的煤，会导致道岔转向困难或留有间隙，就会出现脱轨事故。

在薛胜利这里，是绝对不允许出现这些情况的。为了牢牢抓住货装安全主动权，每一处可能出现安全隐患的地方，薛胜利都要一一看到位。

穿梭于煤矿、专用线、车站间，是薛胜利每天循环忙碌的日常。监测一辆车、装载一辆车、跟踪一辆车，看到列车平安到达，一颗心才能放下来。

记不清有多少次深入现场、多少次车上车下检查、多少次在煤点比对查看、多少次与企业协调沟通，薛胜利通过模拟推演、情景复原等方法，对2000多辆车的反复检查和对15000多组数据的认真分析，他总结出了“查、校、盯、比、核”五字治超法，有效控制货装作业风险，在全段和全局推广。

九年来，宋家庄站装运煤炭200多万车，从未发生超载问题，实现了安全与运量双丰收。

编组场内，装载机隆隆作响，薛胜利手持对讲机在现场指挥，一堆堆煤被挖起，再齐齐整整地装在车厢内，装满一节，下一节便跟进。满载乌金的列车不断地向前，向前……

念好“营销经”

晋北的春天绿意盎然，站区不远处的桑干河水哗啦啦地流着，一场春雨让煤尘弥漫的编组场内焕然一新，天空蓝得透明，一团白云从山的那边长起，转瞬间，便飘过来了。

时值货装淡季，货运员李强正站在装车塔上，望着那朵白云出神。电话响起。

“李强，出来一趟……”是薛胜利的声音。

“收到！”李强马上整好工装下塔。

“你跟我去一趟山西怀仁峙峰山煤业有限公司。”

李强知道，主任又要去找企业，谈煤炭营销的事了。

这么多年来，薛胜利重复着一成不变的作业程序，从没觉得枯燥过，他一直坚持着，一年四季，风里雨里，披星戴月，废寝忘食。

一天天过去，保安全的“零差错”“零事故”一直让他引以为傲。

2013年6月，薛胜利刚到宋家庄站，就带领营销服务组五名骨干，用两个多月时间，冒着酷暑，跑遍了车站辐射区内15家重点煤矿和76家煤炭相关企业，哪座煤矿产量多少、煤质如何、运到哪里，他都心中有数。

7月18日，薛胜利得知港口5000卡优质低硫煤特别紧缺，而右玉县西矿正好有大量存煤，没有找到合适客户。他立即带领营销小组奔赴煤矿，没想到前方路上发生车祸，被堵了七个多小时，又累又饿，直到17点才赶到矿上。

煤矿负责人已经等得不耐烦了，但是，当听到薛胜利准确无误说出了他们的产能、煤质特点、面临的困难以及下游企业需求时，惊喜地拉着他的手说：“薛主任，你这是雪中送炭呀，太给力了！”当即便商定了发运意向。这家煤矿负责人逢人便说：“有困难，找胜利，他可是一本‘煤字典’。”

是啊！“煤字典。”

在掌握市场信息基础上，薛胜利帮助企业谈判，降低站台费、管理费，实现盈利发运。他曾经帮助两家企业降低5吨的费用，激活发运50多万吨，复活一家僵尸企业。

一家叫宋庄联友的煤站，2015—2016年两年才发运28.1万吨，在薛胜利的协调沟通下，2018年全年发运达到151.9万吨，帮助沉睡两年多的僵尸企业复活。

货运增量攻坚战全面打响后，“走出去、揽货源、抓营销”成了新的课题。

作为货运业务主管，薛胜利压力特别大，宋家庄站地理位置偏僻，各条专用线山高地陡，装车设备简陋，企业的生产销售、运输需求、营销标准、服务标准都不同。加上这段时间以来，煤炭市场持续低迷，货主不想发，大秦线运量严重不足。

薛胜利不服输也不认输。和车站干部一起找方法、定措施，制定网格化营销方式，将年运量20万吨及以上的客户定为目标客户，按照一对一营销模式，定人、定量与客户对接，接受客户监督，实施档案化管理。

既要“抓内治”，也要“疏外通”，他组织营销人员大会讲、小会谈，对外座谈摸底、对内谈心引导，带着营销团队一家一家跑，千方百计联系相关企业，按图索骥上门走访，他的热情和努力不仅为车站招揽了货源，还逐渐改变了铁路在客户心中“铁老大”的形象。

他经常和职工们说：“宋家庄站有天然煤源，我们是带着国家铁路货运营销的使命为客户服务，一定要用真心、真诚打动客户，满足客户的需求，把有铁路发运意向的客户找回来！”

宋家庄站内有一家玉龙集团，是民营企业，下设四家煤矿，一直采取公路汽运发煤。

薛胜利一直忘不了第一次来到这家企业了解营销的场景。

负责人看到他是个穿着铁路制服的人，直接就是一句“铁路服务怎么能满足我们的需求？”掉头就走了。

碰了钉子，薛胜利并没有灰心，一趟趟往玉龙跑，跑断腿、磨破嘴地将国家的货运政策讲给他们：“现在铁路货运改革了，铁路发运非常方便快捷，我身边好多小企业都是通过铁路发运后做大做强的。”

就在2017年6月，得知玉龙集团与汽运公司因为运费的问题煤炭出现积压，薛胜利马上带着营销骨干赶过去，一面积极宣传国家政策和铁路运输优势，耐心介绍铁路运输简化手续、敞开受理等新举措，一面为企业申请“一口价”服务等优惠政策。同时，他拿着账本算账，把走铁路的费用和公路费用进行比对分析，听着他娓娓道来，玉龙的负责人被打动了，开始尝试走铁路运输。

玉龙集团通过铁路运输第一批煤炭后，尝到了运量大、效率高、回本快的甜头，不断增加铁路运煤量。

薛胜利顺势向企业提出建设装车环线的建议，又帮他们提报申请、选址论证，马不停蹄地忙了起来。不到一年时间，玉龙集团在宋家庄站旁投资5亿元修建了大秦玉龙专运线，2018年实现煤炭发运300万吨。如今，大秦玉龙专运线是宋家庄站稳定的主力发运点。那时候，薛胜利带领营销团队一年四季奔走在峙峰山、王坪、小峪、大峪口等煤矿企业，哪一条上煤公路封堵了，哪种煤价上涨了，哪处洗煤设备故障了……都是他们每天必须操心的事情。

2018年，薛胜利累计走访10个发煤企业238次，有企业负责人曾经打趣地对他说：“薛主管！你都快成我们单位的职工了！”这一年，集团公司下达给朔州车务段的货物年发送量是在22589万吨的基础上再增加950万吨。宋家庄站全年装车24.66万车，完成计划的105%；发送1860.8万吨，完成计划的104%。日均装车675车，日均运量5.1万吨，曾完成单日装车6大列、6小列，运输收入18.29亿元，创历史新高。薛胜利被集团公司评为年度“太铁之星”。

2020年2月下旬，由于疫情影响，高速路实施免费政策，原来走铁路运输的煤炭有不少转为汽运。

眼看着一车又一车煤不走铁路，开始走公路运输。薛胜利急得嘴上起了泡。流失的煤源一定要查清楚，找回来！

为了保货源，薛胜利想出来一个办法。他带着三位同事，在高速路口蹲守了一周。

在凛冽的寒风中，一个个铁路货运职工守在高速路口，探出头，打手势，想办法和大车司机“搭腔”。向司机们了解市场信息：“从哪里拉的煤，运费多少，沿途的费用多少，要送到哪儿去？”

有些司机理解，耐心地和他们交流，有些司机说粗话：“到哪里运煤，和你有何相干？”“你是干吗的，跟你有啥关系！”“你是公安局的吗？我们往哪里运又不犯法！”

讲粗话、不停车、不理不睬……一个油门过去了，尘土飞扬，铁路货运职工们灰头土脸的，整个出坑的兵马俑样。

粗俗的态度和恶劣的语言，往往让人难以接受。

受气，落埋怨。营销一天没有成绩，就是受了委屈，也不能把委屈传递给职工。

“过去了，都过去了。”听着野蛮而又无法接受的话，薛胜利说起来却好像没事一样。

接触的司机多了，总会有收获。

他们冒着寒风，调查近万辆运煤货车，了解地方经济运行、煤炭、工商、环保、交管以及企业的物流方式、导向和需求。

薛胜利用心揣摩企业的心思，对15家客户进行全覆盖走访，积极想办法解决客户发运困难。

王坪煤矿要开始为期两个月的坑下综采搬家，专用线闲置，资产浪费，车站货源也受到严重影响。怎么办?

薛胜利脑子里突然冒出了“借线运煤”的想法：不远处的小峪煤矿正好有富余产能，可以与王坪煤矿专用线结上对子，便建议王坪煤矿向小峪煤矿借3000吨煤，公司经理听了直摇头，认为不可能。薛胜利鼓励他：“不去怎么知道不行，我和你一起去借。”

他们先后赶往两家煤矿，与企业负责人沟通，薛胜利当起“红娘”，迅速促成了企业合作双赢，王坪煤矿挣到了1000多万元专用线租赁费，小峪煤矿的煤也顺利运了出去，两家煤矿都高兴了，车站运量也稳住了。

公司经理高兴地握着薛胜利的手：“兄弟，你们铁路真是我们的贴心人啊！以后咱就是一家人了。”

同事也对他竖起了大拇指：“薛主任，这事儿办得真牛，一举三得啊！”

从中央“蓝天保卫战”决策部署、国家“公转铁”政策到企业经营发展，掰着指头算大账、看长远，抠细账、比价格。他们制定了“一企一策”“一户一案”运输方案，与九家贸易型中小客户签订了820万吨“量价互保”协议，与三家大中型企业签订了560万吨淡旺季运输互保协议，牢牢稳住了货源基本盘。车站货运量逐月攀升，全年超运输目标147万吨，不仅没有受疫情影响，还实现了逆势增长。

春节过后，合作企业大量矿工因疫情滞留外省，无法复工，他第一时间向段、集团公司反馈，参与复工返程方案的制定，促成了朔州、烟台两地1060名矿工乘坐专列复工复产。

在疫情严重、货运需求最紧张期间，薛胜利在车站既要抓运量，又要保安全，50多天没回过家，由于长期的作息、饮食不规律，他患上了慢性胃病。

虽然苦点、累点，有时候胃部疼得直不起腰来，但是，当望着一列列满载着精煤、原煤的货车，日夜不停地朝着全国各地驶去，薛胜利浑身便充满了力量。

越是艰险越向前。薛胜利秉承“有条件要上，没有条件创造条件也要上”的念头，坚持稳定营销市场就要替客户想得更长更远。

他提出“以日保周、以周保月、以月保年”的思路，做到精准研判市场，针对性组织营销。一路追逐，一路关爱，精细化服务。他总结出“勤、情、亲”的“营销经”，以勤跑、真情、亲情打动客户。这套“营销经”很快在全段推广。

通过千方百计为客户服务，车站货源的“蛋糕”越做越大。九年来，薛胜利和营销小组成员先后拓展了山煤国际184万吨、宋家庄煤站50万吨等新增的大客户，实现年均增量13%，成为大秦铁路运输的重要增长极。

我似乎明白了，薛胜利的“营销经”，不光是站在宋家庄站的高度，而是站在大秦铁路的高度为客户服务，这就是“负重争先、勇于超越”的大秦精神。

大秦货运营销人，注定是一支特殊的队伍。

大秦重载铁路，注定是一条书写历史的铁路。

风雪中抢运电煤

听说薛胜利成功挑战九年货装“零超偏”，实现了运煤专线年运量突破2500多万吨。小小车站，是如何完成如此大运量“魔术变身”的?

压不住心头的想法，去宋家庄看看。

迎着雁北的寒风，一路颠簸，来到这里。

这里，风夹着雪铺天盖地，将世界扑打得迷迷蒙蒙。

眼前景象，令人难忘!

在宋家庄站小峪煤矿专用线45米高的装车塔上，薛胜利站在操作台前，目不转睛盯着窗外上煤的筒仓，手持对讲机不停喊话……尽管挡着玻璃，但是装车塔外筒仓漏斗移动和原煤装车的声音依旧很大。这些声音掩盖了风声，那一片片飞扬的雪花扑向筒仓、扑向煤堆、扑打着窗户。仿佛带着使命而来，刻意和薛胜利较量。

指挥平煤，指挥装载人员清扫散落在车体上的煤渣，和煤场监控工作人员通话、和机车领车人对接……薛胜利沉着应战，忙得头也不回。装煤筒仓缓缓移动，货车缓缓移动，风雪也在移动……

这注定是一场同风雪的博弈。浩浩荡荡的煤炭装入敞车，浩浩荡荡的风雪阵被破解。

薛胜利声音嘶哑，眼睛布满血丝，但喊出的每一个字都像一道光照亮电煤前行的路。

经过五个小时的装煤奋战，满载3547吨电煤的34020次货物列车终于在指定的时间内安全发车，一路向北开往吉林。

这是集团公司近30年来首趟发往东北的“点对点”直达电煤货运列车。这趟直达列车既减少了沿途编组作业次数、压缩了作业时间，又扩大了山西煤炭从“坑口”到用户“门口”的覆盖面。

“作为集团公司管辖的二等货运站，每日必保4列电煤装车、编组作业。开行直达东北的电煤列车后，我们本来就紧张的装车作业，一下比平时增加了100多辆。”薛胜利说。

把货场当作战场，宋家庄站就像是一个坐标系的原点，辐射推动各运煤企业的精煤、原煤带着使命奔赴祖国的大江南北。

2021年11月6日，又一场寒潮袭来，北方地区风雪交加。

在小峪煤矿山顶装车现场，顶着迎面打来的雪片和寒风，全副武装的薛胜利和工友们干得如火如荼。

尽管早已获悉气象预警，做好迎战冰雪准备，还是有意想不到的问题发生了。

专运线上，一列空车缓缓驶入。在进行安全检查时，薛胜利傻眼了，空车厢内的积雪目测有一尺多厚，他立即组织扫雪。

谁知道，更加严重的问题还在后面。

积雪下面竟然还有7—8厘米厚的坚冰，雪还能扫得动，可冰冻得太瓷实了，必须找硬东西刨，洋镐、铁锹、电锤全部用上，但人手不够，除了现有工友外，薛胜利协调企业，叫来更多的人铲冰。小峪煤矿专用线上，洋镐挥舞、电锤嘶鸣、铁锹翻动，人们铲冰除雪，干得热火朝天。

在不同时间段，峙峰山、王坪、大峪口等处保供电煤的专用线也有一样的空车驶入。一样的积雪，一样的坚冰，都得清理，必须清理。薛胜利一边打电话远程遥控，一边安顿好这里的工友，自己驱车赶往王坪煤矿。

雪越下越大，风越刮越猛。下山的路，坑洼不平，尤其到了下坡路段，踩住刹车，车轮依旧来回地跑……顾不上了，什么也顾不上了，薛胜利就想着往王坪赶，车开快一点，再快一点，早一分钟是一分钟，绝对不能误了电煤发车时间。

一路惊险，一路颠簸，薛胜利到了王坪装煤点，继续安排工友们扫雪除冰，安排喷洒防冻液，再三强调不能漏掉车厢任何一个角落，如果防冻液喷洒不均匀，到了零下30℃的东北，一车煤都会冻成铁疙瘩。

接下来，他连夜上山，赶往峙峰山装车点，再赶往大峪口……下山打滑，上山更滑，山路两旁可都是深不见底的沟啊……薛胜利一心想着把雪扫出去，把冰清出去，绝对不能耽误保运电煤的时间。

雪下了整整28个小时，薛胜利和工友也连续作战28个小时，直到所有车厢内全部清理干净，防冻液喷洒均匀了，没有落下一个点，再不会出现冻煤的状况。筒仓起落，装车开始，一车车煤炭像绅士一样体面地上了车，薛胜利总算放心了。

“绝不能因铁路货运原因造成电煤断供！”这是上级对电煤保供作出的指示，也是薛胜利恪守的承诺。一诺千金，无论面临多大的困难，电煤保供的列车始终向前、向前、再向前。

2021年9月以来，全国电煤供应偏紧，大秦铁路积极响应党中央电煤保供部署，全力以赴保证每日120万吨的电煤运输。这意味着大秦线的日装任务是1.95万车以上。

面对“硬指标”，薛胜利和他的营销队伍积极克服疫情、寒潮、冰雪等恶劣天气，加强货源组织，优化装车作业，开辟绿色通道，解决燃“煤”之急。他连续40多天盯在装车现场，每天检查一万多个车门、近三万个装载加固点，奔走20公里是常事。

在北京参加“最美铁路人”发布仪式期间，薛胜利一分钟也没有闲着，他每天都在关注宋家庄的货运情况，上网查看当天环渤海动力煤价格指数，了解各大港口存煤、电厂耗煤、船舶及海洋气候，同时还要了解第二天的货源，给客户转发相关的商务信息。

经过一冬天的运转，设备进入疲劳期，这几天他挤出时间进行远程遥控，组织企业分批次检修专运线上煤机械和设备，大峪口专用线上的筒仓设备从前一周就开始检修了，他天天跟踪询问检修进度，心里一直惦记着何时结束，他观察到这两天运煤进度有点下滑，保供任务必须抓紧。

他告诉我："大峪口检修工作预计今晚结束，已经有一列车等着装煤。"

神情间充溢着喜悦，看得出，那种喜悦是油然而生的。

截至2021年12月31日，宋家庄发往东北的电煤货物列车达120列，共发送煤炭2500多万吨。

有多大视野和格局，决定构建多大坐标系，最终达到的高度，是精神和意志的较量，是置生死于不顾的信念。这一列列按时到达的列车替他们作出了回答。

无怨无悔的坚守，成就了铁路货运人坚持不懈、百折不挠的优秀品质。

让品牌亮起来

2020年，是铁路货运增量的决战之年。

这一年，宋家庄站完成的煤炭发运量是2203万吨，较年度运输目标超运147万吨，实现了疫情下"公转铁"逆势增长。

胜利，已经成为他攻坚货运营销主战场的精神象征。

可是，薛胜利认为，成绩不是一个人能轻易办到的，不管在精神上还是行动上，都离不开背后坚强的后盾。

回顾过去的35年，无论是冰雪灾害、抗洪抢险还是迎峰度夏、增运补欠、疫情防控、保供电煤，都离不开集体的智慧，离不开全体干部职工集中攻坚所发挥的雁阵效应。

2016年，宋家庄站货运班组党支部以薛胜利的名字命名，创建了"胜利先锋'港'"党字号品牌。先锋"港"既是职工的先锋岗也是客户的解困岗，薛胜利义不容辞肩负起让品牌亮起来、传下去的重任。他全身心投入传帮带，培养出一大批货运营销的骨干和能手。

在“胜利先锋‘港’”，薛胜利推出了装车作业七卡控制度：装前检查、一键装车、存煤数量、装车速度、截煤装车、车型确定、装车体积。薛胜利制定出“一年带出一名货运值班员，两年带出一个货运主任”的培带计划，从检查、装煤、煤质到“超偏载”预防，将自己的经验和技术倾囊相授。

为有效控制“超偏载”，让更多人掌握“查、校、盯、比、核”胜利治超法以及“勤、情、亲”胜利营销法，朔州车务段党委利用网络成立了“胜利工作室”。把确保货源稳定作为服务中心工作的切入点，采取了“1名支委委员+1名党员骨干+3个主要客户”的“1+1+3”联动营销与服务模式，采取从生产、短驳、装载、销售全链条式营销，打造薛胜利式的货运营销员。

从一个人到一群人，从一个站到一个段。

薛胜利上足了发条。

从车站、编组站、专用线到煤业公司，到处都有他的身影，一边卡控装载，一边组织营销，一边毫无保留传授“胜利经”。

在安全管理上近乎偏执的性格让徒弟们都很怕他，他挂在嘴边最多的一句话就是：“安全管理上没有人情，我是对事不对人。”他是这样说的，也是这样做的。

“偏重”的判断是很专业的技术活，超载有砝码把控，如果精确度准，一般不会出问题。而偏重是人为，如果不注意，发生的概率非常大。

这么些年，在成千上万次实践中，薛胜利的“火眼金睛”和“手抓煤”绝活更加炉火纯青。

2018年，薛胜利检查王坪专用线1道停留重车装载情况。当时，现场盯控的货运员是一名新工，他在装车时没有和装载机司机、平煤人员沟通，依旧按照平煤的老方法操作。

只见薛胜利从煤堆上抓起两把煤，在掌心掂一掂，凑近鼻子闻一闻，皱着眉头说了一句："不对！"

薛胜利抓过这名货运员的手，把煤放在他手上，说："你感受一下温度，再闻闻煤的味道。"

新工不知所措，眼神迷茫，咬着嘴唇说不出话来，只有继续从煤堆上抓煤。这名货运员抓了十几次，薛胜利手把着手，给他讲解分析了十几次。

这是由两种煤掺和起来发的一车煤。两种煤发热量不一样，一种发热量是4000大卡，一种发热量是5000大卡。这样的两种煤经过掺入后能达到4500大卡。

装载机需装一样的煤。这个时候，煤质不一样，就会导致重量不一样，货运员一定要和装载机司机、平煤人员沟通好，如果按照正常平煤，就会造成偏重。在遇到不同的煤质装一辆车时，一定要将这两种煤搅匀了，做到科学平煤才行。

装煤，还需懂煤，年轻的货运员跟着薛胜利又学了一招。后来，在天气炎热的夏季，他把手伸进煤堆感觉一会儿，和师傅一样，也能分析出这堆煤装到车上会不会有"着火煤"的安全隐患。

由薛胜利带出的徒弟李涛，42岁，从货运员干起，通过段上的层层考核，现在已经是红进塔站的货运业务主管。红进塔站是准朔铁路线上的一个车站，是大秦铁路的补给线，李涛所带的货运班组也迅速成为大秦重载主力军。

凭着一名共产党员的担当和责任感，凭着对货运工作的热爱和执着，更凭着超乎常人的敬业和耐心，薛胜利先后培养出78名优秀的货运员、5名货运业务主管，分布在大秦线上的红进塔站、前寨站、庄上站、神头站、岱岳站；10名货运值班员，分布在10处专用线上；63名货运员，分布在朔州车务段管内的各个车站。这些人已经从"菜鸟"成长为守护大秦线的"大鹏鸟"。

薛胜利在言传身教的同时，坚守在货运主战场，他明确了"哪里是关键、哪里有党员，哪里有党员、哪里就有安全"的奋斗目标，制定了"每逢重点作业、危险货物运输，党员必须加岗"的卡控措施，实现了一个党员一座堡垒。

“胜利先锋‘港’”的品牌在保安全、闯市场中越擦越亮。

温情港湾里的爱

2021年10月26日，正在专用线忙着装车的薛胜利突然接到家里电话。

“胜利，你快回来吧，咱爸不行了！”爱人赵萍声音呜咽。

听到这个消息，薛胜利急了：“这么大的事儿，怎么现在才告诉我？”

这么多年，他亏欠家里人实在是太多了。为了支持他工作，爱人一家承担起照顾双胞胎儿女的责任，而在老人病重期间，他也由于工作繁忙，很少回家。

马上回，却还是没能见上老人最后一面。

跪在老丈人灵前，磕头、上香、烧纸……一幕幕往事浮上心头，跪着，烧着，无声泪水，涌流出来。

不知过了多久，一阵电话铃声将他的思绪拉回现实中。

电话是车站打来的，大峪口专用线筒仓装煤漏斗上的液压杆出现故障，筒仓掉落下来，被卡在敞车里。

筒仓是装煤关键设备，掉落不仅影响企业的煤炭运送，也影响车站保供煤炭时间。

怎么办？

这时候，身边的爱人悄悄说：“你先去看看吧，家里有我们呢！”薛胜利调转身，回过头，抱了抱含泪的爱人，又扎进了装车现场。

每当看到满载电煤的列车启程时，薛胜利就会想起老丈人生前常说的一句话：“家里的事再大也是小事，国家的事再小也是大事。”

2022年春节，阳光很好，站区很安静。

薛胜利对编组站及周边专用线检查完、向当班职工慰问完，在站台上习惯地走着，比往常更加大声地高唱："黄昏我站在高高的山岗，盼望铁路修到我家乡。一条条巨龙翻山越岭，为雪域高原送来安康……"

身旁的铁路线，不是高原，不是边疆，而是千里大秦重载线。对薛胜利来说，守着大秦线就知足了，只要面对这条铁道线，那股豪情就不会减。

35年来，青春渐渐远离，唯有那股热爱铁路的激情潜藏在内心深处，宛如"天路"般荡气回肠，又像身边的煤海般汹涌。

今天，他又唱起《天路》，儿时的梦想，家人的牵挂，远方的灯火就像万吨巨龙般奔腾在他的心房。

已经记不清有多少年没有和家人过过年了。

爱人打来电话："孩子们一会儿给你送红烧肉过去。"

那一年，也是春节，爱人赵萍带着龙凤胎儿女来到五寨站，和他一起过年。

饭盒用毛巾包了一层又一层，里面不光有热乎乎的饺子，还有他最爱吃的红烧肉……娘仨儿从家里到怀仁站，再从怀仁站到五寨站，赶了四个多小时的路，就为了和他吃顿团圆饭。

薛胜利永远也忘不了那个场景：赵萍的肩上挂着一个大包，怀里抱着女儿，背上背着儿子，朝他走来。

"那是一条神奇的……"想着想着，一股暖流硬生生把歌词堵回喉咙里。

这么多年，对家人，薛胜利亏欠实在太多了。

当年，就是因为薛胜利对铁路货运工作的敬业和认真负责，打动了赵萍。

这位在煤矿工作的姑娘，从嫁给他那天起就知道薛胜利对这份工作的爱超过爱他自己。

2011年，薛胜利多年的胆结石又犯了，山西省人民医院肝胆外科诊断结果是胆和肝脏严重粘连，再不手术就会癌变，建议到北京治疗。

那时候的他，不知道害怕，疼，忍着，再疼，再忍忍，货场需要他，大秦线需要他，不能离开，也不想离开。

赵萍实在看不下去了，必须手术，带着薛胜利马上到北京手术。

在北京，只待了一周，拆完线，薛胜利便返回了岗位，由于当时术后护理没跟上，造成刀口处长期不愈合发炎，直到现在，他胸部的疤痕一直好不了。

他太忙了，为装车忙，为营销忙，为新技术、新设备忙！

赵萍理解薛胜利的忙，回不了家，她去找他，做了好吃的，她去给他送，家里的事，不用他操心！

为了这个家，赵萍放弃了稳定的工作，专心照顾老人和一双儿女。在她的精心呵护下，孩子们很少生病，健健康康成长。

回到家，迎接薛胜利的总是热乎乎的饭菜，像小鸟一样围着他转圈的儿女、钉在墙上的奖状和熨烫平整的衣服。

上下水堵了，他没管过；水费、电费、天然气费、物业费多会儿交，他不知道；双方父母有没有生病，不跟他讲……他是货运离不了的人，是大秦增运补欠的主力，他要送的温暖去往祖国四面八方……想象不出，眼前这位热情大方的女人，在多年前，曾做过宫颈癌手术，由于手术影响到腿部淋巴神经，一条腿总是比另外一条腿粗。那时，赵萍只让薛胜利在医院待了5天，便催他回到工作岗位。

那时，都是父母照顾她和孩子们。

生命以痛吻我，我要报之以歌。

家里摆着赵萍的书法作品，有隶书，有小楷，有篆字，还有一架手风琴，这是多么懂得生活而又多才多艺的女人。

“营销人不怕难，怕的是没有难度。”是啊，难度！一个个难题都被他攻克了，薛胜利也成为名人，成为货运营销的实践者、引领者、突破者。

身为爱人，赵萍深深知道丈夫肩上扛着什么，心里想着什么！默默支持他，家，就是给他温暖，给他力量的地方。

勇敢、正义、善良、执着、坚定。赵萍和薛胜利是一样的人。

那时候，薛胜利为推进“公转铁”，打赢“蓝天保卫战”而努力着。赵萍为培养健康、上进、品学兼优的儿女们努力着。

2018年，一双儿女大学毕业，走上了工作岗位。

赵萍微笑着说："女儿颀颀学的是财务管理，儿子颀峰学的是机械自动化。两个孩子挺贴心，她过生日，孩子们便会替爸爸给妈妈送鲜花或礼物。一开始不知道，还想着，这个薛胜利，多会儿学会浪漫了。后来，才知道是孩子们搞的鬼！"颀颀被问道："最担心爸爸什么？"

"担心爸爸吃药、吃饭、睡觉不按时，他的胃不好，前年做的手术，催他去复查也不听，希望爸爸身体好好的！"多好的爱人，多懂事的孩子，多么温馨的家!

在父亲影响下，女儿颀颀已经入了党，现在是大同一家企业的财务管理人员。儿子颀峰也递交了入党申请书，在省城太原从事技术管理工作。

走得再远，也不能忘记出发的地方；走得再远，也要牢记一名共产党人的初心和使命。

赵萍说，薛胜利只要回家，第一件事就是先去看望爸妈。

家人，是薛胜利坚强的后盾。

在老父亲的眼里，儿子干的事情很有意义："站区的煤会发往首都的电厂，沈阳、营口、吉林，发车多的时候有三车、四车，少的时候也有一车，大秦线上天天有车……宋家庄小峪矿是百年老矿，产优质煤，5000大卡的煤供应北京、天津、东北三省……"薛爸爸很健谈，对儿子的工作了如指掌。

"我们身体都挺好的，胜利把工作干好就是最大的孝顺！"薛妈妈说。

2020年疫情防控期间，他58天没回过家；2021年电煤保供专项行动中，他3个多月没回过家。老两口再看到儿子，是在电视上，在中央电视台"最美铁路人"先进事迹发布仪式上。

2022年1月4日，国铁集团党组领导会见了2021年度"新时代·铁路榜样"，并颁发了荣誉证书。

他谦虚地说："这个荣誉不是我一个人的，而是属于新时代所有的铁路工作者。我不过是所有铁路货运工作者中的一员。"

坐在我眼前的薛胜利，身上有一股沉稳劲，如果没有话题，就安静地坐着，沉稳中透着坚毅。

从宋家庄走向朔州车务段，走向集团公司，走向国铁集团，走进首都北京。薛胜利从零开始，脚踏实地，坚定不移，一步一个脚印。时代更迭，市场变化，他紧紧跟着时代的节拍。

但是，从入路开始养成的严谨细致、踏实能干的精神没有变；艰苦奋斗、务实创新的精神没有变；脚踏实地、敢打敢冲的精神没有变。那种将使命放在第一位，将个人命运和国家命运融在一起的精神，让人敬畏。

就像少年时代他在日记本上写下的八个大字——努力向学、蔚为国用，已经不知不觉，追随他融入血脉。

交通强国，强国有我，在“以人民为中心”发展思想指引下，薛胜利始终秉承“人民铁路为人民”的根本宗旨，一如既往奋战在大秦货运主战场，带领营销小组成员跑煤矿、找市场、揽货源。

路再远，也挡不住他们心中的万家灯火。

发表于《2021最美铁路人》一书

满江红·大秦情

重载之秦，燕山静、林深霞酌。两万吨、征尘伊始，雪侵霜索。看我铁兵牵巨蟒，沿途艰险胸中落。驾车人、穿腹岭云端，何时弱。

星月染，风漠漠。神似火，心如昨。任酷暑严寒，轮飞车跃。唯念万家千户暖，此生誓与煤邀约。春又来、一曲凯旋歌，家家乐。

开火车的“呼家将”

穿山越水大秦之路，滚滚煤龙向海而行。

这是一条有温度的铁路——大秦重载铁路，西起山西大同，东至河北秦皇岛，全长653公里，是我国西煤东运主要通道之一，也是我国首条双线电气化重载运煤专线。

世界重载看中国，中国重载看“太铁”，“太铁”重载看大秦。

截至2023年2月17日，煤运量占全国铁路煤运总量五分之一的“中国重载第一路”大秦铁路累计运量突破80亿吨，创造了目前世界上单条铁路货运量最高纪录。

湖东电力机务段，承载着大秦线的重载运输任务，堪称大秦重载“火车头”。一列列万吨、1.5万吨、2万吨的重载列车沿着千里大秦线，穿越燕山山脉，直奔渤海之滨，是中国铁路太原局集团有限公司管内职工人数最多、配属机车最多、担当任务最重的机务段。

在大秦线上，湖东电力机务段日均开行重载列车86列，其中，2万吨重载列车最高日开行73列，连续20天、累计50天日运量能达到130万吨以上。那么，2万吨的列车是什么样子呢?

像一条黑色的钢铁“巨龙”，由C80型车辆和两台和谐1型电力机车组成，长达2.6公里，从车头走到车尾需要半个多小时，被称为“中国最长的货车”。

在“巨龙”的体内，有210节敞口车厢，将这些车厢全部装满煤炭后，可运载2万吨。在我国煤都大同和秦皇岛港之间，653公里长的线路上，每天有近百辆这样的“巨龙”奔驰，为我国20多个省市送去光明和温暖。

呼长宝，山西省大同天镇人，从小喝着黑龙寺山的龙眼泉水长大，冥冥中，似乎和“黑龙”有渊源，他已经驾驭着这条2万吨的黑色钢铁“巨龙”穿山越岭很多年。

大秦铁道线上，路况复杂多变，隧道多、桥梁多、坡道多，沿途有31个分相，52个隧道，454座桥梁，上千条弯道，都一次次挑战着他，考验着他。哪里上坡，哪里下坡，哪里该快，哪里该慢，全部牢牢镌刻在他的脑海中。

从事大秦铁路机车乘务工作以来，呼长宝亲历了从韶4到和谐号机车、人工组合列车到无线同步操纵组合列车、2万吨重载列车常态化开行到3万吨重载列车的试验成功。他经历并见证了大秦重载牵引装备升级换代的铿锵奔腾之力。

大秦重载司机第一人景生启是他驾驶2万吨重载列车的师傅。在驾车生涯中，呼长宝延续了景生启的细心、耐心和匠心，对各种机车的型号、构造、性能了然于胸。

他有机车试验“顺风耳”，听一遍就知道各部件的工作状态；他有列车试闸的“千里眼”，不需要看表，就能将长度不同的列车充风和排风时间精确到秒；他有制动停车“神闸手”，在2万吨停车对标时能做到一米不差。

在工作中，他毫不保留“传帮带”，成为重载司机公认的榜样，已经连续九年实现故障“零”延时、行车“零”事故，安全值乘行驶达90万公里。

今天，“80后”的他成为集团公司年度“太铁之星”，同时还获得了许多铁路人梦寐以求的荣誉，火车头奖章、全路优秀共产党员、铁路工匠……这些荣誉背后，有怎样的故事？

采访，从2022年春天开始。

喝龙眼泉水长大

在大同天镇，有一个叫黑龙寺山林的地方，由山上的黑龙寺而得名，距县城20多公里。这里是一处国有林场。

林场场部林区在黑龙背山上，整个黑龙背一至六沟内林木森森，灌草如织似毯，远远望去，墨绿起伏，如同一条黑龙，俗称“黑龙背”。

山林的半山腰有两眼泉水，遇旱不涸，遇涝不溢，寺庙内和尚，百姓上山放牧牲畜、挑担拉水再饮不竭，被当地人称为“龙眼”。此地花香鸟语，溪水潺潺，草绿林密，空气清新，宛如世外桃源。

但是，却少有人知，就在黑龙寺的山脚下，有一处叫下营堡村的村庄。

下营堡村，在北宋时已经立村，为呼延庆和高怀德抗辽时从飞云关（张家口）兵退90公里后安营扎寨的地方。此后，呼延复姓便改为呼姓。当时，下营仅有呼、高二姓。清道光中期，有部分呼姓进居县城西北街。如今，仍有呼姓人留在下营堡村，但已为数不多。

北宋年间，呼家将保家卫国的英勇事迹千古传诵。但下营堡村中呼家的后人却如同黑龙寺山林中的林木一般被时光隐去。

然而，在历史的天空中，相似的星光总会彼此交相辉映。

呼长宝，1980年出生于大同天镇黑龙寺山林旁的下营堡村，就是传说中呼延家的后人。

小时候的乡村，夜来得特别早，也特别安静，在洒满月光的小院子里，呼长宝听父辈们讲着呼延庆征西、呼延庆打擂、呼延庆挂帅、杨家将血战金沙滩等故事，于是，做一名保家卫国的英雄成为小小男子汉的向往。

20世纪80年代，改革开放的春风虽然让童年的呼长宝能够吃饱穿暖，但是，落后的乡村依旧像一块石头，压在他幼小的心灵上。

农村的孩子能吃苦，农村的孩子爱劳动。

下地、拾柴、挖野菜、放牛、喂羊……都是他放学后要做的事情。

没有自来水，他和父亲不得不到半山腰的龙眼泉去拉水，勤劳能干的父亲找来一个空汽油桶，和人力平车焊在一起，做了一个水车。这样，父亲可以不用继续拿扁担挑水，也不用小长宝和弟弟拿根棍子去抬水了。

天不亮时，他经常会坐在水车上，跟着父亲去拉水。上山的路弯弯曲曲，又窄又陡，遇到雨雪天气，又湿又滑，侧脸看一下，一边就是深不见底的沟，而泉眼恰恰在半山腰上。

村民们都在一个地方接水，过去了还得排队等候。小长宝总是早早地跑过去，替父亲排队。等轮到他们时，父亲便会将水车拉过来，一桶一桶地装水。每当一车水接满，他就会紧紧跟在水车后面，遇到上坡时，使劲给父亲推车；遇下坡的时候，则拼尽吃奶的力气拽着车……

绕过很多弯，穿过一道沟，父子俩才能平安将一车水拉回家。

每每这时候，呼长宝就会望着远方的黑龙背出神：什么时候水能从院子里流出来，不用再上山拉了呢?

拉水吃离不开父亲，过日子也离不开父亲。

父亲不光会种地，还会盖房子，他的瓦匠手艺在村内是有了名的，测量、画尺寸、标线、上砖……砌筑起来一点也不含糊。

有一天，长宝跟着父亲在工地上，父亲把着一块砖对他说："儿，做人啊，就要像这砖一样，脚踏实地，稳稳当当。"

一边说，一边将那块砖砌在墙上。一块块砖垒起来，一面面墙便砌成了。不久，这些墙就变成了几间房。不久，这些新房就会被新砌的围墙圈在院子里。

崭新的房子，崭新的院子，都是用砖砌的，坚实牢固，稳稳当当。

父亲真能干，父亲是能够创造房子的人啊！

于是，在上学、念书、拉水、干农活、帮父母做家务中，呼长宝牢牢记着父亲的话，脚踏实地，认认真真，一步一个脚印慢慢地长大。

初中，就读于逯家湾中学。逯家湾中学离永嘉堡村不远，呼长宝就住在永嘉堡村的姥姥家。

姥姥家不远处就是京包铁路线上的永嘉堡站，学生时代的呼长宝有时候会和同学们一起，坐着火车去县城买书、看电影，也因此，永嘉堡站成了他人生中与铁路和火车的第一次交集。

那时候，坐在火车上，他望着远方的黑龙寺山林，总会想，奔驰的火车会不会是山上的黑龙变的呢？它跑得好快，那一节一节的车厢像长蛇一般，不停地扭动着身体，载着人们去想去的地方。

或者，就在那个时刻，进铁路，当一名铁路工人已经走进他的梦想里。

中学时期，看书成了他最大的乐趣，尤其是长篇小说和历史故事，让他达到痴迷的地步，一本书在手，不读完不罢休。在那个年代，了解外面世界的工具只有书。

苏联作家尼古拉·奥斯特洛夫斯基所著的长篇小说《钢铁是怎样炼成的》是他最爱读的一本书。保尔·柯察金的顽强、执着、刻苦、勇敢、诚实……热爱读书、不畏命运、意志坚强的故事让他懂得：一个人只有把自己的追求和祖国、人民的利益联系在一起的时候，才会创造出奇迹，才会成长为钢铁战士。

在书中，他开始想象未来的自己。在学习上，千倍百倍地努力；在生活中，勤勉懂事，成为父母和老师的好帮手。

听说省城太原有能进铁路的学校，呼长宝便报了名，谁知，竟考上了。

那是1997年，呼长宝考上了太原铁路机械学校的电力机车专业，在去学校报道的那一天，母亲特地为他包了两颗荷包蛋，对他说："儿啊，不要担心家里，安心学习！"

农村孩子表达情感的方式笨拙，他把家里的水缸填满，将烧饭的柴火备足，给牛羊割足草，把小院子打扫了个干干净净。临走时，他只说了四个字："娘，放心吧！"

在班里，由于思想进步、学习成绩优异，他被同学们选为班干部，当上了副班长，年年拿奖学金。

随着新时代改革的步伐，呼长宝的生活和家乡也发生了翻天覆地的变化，青龙泉的水引到了村里，村里有了自来水，修了柏油路，电话、电视机、洗衣机走进家中，黑龙寺山林也被开发成旅游区。

呼长宝开学、放假时回家，坐火车成了常态。这位农民的儿子，在不断努力学习下，也渐渐走出农村，奔赴到了他人生中理想的岗位。

葱茏茂盛的青龙寺林区外，春风荡漾，嫩草轻摇，向一位位远道而来的旅人问好。

这里，是呼长宝出发的地方，走得再远，走得再辉煌，也不能忘记出发的地方。

故乡，青龙泉，他的根在这里。

大秦"驭龙人"

唯有知道根在哪里，才能明确人生的目标和方向！

黑龙寺山林以它的福泽和灵气护佑着上、下营村的百姓。

2001年，呼长宝从太原铁路机械学校毕业。他本来想着终于有机会驾驶机车了，谁知，却被分配在大同客运段，成为一名列车员。

在那时，火车成为老百姓出行最重要的交通工具。尤其是春节前后，拥挤的车厢、归心似箭的返乡人，这些场景深深地触动了青年呼长宝的内心，他对“人民铁路为人民”的口号也有了更为深刻的认识。

2002年，全国电力供应持续紧张，21个省、区、市用电告急，有的电厂电煤保有量仅为一天。许多企业不得不“以运定产”，电力部门不得不拉闸限电。人们突然意识到：习以为常的一盏灯火原来如此珍贵。

中国铁路，走到了一个攸关未来的历史拐点。

此时，呼长宝仍然在石家庄到包头的列车上忙着，一出乘就是4天。工作之余，他仍不忘学习，2004年他进修了石家庄铁路学院客运管理专业。这为他后来驾驶2万吨重载列车打下坚实的基础。

这一年，煤电油运再度紧张。中国电力迎峰度夏达到前所未有的峰值，铁路抢运电煤进入白热化。

随着大秦铁路运量的增长，湖东机务段人员短缺，开始面向全局招机车乘务员。

“开火车”——那是呼长宝少年时代的梦想啊！自己现在是列车员，虽然天天坐在火车上，为旅客服务，但是连司机的驾驶室都没进去过，更别说开火车了。

当年，一起毕业的同学，有的被分配在机务段，聊起他们开火车的劲头，那自豪满足的样子，还真让呼长宝羡慕呢！

报名，当开火车的司机！呼长宝毫不犹豫地放弃了从事四年的客运工作。

2005年，他终于站在了湖东电力机务段的湖东站二场里。

眼前，一列列黑色的钢铁“长龙”静静地停在那里，在等着驾驭它们的主人，呼长宝的脑海中又想起了《钢铁是怎样炼成的》，想起了保尔·柯察金……

想要炼成一块好钢，就得经得住千锤百炼。

成为一名火车司机，一切都意味着从头再来。“半路出家”的呼长宝，看在眼里，急在心里。

呼长宝从学习司机干起，带他的师傅是一位比自己还小的年轻司机。呼长宝跑前跑后，擦设备，递工具，做记录……虚心向师傅请教专业技能和驾驶技术。

因为热爱，他把所有的心思都用在学习开火车上，从书本中熟悉业务，向同事请教知识，他找来历年的行车案例，不断地钻研并琢磨分析，将日常工作同实践操作结合在一起，反复推敲，用心琢磨，丰富自己的理论，提高机车驾驶技术。

需要背的规章制度太多了。呼长宝兜里揣着《技规》，床头贴着《技规》，吃饭看，休息读，在列车停靠时学，他把能利用的时间都用上了。眼过千遍，不如手过一遍，记不住的内容就反复抄写，抄着、记着，没有停歇的想法，两眼熬得通红。同事宋玉至今记得，当学员时，呼长宝就对手里的《技规》《行规》《重规》等书籍爱不释手，一块儿参加培训的新工除了听课的时候翻翻书，更多的是憧憬着美好的课后生活，因而，呼长宝和他们在一起的时候总是显得不那么“合群”。

一段时间后，《技规》《行规》《安规》《事规》《重规》等十几本规章制度和专业资料以及机车专业知识都深深印在他的脑海里。

接下来，是由经验丰富的年轻师傅带着上车，进行“师带徒”机车上的实作培训，在这个阶段，呼长宝掌握了车顶设备、走行部、电器部件、制动系统等一大堆机车重要部件的工作原理和故障处理的方法。

段里有规定，当乘务学习半年或乘务公里满三万公里取得铁路岗位培训合格证后，可以进行定职鉴定考核，就有机会成为副司机了，在机车副司机岗位连续从事机务乘务工作一年以上或乘务公里满六万公里后，通过理论、实操考试，两项都合格，才能取得铁路机车车辆驾驶证。

这些关得一道道地闯，一点也不能含糊。

考司机，必须一次拿下，要强的呼长宝不能再等了，也没有时间再等，他不能让年轻的师傅瞧不起自己，既然来了机务段，就要开好火车。呼长宝想到了，也做到了。

2008年，呼长宝如愿获得了铁路机车车辆驾驶证。

有了开火车的资格后，他正式持证上岗。

那个时刻，一个人驾驶着机车飞驰在千里大秦铁路线上，呼长宝的心也是飞翔着的：“‘黑龙’，钢铁‘黑龙’，生命中的守护神，我终于能驾驶着你在祖国大地上奔跑了。”

一座座山，一道道河，沟沟壑壑从他的身边掠过，山山水水从他的眼前掠过，他太高兴了，原来，“黑龙”奔跑的感觉是如此令人神往，他不再是他，而是一条“黑龙”了。

一条初出寒潭的“黑龙”，开始奔跑不久，就发现，自己被2万吨重载的“巨龙”远远地甩在了后面。

做火车司机难，当2万吨主控司机更难。拿上司机本，只是一名重载司机“万里长征”中的第一步，在段里，拿驾驶证的人有4000多人，而2万吨重载主控司机却寥寥无几。

要想提升操纵水平，要想早日成为2万吨重载列车主控司机，就得下苦功夫。

农村的孩子最不怕吃的就是苦。

为此，呼长宝利用休班的空档，对照着线路图，根据大秦线上的24个货运站：韩家岭、马辛庄、湖东、大同县、阳原、化稍营、逐鹿、沙城东、北辛堡、延庆北、下庄、茶坞、平谷、大石庄、蓟县南、翠屏山、玉田北、遵化北、迁西、迁安北、卢龙北、后营、柳村、柳村南二场，细分出23个区段，并将重点区段进行标注钻研。重一区段是化稍营到逐鹿，重二区段是延庆北到茶坞。

他在每一处都标注出详细参数，从每一趟车上下来了后，他会仔细回想上一趟车的操纵过程，每一把闸，每一次牵引与制动都不肯放过，反复比对。他把仅有10厘米的操纵手柄滑槽，精准操控到每一毫米，把自阀手柄减压时机，精准操控到每一次对标停车。钻研、模拟、试验……他的学习笔记记了16本。

功夫不负有心人。

2010年，呼长宝如愿成为一名2万吨主控司机。

与其他2万吨重载列车主控司机相比，他是幸运的，因为负责带他的师傅是被誉为“教授级火车司机”后来成为“最美铁路人”的大秦重载司机景生启。

会开车只是技术，开好车才是艺术。

跟着师傅，呼长宝才发现自己所掌握的铁路机车知识缺口很大。重载机车的构造性能、机车车辆知识、力学知识……对他来说仿若隔山跨海，他立即买书，看书，挤出一切时间学习，想方设法向景生启师傅请教。

呼长宝的话不是很多，师傅讲的时候他就安静地听着，师傅讲完后，一时半会儿理解不了的内容，他就记在本子上，仔细回味机车运行中的受力以及操纵原理，慢慢地消化，直到融会贯通。

让他欣慰的是，和景生启在一辆车上共跑八个月，在这段时间里，景师傅不但从技术上、业务上给了他指导和帮助，而且让他对人生和生活也有了全新的认识。

两个人轮流值乘，呼长宝不止一次地偷偷看过师傅。不管走到哪个区段，半夜两三点了，司机座上的景生启都是直直地坐着，不管有人没人标准都一样，全神贯注，直视前方，剑指舞动，各个程序不打折扣。除了技术之外，景生启那种对工作认真、严谨、一丝不苟的态度，也让呼长宝敬畏不已。

重载列车每一次调速、每一把制动都容不得半点差池。

重载列车的操作手柄滑槽仅10厘米，但被师傅细分为100个机位，这意味着每一次推动都以毫米计算，一毫米一毫米地推动，必须做到分毫不差，这种师傅独创的制动法，让他从细微中体验到千斤的力量，也让他掌控机车技术有了质的飞跃。

眼看着一道道重载难题被师傅成功化解、一个个操纵奇迹被师傅创造，呼长宝暗下决心，一定要成为像景生启一样的“技术大拿”！

段里开展的一场比武让呼长宝脱颖而出。

比武，本来安排的是别人，结果到了比武的时候，这个人出车回不来。没回来，领导就考虑让呼长宝去，跟他谈：“你去段上比武怎么样？”他说：“比吧！”结果，出人意料，他竟然拿了段的第三名。

2012年10月，太原铁路局组织开展货运列车司机技术比武，段里仍然安排他去。去就去，那些规章制度早已经熟记于心，和自己的身体发肤一样熟悉。呼长宝正想称称自己有几斤几两呢！

比武地点在太原机务段整备场里，考的内容是机车检查和操纵。在这里，他碰到了比他早分到机务段的同学。一样的年龄，驾龄却比人家短，在一起比试，更要用心。心无旁骛，精益求精。呼长宝全力以赴。名次下来，他夺得第一名的好成绩。

就在这一年，他光荣地加入了中国共产党。

“我的每一趟车都是我的第一趟车，在驾驶过程中没有一成不变的操作，绝对不能大意骄傲，在换乘过程中，一切都在变化，要做到精力集中，专心致志，绝不能够有侥幸心理。”呼长宝说。

敬业、坚毅、站位高、大局观念强。这就是开2万吨后的呼长宝。

披星戴月的驾驶，24小时轮乘，随时待命，呼长宝深深地知道，当一名2万吨重载司机，当一名向景生启那样的大拿，必须有“绝活”，同时，也要耐得住寂寞，守得住孤独，熬得过长夜。

不足十平方米的司机室，是他一个人的战场，检查部件、试验状态、核对数据、确认型号，标准化动作一项不差，标准化用语一句不落。注意力高度集中，对前方的线路情况时刻瞭望。

“前方绿灯，通过！”呼长宝二指并拢，手臂前伸，剑指发出，标准规范。每通过一架信号灯，他都会重复着相同的动作，大声地喊出同样的话……全神贯注，目不转睛。

沙东特大桥上，晚霞火红，刺耳的长鸣声中，一列2万吨的重载“巨龙”奔腾而过……

“铁疙瘩”兄弟

从此，呼长宝便不再是一个人，他有了“黑龙”，不，他还叫它“铁疙瘩”兄弟。

四月快要结束时，山上的丁香花就开了。每年到了丁香花开的时候，也就是段里对所有重载机车维修保养的季节。经过一番敲敲打打、刮骨疗伤、包扎缝合后，这些“铁疙瘩”就又精神抖擞地上路了。

对“铁疙瘩”，呼长宝不仅仅是爱惜，可以说是呵护备至。

用他的语言表达就是：“天天在一起，有感情了，操作的时候，对它轻点，温柔点，它就能少出故障，多跑路。如果冲动大了，有些接口会松动，影响灵敏度和制动性。”

每次上车前，车下绕一圈，车上绕一圈，都是他必须要做的。他重点检查自动开关，看看有没有没合上的开关，如果自动开关未合上，可能导致列车紧急制动，对行车安全产生不利影响。

14分钟，是大秦线重载列车平均间隔时间。在高密度的运行环境，对非正常行车的处理能力要求极高。

2万吨的“铁疙瘩”全长2.6公里，冲动大，控速难，天气不好时还怕拉不动。现在，摆在他面前的就是2万吨重载列车过分相操纵技术难题。列车前部和中部机车过分相的速度掌握和断电时机如果掌握不好，会发生列车中途停车，甚至出现停于分相区的严重后果，这也成为大秦线重载司机们最为头痛的问题。

2014年，呼长宝不再是一名普通的机车司机，而是段上“高兴劳模创新工作室”的一员了，能够与高兴、景生启、蔡晓东等其他重载尖兵一起参与技术攻关，他别提多激动了。

出乘以外的时间，他埋首研究，摸索分析每个分相的操纵要领。休班在家时，他咬着笔头、拧着眉，不断回想着分相前信号机的位置和显示。一心扑在了重载列车操纵难题的攻关项目上。

经过无数次的车上试验、无数次的车下琢磨，他反复修改受力分析图，不断调整手柄的最佳级位，最终总结出《大秦线2万吨列车过分相十注意》，紧接着，这个“十注意”被全段推广，为提高重载列车安全操纵技术添了砖、加了瓦。

他的“铁疙瘩”兄弟在种种保护措施和呵护下，也行驶得更加稳健了。

和开汽车一样，开火车也能遇到意想不到的特殊情况，为了确保每一趟车能安全平稳到达目的地，在遇到突发事件时必须有过硬的心理素质和应变能力。那次出乘的经历让呼长宝至今记忆犹新。

2018年8月，列车行至化稍营站。呼长宝更加专注了，前方要进入的是大秦线上最具挑战性的路段：化稍营至涿鹿段、延庆北至茶坞段。这里位于燕山山脉、总长约83公里的大坡，落差达1000米。

在这种复杂路况下，长达2.6公里的重载列车会呈巨龙腾飞状，机车的车身同时会扭出三四条曲线、七八个起伏，车头和车尾的高度落差将超过10层楼。有时同时穿越三四个桥梁隧道，有时车尾的坡还没下完，车头就又开始爬坡。

这可是驾驶2万吨重载列车的“重头戏”，呼长宝沉着、镇定、冷静驾驶，穿过一片又一片风险区域，一遍一遍地刷新着行车安全纪录。

就在这时，一场大雨骤降，列车行驶到了玉田北至遵化北区间，眼前的挡风玻璃上，密集的雨水不断击打着挡风琉璃。

这些年，虽然在出乘中遇到过无数次雨雪天气，但是职业司机的敏感性让呼长宝的心情也跟着紧张了起来。按照出勤前的风险预想，他立即对机车的牵引力进行了试验。

2.6公里长的2万吨列车不怕拉不动，就怕停不住，最怕停在上坡道，启动困难。

果然，担心的事情发生了，不试不知道，一试吓一跳，机车空转严重，连忙踩砂，调试手柄，一遍又一遍，依然空转……眼看着没有任何好转，呼长宝瞬间惊出一身冷汗，再往下走，可就是近30公里、4‰坡度的长大上坡道，如果盲目通过，就会造成途停。

刻不容缓，他当机立断向列车调度员汇报，请求侧线停车避雨。

调度员很快就回话了，同意停车，呼长宝一面慢慢将列车驶停在遵化北站内，一面心里默念着："好兄弟，一定要好好的，千万别出差错啊！"

此时，雨势丝毫没有减弱的迹象，想到刚才的情形，呼长宝下意识地咬了咬嘴唇，到底是哪里出了问题？

他立即穿好雨衣，下车察看，对"铁疙瘩"一处一处地过，经了手的设备都正常，没有松动、脱节等现象。就在他满腹疑团来到走行部的时候，突然诧愕地发现：原本通畅的八根砂管，竟有六根不下砂了。这样的问题以前从没遇到过。

呼长宝内疚啊！出乘的时候怎么没有发现呢？

身边，瓢泼大雨仍在无情地下着，呼长宝的目光紧紧盯在那一排砂管上，如今，等外援，有些不现实，他必须自己处理这样的故障，说干就干，时间不等人啊！他迅速拿起工具，俯身在车轮旁，熟练地拧动着螺丝，一根一根清理着砂管。

脸上，雨水在不停地淌着，呼长宝双手拿着工具不停地清理着砂管……当所有砂管疏通后，雨水也全部顺着他的雨衣领口灌了进去。

故障解除了，呼长宝终于松了口气，却发现天快黑了。

不容耽误，继续赶路，离终点站还远着呢！

"最怕的不是拉不动，而是主控机车指令发出后，从控机车收不到指令或指令不同步。如果停不住，巨大冲力能把中间车辆挤成'铁饼'！"这曾经是呼长宝在运行途中最担心的问题。

为解决这一难题，铁路科研团队在大秦线曾先后开展了100多次试验，将过去点到点通信传输创新研发为系统网络通信传输。如今，2万吨重载列车的主从机车已经完美实现了“齐步走”。

“这里就像一个庞大的试验场，几乎每天都有创新成果。”很多重载铁路专家达成了共识。

负荷越来越重，跑得却越来越快，各项纪录不断被刷新：装车，30多秒一节；速度，重车每小时80公里；制动，0.2秒同步操控；通信，延时不超0.6秒……

随着技术的不断进步，大秦铁路上开行的列车从5000吨、1万吨、1.5万吨到2.1万吨……2022年将试验常态化开行3万吨重载列车。

多么令人振奋的消息啊！呼长宝犹如插上翅膀的“黑龙”，在万里大秦线上奔驰着……

旁边，有一趟高铁列车飞速驶过，这里是三个“首条”铁路的神奇交汇处：中国人自行设计和建造的第一条干线铁路——京张铁路、中国首条双线电气化重载运煤专线——大秦铁路、世界上首条时速350公里的智能高铁——京张高铁。

东方的曙光照耀着大地，为大秦铁道线镀上了一层金边，呼长宝驾驶的重载列车也顺利抵达终点——秦皇岛柳村南站。

“铁疙瘩”兄弟的210节车厢被依次拖向翻车机房，随着一阵隆隆声，一节节铁的身躯被硕大的翻车机翻转过来，车厢内满载乌黑的煤炭被送进传送带，随后被运往不同的货船上。

波澜壮阔的海面上，一艘艘运煤船只扬帆起航。

传授驾车经

万里奔腾归沧海，千里振翅冲云霄。

2021年下半年，电煤抢运迫在眉睫，一场没有硝烟的电煤保供突击战打响了。

大秦线连续20天、累计50天日运量达到130万吨以上，电厂可用电煤库存25天以上，全年大秦线运量达到了4.2亿吨。

呼长宝，这位农民的儿子，经过十几年的磨炼，已经成长为一名技术精湛的2万吨重载列车员。

寒冷时，列车是温暖；疲惫时，列车是力量；茫然时，列车是希望；2万吨重载列车如家乡“黑龙寺山”泉水，滋润着呼长宝，带动着呼长宝，一列列2万吨伴着他走过大秦线多少次，他记都记不过来。那龙腾虎跃的气势常常抚慰他的心灵，激励他的斗志，机车，已经融入血脉，成为他朝夕相伴的战友。

成为战友的，还有后来入路被分到湖东电力机务段的一批又一批新工。

望着壮年的“黑龙机车”，望着一副副真挚、热情、好奇又充满阳光的面孔，呼长宝的心就不自觉地温暖起来，他要带着这些年轻人去认识“黑龙”，认识他的“铁疙瘩”兄弟。

为了更快提升新入职司机操纵水平，他加入车间组织的名师带徒团队，和团队其他成员一起帮教新入职司机，值乘中将自己总结的操纵方法耐心细致地进行讲解。

从学员、副司机、司机到2万吨重载司机，呼长宝带出的徒弟也已经一个个枝繁叶茂，长成参天大树，成为湖东电力机务段的顶梁柱。

刘伟，毕业于太原理工大学的一名研究生，是呼长宝帮教的新职司机之一。这个身材略胖、个子不高、性格沉稳，爱琢磨、悟性高的男孩子硬是有一股不服输的劲儿，呼长宝喜欢这种劲儿。

2020年，刘伟刚单独出乘时，对2万吨列车操纵有畏惧心理，牵引手柄推得不是大就是小。呼长宝就针对这些问题，带着他在一趟车上指导，对他的操纵过程进行精细划分。每一个关键区段，利用信号机作为标志，进行操作指导。

然而，几趟下来，刘伟的操纵水平并未提升多少。针对这种情况，呼长宝想到了年轻人还得用新方法，不仅要在操纵技巧上对刘伟进行帮教，还需解开这位小伙子的“心结”，克服急躁情绪。

“小刘，走，咱吃饭去。”下车后，呼长宝热情地招呼刘伟。他们面对面坐在一起，聊生活、聊人生、聊工作，成为无话不谈的好朋友。

“火车开得好不好全在刹车上。重载列车每隔一刻钟就会发一列车，有时候你的车与前车或者后车的距离只有几公里，如何让2万吨重的车既能爬坡，又能在紧急情况下慢下来、能停住，这是对重载司机的最大考验……”呼长宝像大哥哥一样告诉小刘要胆大心细，在实践中不断总结，不断提高。

“您讲得我都记住了，谢谢师傅！”刘伟感激地说。

通过多次的接触和交流，刘伟在呼长宝耐心的帮教指导下，渐渐克服了畏惧心理，将开好2万吨列车的信心树立起来了。

在新的一次出乘中，呼长宝叮嘱刘伟：“142公里自阀手柄减压后，想要在145公里缓解列车，就要在此之前做到电控制动的配合，制动力给到百分之几十，都有着明确的标准。尤其行驶在1442信号机时，时速不能超过60公里，也不能低于55公里。”

这个聪明而又倔强的小伙子，对呼长宝的要求执行得是分毫不差。

此后，每个区段、每架信号机的操纵标准流程，刘伟都能准确无误地操纵到位。在呼长宝的耐心引导下，他的业务水平突飞猛进。

每遇到一个信号，司机就要做一个“手比、眼看、口呼”的动作，在653公里的单程运行中，这样的动作得重复600多次。

年轻的刘伟始终牢记呼长宝的教诲，不嫌烦，认真做。在值乘过程中，更加细心、谨慎，他认真观察，体会操纵过程中的变化，一路上加减载、升降速标准到位，始终保持列车平稳运行。

在不到3年的时间里，刘伟成长为一名电力机车司机，也成为呼长宝的

“得意门生”。

一个难题解决了，新的难题又找来。

新司机对2万吨重载列车性能不熟悉，一些小方法、小窍门说给他们但还是掌握不了，呼长宝到工作室利用LKJ数据、“列车运行监控装置”找一个点达到速度，进行模块化操作，列车的冲动小了，2万吨最优的操作方法也就掌握了。

然而，最困难的就是在两个关键区段空电联合制动时，新司机对再生力的调整时机掌握不好，很难达到模块化操纵要求。

呼长宝想出了一个方法，叫作“地面参照物控速法”。通过这个方法，有效缩短新司机掌握模块化操纵的周期。

他是这样深入浅出讲述的：“比如说，第一个关键区段化稍营至逐鹿间的第一把闸，以2021年2月23日的73103次为例，1点27分39秒开始制动，1点30分16秒缓解，制动时间只有2分37秒，减去2万吨列车要求再生力有30秒的稳定时间，留给司机做出准确判断并调整好再生力的时间只有2分01秒，而在这2分01秒的时间里，司机还要瞭望，监视主、从控机车的仪表等内容，对一个新司机来说，难度确实很大。”

呼长宝心里急啊！怎么能找到一个比较直观、容易被接受的方法，让他的这些徒弟们快速掌握呢！

他摸着“铁疙瘩”兄弟，想啊！量啊！算啊！

分析，琢磨，经过对列车运行监控装置数据进行分析比对后，他发现以地面信号机为参照物，当司机达到某一个速度值以后就可以调整再生力的方法。例如：在第一个关键区段的第一把闸，制动后，当列车到达1442号信号机处，速度在55至60公里每小时时，立刻将再生力调整至模块化操纵要求的值，全部能在规定的地点缓解。

“地面参照物控速法”确实高明，不但新司机容易掌握，连外行也能听懂了呢！

通常，火车司机分为学员、副司机、司机三个级别，但是，湖东电力机务段的司机这一级又被严格分为万吨、1.5万吨、2万吨重载列车主控司机和从控司机，在全段8000多名职工中，重载列车主控司机有1300多名，而2万吨重载列车主控司机就只有650人。

2万吨重载列车主控司机操纵要求高、培养周期长、选拔条件严苛，众所周知。

因此，为了提升新职司机的操纵技术，呼长宝加入了段名师带徒团队，他在值乘中将自己多年的驾驶经验毫无保留进行讲解。

继《大秦线2万吨列车过分相十注意》后，他把常见的非正常行车问题处理流程都收集起来，又整理出了《重载列车典型非正常行车处理要诀》，没想到竟成为全段处理重载列车非正常行车问题的“指导书”。

“关键是11把闸要教会。”主管副段长杨震说的话掷地有声。

这些年，呼长宝就累计帮教了20名新职司机，现如今他们都已经成长为电煤运输的主力军了。

接下来，2万吨重载列车自动驾驶及3万吨重载列车常态化开行的重大课题等着他们去攻关，守好大秦重载占领世界重载技术发展的前沿阵地责任重大。

他们都是机务“驭龙”人，一群有血性的铁路职工，不论年轻的还是年长的，他们心无旁骛投身大秦重载队伍，以满腔的激情和热血书写着大秦重载的平安之路。

这一天，笔者碰到一位退休的老职工，也是一位曾经带过呼长宝的师傅。谈起当机车司机的经历，老师傅依旧血性不减，侃侃而谈，向年轻的新工们传授着自己的驾车经。

提起呼长宝，那是他引以为傲的徒弟啊！

“机车操作，有些业务经验没法写，重点是传承，把这些东西交给孩子们，他们就能少走些弯路。”老师傅说。

雁北的雨说来就来了，这些“大车”们依旧聊着，不慌、不乱、不惊、不喜，是啊！他们经历的风雨太多了，这点春雨又算得了什么？

不禁想到陆游的诗句：僵卧孤村不自哀，尚思为国戍轮台。夜阑卧听风吹雨，铁马冰河入梦来。

幸福的回响

春日，周末，一个细雨迷蒙的傍晚。

刚从包头出乘回来的呼长宝和往常一样，到大同市郊区的一所职工夜校去接他的女朋友。

下课铃声响了，女孩儿走了出来，同行的还有两位女同学。她们有说有笑地聊着……

看到拎着一箱牛奶站在校门口的呼长宝，女孩儿向两位同学使了一个眼色，同学会意，一起走了，她则飞快地跑了过来。

“怎么又买牛奶？跑那么远拎回来，多累！”

“嗯，你爱喝，喝完咱再买！”

女孩笑了，挽起他的胳膊，说：“走吧！”

“咱们打车。”

“打车多费钱呀，走着回！”

从夜校走回市里，那可是近十里的路啊！

“行，咱走着回！”

两个年轻人，轮流拎着一箱蒙牛奶，两个小时的路。

细雨很识趣的，慢慢停了。夜好静呀！静的只有风儿和花草在说话，一路上有迷迷糊糊的灯光，它们想躲起来，又不得不把这一对年轻人安全送回家。

女孩给男孩讲今天学到的知识，男孩给女孩讲他的列车、讲遇到的旅客，还有不同城市的温差、风俗、景点……讲从北京到包头出乘这4天的经历。

讲的人兴致勃勃，听的人津津有味。

春风里夹杂着花草和城市的清香，诱惑着路人，让这对年轻人的心也越走越近。

美丽善良的姑娘叫曹燕清，在一家建筑公司工作。

就是因为呼长宝的敦厚、踏实、稳重和爱岗敬业打动了这位姑娘。

后来，燕清做了列车员的妻子。再后来，燕清成为2万吨重载列车司机的坚强后盾。

在铁路工作的都知道，当铁路职工的妻子意味着聚少离多，意味着整个家庭重担，都得自己担着。

燕清愿意，燕清支持呼长宝的工作，每当看到穿着一身铁路蓝的爱人回家，她就很幸福！家里的老人，她来管。孩子出生了，她来管。这个能干的女人，上得厅堂，下得厨房，不但将家管理得井井有条，在单位上还是骨干呢！一开始是建筑工程师，后来通过自修又考上造价师。

谈起他们的爱情，最温馨最温暖的礼物是什么呢?

太想知道了，然而，答案却令人瞠目结舌。牛奶，是很多箱蒙牛奶。除了蒙牛奶，呼长宝没有给爱人买过任何礼物。

问燕清，遗憾吗？没有啊！要什么礼物呢？有爱、有健康就知足了，他能开好车，平平安安回家来就是最好的礼物。

他不但平平安安，他的2万吨重载“铁疙瘩”平平安安，而且由于工作成绩斐然，都成为湖东电力机务段机车司机的榜样了。

看看吧！他被评为“太铁之星”，都上电视了。

燕清一边看着我给他的视频，一边微微笑着，她的爱人一直都是这样优秀呢!

“明天就是除夕夜了，兴许今年能赶回去。”镜头里的呼长宝脸上洋溢着幸福的笑容。上班22年了，呼长宝也就在家过了四个春节。

春节，是什么呢？是相聚，是幸福，是温暖，但他是在大秦线上为祖国四面八方的人们送温暖的人啊！越到春节越忙，越到春节越得坚守在一线岗位上。

顾了自己的小家就会影响机务这个大家，影响到国家煤炭运输，呼长宝不愿意，燕清也不愿意，她支持他，她知道“黑龙”在他心中的分量。

春节期间，呼长宝驾驶机车行驶在铁道线上，有时会看到道路两旁村庄燃放的烟花，每到这时，总会触痛他，但他克制着自己不去看，不去想，专注地盯着下一个信号灯，专注地驰骋在铁道线上。

那里，有他心心念念的地方，那里才是他自己的家。

提起自己的家，那是他心中最柔软的地方，不只对妻子，对孩子也有愧啊！

一次开家长会，燕清单位有事，通知他去开，等到了学校，却蒙了：孩子是哪个班呢？该往哪个方向走？打电话，来不及了，使劲想，真没有一丝印象，从孩子入学，他还真没管过孩子呢！

惭愧啊！幸亏，遇到一位认识的家长，幸亏，人家把他带到了孩子的教室。

此后，再也没有去过学校，再也没有参加过孩子的任何活动。全都是燕清，全靠人家！

呼长宝看在眼里，疼在心里。他知道燕清烹饪技术一般，最爱吃土豆炖牛肉，一有时间就学习厨艺。只要休班在家，他就会买来新鲜的土豆和牛肉做给她吃，直到女儿甜甜说了话：“爸爸，你怎么这么没情调呢，总是做一样菜。”夫妻两人相视一看，“扑哧”，乐啦……

呼长宝心想：看来这家里的厨艺和开万吨机车一样，也得紧跟时代的步伐！于是，火锅、麻辣拌、西式糕点等又成为他学习烹饪的目标。

再平静的水面也有波澜，何况是过日子呢？老丈母娘早就有一个想法，等春节的时候，拍个全家福。

一年过去了，两年过去了……总是对不上呼长宝回家。

2013年初夏，端午节的前一天，接到家里电话，丈母娘走了！

原来，他的丈母娘得了胃癌，从发现到离开才一个多月。

该怎么办？往回返，不可能，呼长宝的眼泪一下子涌了出来，他克制着自己，定定神，咬着牙，紧紧握着手里的闸把，看前方，眼睛里只有前方……“黑龙”也很善解人意！一路上平平稳稳，开到终点。

工作中的呼长宝从不掉队，在家庭中，却总是缺席。拖拖拖……拖到丈母娘去世，也未拍成一张全家福，这成了他心中永远的遗憾。

面前的两个人，一位英俊、憨厚，一位美丽、率真。小女儿甜甜也挺优秀，中考以高分被市里的重点中学录取，读高中后，在班里也是名列前茅的好学生。

能有今天的成绩，都是爱情的力量。燕清知道，呼长宝不是不顾家，比起自己的小家，他的心里想着的是开火车的“大家”和需要电煤的国家。在嫁给呼长宝以前，她曾天真地以为穿铁路制服的和普通职业没有什么区别。生活在一起后，才明白，哪有什么岁月静好？是有一群和自己丈夫一样的铁路职工在负重前行，这是呼长宝的信念，也是所有火车司机的缩影。

短暂相聚，长久的分离，呼长宝用含蓄的不舍，表达着对家人的愧疚，他吻吻熟睡的孩子，抱抱依依不舍的妻子，再次回到岗位上。

回到这里，回到湖东二场，看到年轻司机们期待的目光、油污的双手、干裂的嘴唇……呼长宝心疼啊！他们也是放下了爱人、父母、孩子，和他一样奋战在大秦一线，在夜深人静时，他们也会想家，也会流泪，而家里的亲人也在挂念着他们。

他们所付出的、所守护的、所努力的……不正是千万家的温暖和幸福吗！

想到这里，呼长宝带领他们驰骋大秦线的决心就更加坚定了。

2021年10月以来，各部门、各煤企推进煤炭保供稳价，山西、陕西、内蒙古等主产地煤炭产能快速释放。以山西为例，2021年煤炭产量达到11.9亿吨，而将这些电煤运往南方。毋庸置疑，大秦铁路就是主力军啊！

电煤抢运迫在眉睫，呼长宝和他的“大车”兄弟们责无旁贷，积极配合兄弟单位，打响了一场没有硝烟的电煤保供突击战。他主动请缨，带头加入了乘务员补强队。

“绿灯，发车信号好了。73057次准备发车，司机明白！”2021年10月2日凌晨，湖东二场，呼长宝坐在2万吨重载列车驾驶室里，轻轻推动牵引手柄，列车缓缓启动……

“作为一名党员，在国家需要的时刻，我们就应该义无反顾地顶上去，用行动践行‘负重争先、勇于超越’的大秦铁路精神。”这是呼长宝经常挂在嘴上的一句话。

那段时间，呼长宝就把家安在了“车上”和“公寓”，在集中修期间，列车周转周期长，他随时准备“添乘补缺”。每天早出晚归，连日高强度的工作，导致他下了车后腿肚子都发软，还出现了低血糖现象。

糖，常备在身上，那是他小时候最爱吃的东西呢！燕清一直给他备着，也多亏了糖，让他克服了低血糖的障碍。

言出必行，使命必达。

在极寒的天气下，呼长宝和他的同事们披星戴月，保障电煤外运，保障冬季供暖。

累计下来，他比别人多跑7趟，这相当于多拉了14万吨煤，那是4700辆30吨重的运煤敞车啊！硬是凭借着呼长宝的一己之力从大同运到了秦皇岛。

“大秦人就是要负重，大秦人就是要争先……”段党委张书记保供电煤动员会上的讲话在耳边回响。

一天天运量的攀升让人激动，一行行不断刷新的数字让人振奋！

大秦线运量连续42个非施工日保持130万吨以上，2021年全年大秦线完成运量42103万吨，同比增运1602万吨。

集团公司上下连续9天收入保持3亿元以上，连续10天装车数保持34000车以上，11月份创造近年来最高运输效率，12月份创下集团公司最高装卸车、交接车纪录，一鼓作气完成运输收入959.8亿元、货运量77669万吨的全年运输目标。

沧海横流，方显英雄本色。在祖国最需要的时候，“我是党员”就是大秦重载人的担当，呼长宝和他的同事们用实际行动践行着党旗下的誓言，为全国保供电煤任务重做出了大秦贡献，也更加展示了“太铁担当”！

塞北大地，“巨龙”飞舞。“呼家将”一身戎装，迎着朝阳，追着晚霞，纵横驰骋在千里大秦铁道线上。

长长的笛声在耳边回响。

发表于2023年9月5日人民铁道网

一剪梅·星

太铁星辰分外娇。光芒呈现，闪耀梅梢。西风曼舞亮间回，多少辛劳，一笑而消。

路渐延伸寒渐遥。大秦乌龙，遥寄心潮。列车有爱助行程，铁路情怀，且看今朝。

星星的“约会”

刘星星的梦，从革命老区山西吕梁的中阳县暖泉村开始。

暖泉村位于中阳县的西南，距离县城57公里，道路崎岖，交通不便，与国家级贫困县石楼相邻，地势东高西低，呈“一沟、一梁、一川”东西走向，典型的黄土高原地貌，因境域内河流在冬季不会结冰，故为暖泉。

这里，山地多，平地少。当地老百姓以纯农业为生，也由于特殊的地理条件导致这里的贫困人口较多。

这里，被大山包围着，封闭、落后、交通不便，刘星星就出生在这里，喝着暖泉水长大。

暖泉村学校的操场里，常年矗立着一面五星红旗，在这座设施简陋、教舍低矮的校园里，每时每刻都飘荡着革命老区的革命精神和红色故事。吕梁曾经是红军东征的主战场，曾经是晋绥边区首府和中央后委机关所在地。

1936年2月，毛泽东率领东征红军由陕西清涧进入石楼县的辛关镇，写成了著名的《沁园春·雪》。刘星星在五星红旗下读书，小小男子汉随着那一抹鲜艳的“红”健康成长。

那时候，吕梁没有火车，要去县城只能步行、乘坐骡车或搭别人的摩托车、拖拉机，刘星星记得，他从小学到初中就没出过大山，更没有见过火车。

那时候，刘星星从没有想到过自己的一生都将会和铁路、和火车紧密牵系在一起。

太原工务机械段，负责集团公司各条线路捣固、清筛、打磨、钢轨更换等重要施工项目，是工务线路大修、维修的主力军。为了保障车辆的作业状态，该段在介休成立了综合机修车间，专门针对大机车辆进行检修保养。刘星星是太原工务机械段介休综合机修车间电气工区的工长，内燃机钳工，高级技师，共产党员，主要负责大型养路机械车辆的调试工作。

太原工务机械段的职工没人不知道他，从2012年到2022年这十年当中，平均每年就有200余天星夜驰援于各个施工现场，对设备故障，他有卓越的处理能力和缜密的分析能力，被工友们亲切地称为现场“灭火器”、大机“安全卫士”和领导们眼中的“及时雨”。

这个没有见过世面的山里娃，经过岁月的冲刷和现实的打磨后，聪明、睿智、勤奋、好学、胆识已经集齐一身，他用十年的时间创下了大机维修史上解决故障千余起的壮举。

他钻研制定的“大机8车型‘调试大纲’”和“运”“检”“修”闭环流程及电气组标准化一次流程，基本满足了太原工务机械段8种车型及百余台大机车辆年修调试的要求。“弦线长度、毫厘不差”——在百米长度的大机标定线上，他堪比检测系统的“传感器”，实时监控着大机的作业精度。他提出的“加装风动齿轮箱报警装置”“QS-650改进分筛装置”等20余项合理化建议均获得集团公司合理化建议和技术改进成果奖。

2015年，他荣获安全生产3000天“安全标兵”。2016年、2017年、2018

年、2020年、2021年、2022年连续荣获集团公司先进工作者。2021年，他被集团公司评为年度“太铁之星”。

拼搏的动力，是为了走出大山养家糊口，还是革命老区红色基因的传承？我不由得想到了那面在大山中高高飘扬着的五星红旗！

于是，顺着那火红的足迹，有了一场与星星的“约会”。

小石头的梦想

刘星星说，他自己就是一块小石头。

吕梁山中最不缺的就是石头，在刘星星的世界里，吕梁山上的每块石头都有一个英雄的名字。也因此，让出生在这里的他从小便养成了一种坚韧、刚强、镇定、沉稳、豁达的品质。

“人说山西好风光，左手一指太行山，右手一指是吕梁。”黄河东岸的吕梁山是英雄的山，一部《吕梁英雄传》就是吕梁人民革命史的真实写照。这里不仅有农耕文明，也有着游牧为生的草原文化，吕梁山作为表里山河的组成部分，与太行山共同组成了中华历史上一道坚固的军事防线。于是，便有许许多多红军东征时吕梁人民跟着共产党、八路军不屈不挠、英勇斗争的革命故事流传下来。

然而，沟深林密的吕梁山又是一座贫困的山，由于恶劣的自然条件，吕梁山区在发展中掉了队，山路崎岖，交通不便，成为中国14个连片特困地区之一，中阳县紧邻着吕梁的贫困县石楼县，也是吕梁山中的“困中之困”。

1980年，刘星星出生于山西省吕梁市中阳县的暖泉村，父母亲都是地地道道的农民。他们种庄稼，养牲口，靠天吃饭，核桃、小米、木耳、南瓜是山里的特产，改革开放后出生的刘星星虽然能够吃饱穿暖，但是，从未看到过大山以外的世界，没有文化的父母除了培养孩子念书，他们不知道还有什么出路。

父亲一辈子没出过山，却一辈子都在想着怎么走出山里。他会泥瓦活，会木匠，村里人家里有事都会找他，一块木头，到了父亲的手里，会变成一个凳子、桌子、铁锹把、锄头把……木料多的时候，还可以变成箱子、柜子等漂亮家具，父亲喜欢埋头干活，不爱说话，但很有主见，是当家做主的男人。他和星星最多的交流就是："好好念书，走出山里，做有意义的事。"

虽然贫穷，暖泉村子里还是有一所小学，小学里的语文老师是父亲的婶子，星星上课叫她老师，下课了就叫奶奶，奶奶教得用心，星星学得也很刻苦。放学回家，除了帮助父母干农活，他最喜欢做的事情就是看书，这些书都是奶奶借给他的，如《吕梁英雄传》《钢铁是怎样炼成的》《赵一曼》《卓娅与舒拉的故事》《贺昌传》《刘胡兰》等。从书中，他认识了"贺昌、张叔平、雷石柱、康明理、孟二楞、刘胡兰……"吕梁竟然有这么多的英雄，小星星从书中看到了外面的世界，也知道了很多革命英雄的红色故事。

星星很争气，学习成绩优异，年年都是三好学生。尤其爱学语文，作文写得也很出色。有一年，参加作文比赛，他还获得了省级荣誉——"山西省小主人小目标幼芽奖"。奶奶说这个真不容易，村里的学校好几年也没出现过一位学生获得省级奖。这个奖，后来还成为他中考的加分项。

初中，是在暖泉镇念的。这里，遇到了他生命中的贵人——刘校长。他是政治老师，也是刘星星小学的语文老师——奶奶的爱人。由于是父亲的叔叔辈儿，从暖泉村到镇上的学校有一公里路，父亲不想让孩子来回跑，就让他住在爷爷、奶奶镇上的家里，加上星星学习好，又懂事，爷爷奶奶也喜欢他。虽然是个小镇，虽然是个乡村教师家庭，但是，刘星星在这里所接受到的教育和养成的习惯，成为他一生中取之不尽用之不竭的源泉。

爷爷的生活非常自律，工作之外的时间，除了看书、看新闻、听广播，就是给星星讲人生、讲理想、讲政治。当时，学校考时事政治，刘星星总能拿上满分。初中的第一年，他就光荣地加入共青团，成为一名小团干。而且，三年中，年年都是三好学生、优秀班干部。

初二时，接触到了物理知识，他对物理的热爱超出大人的想象，那种好奇和渴望，让他对家用电器有了很浓的探索心理，于是，家里的小家电，洗衣机、电风扇、电熨斗、半导体等等，全部遭了殃，他一有空就会把它们拆开，研究线路布局并重新组装，有时候整个下午地琢磨，有时候一天一夜地琢磨。

有一次，奶奶的电吹风不吹风了，随口吆喝一声："星儿，来，修修这个电吹风。"星星毫不犹豫，接过来就拆，拆开一检查，发现是线路断开了，需要焊接。可是，没有焊枪，怎么办？好办！奶奶家里的小叔叔已经在铁路工作了，还是个电工，他也很支持星星呢，有机会就让他练手，二话不说，把焊枪从工具包里拿出来递给星星。没想到，这个小家伙三下五下就给弄好了。那天，奶奶还奖励了星星一支英雄钢笔！

也许就是那个时候，进铁路当个修理工的梦想就发芽了。

难忘的中学时代，一晃就过去了。上高中念大学，还是上个好中专就业，两条路摆着刘星星面前。上高中念大学后就业还得七年，父母没有经济来源，弟弟还小。望着母亲额头变白的头发，星星不想再让大人操心了，就念个中专吧，出来干铁路、警察、邮政哪行都行，这样，四年后就能就业挣钱，自己养活自己，也能帮衬父母了。

拿主意的还是校长爷爷，帮他咨询学校，咨询专业，咨询城市和学费。这个优秀的孩子不只是他的学生、他的孙子，刘校长已经把他当成亲儿子一样地养了。那几年，经过多方考察，保证出来能有稳定的工作，上铁路院校是优选。

1996年，刘星星以他们当地的最高分考上了自己谨慎填报的第一志愿——兰州铁路机械学校。这个学校，不但包分配，每个月还有27元的饭票。

27元，对于一个落后贫困乡村的孩子来说，是多大的诱惑啊！

兰州铁路机械学校，那是他梦想启程的地方，那是他给自己找到饭碗的地方。那年的9月份，刘星星第一次走出吕梁的大山，坐火车去兰州。和他一起去兰州的还有爷爷——刘校长。

这位亦师亦父的长辈，对刘星星寄以太多的期望，他是多么优秀的孩子啊！刘校长不但想让刘星星走出山里，还希望他在铁路专业学习方面有所建树，成为国家的栋梁之材，成为一颗闪闪发光的石头呢！

坐火车，说起来，却那么尴尬！

那时，吕梁没有火车站，坐火车要到介休或者太原，为了省钱，坐的是没有窗户、拉煤的焖罐车，从中阳县到介休，一下车脸上都是煤灰，一老一小的两个人被黑煤一包装，整个从煤坑里爬出来的样，又瘦又小的刘星星哪里还像个学生，站在站台上等火车，内心的羞涩和穷困的自卑感冒了出来，让这个第一次出远门的孩子一直低着头。

20世纪90年代，从太原到宝鸡就K2536一趟车，得坐40多个小时，刘星星舍不得买卧铺，坐票买不上，买的是站票，两天都是站着。念书三年就站了三年。学生票是半价，补卧铺就是全价。不补！钱得省着花，就父母给带的这点钱都不够一学期的生活费。有一年寒假，票实在买不上，那就不回家了，在当地打工挣学费和生活费。当然，收获的不止这些，由于品学兼优，刘星星年年都能拿上奖学金。

农村的孩子，就是这么熬着、努力着、奋斗着！没有埋怨，像一颗小石头一样朴实、坚韧，被遗忘、被埋藏、被夸赞，不骄傲、不自满，遇富不骄，遇穷不悲，不卑不亢，默默地承受着……

1998年，入学的第三年，刘星星到了比兰州更远的地方，去格尔木机务段实习。1999年，在常州戚墅堰机车厂实习。外面的世界，神秘的机车维修圈子已经让他感受到了另外一种生活。

望着一列列钢铁巨龙奔驰在祖国广袤的大地上，这个年轻人的心也飞起来了，这个从红色老区走出来的孩子，整个身心被眼前神奇的世界所震撼，今后，不光有了可以施展才华的舞台，还能倾尽所学报效祖国，这就是父亲所说的生命的意义吧，他站在长长的铁道线上，仿佛有一种无形的力量，已经拉动了他青春年少的罗盘。

做有意义的事，做一颗会闪闪发光的星星，每每想到这里，这颗吕梁山的小石头便愈发努力了。

被雕琢的玉石

2000年，刘星星人生的列车，停靠在山西省介休市。这个有着秀美“绵山”的“三贤故里”，敞开胸怀接纳了他。

经历了一系列的磨砺和成长，刘星星成为一名正式的铁路职工。他被分配到介休机务段介休检修车间，成为一名学习司机。

从2000年到2012年，刘星星在这里干了12年。

站在环境优雅、场地空旷的介休机务段院内，刘星星迈着轻盈的步伐，大口大口呼吸着清新的空气，一辆辆检修车从他面前缓缓驶过，他心中那个好奇的小孩，早已迫不及待地想要进入车间了。

从学习司机开始，一年后开始干检修，从事内燃机车钳工专业。带他的师傅叫武晋平，平遥人，性格开朗、热情，非常擅长和职工、年轻人打成一片，是石家庄铁道技术学院毕业的，也是这个车间的技术能手。车间里的同事只要有解决不了的问题或者疑难杂症，都找他。武师傅干起工作来，一丝不苟，尤其对他们新工，严厉中又不失耐心，工作时干得特别有劲，一个标准落到底。工余时间，还经常搞一些小发明、小创造，制作小工具。

由于干电器检修很单一，每天跟火车打交道，每天都是重复的工作，工作不久后，刘星星进入了新工的瓶颈期，他开始感觉没兴趣了，苦恼也随之而来，他就想着，天天这样耗费光阴，多没意思！什么时候才能大干一场呢！

武师傅看出了他的心思，递给他一张电路图，说：“要想每天都过得都不一样，多看电路图，每天都能有进步。”师傅的话意味深长。

“看电路图，难道比盯着火车看还有意思！”刘星星带着困惑接过来。

手里捧着的可是密密麻麻、纵横交错、连头也找不到的电路图啊！刘星星一头雾水，越看越不明白，心里就像绕了一团又一团麻绳，解也解不开。

解不开也要看，一定要把它搞明白！他又变回了那个爱钻研、爱思考的刘星星！

“每天都能有进步。”想想师傅的话，刘星星愈发认真地看电路图。一开始什么也看不懂，看着，看着，那些图上的原件和线路仿佛活了，在他的眼前不停晃动，有的在这个位置，有的在那个位置，再和实际的机车电路相比较，那些电线路不再是一团麻绳了，它们都规规矩矩待在该待的地方……刘星星每天看，每天偷着乐，每天都感觉不一样了，他非常高兴，将自己理解的内容和师傅探讨，一一对应，没错，他的分析是对的，的确是这码事。突然，刘星星的信心倍增，他发现火车设计得真是太巧妙了，以前怎么就不懂得这一点呢。

真正运用到工作当中，处理故障的时候，刘星星脑中的那些电路图变得异常清晰，将图和实物互相比对，一环一环，环环相扣，处理起故障来就一点也不费劲了，小试牛刀，便有收获。这种成功的感觉，真是好啊！刘星星明白了，万事开头难，有困难绝对不能放弃，干工作心里绝对不能有怨言，从此，他对接上的任何一个活，认真对待，不吃不喝也要弄清楚，不睡觉也要把每个接手的活都干好。

渐渐地，刘星星对自己的工作目标更加清晰了：未来的自己，也要做像武师傅一样优秀的内燃机车钳工！

一有时间，他就跟着师傅拆火车、修火车，不懂就问，将一时消化不了的问题都记在本上。多年爱学习的好习惯，刘星星一直保持着，他还不断地查资料、看书，理论和实际相结合，内燃机车世界的大门，缓缓为他打开了。

2004年到2007年期间，刘星星半脱产到湖南铁路职业技术学院，继续学习“内燃机车检修”专业，这为他以后的大型养路机械修理打下良好的基础。

时间久了，爱学习的刘星星啥也想学，拆电器、装电器，不管家里的、单位的，遇到问题就和师傅一起研究，家里的电器被他拆了个遍。除了在现场抢修火车，他还扩大知识面，默画线路图，时刻督促自己学习。业务一天比一天熟练了。后来，他从电机组被调到电气组。

不久后，机务段举办内燃机车钳工比武，刘星星毫不犹豫地报了名："试试自己有几斤几两。"师傅瞅着他，只是笑，那意思仿佛是说："小子，见真章的时候到了！"

理论实操，一关一关地过，层层考核，他最终获得内燃机车钳工青工比武第一名的好成绩。

那一天，师傅庄重地递给他一个工具袋，年长日久，工具袋早已油光铮亮，边角处还磨出了毛边。刘星星知道，这不是普通的工具袋，那是师傅的师傅留下来的，里面装着的是内燃机车电工所需的各种精致工具，师傅用了这么多年了，早已得心应手，如今，竟然舍得交给他。这种信任让他激动啊!

师傅是平遥的，爱人也是平遥的，把他当作平遥老乡了。凡是有想不通的问题，师傅不管几点都会答复，共同和他研究。

内燃机淘汰后，武师傅从车间干到了质检科，现在他已经是机务段质检科科长。

随着路网规模的不断扩大，铁路线路维修开始向效率较高的机械化转变。而大型养路机械车辆作为目前现代化铁路进行线路维修的主要机械车辆，因其操作简单、作业效率高，而被广泛应用。为了适应形势需要，太原局于2008年成立了太原工务机械段。

2012年底，刘星星调入太原工务机械段介休综合机修车间，专门负责对大机车辆进行检修保养，至此，开启了他与大机维修调试工作的不解之缘。

刘星星，这块被打磨雕琢过的石头，开始向玉石的目标努力了……

大机“医生”

2013年，刘星星成为介休综合机修车间一名普通岗位的内燃钳工，开始与107台大型养路机械为伍。

面对集机、电、液、气、自动控制等专业技术于一体的大型养路机械，对于只有专科学历的他来说，是巨大挑战。

这一台台形状各异、大小不一、高低不同的机器会欢迎他吗?

大机捣固、清筛、配砟、稳定……十余种车型，就给他制造了不少麻烦，启不了机、停不了机、不下插、不走形是常事。

头疼啊！这些机、电、液、气……形形色色的故障摆在他面前，就如一道道障碍，需要他去克服。

一切从零开始。

那段时间，刘星星沉默寡言、茶饭不思，他想不到自己会遇上这些不会讲话、只会给你制造困难的“铁疙瘩”，他不喜欢它们，不愿意接近它们，甚至想远离它们！突然，有了一种危机感，自己是不是不适合这个岗位?

在经过内心的纠结和反复的思考之后，面对这些魔盒一样的设备，他又感觉它们充满了灵性，像一个个小生命，等着自己去启动它们。

他打开武师傅送的工具袋，拿出改锥、扳手、仪表……还有试灯、短接线、专用扳手等这些自己制造的工具，他把这些庞然大物一个个拆开、解剖、分析、整理、归类，逐一分析动作过程。整辆车，有上千条螺栓、上万个端子接口，都被他拆解下来，再逐一地复原。拆解一遍至少就要一个月的时间，刘星星反反复复地拆了不知道多少遍。

他一边把着电路图，一边对照设备，他和它们，就像较劲一样，要弄通，要征服，不弄明白不罢休。由于之前在机务段从事过内燃机检修工作，有一定的基础，刘星星的思路很快就转变了，从内燃机转变到大机，就像开农用拖拉机的改成开小轿车一样。

不久后，他将大机设备的厂家、来历、性能、工作原理、作用，甚至重点部件、细小零件、日常的小脾气都摸排了一遍。

他的工友描述刘星星当时的状态：有一次，刘星星对一个液压问题想不明白了，自己绕着车辆“上蹿下跳”，一会摸摸这，一会弄弄那，把自己能想到的问题都找了一遍、试了一遍，可还是找不到问题所在。于是他就自己一动不动地盯在那，一遍一遍地想，一次一次地尝试，拆了装，装了拆，拆不明白就不吃饭、不睡觉、不回家，一待就是两天。

为了多了解设备，增长自己的经验，刘星星在了解了车辆的基本结构之后，还经常自发地去现场帮助施工车间检修。到了现场，二话不说，刘星星就钻到了车下与一线职工干起活来，有什么检修保养的任务，他都是第一时间上手去干，发现问题了自己想办法解决。

慢慢地，大机车辆的整体“脉络”在他脑中清晰地构建起来了，这也为他日后熟练定位、处理、解决大机车辆的故障打下了坚实基础。

大机是个联动机，涉及的知识领域很多，要想干好，得学会机械、电器、液压、气制、自动化控制，还得学会工务线路知识、车务行车组织、规章细则。为了提升自身技能，刘星星珍惜每一次现场施工的机会。

在一次施工检修中，刘星星跟着段“飞虎队”成员“火车头”奖章获得者郝燕青在线路上处理故障，看到他精湛的技术和忙碌的身影，刘星星被深深地打动。在施工作业时，他更是一刻不停地在车上盯着郝燕青的操作过程，时不时拿出本子把关键步骤和不明白的地方记录一下，然后再回去反复研究和比对。

这一次，他跟着现场施工车组，兜兜转转，从宁岢线到京包线再到大秦线、侯月线，一连六十几天没有回过一次家。

这一次，也成为他人生的转折点。刘星星从一名普通岗位的维修工加入了大机段的应急抢修“飞虎队”，成为“飞虎队”的一员。

当时，综合机修车间成立不久，设备简陋，没有标准的检修规章，对线路进行维修的作业车辆以08型捣固车为主，大机车辆不仅是集机、电、气、液等于一体的复杂系统，还采用了电液伺服控制、自动检测、微机控制和激光准直等先进技术。施工中出了问题，只能找厂家，但维修周期长、费用高。

如何啃下大机车辆检修调试这块“硬骨头”，成为“老大难”问题。刘星星勇敢地挑战这块“硬骨头”。

2013年5月，和同事们在一起研究09-32捣固车液压系统原理的时候，发现“液压油温度高”的问题，大家怎么也找不到原因。刘星星也跟着着急，他把液压泵、液压马达、液压阀、管路等能想到的问题挨个排查了一遍，可还是搞不清楚。找不到症结所在，不甘心啊!

渴了，喝口白开水。饿了，吃块饼干。困了，在车上躺会儿。他两天两夜守在这里，在车上反复检查、判断、思考。

精疲力竭时，突然，远处传来一阵喇叭声，他想起家里的汽车曾因节温器线路虚接而导致水温升高。脑子灵光一现，迅速找到了故障原因是温控阀线路虚接。

故障解除后，同事们纷纷竖起大拇指：“刘星星，你能当大机医生了！”

是啊！“大机医生”多好的称谓，自己能实现吗?

不但能实现，而且他还成了领导眼中的“及时雨”呢!

清晰记得，在侯月线施工时，发现捣固车作业不走行。根据故障表象，刘星星用电流表对伺服电流进行了测量，通过电流表指针变化基本判断出故障部件是走行伺服泵，而这一个走行伺服泵就价值60万元。

60万元，那是一笔多大的费用呢？在山西的小县城，能买一套150平方米的房子吧。这个故障可不是一般的大，所有人，都为刘星星捏了把汗。

由于是第一次处理大部件故障，抢修人员还是决定请厂家技术人员过来看看，最终厂家的意见与刘星星的判断结果完全相同。

故障按照刘星星的方法解决掉了。从这时起，他就被大家称为“大机医生”了，同时，还得到了太原工务机械段更换大部件的唯一决断权。

没有人会想到，这颗来自吕梁大山里的小石头不但是一块玉石，还是一颗能闪闪发光的星星呢！

吕梁人的特征，就是有血性和担当精神，敢干而不畏难。

2013年8月，刘星星接到盯控有火作业车现场故障的任务。这群“调皮捣蛋”的大机，又给他来了个下马威。

汾阳站的风动齿轮箱破损，新绛站的09-32大车不走形，阳曲站的08-32车GVA测距轮数据不传输，故障犹如事先约好似的，傲慢地挑战着他。看着这一件件的数据统计，刘星星陷入了沉思，为什么故障率这么高？这么高精端的设备质量怎么会这么不稳定？到底是什么原因？

性能，他从这些机械的性能开始分析，找原因。08-32“性子”直，有冲劲，起道、拨道力量大，多用于筛后头车的线路捣固恢复，但它减震性能差，容易造成电线路的虚接。他就在检修过程中下功夫，重点是电线路的绝缘、电线路的连接，逐一进行专项整治，慢慢地故障率下来了，设备质量也稳定了。09-32性格温和，一般用于线路维修捣固，“精度”是09车的命脉，调好“精度”车就不会走形。他将捣固的线路恢复到设计数据。经刘星星调试之后，汾阳站、阳曲站内拨道清筛、换枕后地跟进线路捣固恢复等，都正点正量地完成了任务。刘星星心中的自豪油然而生，原来，这些“坏”家伙也是可以“驯服”的。

在奔波和忙碌中，日子一天天过去了，经过一次次地处理故障、一天天地检修设备、一月月地质量评估，刘星星慢慢了解到，故障逐条落实解决，唯有付出更多的精力和时间去保养、去维护。还是“虚、松、短、破、跑、冒、滴、漏”检修顽疾在作怪，他和他的飞虎队成员们向上级建议成立调试小组。建议很快被采纳了，车间把它命名为“刘星星机修钳工技师小组”。

作为技师示范小组的带头人，刘星星不断总结经验、开拓创新、锐意进取，积极探索提高大机检修效率的方法。

第一次接受任务，在侯马。湖东清筛车间的04611机车出现ALC（自动变道辅助系统）计算机蓝屏故障。这是刘星星初次接触计算机系统方面的故障，由于对互联网、计算机方面的知识接触不多，为了搞清楚问题所在，他奔波在侯马和介休之间，追星逐月，日夜钻研，来回往返5次，去了专业电脑市场7次，给卖电脑的朋友打了无数次电话。解决不了问题誓不罢休，这就是刘星星的任性。直到第四天早上，终于彻底搞清楚问题所在，在处理完这起故障后，他发现系统还存在没有备份、计算机使用系统不明确等问题，继续查阅资料，琢磨、钻研，召集技师小组人员成立攻关项目并实施。这项举措在段范围内得到广泛的推广。从此，开展技术革新成为刘星星的新目标。

考验一轮接着一轮。

祁县站稳定车04660，无振频不走行，故障是下午4点多报过来，刘星星6点多就赶到现场，一直干到晚上8点。为了比对一个子程序信号，他驱车赶到最近的施工地点霍州站，看完信号回到祁县站接着干，一直干到凌晨4点，把故障彻底消除。

长年累月的钻研摸索和现场锤炼让他练就了“火眼金睛”，仿佛任何故障见了他都得露出原形。

在石太线，检修作业的过程中，他发现由于曲线半径过小而导致捣固装置容易触碰钢轨，于是，连夜查阅资料并制作了09-32防捣钢轨装置。这项成果获得太原铁路局合理化建议三等奖。

为防止大部分分动齿轮箱破损，他又会同技师小组成员查看齿轮箱破损状态、分析破损原因、加紧研制了“分动齿轮轴温报警装置”。这项成果也获得了太原铁路局合理化建议三等奖。

此外，十年间，他提出合理化建议20余条，制作专业工装10余件、电路板50余块、传感器20余个、各类阀件100余件、电器元件100余件，总价值达20余万元。

勇于担当，冲锋在前，刘星星勇赶时代浪潮，不放过每一个进步机会。

就在这段时间里，他还进修了西南交大铁道工程专业的本科学历，积极参加内燃机钳工（电工）考试。在侯马北机务段的时候，他就考上了技师。这次，在技能上又取得高级技师的资格证书，当时，他成为太原工务机械段段内最年轻的高级技师。

2015年6月，以他命名的“刘星星机修钳工技师小组”被评为路局示范技师小组。

2017年7月，刘星星考上了大机司机驾驶证，同年8月，刘星星光荣地加入中国共产党。

2019年7月，刘星星参加大机司机技能竞赛荣获亚军，同年，代表路局参加了国铁集团公司技能竞赛。

经过很多年的历练之后，刘星星，这位来自吕梁大山深处的小石头，带着泥土，咬着牙关，以不服输、不示弱的劲头成长、壮大，已经从一颗稚嫩的顽石被打磨雕琢成一块玉石。

在人声鼎沸、机器轰鸣的铁道线上，南北同蒲、千里大秦、太中银、太焦线……刘星星一路走来的脚步，都在履行着一个承诺：做一颗闪闪发光的星星！

大显身手

一代人有一代人的奋斗，一个时代有一个时代的担当。

九年来，刘星星已经独立决断更换了近百个大部件，从未误判过。

据统计：从2014年到2021年，刘星星平均每年有200余天星夜驰援于各施工现场之间。2018年全年现场检修210余天；2019年从3月份集中修开始就转战南同蒲、大秦线、侯月线、大张线；2020年加班加点保障次日施工50余次，处理应急救援故障30余起，共解决各类故障千余件，有力保障了线路施工的顺利进行。故障就像刘星星随身携带的闹钟，闹钟一响，再困、再累、再远都不能阻挡他一往无前的脚步。

“只有多去现场才能见识更多的故障类型，才能更好地磨炼自己的技术。”刘星星说。

随着检修技术的成熟，刘星星逐渐在检修过程中摸索出了一些经验、“套路”，并给自己定下了“三不”工作原则，即故障不过夜、设备不带病、施工不耽搁。

召之能来、来之能战、战之能胜。保障每台作业车辆安全运行是大机检修人员的天职。

2015年9月，大秦线施工中，天窗点快结束时，临汾清筛一车间04512清筛车突发故障，不能起复，车组人员用了38分钟还找不到原因。

正当车组人员急得像热锅上的蚂蚁时，在现场巡检的刘星星出现了。他仅用了三分钟就找到问题所在，让清筛车恢复正常。施工负责人感慨地说：“只要有刘工在，我们就放心。”

“只要有刘工在，我们就放心。”一句话道出了现场施工同志对他的信任，刘星星成为现场的“灭火器”，成为守护大机的“安全卫士”，成为为大机诊脉治病的“大机医生”，他就是大机的“定海神针”。

大秦线施工刚结束，在滦南的刘星星正准备回家。此时，接到故障命令，捣稳联04616在原平站出现了发动机熄火故障。他立即赶赴现场，加班加点抢修。结束后，又接到阳高站09捣固车04595出现测距轮数据不传输的故障命令，于是他又迅速赶往阳高。

脚步不止，星夜兼程，刘星星苦在其中，也乐在其中。

南同蒲高显站，首日施工08捣固车04612未开拨道设备自行拨道，对线路造成破坏，原因一直没有找到，刘星星正在两渡盯控临清二车间施工，听闻此讯，赶到高显，“顺藤摸瓜”，快速处理完故障。

迁安北连夜更换ZF（液力机械动力换档变速箱），平谷更换发动机，洪洞更换走形泵，迁西更换捣固装置……这么多年来，大机的核心部件在点内都抢修过，让刘星星自豪的是都没砸过点。

原平、阳高、两渡、高显、迁安北……不分南北，不问东西，刘星星从不抱怨，没有办法，就自己想办法；没有条件，就自己创造条件。这个来自吕梁红色老区的星星，有着一股“平常时候干得出来，关键时刻站得出来，危急关头豁得出来”的干劲。

2018年，北京冬奥会配套工程大张高铁开始全线铺轨，为了高质量完成施工任务，集团公司将8毫米的轨道不平顺质量指数提高到2.5毫米以下，这意味着要让上百个作业部件协调配合，每次动作误差不能超过0.3毫米。这样的工作，从零开始，史无前例。

为了达到标准要求，刘星星始终盯在现场，摸索各项数据对线路的影响，耐心尝试调试方法，有时候为了调整好一个数据，经常是连夜工作。

火车跑得快，全靠车头带。而火车跑得稳，除了与列车自身的设计结构有关之外，更重要的是“脚下的路”，尤其是高铁线路。要保障高速列车安全运行、乘坐舒适，捣固作业精调是关键。

很快，实现让上百个作业部件协调配合、每次动作误差不能超过0.3毫米的目标，刘星星经过对上万组数据的分析后，全面掌握了捣固作业精调方法，捣固作业后的线路质量达到全路领先。

2019年12月大张高铁开通后，刘星星又历时近一年致力于高铁精捣作业大机调试工作，精捣后线路TQI值在全路领先。这项举措不仅填补了集团公司高铁捣固作业精调的空白，而且每年节省费用达上百万元，后来，在郑太高铁等重要线路建设、改造中广泛推广应用。

2021年2月25日，习近平总书记向全世界庄严宣告：我国脱贫攻坚取得了全面胜利。3月，为了进一步巩固脱贫攻坚成果，助力乡村振兴，提振革命老区精神，集团公司实施太中银开行动车组列车改造工程。

听到这个消息，刘星星激动得整晚没睡。吕梁，那是他的家乡呀！作为一名铁路工作者，能参与家乡建设，让复兴号开进家乡，那是他从小的梦想。第二天，他就请缨参与太中银开行动车组列车施工中。

6月10日，改造工程进入关键时刻，凌晨4点他一下子接到了三台作业车出现不同程度故障的消息。备齐工具后，立即驱车赶往清徐站、汾阳站和吕梁站，处理完最后一个捣固车故障时，已经晚上12点了，而刘星星却一点都没感觉到累，又投入新的施工作业中。

6月26日，“复兴号”动车组如期开进了吕梁山，实现了山西省11个地级市动车开行全覆盖。那天的刘星星，就在开通现场，望着一位位乘车远行的老乡，那种从内心深处涌出来的自豪感，让他激动、振奋、双眼湿润!

“为什么我的眼里常含泪水？因为我对这土地爱得深沉！”艾青的诗句就是刘星星当时心绪的真实写照。

伟大梦想不是等得来、喊得来的，而是拼出来、干出来的。

作为一名铁路职工，刘星星以弘扬大秦精神、实施强局工程为己任，吃苦耐劳、艰苦奋斗，脚踏实地为工务大机设备把脉问诊，这种精神已经像种子一样深深扎根在他的思想中，流淌进他的血液里。

群星闪烁

“刘工，拨道系统不工作了，您快给想想办法吧。”车组人员急切地问道。

“先别着急，你把拨道板的继电器检查一下，然后把旁边电磁阀接线帽拆下来，测一下电压，如果电压是24伏，说明电磁阀坏了，换一下就好了。”刘星星气定神闲地回答。

“刘工，修好了！”几分钟之后，电话里传来了告知故障被修复的声音。

“隔空诊脉”“千里传音”就像是发生在科幻片里的故事，如今，却成为刘星星的拿手绝活。

由于长年奔走于施工现场，为了能及时解决现场大机车辆故障，保障施工进度，2018年，刘星星自发开通了“千里传音”服务热线，练就了一手

"隔空诊脉"的绝活，他的小号立刻成为全段尽人皆知的号码。

为保障手机时刻能接到电话，不耽搁故障处理，刘星星把手机换成了待电时间长的"老人机"。这个由他创办了1500多个日夜的"服务热线"，不管是在现场检修，还是在家中休息，刘星星经常是24小时开机，从不关机，而这一开就是4年。

就连刘星星自己也不知道，怎么就成了大机抢修的110，现场只要有急、难的故障，肯定会把电话打到他这里求救。他也会详尽地给分析并给出精准的解决方案。也因此，他和段所属车间的施工负责人、工长、机长、技术员关系都好得很！

临汾捣固车间的工长说："刘工就如同我们的定海神针，哪里有故障，哪里就能听见刘工的声音，只要有刘工在，我们就放心。"

设备科科长说："刘星星同志是一个非常负责、非常上进的人，平时在现场处理故障，经常是连夜工作，从不推脱，从不喊累，是我们全段干部职工的鲜活榜样。"

是啊！榜样！

攻关先锋叶云龙、技术能手郝燕青同样都是刘星星学习的榜样！每当技术突破遇到瓶颈时，故障处理没头绪时，刘星星都对自己说，坚持一下，扑下身子干就对了，经验都是干出来的。

刘星星开设服务热线后，为了更好地远程指导现场车组人员处理故障，他探索出属于自己的大机检修新标准，先后制定了"运""检""修"闭环流程和"电气组标准化一次流程"，实现了13种车型调试以及百余台大机年修调试的能力；他参与编制的《大型养路机械年修作业指导书》成为作业标准被广泛使用，创造了首趟零故障记录。

后来，段开办了大机检修专项提速培训班，由他负责传授现场故障基本和应急处理方法，2017年冬检期间，在段举办的车间技术员跟班作业培训中，刘星星是主讲，2018年至2022年，在段组织的大机检修专项提速培训班中，他亲自为大机车间的青年骨干传授现场故障基本处理方法和应急处理方法，带动了整个大机专业的能力提升。

作为人才库备案优秀人员，他凭借丰富的现场知识成为路局的兼职教师。他利用职教中心平台每年授课40课时。他成立了大机现场课堂，利用施工保养间隙，通过现场手把手教学，传授现场应急救援办法。电气应急处置方案；他利用冬检、夏检间隙，举办车间技术员跟班作业培训。此外，他多次担任新入职人员培训和大机司机轮训培训任务，为各车间输送了百名优秀学员，如今，他们在各自的岗位中都发挥着重要的作用。有三位职工在技能比武中都获得了好的名次。

一花独放不是春，百花齐放春满园。

刘星星带过的徒弟数不胜数，用他的话说："徒弟的基础不一样，带起来也不一样。"给他们讲不能光是理论知识，重点还是现场、还是实作。有位叫宋思民的徒弟，1992年出生，一开始也是线路工，现在已经考上了"大机司机"，独立顶在调车岗位上，是调车组工长。

锐意进取，事事争优，在奋斗的路上刘星星从未止步。

新工小刘说："身边优秀的人都比我努力，我又有什么资格不比别人更加倍努力。"刘星星不但将技术无私地传授给他，而且让他学到了如何自律，如何生活。刚入路时，小刘的体重是260斤，跟着刘师傅坚持跑步三年，如今已经减肥成功，体重减到了170斤，身体好了，女朋友也有了，全家人都感谢刘星星。

有位叫杨薛峰的徒弟是来自太原理工大的硕士研究生，刘星星带过他两年。刚开始时，发现小杨情绪不太高，对检修机车提不起兴趣，刘星星耐心地和他交流，从思想上开导，一起工作，一起生活，半年后，小杨的情绪彻底扭转，并且适应性非常强，很快能独立处理故障了。

检修流程越来越规范化，检修工艺越来越科学化。这几年，现场的故障在逐步地下降。打破故障溯源，不管大小故障都分析怎么解决，什么原因，怎么预防。同时把出故障的配件原理、结构、动作过程，怎么养护维修都做成系统。刘星星带领他的徒弟们基本把各车型内各系统的元件都快吃透了。技术提升了，节支降耗的目标也实现了。

小杨说："刘师傅爱惜车上的每一个配件，干活前，他都会把配件擦拭得干干净净，干活中间凡是有损坏或碰到的地方，他都会恢复原样。并且，干完活后都会保养试验。他常常提醒我们工资与材料费是挂钩的，要节约每一个配件，能修就不用换。"

现在，大机的配件基本不用换新的。仅仅2018年，刘星星和他的团队全年修复电路板100余块、传感器100个、各阀件200余件，为大机段节省资金约百万元，成为走在大机检修前列的革新者，他们当之无愧。

星星的"约会"

快变天了，雷晓霞望着窗外黑压压的乌云，心头一阵担忧。

她的爱人在大秦线集中修施工现场。走了快两个月了，不知道现在干什么？其实，晓霞猜都能猜到，更换钢轨、线路清筛、大机捣固……刘星星一定忙碌在那一辆辆作业车内，作业车她见过，是黄色的，刘星星穿的黄马甲也是黄色的，和他们中石化加油站的防护服一样。

眼看，大雨就要下过来了，大秦线在雁北地区，那个风口子上，是不是比晋中还阴得厉害呢？晓霞知道，和刘星星一样的铁路职工，风里雨里，霜里雪里，就是下刀子也会坚守在现场的，时间不等人，大秦线的运煤巨龙不等人的。

想着，想着，一股温暖涌上心头。

刘星星不但是"大机医生"，还是"油站大夫"呢！

每逢休假，刘星星都会来到晓霞工作的中石化加油站，同晓霞分担工作中遇到的难题，出油阀、进油阀、油枪、油表电子显示屏故障等等，刘星星一来便都会迎刃而解。为了帮助当站长的晓霞，他下功夫将有关加油站设备的技术资料都深入了解学习了一遍，同大机设备比起来，油站的电器设备出现了故障，对他来说处理起来那是极轻松的事——小事一桩。

当然，最重要的是晓霞干起工作来快乐、开心、没有压力，总感觉有坚强的后盾，信心满满，冲劲十足。晓霞年年都是单位的先进生产工作者，一家人，不同的岗位，在她的心底也在暗暗和刘星星较劲呢，你是铁路的佼佼者，我在中石化也不差啊！

想着，想着，雨来了，午饭时间也到了，不知道星星能不能接电话呢，晓霞心里七上八下，打吧，担心影响人家工作；不打，今天可是特殊的日子呢！

还是，打一个吧！

“晓霞，有事吗？”电话接通了。“没，就想看看你，能视频吗？”“能！”视频打了过来，晓霞接通了，看了看自己的丈夫，视频里的刘星星满头大汗，脸上黑乎乎的，还有好几处重重的油痕，她感觉一阵心痛，马上，又克制住自己，问：“你那儿下雨吗？”“不下，就是阴天。”“哦，那就好！”

“有事吗？”看起来，刘星星有些着急。

晓霞又盯着看了几秒，就赶紧说：“今天是你的生日，记得按时吃饭啊……”

视频这边的刘星星对着镜头，说不出话来了。他早已忘记了自己的生日，家里人还一直惦记着，其实，他心里又何尝不想家人呢。

提起家，刘星星总是满心愧疚。他说自己有三个家，一个在吕梁，一个在介休，一个在现场。他是父母的“主心骨”、视频中的丈夫、电话里的爸爸。

父母还在吕梁老家，刘星星每次从施工现场回去，第一件事就是回去看望父母。给钱，老人不舍得花，那就买些营养品……日常的亏欠，刘星星总想着用物质补偿，可是，家里什么都不缺！家乡早已脱贫大变样了，中阳县暖泉村村民的生活不但达到小康，还成为红色革命旅游区！

这里，政府大力发展现代农业种植，让贫困的老百姓大胆放心种植，苹果、红枣、核桃、小米、木耳、辣椒、黄芩、柴胡……暖泉村的老百姓通过辛勤的劳动已经把“黄土沟”打造成了“聚宝盆”。另外，柏汪山、龙泉湖、石堡寨、仙明洞、凤凰山生态公园等旅游景点都成为人们休闲度假的好去处，潺潺的暖泉河水不但孕育出英雄的吕梁人民，还孕育出刘星星这个懂得为工务大机设备把脉问诊的“太铁之星”。

每次回家，父母都会为他包上一顿热腾腾的饺子，并一再地叮嘱：“娃呀！从农村走出去不容易，在外面要照顾好自己，不要惦记家里，给人家好好干！”

父亲已经不用再干木匠、瓦匠活了，开了一家小超市。村子里盖起了楼房，蜿蜒山路全部硬化成水泥路、活动广场、凉亭、健身场所等设施齐全，刘星星的家乡焕发着前所未有的生机和活力。

父子俩人常常聊起的话题便是当年的“校长爷爷”。爷爷离世八年了，去世的那天，刘星星正在大秦线集中修现场，回不去，接到电话的他强忍着泪水，面朝着家乡的方向沉默好久好久，学生时代，和爷爷相处的场景一幕幕浮现……可是，现场的抢修工作如火如荼，真是离不开啊！爷爷会理解，爷爷会原谅吧……爷爷患的是食管癌，离世的时间是2014年9月25日，难过啊！这是他一生中最大的遗憾。

也因此，每年清明，刘星星都会回去给爷爷上坟，不能忘啊！爷爷对他的养育之恩，教育之恩！爷爷生前曾写过一本书，书名是《最亮的星》，虽然没有公开出版，但是，刘星星把它打印出来，一直珍藏着，爷爷的书里有对党和国家的爱，有对吕梁家乡的情，有对教学育人的“痴”，也有对后辈儿孙的寄托。

“我对学生的严格要求，是因为我是校长，是因为我对自己也是严苛要求。”对自己严苛，宽人严己，校长爷爷历来都是这样。“星星，会发光，是闪闪发光的石头，你要做咱们吕梁山中会发光的石头。”爷爷的声音再次响起，刘星星的双眼再次模糊。

大机段施工项目多、流动性大，经常连续作业，整月整月不回家是常事。妻子工作忙，腰椎间盘突出干不了重活，孩子只能托付给岳父岳母。他感到很愧疚，有时间就打个电话，或者视频一下，有时候忍不住答应过两天就回去。可关了视频，看到外面的大机知道自己又食言了……只有把工作干好了，才能帮助更多的人团圆。

女儿刘骐嘉，小名叫囡囡，16岁，在念高一，夫妻俩顾不上管孩子，送到了榆次一所双语学校，囡囡学习成绩优秀，中考高分被该学校录取并分到重点班，在学习上，一点也不让他们操心。

想孩子的时候，就打个电话，孩子早已经习惯了爸爸在远方。

镜头再次回到施工现场，回到太中银线，那是刘星星和“兄弟们”奋斗的战场。荒山野外，网络信号时有时无，周围除了山和田地之外，就是轮廓可见的吴城水库和依山盘蜒着的太中银铁路。

刘星星坚守在这里，和他的同事们一起，为大型养路机械设备进行调试检修。他的身体里流淌着爷爷和父亲传给他的钙质和热血。作为一名铁路职工，一个平凡的劳动者，他要做一颗永不生锈的螺丝钉，撸起袖子加油干，为工务大机设备诊脉治病、刮骨疗伤，确保每一趟列车安全运行。

千里铁道线上，到处都有他的身影。从南同蒲、侯月线走到北同蒲、大秦线，从太中银走到大西高铁、郑太客专、大张客专……他的足迹遍布集团公司管内的所有线路，有时候还会支援外局。他的脚步越走越坚定、越走越扎实。

深邃的夜空中，群星闪耀。

其中，有一颗星星，与“你”有约，在长长铁道线上演绎着生命的奇迹，用无悔付出传承着革命老区的红色血脉。

日夜兼程。

折桂令·信号医生

景忠山、道远壁长。灯亮箱多，信号值岗。电缆标识，精兵护路，一路通光。

平安路、国人梦想。有情怀、小组工长。元器联防，线路图腾，不敢嚣张。

大秦线上点灯人

1976年，唐山大地震让很多人难以忘怀。

悲惨的往事，废墟中出现的光芒，是王卫国最真切的记忆。

当墙倒屋塌的时候，母亲抱着幼小的王卫国在废墟中挣扎，是党和国家第一时间的救援给了他们第二次生命。

从此，感恩和敬畏成了王卫国生命的底色。

择一事，终一生，带着这样的底色，做一名称职的信号医生成了他的职业梦想。

王卫国，是大同电务段遵化北区间信号工区工长。

遵化北区间，是千里煤河的必经之路。这里，2万吨钢铁巨龙载着一车车煤炭奔流不息。

王卫国所在的遵化北区间信号工区负责大秦线44.2公里的区间设备维修

养护任务，其中包括55架信号机、74个轨道电路区段、2个无人值守中继站（493号中继站、465号中继站）和2座隧道（景忠山隧道、国各庄隧道）里的电气设备。

保障重载列车车载无限通信设备对操控命令的精准传输，确保每一列重载列车安全运行，是王卫国多年秉持的工作态度，从事信号工这么多年来，他无悔坚守，视设备如亲人。每一次的精检细修，都是他给设备进行一次全方位的健康检查。

遇到雨雪天气，大秦线多个区段内道床漏泄严重，极易引发轨道区段“红光带”。王卫国未雨绸缪，借助“千里眼”——微机监测，根据曲线变化，提前组织人员到位，24小时不间断盯控电压曲线，发现电压下降迅速时，他立即要点调整，所管辖的区段从未延误过正常行车。

为保证信号电缆安全，王卫国连续七年组织工友们开展专项电缆整治工作。他利用电缆定位探测仪，逐段、逐条探明电缆走向、深度，重点处所用槽钢、钢管防护，必要时进行水泥包封并涂上“斑马线”，确保“经络”零损伤。

27年间，44.2公里内，有13000多台次的设备维修，2700多次的故障处理，连续13年无责任故障。他所管的55架信号灯一盏盏发着耀眼的光芒，照亮大秦通往万家灯火的煤河路。年复一年，追星逐月，王卫国奔忙在大秦铁道线上，始终如一践行着一名共产党人的初心和使命。

那是一种爱党、爱国、爱路的情怀，是一种活到老学到老的精神。在新时代铁路改革发展中，王卫国孜孜不倦努力学习专业知识，并将所学灵活运用于工作当中。他曾多次在大同电务段技术比武中名列榜首，2012年参加段E132微机联锁技术比武，取得了第一名，并连续三年获得集团公司优秀共产党员称号。2021年，王卫国荣获集团公司年度“太铁之星”称号。

把每一件平凡的小事做到最好，用心点亮大秦线上的信号灯，是王卫国毕生恪守的誓言。

一心向党，一生卫国

是党，给了王卫国第二次生命。

唐山大地震时，他还不到五岁，父亲在农场上班，家里只有母亲和年幼的姐姐。凌晨4点多，地震来了，瞬间停电，漆黑一片，妈妈右手抱起姐姐，左手拎着王卫国就往出跑，慌乱中，小卫国的头朝下，脚朝上……逃命，妈妈想到的就是带着她的孩子们逃命……谁料到，刚从后门跑出来的，前面的房子、门就塌了……

紧接着，瓢泼大雨来了，废墟中，哭声、喊声、叫声……电闪雷鸣声交织在一起，寒冷、饥饿、恐惧、死亡，还有可怕的余震一点点逼近，无助的老百姓，无助的男人、女人和孩子们……这时候，党和人民解放军来了，他们来拯救所有遭遇地震、痛失亲人、家园倒塌、浑身伤痛、流离失所的老百姓，并把他们运送到安全地带，给他们食物、御寒衣被、伤病治疗，提供休憩的场所。这群被救群众当中，就有王卫国和他的姐姐、母亲，也因此，在经历了大灾大难之后，这个从废墟中爬出来的孩子从小就有了爱党之心、报国之志。

1975年10月，王卫国出生在河北省唐山市汉沽农场陡沽乡黄粟沽村，现在叫汉沽管理区陡沽乡黄粟沽村。父亲是汉沽农场工人，母亲在家务农，这种家庭条件，在农村属于优越的，也因此，父亲长期在农场工作，家里照料老人和孩子、打理土地的活儿都由母亲一个人扛着。

在王卫国的心目中，母亲朴实、善良，非常有主见，既有传统中国乡村妇女的坚韧，也有超越一般女人的远见和胆识。日常的耕种忙碌之余，母亲非常重视对孩子们的教育，除了农忙时节，她都让孩子们专心读书，不要担心家里，一个人忙里忙外，孝顺公婆，照顾孩子，还蓄养鸡、鸭、鹅等，是远近闻名能干的女人。

王卫国的家乡离海近，适合种植水稻，每当耕地灌溉的时候，小卫国都早早做完作业，和姐姐跟在母亲身后，为母亲打下手，小小的男子汉似乎有很大力气，扛工具或者抱着秧苗在田里不知疲累地奔跑，常常得到母亲的夸奖！

那时候，天空很蓝，庄稼地很宽，家乡的地里经常会有成群结队的海鸥光顾，争先恐后地捉虫子吃，异常壮观……到了秋天，遍地金黄的水稻，非常漂亮，田间、地头、芦苇荡，变成了小孩子们玩耍的好去处，每每这个时候，王卫国和小伙伴的笑声、打闹声便会成为秋收时节最好的伴奏曲。多么美好的时光！

冬去春来，刚刚还在田间打闹的孩子很快就长大了。小学毕业后，王卫国被父母送到乡里上中学。中学离村庄六七里地，他开始骑着自行车跑校，过段时间，他还会骑着自行车到父亲所在的汉沽农场去玩。父亲所在的农场是国有的，这个国有农场拥有大量的土地，那是王卫国见过超越家乡美景的地方，一望无际的庄稼地，绿油油的菜畦，盛开的野花……这里管理有序、厂房整齐、职工统一着装，都是他喜欢的。

中学里，老师所教的知识让这个从小在乡村长大的孩子开阔了视野，雷锋、董存瑞、黄继光、邱少云、海娃等等英雄人物让他敬仰，尤其是从铁道上救下两名儿童，却导致自己身受重伤的戴碧云，那是怎样的人啊！那种视自己生命于不顾、舍身救人的精神深深打动着王卫国，也让他对人生、对未来有了初步的构想，他也想当英雄，也想像父亲一样干一项有意义的工作。

1985年1月1日，雁北大地寒风刺骨，桑干河畔冰天雪地，此刻，数万筑路大军云集大秦，在荒山野岭中安营扎寨，各路英豪厉兵秣马、蓄势待发，在庆祝元旦的爆竹声中，大秦铁路一期工程全面开工的冲锋号吹响。1988年12月28日，大秦铁路一期工程建成通车。一期工程的建成运营，标志着我国铁路重载技术和运输组织向现代化迈出了重要一步。

1989年，大秦铁路二期工程全面开工，起自河北省三河市大石庄站，途经天津市蓟县，河北省玉田县、遵化市、迁西县、迁安市、卢龙县、抚宁区，最后到达秦皇岛吴庄，与秦皇岛三期煤码头相连。1991年11月14日，大秦铁路二期工程提前42天胜利铺轨接通。

这时候，王卫国已经从父亲的口中得知大秦铁路二期工程开通的消息，于是，进铁路工作成了他的人生目标。1992年，他考上了大同铁路运输技工学校信号专业，这个学校属于大秦二期的委培班，专门为大秦铁路培养专业技术人员，属于定向分配。这正是王卫国梦寐以求的，终于，他也和父亲一样能有属于自己的国家单位了，也能像小时候读过的那些英雄人物一样有报效祖国的机会了。

1995年，王卫国毕业，他被分配到大同电务段遵化北信号工区工作。

扎根大秦，奉献大秦，知重负重、苦干实干，从此，王卫国开始了他和大秦线血浓于水的成长和奋斗人生。

入路后，记得刚来工区时，面对联锁、闭塞设备，曾经书本上很熟悉的东西一下子陌生起来，王卫国变得有点不知所措。

入路的师傅叫张寿斌，是这个工区的老工长。

一天上班，张工长就让一位老职工带着王卫国去现场处理设备石砟，原来是由于工务段施工，西上线被石砟埋了，本来谁家施工就由谁家清理现场的，可是由于工务施工多，清理的工作就由电务配合着干。

面对那一堆堆的石砟，刚刚参加工作的王卫国很不习惯，他想，自己学的是电，是信号，为什么要干工务的活呢，这样下去，整天清理打扫线上的石砟，哪里能接触到电、接触到信号设备呢？如果不干电，那来铁路有什么意思呢？他一边想着，一边挥动着手中的小铁锹……干着干着，那一粒粒蹦出去的石砟就像那烦人的心事一样，一点点地奔涌着……

年轻人的心思是瞒不过张寿斌工长的，他耐心地跟卫国交流，给他讲铁路信号工的职责和坚守，让他谈入路的感受，同时，也把自己的一些经历也讲给王卫国。

遇到这么一位善解人意又和蔼可亲的老工长，王卫国就像吃了一颗定心丸。时间久了，他才明白电务信号不是单一的干电就完了，还得兼顾木工、瓦工、钳工等等各项技术。平台坏了，得抹平；箱盒的衬板坏了，得把底子做出来再安装好；设备不符合了，得加工，并不是拧螺丝拧电线就完了……跟着师傅干，一样一样地学，练习了很多活，渐渐地，心灵手巧的王卫国也具备了很多技能！

道岔，以前是4型，现在是7型，分解道岔绝缘，站里有50多处。那时候，大秦线的运量是1亿吨左右，天窗好干，工作时间富余，对道岔机械的性能也了解了，L铁缝原来需要量，标识不达标，都给锻炼出来了。

尽管掌握了一些知识，但是信号专业的学习是无止境的，王卫国没想到，看起来通情达理的师傅也有火冒三丈的时候，而那一次，是被师傅训过最厉害的一次，王卫国至今记忆犹新。

那次，调走信号机外透视镜坏了，师傅说换一个，王卫国随手拿着一个就出去换。外透视镜有浅蓝和深蓝的两种，还有白色的，由于干实习还不熟悉，他就给安成白色的。

师傅一看，大发雷霆，指着透视镜问他："看见了没有，这是什么颜色，你知道安成白色的后果吗？你个小兔崽子，还没学会走就想着跑了……"

殊不知，如果将蓝色的信号灯安成白色的，会出现行车信号混淆，这个外透视镜应当安成浅蓝色的。

师傅一边说，一边拽着王卫国的胳膊，那只手的劲道太大了，以至于王卫国讨饶地说："错了，我错了，师傅！您松松手，松松……"

长长的大秦线上，那一排排信号设备燃起了年轻人征服一切拦路虎的斗志。

他明白光有理论是不行的，从那以后，王卫国不断翻图纸找资料，向老师傅请教专业知识……对于什么镜子安装什么灯，王卫国一定要做前期调查，后期复查，凭着年轻人的钻劲，颜色混淆的现象再也没有发生。

严师出高徒。独立顶岗一个月后，王卫国就代表新工参加段的技术比武，并取得了段道岔标准化作业第三名。

后来，张寿斌师傅成为卢龙北信号车间助理工程师。而只有中专学历的王卫国，没有人想到他会成为全段的技术大拿。

与遵化北的渊源

2002年，大秦铁路煤炭运量完成了1亿吨，首次达到了设计年运量，但随着国民经济快速发展，国家能源消耗持续增长，对电煤的需求越来越大，年运量1亿吨已经满足不了国民经济发展的需要。

2003年8月31日，由程利甫驾驶的万吨列车从湖东二场缓缓驶出，平稳地驶向渤海之滨。

就在这一年，王卫国接任遵化北信号工区工长。

当时大秦线正在进行扩能增运改造，站场施工全面展开，每天都有十多项任务需要电务配合协调。

王卫国像陀螺一样被各种各样的任务撵着。

俗话说，刀在石上磨，人在事上练。一段时间后，他的技术水平得到大幅提升。

2004年12月12日，一个注定载入中国铁路史册的日子！经过9小时20分不间断运行，大秦铁路2万吨重载组合列车安全平稳地停靠在秦皇岛柳村南站，首次试验一举成功。

在这成功里，有王卫国和同事们辛勤的付出和汗水，数不清的日日夜夜，他们奋战在大秦线上，风吹雨淋、吞砂石、饮寒露……调试信号，检查线路，用千百次的磨炼和默默奉献，换来了大秦铁路重载列车的试验成功。

2005年5月份，王卫国光荣地加入中国共产党，这时候，遵化到玉田区间加了中继站，工区所辖的设备责任量加大，同时，王卫国身上的担子也更重了。

2009年，由于工作需要，王卫国来到新组建的遵化北区间信号工区担任工长。这一干就是13年。

临出发前，领导的叮嘱在卫国耳边响起：新岗位地处偏远，人员复杂，你的性格稳，业务强，把你放到这儿，组织放心。

寥寥数语，饱含了领导对自己的信任和寄托，一定，不辱使命。

等真正来到这里，王卫国才知道这里的工作有多难。在九名工友中，一人高位截瘫请长期病假，两人患有抑郁症，能正常工作的只有六人，而且都是从综合车间转岗到现场的“新人”。这种情况确实没有料到，王卫国的心里直犯怵。

但想到组织对自己的期望，卫国便又振作起来，下定决心：再难也要啃它个豁口。王卫国快速转变角色，一会是“技术教员”，一会是“知心朋友”，一会是又变成“突击队长”。

针对工区内职工技术业务水平参差不齐的现状，他实施了“传帮带”举措，手把手地教职工业务技能；为了提高作业效率和保障设备安全，他利用工作业余时间对职工进行抽查考核，通过考核，让职工长记性，真正地把技术学到位。

小小的工区是单位，也是家，王卫国把职工当成家人、朋友，他想职工之所想，为职工解决难题。冬天，值班室的窗户漏风严重，没有窗帘，为了职工们值班时能够更加温暖，他利用休息时间到门市做了窗帘，并逐一安装上。职工们值班的时候温暖了，干起活来也更有劲了。夏天，酷暑难耐，蚊虫叮咬，他为职工送来花露水、蚊香，并主动出钱购置了蚊帐……

寒来暑往，职工们的业务技能均有了较大提升。其中：一名在集团公司技术比武中获得电缆接续冠军；一名后进的职工经过教育变得积极向上，在一次施工中发现了设备隐患，受到了段的表扬奖励；一名患有抑郁症的职工基本痊愈，现在已能和大家一起并肩战斗了！

可喜的成绩接踵而至，在全体工友的配合下，王卫国种好“责任田”的愿望更加强烈了。

王卫国不但是工长还是班组的党支部书记。他所管辖的遵化北区间担负着大秦线44.2公里信号设备的维修任务，其中信号电缆绵延几万条、纵横数千里，安全地位举足轻重。

在遵化北区间工区的这些年，王卫国对这里的山石门儿清，闭着眼睛他都知道哪里有什么。山沟的路不好走，有的时候刚刚开辟出一条路，没过几天就又被杂草覆盖，很容易迷路。担心职工们在山里迷路，他每次都是走在最前面，给职工们带路。

迈开步子“走”，伏下身子“干”，每天徒步四五公里是常事，王卫国与工友们肩扛手抬，在直线径路上每隔30米埋设一个电缆标石，在障碍物、公路、河流两侧安装警示牌，还沿着直线径路摆放了宽约20厘米的石子作为标志。那一个个电缆标石，仿佛就是一排24小时坚守岗位的哨兵，时刻护卫着电缆安全。在工友们心目中那就是修了一道电缆长城。

千里电缆线路，只要有一处中断就会影响整个大秦线路的运输。遵化北区间的电缆大都埋在铁路护网外，时常会出现电缆径路被挖断的事件。这项举措，虽然在一定程度上减少了电缆挖断的事件，依旧会有一些村民在电缆径路附近开荒挖掘。

为了减少此类事件的发生，在节假日，王卫国便成为“卫士”，他和同事们带着爱路护路的宣传手册深入村子里，走到村民身边，用通俗易懂的语言和形象的方法演示，为铁路沿线的村民讲解铁路安全知识、铁路基础设施和电缆径路的标识识别，引导大家进一步提高保护自身安全和爱路护路的意识。

功夫不负有心人，在王卫国的努力下，村民们都懂得了保护铁路电缆的重要性，纷纷表示要保护铁路设施、保护电缆……后来，在王卫国所管辖的区间内再未出现过电缆径路被挖断的事情，有效保证了大秦铁路的安全畅通。

每年两次的大型集中修，是给设备进行维护检修的时间，也是一年里最忙的两个时段。

除了保护电缆，电务的很多作业都和工务密不可分。

电务与工务的结合部较多，工务换轨作业、大机清筛、大机捣固作业时必须提前将附着在钢轨上的电务设备拆卸，给工务人员留出作业余量。在工务人员作业完毕之后，还需要由电务职工将电务设备再安装牢固。

抛开来回奔走路途远不说，电务作业所用的工具也令人瞠目结舌。一根大扳手就有十来斤重，一个工具包就有四十多斤，钢轨打眼机在充满汽油的情况下重达一百多斤。

在集中修期间，王卫国常常和职工们抬着这些工作器具行走在区间。配合工务人员换轨作业时，工务每天换轨两公里，他就要来回走上十多个往返，检查电务设备的安装是否良好。十多天的配合换轨工作下来，王卫国一共走行将近250公里，这相当于从大同步行到太原的路程。

配合工务大机清筛捣固作业后的电务设备恢复是一个重要环节，它既要保障施工点毕的设备运行稳定，还要为第二天的复捣创造良好的工作条件，一旦中间有一个环节出现差错，就会在第二天复捣的时候，给附着在钢轨上的电务设备带来极大的安全隐患。

当发生了电缆或是引接线被捣断的情况，恢复起来更是艰难。电缆一旦被捣断，就需要消耗大量的人力与物力去恢复。

一根根线缆需要核对正确再进行接续，接续良好以后需要进行测试、实验。

为了避免出现这种问题，每一次出工布置会的时候，他都告诉身边的职工，干活一定要“一次到位”，不要给后面人留尾巴。工作只有一次性干到位，才能真正地提高设备维修质量。

连续十几年的集中修下来，王卫国所管辖的区间从未出现过一次复工的情况，实现了零违章、零违纪、零事故。

3760米的守护

景忠山，位于河北省迁西县境内，是京东著名的旅游风景区，山上石径逶迤、怪树林立、古刹巍然、钟声袅袅，令人流连不已。

景忠山隧道，长达3760米的隧道，隧道内有4架信号机，13个轨道电路区段，大秦铁路如长龙般从中穿过。

为了保证轨道电路信号正常传输，每隔30米，铁路信号工就要在轨枕上安装一个电容。

在漆黑的隧道里干活，能快速准确定位信号设备位置，对于检修维护和处理故障尤为重要。

隧道内伸手不见五指，在检修时容易出现遗漏现象，这样就加大了在发生故障时寻找问题的难度。

顽疾，必须解决！只要有时间，王卫国就会钻进隧道内反复研究查勘。

他一步一步地数着轨枕，也像清点自己的孩子一样数着电容，渐渐地，细心的王卫国发现每隔60个宽枕就要设置一个电容，于是，他首先提出了“数轨枕定位法”，并在初期取得了成效。

但在后来实际运用过程中出现了新的问题，一次，工区职工在电台里给他汇报工作进度，一下子就打断了正在数的轨枕。不得已，只能回到开头进行重新计数。

数轨枕的方法费时费力、效率低，能不能找到更好、更科学的方法呢？王卫国苦思冥想，被这个问题困扰得吃不下饭、睡不着觉。

有一天，在食堂吃饭，贴在墙上的宣传标语一下触发了他的灵感：如果用油漆给电容打上编号，不就行了吗？

说干就干，王卫国带着工友们钻在隧道里，用了整整三天的时间，给隧道内160个电容都用油漆打上了编号。

一个个光鲜亮丽的编号在隧道内吐气扬眉。

看着每个电容都有了属于自己的名字，再也不会混淆不清，王卫国和同事们都觉得很满意。可是，好景不长，隧道内每天都有无数列运煤货车通过，没多久，隧道内的煤尘便给这些刷了油漆的电容蒙上“黑被子”，曾经的“光亮”不见了，这些电容又成了“黑身份”。

那段时间的王卫国像着了魔，他看什么都像电容，遇到任何新鲜的有创意的设备都会联想到电容。

在一次夜间“天窗”作业中，灯光辉映下，职工防护服上的反光条分外醒目。这个发现再一次启发了王卫国，第二天，他顾不上休息，直接带着职工前往景忠山隧道，合理分工，在电容对应的隧道壁上贴上了反光条。

隧道长长，那一个个电容的反光条编号整齐排列，仿佛是训练有素的哨兵，而王卫国是指挥统领它们的将军，他盯着这一排排穿着鲜亮铠甲的“卫兵”，欣慰地笑了。此后，再也不用担心电容漏检的现象发生。

隧道里，每一件信号设备都让王卫国揪心。

2013年7月16日，天阴沉沉的，绵绵秋雨下个不停，王卫国听着窗外的雨声，眉头紧锁，景忠山隧道是他最担心的地方，千万不能有了积水。偏偏，担心啥……啥就来了！

10点左右，王卫国接到车站值班员的电话：“列车通过景忠山隧道时，司机发现景忠山隧道内积水严重，立即通过电台告知车站。”

刻不容缓，王卫国立即组织职工背上工具前往景忠山。

雨越下越大，不停击打着车窗玻璃。大约30多分钟左右，车便停在隧道附近。这时，景忠山洞口村庄的路被冲毁了，他们只得从线路上走过去。

45分钟后，王卫国和工友进入隧道，第一眼就看到亮晶晶的雨水没过了钢轨。实在没有下脚的地方，他们只好打开头灯，歪着身子，手摸着洞壁，深一脚浅一脚地向里走……待走到信号设备箱盒跟前，王卫国发现设备箱已经被积水打湿了，设备下沿离水面只差一厘米多。

好险啊！幸亏赶来了，要不设备内进了水都得短路烧毁，大秦线的运输就会受到影响！

立即排水！王卫国和工友赶紧寻找线路旁的排水孔，很快便摸到了，他们顶着巨大的水压，用力撬起排水沟的水泥盖板，肆虐的雨水迅速形成了一个个漩涡钻了进去，那争先恐后的场面让王卫国觉得这些积水就像逃兵，都被他们打跑了。

接下来，一处又一处地查找排水沟，一处又一处地放水，积水淹没了他们的鞋子、裤管、袖口……脸上、身上都是泥点子，不管不顾，他们保护的是铁路的信号灯，绝对不能因为积水而影响信号的正常传输。

不知不觉，王卫国和工友们一直干到深夜12点多，经过十几个小时的奋战，终于避免了12处信号设备被淹。

他们从隧道出来时，才发现走路都不得劲了，原来，脚被泡发了一圈，肿胀得厉害，脱掉鞋，看着自己发白的脚丫子就像刚出锅的大馒头，大家哈哈哈……地笑了。

王卫国能听到自己的肚子在“咕咕咕”地叫着……他才想起十几个小时了，还没吃饭，立刻招呼工友们去吃饭：“排水沟都喂饱了，我们还饿着呢……”“走喽，喂肚子去……”幽默风趣的对答让这些电务信号工忘记了一天的劳累。当看到一列列乌金铁龙从身边安全驶过时，他们像孩子一样跳了起来。

炎炎夏日，景忠山隧道内十分清凉。因此，景忠山隧道又被王卫国戏称作“清凉洞”。

为了确保“清凉洞”里面设备平安健康，王卫国每月至少利用“天窗”进洞巡查整修一次。

电务“天窗”时间宝贵，只有150分钟。作为工长的王卫国不打无准备之仗。在进洞作业之前，他对作业项目、关键点均要做到底数清、情况明、措施实，将工具、材料、仪表提前准备到位，利用微机监测这个信号设备维修的“千里眼”，组织工友对各种电气参数变化情况进行分析，找准薄弱环节，制定卡控措施，分工明确，责任到人。同时，他提前搜集其他兄弟班组的各种安全信息，眼睛向内找问题，绝不放过任何一处安全风险。

每次进入隧道内，要检查的设备有很多，例如，经过的各处补偿电容过轨线防护胶管和绝缘卡子防护是否良好；有无磨卡轨底造成封连，是否存在可能酿成红光带故障的隐患；固定在钢轨上的螺栓有无断裂，螺母是否松动。

职工到达设备箱盒处所，先将设备埋住的外部煤渣清理掉，打开箱盒后，要用携带好的毛刷、电吹风将内部的细小煤尘清理干净。为了做好箱盒防尘，王卫国想了很多办法，因为这些煤尘就像沙漠里的细沙一样，非常细小，很容易进到箱盒内部。经过多次实验，他采用装修房子的那种海绵密封胶条，粘在箱盒和盖子边缘，起到了防煤尘的效果。除尘后，要进行的是对箱盒内部的各处电气固定螺栓进行检修紧固。紧固完成，最后一项是电气特性测试，不光要对测试数据进行记录，还要与上次记录进行比对，核对有无数据变化情况。每次检修完毕，关闭好箱盒，都要与配合人员复查试验一下所检修的设备显示是否正常，数据有无变化后才能离开。

等“天窗”结束，洞外的大家你看看我、我看看你，山谷里就会传来一阵阵笑声。隧道里，空气中飘荡的煤面儿灰尘又细又轻，无孔不入，尽管职工们佩戴着口罩和安全帽，无辜的脸还是逃不过被罩黑的印记，那些黑色的印记没有规则，一人一个样，王卫国笑着说：“这是景忠山颁发给守护‘清凉洞’信号工的军功章。”

有这么一群热情、热爱信号设备的电务信号职工守护，景忠山里的“清凉洞”才能永驻清凉。

信号“医生”

“每一起严重事故的背后，必然有29次轻微事故和300起未遂先兆”，王卫国信奉“海恩法则”，并将这句话记在了本上，也落到了具体行动当中。

27年的工作中，王卫国痴迷于信号电路而无其他不良嗜好。图纸，成为他的精神食粮，以至于晚上，他得把图纸放在枕边方能入眠。一次次的琢磨、一次次的演练，一遍遍地排查设备故障……

在信号机械室、中继站里，他一待就是一整天。硬是凭着一股执着和热情，日复一日的积淀以及刻苦学习实践，他掌握了各种信号电路的工作原理和作业流程，也因此，具备了超强的信号故障处理能力。任何问题征兆和苗头都逃不过他的眼睛。

春运期间，电煤库存持续紧张。大秦线每月只有三个“天窗”。为了提高作业效率，他总是亲力亲为，通过日常深入线路巡视和利用微机监测掌握设备动态，以“问题库”的形式拉出“账单”，分轻重缓急逐一处理。

科学分类，他按照“影响行车安全”的“急”问题，“不影响设备使用”的“缓”问题分类，“急”问题立即要点处理，“缓”问题重点观察，然后利用“天窗点”处理。

两个半小时的“天窗”封锁时间，对他来说就是消除“账单”上设备疑难杂症的黄金时间。

身着黄坎肩、手持万用表，认真核对每一根配线，认真测试每个元器件性能，认真检查每一条联锁电路……一旦发现隐患，王卫国立即让其遁形，决不让隐患欠账过夜。

在进行补打轨道电路补偿电容时，由于铁冲子没把儿，稍不留神锤子就会砸到手上，这是令所有信号工头疼的难题。然而，这却激起了王卫国的斗志，砸到职工手上的锤子仿佛砸着自己，王卫国下决心一定要搬倒这个“铁老虎”。经过多次的模拟试验后，他采取在冲子大头焊接长约20厘米的铁把儿且留有旷量的措施，这个铁把儿使用起来不仅轻巧灵便，有效防止了砸伤，还提高了作业效率。

刚刚攻克一道难题，又一道难题便来了。突然发现景忠山隧道内

4976BG“轨道区段电压波动”，工友们出动4个小时都未找到隐患点。王卫国闻讯赶到现场，通过认真查找测量，逐一排除，很快发现了长过轨线破皮封连轨底的隐患，使问题得到了彻底解决。工友们都说：王卫国就是我们的主心骨。

处理了多年的“账单”后，王卫国更加技术精湛，精益求精，他总是能够先人一步发现并查找到隐患点，也多次在车间、段技术比武中夺魁，荣获先进个人、优秀共产党员、优秀党务工作者称号，成为班组、车间乃至全段的信号“医生”。

微机监测曲线，是信号设备的“心电图”。

“心电图”不稳定了，信号设备的运行状态就会失常。通过查看微机监测曲线，就可以很清楚地知道设备健康与否，切实了解设备内在问题。

每一次的微机监测曲线巡视，都是一次对设备详尽的把脉。对设备精准把脉，能够了解设备存在的问题与缺陷，让天窗检修能够更加具有针对性和靶向性，提高了设备的检修质量。

王卫国所管44.2公里的设备微机监测曲线有着上百条。他每天都要对这些曲线进行精准分析，不能漏过一点异常。有时看得眼花了，对一个曲线异常不太确定，就找旁边的人上来跟自己一起确认，绝不放过一丝病害隐患。

一天下午，刚刚干完遵化北到玉田北区间配合工务大机清筛捣固集中修任务，王卫国在对设备微机监测曲线查看的时候，突然发现4958BG曲线异常，他随即要令并申请上道检查。

等到达室外4958BG后，果然发现调谐区的两根引接线连接钢轨的塞钉双断，王卫国冷静对其进行了更换处理，有效预防了一起红光带故障。

无人值守中继站，是电务工作的关键点，也是大秦重载的“咽喉”要塞，它就像我们日常生活中集中供暖的加压站。

当一列列万吨巨龙安全地从遵化北区间驶过，王卫国时时刻刻担心着轨道电路设备的安危。

轨道传输就是在钢轨上通过电压与电流。但是因为下雨、降雪、洒防冻液或者其他原因，会影响道床电阻，道床电阻变小后流经钢轨的电流被大地短路，虽然没有机车占用但是接收侧收到的电压电流不足，就会导致红光带，也就是电务职工常说的漏泄，所以，每年的雨季和雪季，都是对设备的一次严峻大考。

2021年9月份，正是“两坚守、两实现”的关键时期，遵化北区间却遭遇了几十年罕见的持续强降雨。465中继站的4619BG，出现调整电压调整到满级状态而依旧红光带的问题。针对这个问题，王卫国查阅图纸，翻阅资料，想到了通过给模拟网络盘调整端子间，加装开关控制电路，从而解决了问题。

看着雨没有半点要停的意思，465中继站和493中继站管内的轨道电路设备千万不能出问题。这两个地方的设备最容易发生漏泄，一旦发生漏泄，就会影响重载列车运行。王卫国揪心啊，那些设备，就像他的孩子……不顾窗外瓢泼的大雨，王卫国组织职工冲进雨幕中，赶往465中继站。因为465中继站地势低洼，雨天很容易积水，等他们到达的时候，雨水已经开始向机械室方向聚集了。雨水一旦没入机械室内，电线就容易产生连电，导致设备瘫痪。

看到眼前的景象，王卫国的心一下子蹦到了嗓子眼里，防洪抢险刻不容缓，他立即组织职工开始排水，同时，安排搬出储存在机械室的防洪沙袋，一包包沙袋像防洪哨兵被排在机械室的门口，肆虐的雨水被严严地堵在了门外，机械室的设备安全了，王卫国和工友们的衣服也被汗水和雨水浸透了。

465中继站的设备终于经受住了这场雨水的考验，安全无误地传送着电路信号。

将465中继站安顿好，王卫国还担心着493中继站。493中继站机械室坐落在半山腰，周围荒无人烟，在下雨的日子，他总感觉493中继站设备电压曲线会发生漏泄，红色的警示灯亮着……

不放心啊！不放心那就去守着，王卫国想到了也做到了。

9月13日，大雨再次降临。去往493中继站的路变得更加湿滑难走，一个不小心就会滑倒摔跤。如果不慎滚落，那旁边可是几十米深的沟啊！绝对不能让职工去冒这个险。

作为一名党员工长，王卫国在安排好职工们的日常盯控后，二话不说，扛着一箱方便面，冒着大雨赶往493中继站机械室盯控。等他深一脚、浅一脚地爬到了493中继站机械室门口，山上的雨似乎在跟他作对，下得更猛更大了……

打开机械室的门，进入不到30平方米的屋内，关上门，就只剩下密不透风的墙壁，机械室成了一间小黑屋，王卫国就像被囚禁在这里。陪伴他的除了风雨声，就是这里的线路设备。

打开日光灯，一个微机监测电脑屏幕、一个热水壶，这是他驻扎在机械室内的所有物品。雨不停，盯控就不停，泡面是唯一能够充饥的食物。在这里，他一盯就是三天三夜。他就像是一位医生，一旦发现设备电压曲线异常，不等漏泄达到警戒值，就要操起手术刀实施手术，他的手术就是及时对轨道电路区段电压进行调整。在雨势强劲的时间段，五分钟内，他必须同时调整三到五个区段的轨道电路电压。

机械室外的铁道线上，运煤巨龙一辆接着一辆。当一列回空列车轰隆隆走过时，突然，一行红色预警信息出现在了中继站的电脑显示屏上：有个区段的电压已降至警戒值，设备故障随时都有可能发生。

为缩短中断列车运行时间，调整轨道电路的电压一定要快、准、稳。王卫国额头冒出了冷汗，按程序处理，常规的调整方式已达到极限，也不见效果。外面的雨，越下越大，王卫国一边向调度申请，一边利用操作难度较大的模拟网络盘来调整电压，在费了九牛二虎之力后，轨道电路的电压终于调稳了。

经过这次故障处理，王卫国开始琢磨一个课题——怎样才能高效调整电压？之后的几天内，他茶不思、饭不想，走着、站着、躺着满脑子想的都是图纸资料，都是调整电压的方法……在经过多次的试验和模拟后，他最终想到了加装开关控制电路的办法。这个办法后来成了工区快速调整电压的“锦囊妙计”，工友们再也不怕下雨、下雪时调整电压了。

王卫国，这个敢于和隐患“顶牛”的人，时不时会搞出一些“小创意”“小革新”。每次维修和处理设备故障时，机械室里端头多、查找起来困难，王卫国晚上就钻在机械室里，把每个端子贴上标签，一干就是一夜，一个月下来，机械室的几千个端头上都有了标签，有了自己的身份号码，他把这些标签分类整理，便于查找，在货运增量的关键时期，这些标签帮了大忙。从班组到车间，从车间到段上，不同岗位的人都竖起了大拇指，给他点赞。

不能等美好的时代去成就更好的我们，而要由我们去成就更美好的时代。想在前，走在前，干在前，正是这份坚持与执着，让王卫国扎根大秦27年，坚守大秦，奉献大秦，用满腔的热血和信念点亮了群山里的信号灯！

张春艳卫生所

遵化北站在县城二环路以北，和县城连着，也是离县城最近的车站。遵化北区间工区在原遵化北电务段的办公楼内，工区和王卫国的家连着，他从工区走路不到十分钟就能到自己的家。

王卫国的家还有一个名字，叫“张春艳卫生所”。

张春艳是他的爱人，河北遵化本地人，由于单位效益不好，于是自谋职业开诊所，已经有十几年了。

遵化北区间工区内有小菜园、葡萄架、苹果树……在王卫国夫妇看来，这里，不仅仅是一个单位，更像是家，他们熟悉这里的一切，春天翻新的土地内播下一粒粒菜种，夏日繁盛的葡萄架和苹果树为人们遮阳，秋日菜园里硕果累累……“张春艳卫生所”也门庭若市，成了站区职工时常往返的地方。

王卫国的妻子张春艳开诊所多年，是一位地地道道的诊所医生。平时，卫国忙于设备检修，妻子忙于为病人解除痛苦。有工友形象地说：“王工长是信号医生，春燕姐是我们的专职医生。”

因为离得进，有个头疼感冒，到张春艳诊所；不小心碰破手脚，到张春艳诊所；有时需要一些紧急的药，赶紧去诊所拿……这个诊所，就和职工的家一样，春艳医生是有求必应、有问必答。多年来，经她帮助和治疗的职工数不胜数。

在工区，有一名职工叫钱铁军，今年54岁了，属于年龄最大的老职工。在日常的检修工作中，王卫国发现老钱总是犯迷糊，工作提不起劲儿来，问他说是感觉头晕……不行，王卫国急了，催他抓紧去检查一下，他接过老钱手里的活，给爱人打了个电话：“老钱过去了，给好好检查检查……”

春艳看到老钱，赶紧让他静卧休息，然后开始测量血压，果然，老钱的高压忽高忽低，低压一直超100mmHg。经过几天的连续监测，春艳判断老钱的症状是高血压，必须去医院做正规检查。老钱疲疲沓沓不想去，说在这里吃点药就行了。春艳认真地说：“那可不行，我得对您负责，咱这是小诊所，必须到大医院确定一下结果，再根据医嘱用药治疗。”

老钱专程去医院，最终确诊就是高血压。回到诊所，不停地感谢春艳，多亏了弟妹提醒，自己这马大哈，连有了毛病都不知道。春艳笑着说：“以后要注意饮食习惯，不能吃太咸和太油腻的食物……”

打那以后，老钱一直在诊所定期测量血压。

像这样的例子还有很多很多，一些小毛病、小伤害在春艳这里都会化险为夷。

王卫国整天在线路上跑，干力气活，身体还算壮实，但是，春艳知道他消化系统不好，有胰腺炎和阑尾炎，疼起来受不了，由于工作忙，没有时间手术住院，一直是吃药保守治疗。她时常叮嘱他按时吃饭，少吃油大的食品，卫国每次总是说“记住了”，等工作忙开，就又忘了。

尽管服务对象不同，但是他们夫妻二人对各自的工作都是百分之百地尽心，对“医术”总是精益求精地探索。

每年的春节长假，王卫国都住在工区，和工友们一起度过，也因此，十年来遵化北区间工区从未发生过一件责任故障。

在单位的时间多了，回家的时间自然就少了。

陪伴家人的时间短暂而温馨，有时刚刚回家，却因为有临时任务而不得不再次离开。春艳说他就是长在工区院里的那棵苹果树，怕把果子落在家里。

有一年集中修施工前一天，王卫国上高三的孩子马上就要开学了，孩子住在全封闭的学校，住校需要准备一些生活用品。但是因为忙于施工前的准备，他实在无暇顾及。只能由春艳张罗，望着患滑膜炎的妻子拖着病腿还在坚持操持家务，王卫国内心的愧疚无法言表。

对不起妻子的又何止这些呢！

当集中修施工进入攻坚阶段，王卫国70多岁的老岳父突然住院了，原来，老人家在遵化市人民医院查出前列腺有肿瘤，需要转院到唐山工人医院进行手术治疗，恰巧这时候，景忠山隧道内换轨任务激战正酣。

王卫国只能抱歉地给妻子打去电话，由妻子和其他亲人去陪护，而他却一心扑在施工上，没有耽误一个“天窗点”。王卫国忙，春艳理解他的忙，她一直默默支持他的工作，对任何来自家庭和生活中的压力毫无怨言，反倒叮嘱他安心工作。这些，就是王卫国坚守大秦最坚强的精神支撑。

2021年，孩子高考，考上河北邯郸工程大学安全工程专业；王卫国荣获太原局“太铁之星”称号，在全段范围进行事迹宣讲，可谓双喜临门。每每有工友谈及此事，夫妻俩经常会相视而笑，内心充盈着愉悦和幸福……

其实，作为唐山大地震的一名幸存者，王卫国深深懂得感恩才是生命的底色。

择一事，终一生，王卫国要继续做大秦线上的“点灯人”，带领工友们耕耘出一片安全的天地，耕耘出一个和谐向上的氛围，耕耘出大秦重载更加美好的未来！

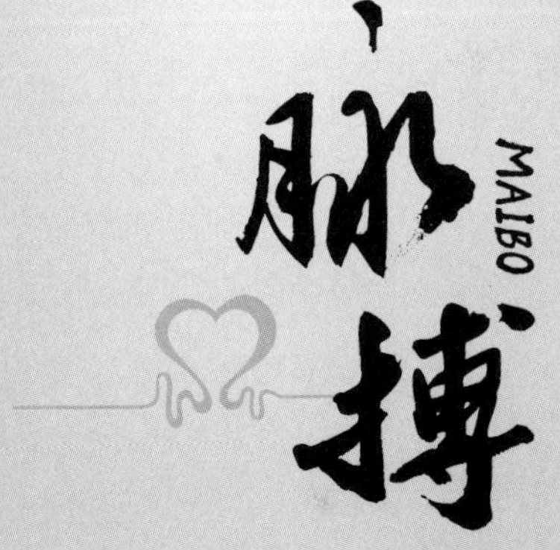
脉搏
MAIBO

卜算子·路网工程师

一线牵两头，灞水生烟柳。
郑太客专转体桥，多少艰辛透。
惊喜上心头，乳母家中候。
太铁大西建桥人，护守情依旧。

康康的高铁

康康是谁?

康康是一个男孩，出生的时候，因为早产，生下来才2.7千克，为了这个孩子平安健康长大，他的父亲盖圣巍给他取名康康。

盖圣巍，是大西铁路客运专线有限责任公司工程管理部的高级工程师。

接到孩子早产的消息是在半夜，盖圣巍干着急！那时候，他在长治太焦高铁的施工工地上。太焦高铁还没通车，回西安的家，只能从临汾坐高铁。工地位置偏僻，交通不便，出门就要打出租车，可是，半夜哪里有出租车呢!

好不容易等到天亮，从长治打车到了临汾，再从临汾西站乘车到西安，赶回去的时候，爱人韦玲还在手术台上与命运抗争。

这个孩子，可是韦玲经历了千辛万苦送给盖圣巍的礼物啊！结婚六年了，好不容易有了康康，未满九个月时面临的却是早产……

入　路

蒿房村，是辽宁省大连市普兰店市辖区内的一个村庄。

普兰店区，位于辽东半岛西部，北高南低，西高东低，属于丘陵平原区，海岸线总长187公里，山峦起伏，土地肥沃，环境优美。海拔最高处为老帽山，其主峰海拔848米，风光秀美，野生动植物繁多，以其秀丽的山峦和奇松异石景观而享有“小黄山”美誉。

老帽山的群岩群石千姿百态，不得不令人惊叹大自然的鬼斧神工，在山底，有一条清澈见底的复州河如一条银丝带，飘然西去。蒿房村是附近的一个山区村，资源丰富，土地肥沃，环境优越，也是远近闻名的果树专业村。

晌午一过，老盖就扛起铁锹、锄头到山间的国光苹果地里，开始除草、填渠。前几天的一场雨，让地里面的草儿又冒出很多，可是不敢偷懒啊！草多了，国光苹果就长不大，影响今年的收成，儿子盖圣巍今年高考，还等着卖了它们交学费呢！

“爸、爸爸……我考上了，我考上了……”弯着腰、锄着草的老盖抬起头，他看见自己的儿子举着什么站在地头，一边摇晃着一边朝着他跑过来……

是高考录取通知书！蓝色的封面上印着学校的名字“吉林建工”。打开里面写着：“盖圣巍同学，你被我校‘路桥专业’录取，请持此通知书于八月……”

老盖真高兴啊！他除了种这几亩地，还有驾驶技术呢，为了生计，他经常和老乡们跑跑小货车卖点山货，做做小生意。辛苦忙碌的全部动力就是他唯一的宝贝儿子——盖圣巍。

盖圣巍从小就独立、好强，学习上从来不让父母管。小学六年、初中三年门门功课优异，年年都被学校评为“三好学生”。这个孩子性格外向、热情、开朗，越大越有一股敢想敢干的冲劲，也因此，一直担任班长。

2000年，盖圣巍考上普兰店重点高中第三十八中学，由于离家远，他三年都是住校，从来都没让爸妈操过心。

如今，高考顺利，金榜题名，也在意料之中。但，让他不解的是孩子选择了路桥专业。跑过货车有些许见识的老盖略显忧郁，路桥专业，将来是不是要干工程，到处跑呢？可是，孩子选择了，只能尊重他的意愿。

老盖不知道，孩子的梦想是架桥、修铁路，他想成为一名高铁建设者！

盖圣巍关心政治、爱学历史、爱读小说，时事政治、历史故事、战争烽火、侦探小说被他拿到就爱不释手。有一次，他读到了《佩德罗夫事件》《特快亚细亚》等书籍，他知道了“亚细亚号”，对家乡东北、大连以及铁路、桥梁有了初步的认识。

吉林建工在长春，是如今吉林建筑大学的前身，从大连到长春得坐13小时的火车，一张学生票29元，这是盖圣巍永远忘不了的数字，这也是他第一次出远门，第一次坐火车，从这时候开始，他对铁路、对火车有了粗浅的认识。

入学第一年，由于学习努力、思想积极、成绩优异，盖圣巍成为学生会干部。在大二时，品学兼优的他光荣地加入中国共产党，大三时期担任学习部部长。除了完成自己的学业，身为学生会干部，他还负责查学生自习、查日常考勤以及帮助老师完成其他管理工作，而且，门门功课全优，成绩突出，年年都能拿到奖学金，这些小小的成就感令他对未来的人生充满了信心和憧憬。

大三时，进入实习阶段，起初的尴尬最为难忘。开始到工地，进行内部测量，很心虚，没有实际操作过，看着工作人员扛着各种仪器在工地上忙来忙去，心里痒痒的，羡慕极了！

农村的孩子能吃苦，拿铁锹、干体力活没问题，为了能够尽快拿下测量工作，他总是第一个起床，主动扛起沉重的仪器，来回在工地上奔走。师傅们看着他勤快，肯吃苦，都用心教他，他跟着师傅们学习复测、放样、导线加密点控制测量、贯通测量……短短数日之后，逐渐掌握了工作窍门，他脱开师傅的视线，小心翼翼地自己尝试，慢慢地就能干了。不久后，便加入了中桩组，盖圣巍也成为十几个人的领队，开始干轻轨、辅道等各种现场实践工作。

2007年，是盖圣巍人生的转折点。经过四年的刻苦学习和锻炼打造出了一个成熟稳重的专业人才，他被学校列为优生推荐名单，顺利分配到中铁十二局集团第一工程有限公司。

那时，中铁十二局机关在临汾，经过培训上岗后，第一站就是到广西南宁修建高速公路，他成为广西南百高速公路路面项目部技术员。第二年，又被分到陕西，成为陕西榨小高速公路项目部技术员。后来，又到了广东佛山，任广东佛开高速公路扩建工程项目部工程部技术主管。再后来到了广东汕头，任广东汕揭高速公路项目部工程管理部部长……从技术员到技术主管，从技术主管到工程管理部部长，再到总工程师、高级工程师。

从北国冰城到南国羊城，从西北边陲到东海之滨。一路走来，盖圣巍年年有成果，步步有业绩。南百高速、榨小高速、佛开高速、汕揭高速、潮漳高速、武广抢险……

心理、体能、技术、筑路、架桥、公路、铁路……盖圣巍不断突破自我、超越自我，在工地上指挥、修建、观测、评估、验收，不管生活和工作的环境有多苦，多恶劣，他忍受着，坚持着……爬高钻沟、风里雨里、无所畏惧。他把最艰苦的地方当作最关键的地方，春夏秋冬，追星逐月……有时候一天一夜不休息，有时候几天几夜不休息，有时候感觉身体达到了极限，但他咬紧牙关坚持干。也因此，盖圣巍变得越来越自信，越来越成熟，每当任务完成的瞬间，那种自豪感便会油然而生。

一晃八年。

腾飞的翅膀一经张开，去往的必定是翱翔的方向。

盖圣巍这只大鹏鸟，在大江南北飞来飞去很多年，终于在2015年这一年，被调入中国铁路集团公司辖内的大西客专公司，继续修路，继续架桥，继续铺轨……所不同的是告别公路，开始和铁路、动车打交道。建高铁、修高铁，那是他的梦想啊！

这时候，纵贯山西南北的高铁大通道——大西客专已经进入打通原平至大同最后节点的关键时期，这里，成为盖圣巍人生中最重要的里程碑，他站在原平大西客专指挥部的办公室里，望着那密密麻麻的线路图，千万种思绪涌上心头，又一次，信心满满……

爱 人

春风拂面，垂柳依依。

古城西安的灞桥生态湿地公园内，灞河水流缓缓，周边的小景观千姿百态，花池里百花齐放，一簇簇一团团仰着笑脸，游人惬意游玩，清新满满。

韦玲用过晚餐后，漫步在灞河的健步亭台间，吹着柔柔的晚风，闻着沁人的花香，深藏在花池角落的音乐盒时不时飘出悠扬的乐曲……尽管经常来，但这里的灞桥、灞柳、灞水依旧让她着迷，让她留恋……从起初的一片荒地到如今成熟雅致的景区，她熟悉这里的角角落落，花花草草，每一处都有令人心醉的回忆。

此时，有水鸟从上空掠过，滑过一道弧线后，便消失不见。

灞河对面是郁郁葱葱的绿色，那些绿色的后面就是临潼，临潼离灞桥区也就是半个小时的车程，可是，韦玲没有去过骊山、华清池……更没有去过兵马俑。爱人太忙了，每年回家的时间都能数见，哪有时间陪她游玩。

爱人远在山西太原，两人长期两地分居，但是，只要是休息时间，这处湿地公园就是他们来的最多的地方，也缘于他们的家就在公园附近，这一处“神仙宝地”便成了见证他们爱情的地方。很多年过去了，灞河的水流不紧不慢，还是那么清澈，风采依然。韦玲对爱人的感情也还是如初恋般浓烈。

相识，是在2008年，那时的韦玲刚从学校毕业，懵懵懂懂的少女，被分配到中铁十二局集团有限公司，从事财务管理工作的她到了一群男人堆里，该有多孤单，多寂寞，多无聊啊！可是，命运偏偏眷顾了美丽的女子，在山高谷深、岸坡陡峻、桥隧相连的秦岭腹地，她遇到了命运中的男神——盖圣巍。

沉寂的大山，在那一年冬季沸腾起来。

陕西省的柞小高速公路就算他们的“红娘”吧，柞小是由中铁十二局集团一公司路面公司承建的西部高速公路“四纵四横”八条大通道之一、陕西省公路规划网“米”字形公路主骨架中的重要组成部分，作为同一公司的员工他们不期而遇。

相识，缘于一碗面皮。工地在远离市区的农村，夏季，唯一奢侈的食物就是面皮。一天中午，韦玲端着饭盒到路口去买面皮，可是，没有零钱找，她拿着的一百元难住了卖面皮的老人家。买吧，没有零钱！退掉吧，老人家不乐意，左右为难啊！韦玲急得只翻手机通讯录。

怎么办？

这时候，一个穿着工装的小伙子正好路过，看起来很面熟，也是十二局的吧，韦玲壮起胆，弱弱地问了句：“您好！有五元钱吗？我借用一下！”“一百块找不开！”卖面皮的老人家补了一句。小伙子一怔，但是，看到眼前的场景，小伙子毫不犹豫地掏出五元钱。

再见到的时候，已经是秋天了，韦玲除了负责财务工作之外，还负责给公司的职工办理邮寄。一天，一个小伙子风尘仆仆从工地赶回来，拿着一个档案袋说：“公司让申报助理工程师资料，您帮我寄出去，谢谢！”韦玲一看，这不就是那个借给他五元钱的小伙子吗？总是见不到，钱还没有还人家呢！正好，这次一并还上。

看着韦玲掏出的五元钱，大大咧咧的小伙子一下子腼腆起来，怎么还还呢……又没多少钱，再说都是一个单位的，不要不要……头也不回地走了。

等到邮件寄出去，小伙子要付给韦玲邮费的时候，美丽有心的姑娘也大大方方没收！这个热情、诚实、豪爽，个子高高、微微显胖、相貌英俊、戴个眼镜的小伙儿正是盖圣巍。

以后的以后，是相知、牵手的季节，两个相爱的人走到了一起，他们年龄相仿、兴趣相投、志同道合，秦岭的花草树木、松鼠飞鸟、野生蘑菇、潺潺的小溪流……还有林间的小径和青石都认识他俩呢！

四年的恋爱长跑后，2012年，这对幸福的年轻人走进了婚姻的殿堂。婚礼在老家东北大连的普兰店蒿房村举行，厚道朴实的父老乡亲为他们送去诚挚的祝福和木耳、人参、蘑菇、灵芝草……还有成双成对的喜鹊登梅、金鱼戏水、龙凤呈祥等各种手工制作的床单、枕套……就连老帽山脚下的复州河也欢腾跳跃，唱着欢快的小曲祝贺呢！

新婚的夫妻拉着手漫步在复州河畔，韦玲听盖圣巍讲着小时候的故事……多么甜蜜的时光！

后来，铁十二局一公司机关迁址西安，迁到西安市灞桥区灞河城市段中游，灞桥生态湿地公园依附灞河而建，北起东城大道华清桥，南至蓝田县界，毗邻西安世博园。一对新人也在这里分到一栋别致的小楼房，韦玲继续留在西安工作，盖圣巍则长期工作在工地上。也因此，回一次家见一面，都如新婚般温馨，依依不舍！

思念，在韦玲的心里荡漾，唯一的愁绪，就是心爱的人儿陪自己的时间太少了，所以，想盖圣巍的时候，她就会来灞河边走一走。

对了，现在，不再是一个人了，陪她一起走的还有肚子里的宝宝，快六个月了，她能感觉到宝宝在动，这是多可爱多调皮的孩子啊！

约定的时间到了，她一只手摸着宝宝，一只手拿着手机开始和盖圣巍远程视频："圣巍，宝宝又在踢我呢……"

驻 站

山西原平，大西客专指挥部。

这里，是一处荒废的度假村，被玉米地包裹的园区内，依旧遗留着一些鸡、鸭农舍，早已无人打理的园区空地上荒草疯长，野花遍地。盖圣巍来的时候，正好是秋天，园区果园的果树上还零零星星挂着一些苹果、梨、核桃……

这里，有点像自己的家乡普兰店蒿房村，盖圣巍来到这里有一种久违的亲切感，这种亲切感，除了乡村、田野、新鲜的空气，更加吸引他的就是指挥部会议室墙上贴着的大西客专铁路网以及施工进度。他每天的工作不是在指挥部调度室就是在参与动车组试验的“天窗”施工。

2015年，纵贯山西南北的高铁大通道——大西客专进入打通原平至大同最后节点的关键时期，盖圣巍由中铁十二局调入大西客专公司。

初到大西客专公司原平指挥部时，大西客专太原到西安段已通车，太原到原平段已建成，并成为“复兴号”中国标准动车组的试验段。

盖圣巍被分配到了原平指挥部的工程调度员岗位，因为是新人，也为了让他尽快熟悉工作，指挥部领导安排他先从工程调度干起。

一切都是新鲜的，一切又都是机械的……

那段时间里，看到身边的同事都盯在现场忙着高铁列车试验，而自己每天就是收发文件、梳理报表、接听电话，枯燥单调、繁杂琐碎……

夜深人静的夜里，没有人知道这个年轻人内心的纠结。

望着指挥部调度室窗外的荒地和废弃的园区建筑，盖圣巍突然有了一种失落感，他感觉自己是一个多余的人，心里憋屈得慌……“英雄无用武之地”的念头蹦了出来。

自己好歹也是响当当的建筑大学毕业生，学的是路桥专业，又在施工一线担任过项目总工程师，不能就这样舒服地坐在办公室里啊！应该干点啥。

于是，盖圣巍主动请缨，参与“复兴号”中国标准动车组列车试验。

接到的第一个任务是在梅家庄站驻站，负责复兴号试验列车行车条件的确认，每日凌晨4时和20时，盖圣巍必须准时到车站的行车室内进行登记确认。当时，那种既紧张忐忑、又激动兴奋的心情，他至今都记得。

梅家庄地处半丘陵区，在市区北略偏西3.5千米处，地理坐标：北纬38° 44 '，东经112° 39 '，一条铁路穿村而过，建有梅家庄火车站。由于是单兵连续作战，怕晚起误点，盖圣巍定了“双保险”，他将韦玲为他买的闹钟设置到最高声，还给自己的手机也定了闹钟。怕漏了关键项点，他反复请教同事，把几个关键项点和注意事项抄写到随身携带的笔记本上，一有时间就拿出来看、记。

盖圣巍反复熟悉着工作程序，把签认时间都写到手背上：3点、5点、15点、20点……

有月的秋夜里，凉风习习，山间的野花依旧绽放，一缕缕的芳香陪伴着他。

一个月驻站期间，无论是凌晨，还是半夜，刮风下雨，他都坚持做到准时、准点、准确，没有迟到一次，从没有因为自己的原因影响过试验列车开行。

每当命令下达之后，试验中的“复兴号”动车就会缓缓启动，当时，列车从车站开出大约十分钟后，“复兴号”的运行时速不停地在变，最高能达到480多公里。虽然他的岗位限制在驻站的范围，不能跟着试验列车移动，但是，每一道从行车值班员口中发出的指令，都代表一次出发或者停靠……坐在行车室里，望着行车记录仪上的标点缓缓移动，盖圣巍的身体也随着移动起来，他仿佛感觉自己坐着“复兴号”回到了东北，回到了大连，回到了普兰店……

一段时间后，联调联试驻站任务圆满完成，盖圣巍彻底完成了从新人到骨干的蜕变。

2016年6月16日上午11时30分，太原至焦作高速铁路工程开工仪式在高平市神农镇团西村隆重举行。随着全国劳动模范毕腊英宣布“太原至焦作铁路工程开工”！太原至焦作铁路工程项目山西高平市神农镇神农隧道施工现场汽笛长鸣，随着施工机械刨下了第一铲土，太焦高铁正式开工建设。经过在大西客专原平指挥部的锻炼之后，盖圣巍成为新组建太焦高铁指挥部的一员。

联通山西中部与东南部区域，穿越革命老区的“郑太客专”正式开工建设了，回到熟悉的岗位上，盖圣巍有了一种“终于可以大显身手”的窃喜。

怀 孕

过去的山西人，都有一个梦，叫作“高铁梦”。

如今，大西客专已经通车运行，郑太客专建设如火如荼。实现高铁已不再是梦！

在长治东高铁建设工地上，无数的高铁建设者们风餐露宿，远离家乡，在施工一线抛洒着智慧和汗水，为了郑太客专的早日开通，他们默默无闻、各司其职地奉献着。他们没有星期天，没有节假日，追星逐月、早出晚归已经是生活的常态。盖圣巍有多久没有回过家，他已经记不起来了了，在他的脑子里，装的全是大桥、数据、材质、安全、质量、进度……

日子，在一天天的紧张忙碌中碰撞出火花。

架桥施工，即将开启。

2017年国庆节前，在郑太客专长治东高铁线的建筑工地上，盖圣巍钻进承台钢筋里，对桩顶箍筋进行检查，检查安装间距、检查钢筋数量、检查牢固性能……

现场，有的人在搬运，有的人在测量……很多施工人员正在桩顶箍筋，热火朝天的高铁工地之外，四周荒无人烟。这样紧张的施工不亚于一场战斗，同恶劣气候的斗争，同繁重作业的斗争，同大型机具设备的斗争……然而，这支队伍在太焦高铁指挥部的组织下，越来越精干，越来越规范有序。

从最初的紧张焦虑到如今的从容应对，盖圣巍已经适应了建筑工程师岗位烦琐而又艰巨的工作。

开工，开工；安全、质量、进度……不能有丝毫懈怠，他和所有的施工人员一样有着战士般的激情，每当完成一处项目，盖圣巍的心中便踏实一处。

突然，电话响了："盖主任，嫂子从西安来了。"

"韦玲，是韦玲！"盖圣巍心中的小鹿怦怦跳起来了！"快、快，接到指挥部去。"

原来，"五一"休假时他没有回家，现在都"十一"了，整日忙碌在工地上都忘记给家里打个电话。谁知，韦玲自己会跑过来看他。盖圣巍的眼眶有些湿润，真是难为情！不过，这种难为情一晃就过去了，他的内心更多的是惊喜！

有人说，时间和距离是一张考卷，对韦玲来说，两地遥望的日子却是感情的升华。

相恋四年，有三年多盖圣巍都在工地上。然而，同为建设行业的她理解他的忙，分开的日子，不但没有消磨她对他的爱意，反而，看着盖圣巍任劳任怨、脚踏实地地从一个项目走到又一个项目，让她对丈夫的崇拜和爱恋加深，一起携手走向未来的信念更加坚定。

结婚五年了，他们还没有孩子，没有什么原因，在一起的机会太少了，见不了面，能联系的时间也不多，她担心他正在开会、正在爬高钻低、正在研究图纸、正在联系路料路资……看着看着30多岁的人了，人家的娃娃都上了幼儿园，韦玲急啊！他回不来，自己不会去找他吗。

小小的宿舍里，荡漾着歌声，荡漾着浓情，荡漾着爱意……仿佛，这里不是山里，不是建筑工地，而是世外桃林，是盖圣巍为韦玲种下的十亩桃林，花香扑鼻，蜂飞蝶舞……

白天，他去工地指导、检查；她在屋里织着围巾、缝着被子，等他回家。宿舍，暖了，亮了。暗夜，指挥部驻地的深处，星光在奔跑，它们也在编织着高铁开通的神话。

甜蜜的日子，总是不长，很快，假期要结束了，韦玲必须赶回单位去上班，临走的时候，她把自己织的围巾围在他的脖子上：“深秋了，工地上冷，出去一定要围上它。”

眼里的水珠不争气，实在是没有忍住，他抱抱她：“等高铁桥架好了，我就回去。”

乖巧可爱的女人微笑着点头。

没多久，韦玲怀孕了，多么令人开心的消息啊！“爸爸，我要当爸爸啰！”开心的盖圣巍站在刚刚架起的一处高铁大桥上，面对茂密的树林，高声地唱起了：“我闻着芬芳跋涉着无限远，只为看清你的容颜……从未说出我是你的尘埃，但你却是我的楼兰……”

那豪迈高亢的男高音似吼，似叫，似倾诉，微微跑调但充满激情，使人振奋，在密林深处久久回荡……

架　桥

太焦高铁的大桥，修得很艰难，然而，最终都一架一架搭起来，像彩虹般横跨在河上沟下，山里山外。

郑太客专是中国高速铁路网中连接华北地区与中原地区的又一重要通道，由郑州至焦作段（郑焦城际铁路）和焦作至太原段组成。太原至焦作段于2016年6月16日开工建设。其中郑州至焦作段2010年开工建设，已于2015年6月26日投入运营。

太焦高铁专线自太原南站引出，经山西省晋中市、榆社县、武乡县、襄垣县、长治市、高平市、晋城市，河南省博爱县，接轨于郑焦城际铁路焦作站，全长362公里。全线设太原南站、新鸣李、晋中、太谷东、榆社西、武乡西、襄垣东、长治东、长治南、高平东、晋城东、博爱、焦作等13座车站。

太焦高铁，足够大、足够重、足够强，站在指挥部的郑太客专示意图前，盖圣巍信心满满，豪情满怀，他为自己定下一个目标——勇当路网升级工程的“开路先锋”。

郑太客专韩川跨英雄南路特大桥，15#墩高54.5米，为全线最高墩。

高墩施工安全风险很大，模板上每个螺栓的缺失、螺帽的松动，都直接影响着施工质量，甚至会给施工人员带来生命危险。为高标准完成任务，盖圣巍从打桩到基承台作业，每道环节都盯在现场，盯材质、盯安全、盯质量，模板安装成了他每次包保的重点。只要发现安装不符合要求，他现场责令停工并组织整改。尤其墩身施工的第一板到最后的混凝土浇筑，他每次都从爬梯爬上去盯控。可是，随之而来的又一个问题，差点让盖圣巍打了退堂鼓。原来，当面对24米以上的高度时，他的恐高症又犯了。

多年后的今天，盖圣巍仍然清楚记得当天的场景。

在检查韩川跨英雄南路特大桥桥墩施工时，虽然当时只浇筑到了一半，但他却没有勇气去尝试登上去检查，只是在下面用望远镜进行观察检查。

一次，因一处隐患确认与施工人员发生分歧后，他情急之下爬了上去，直指问题所在，让对方心服口服。可是，准备下来的时候，他闭着眼睛，被两个人搀了下来。

这件事让盖圣巍意识到，不克服恐高心理就不可能履行好职责，就不可能把控住桥墩施工质量。

伴随着机器的轰鸣和登桥机具的不断攀升，盖圣巍的身体有了轻微的反应，耳鸣。他定了定神，眺望远方，深呼吸，调整着自己的身体状态，这个自强自立的男人，不但没有紧张，反而有些兴奋。

随着施工的推进，他也从24米爬到了54.5米的高度，经过很多次的爬上爬下，他把注意力全部集中在施工质量上，眼睛盯着桥墩、盯着钢筋水泥的混凝土，渐渐地，可恶的恐高心理也消除了。

“一定要修建成坚实牢固的大桥！”站在高空，透过薄雾，盖圣巍的内心满怀憧憬。

郑太客专的建设，牵系着老区人民的心，牵系着中国铁路国铁集团有限公司领导的嘱托，它将形成华北地区南北向又一重要通道，结束郑州与太原间没有直达高铁的历史，届时，两地通勤只需两个小时，两地的时空距离进一步缩短，必将促进沿线经济的发展。

电钻轰鸣，火光四溅，高铁工地上，无数人凝聚在一起的力量，支撑着大桥。

全线贯通后，作为山西东南门户城市的晋城将是沿线最大的受益者，无论是南下还是北上都将畅行无阻，为城市未来的发展提供了新的高位平台和广阔空间。

“修建高铁的平台无限宽广，时间会验证你们能不能胜任。”郑太客专指挥部的指挥长刘中华说。

这个遇事果断、雷厉风行的男人，令盖圣巍敬畏！

在高铁建设中，跨沟、跨线、跨河浇筑是桥梁施工面临的最大困难和挑战，搞不好的话，既影响质量，又影响工期。遇到难题或拿不定主意的事情，他都去找刘中华。

在悬臂浇筑连续梁0#段振捣施工中，面对由于钢筋数量多、振捣棒无法完全下到底部，导致工程实体密实不够的问题，他通过多次现场试验，反复比较优化，研究提出了预埋振捣管道进行多孔振捣的方案。同时，查阅了大量工程技术理论资料，并虚心向路内外专业人员请教，积极探索应用BIM可视化定位技术，通过电脑模拟和现场反复试验最终取得成功。

为让工程蓝图变成实体，盖圣巍和同事们一道开展了多项技术创新活动，把许多的“不可能”变成了“可能”。

那一年，我国的桥梁转体技术仍在孕育，历史的舞台，向着郑太客专和他的建设者们打开。

郑太客专（山西段）全线桥梁102座，盖圣巍负责了其中56座桥梁的建设管理，但是，天不遂人愿，当他拿到图纸正准备大展宏图时，就碰到了一个难啃的“骨头”——白水河特大桥转体施工。

参加工作近十年，虽然参与建设的桥梁有几十座，但他还没有见过转体梁施工。没有任何经验可以参考，一切从零开始。

面对新挑战，他没有退缩，为了弥补知识短板和实践缺陷，一有时间就到施工单位库房看配件构造，虚心向厂家技术人员和参建单位的老师傅请教，了解工艺流程，掌握施工标准；他将晚上和周末休息时间充分利用，努力收集学习有关转体梁施工的相关理论和最新科研资料，埋头钻研施工工艺、工法和安全措施。

他与施工单位人员一道编制了《白水河特大桥转体专项施工方案》。

在白水河特大桥临近实施转体的那段日子，他更是不分白天、黑夜连续半个多月盯在现场，先后组织优化设计方案两个，实施方案变更两个，解决基坑安全防护、减小河道环境污染以及营业线干扰等问题36个。

实施转体时，看着重达14200余吨的“空中巨无霸”一次性精准转体到位，他的内心无比激动。

施工期间，盖圣巍养成了写日记的习惯，那个扉页上写着“提到高铁，就会想到中国”的黑色笔记本上，每天都会留下郑太客专修建的印记，四年的每一天，均珍藏着他见证郑太成长的每一个关键时刻。

功夫不负有心人，盖圣巍负责的56座桥梁全部一次验收通过。

这是职业生涯的自我挑战，也是使命担当。在参与郑太客专施工建设的四年里，盖圣巍先后参与了六项工艺创新，其中悬臂连续梁0#段浇筑多孔振捣施工、现浇梁钢筋预应力管道及锚垫板精准定位施工两项工艺编入《铁路工程建设指导性工艺工法手册》，撰写的《转体T构梁段挂篮悬臂浇筑施工上下转盘临时锁定技术》《浅析桥梁施工控制方法》《铁路混凝土桥梁加固施工技术》等论文先后在国家级刊物发表，并在高铁建设桥梁施工中得到了应用推广。

使命在哪里扎根，就在哪里绽放，就在日复一日的坚守中，盖圣巍始终牢记着自己的职责和使命，守护着内心深处的初心和对党的忠诚，以实际行动践行着不负时代、不负人民的铁路建设者本色。

如果说在郑太客专这张名片上，桥梁是高铁的“封面”，那么盖圣巍这些铁路建设者们就是“封底”。

生　产

五个月的时候，韦玲的肚子已经凸显。

由于怀孕时，妊娠反应很厉害，再加上血糖高，韦玲还得控制饮食……盖圣巍把东北老家的父母接到西安，由爸妈替自己照顾韦玲。

和爸妈在一起，韦玲安心了许多，她不觉得寂寞了，陪她去产检的是婆婆，陪她散步的是婆婆，为她做营养餐的是婆婆，采购、买菜、购水、购气、购电等杂事有公公，家里的大小事情都有人替她操心了。

每当夜深人静时，她还是会想盖圣巍，想念在长治太焦高铁指挥部度假的时光，那个夜晚，盖圣巍陪着她，为她唱：“你总是随手把银簪插在太阳上面，万道光芒蓬松着你长发的波澜，我闻着芬芳跋涉着无限远，只为看清你的容颜……”韦玲想着，想着，脸上便会散发出久违的芬芳，那些妊娠反应也仿佛无影无踪了。

“有了儿子，我一定带他坐坐高铁！”

“要是女儿呢？”

“女儿也一样，像你，做个女工程师。”

“大西高铁很方便，等孩子大一点，咱们全家人去旅游。”

“好啊！那时候，郑太客专也就开通了，我要让他看看爸爸建的高铁大桥！”

“要是儿子就好啦……”

2018年，在西安南郊的西北妇女儿童医院内，一场急救手术正在紧张地进行着。韦玲由于胎盘前置，在孩子不到九个月的时候早产。

此时，盖圣巍还在长治太焦高铁指挥部长治线路的架桥工地上，工作千头万绪，无法抽身，总感觉离预产期还有一个月，过两天回去也行，没想到韦玲的身体实在坚持不下去了！

接到电话，是半夜，盖圣巍在沉寂寂的长治市区，交通不便，回不去，急得他来回在屋里转圈，指挥部的同事们也都帮忙想办法、出主意，帮他联系回家的车辆……可是，时间不等人啊！

幸亏有爸爸、妈妈在身边，从羊水早破、宫缩到去医院、登记、抢救……都有老人们在照顾着，没想到的是除了早产还有大出血。医生也很给力，既安全接生还准备了充足的血源……

韦玲该有多坚强呢，丈夫不在，作为高危产妇，手术签字都是自己签的。

等盖圣巍赶到医院的时候，韦玲已经在手术室里了。

眼看着手术室的灯灭了，盖圣巍着急地跑过去，从护士小姐手里接过推着韦玲的手术车，紧紧盯着他的爱人，韦玲还在麻醉状态，没有醒来，他就那样慢慢地向前推着、推着……

“谁是孩子的爸爸？”

仿若听到一声雷响，将盖圣巍的思绪换了回来。

“我是，我是！”

“不要孩子了？怎么当爸爸的……”

在医生的埋怨声中，盖圣巍才缓过神来，这时，他只想着大人，却忽略了孩子，赶紧将手推车交给家人，走到医生的面前。

“恭喜你，是个儿子，不过未足月，得先放在保温箱里。”

“谢谢您！谢谢您医生，拜托了，拜托了……”

老天保佑，幸亏母子平安！

望着瘦弱的孩子，还不足三千克，盖圣巍的眼睛迷蒙了，作为丈夫，他心中有愧啊！对不起韦玲，更对不起儿子！

孩子啊！要健壮，一定要健壮啊，妈妈怀你有多么不容易。韦玲一边呕吐，一边强制自己进食的场景再次浮现在他眼前。

“儿子，你知道爸爸是在建设郑太客专吧，你知道郑太客专是为革命老区的人民提供便捷出行吧，你会原谅爸爸吧……”

盖圣巍用力抹了一把眼睛，跟着医生，看着自己的儿子被放在保温箱内。

离开母体，再进入保温箱，烤完电后的孩子开始脱水，变成了2.4公斤。

宝贝，一定要平安健康啊！孩子的名字就叫“康康”。

再坚持坚持，多怀一个月，就能长到六七斤吧！

盖圣巍一直这样想……

铺　轨

一次次远行，也是一次次的挑战。

2019年10月，盖圣巍接到新的任务，负责郑太客专全线铺轨工作，在郑太客专这个神奇的高铁变为现实的时间里，盖圣巍和所有的建设者们努力地向它靠近。

他们始终秉持“不等不靠、自力更生、艰苦奋斗”的管理理念，用实干诠释着“打铁还需自身硬，质量王牌争一流”的“硬核”内涵。

为确保铺轨顺利推进，他带领相关人员徒步对九个铺轨区间进行了实地调查，新鸣李、晋中、太谷东、榆社西、武乡西、襄垣东、长治东、长治南、高平东、晋城东一个站一个站地过，全程走行下来达325公里。

虽然辛苦，却掌握了第一手资料，盖圣巍坚持“一区间一方案、一工点一措施”，他先后动态优化和调整了11个施组方案，细化制定96条保障措施。

铺轨，优先采用了国内领先的铺轨作业运输调度智能化控制平台，实现了铺轨作业运输调度指挥信息化、机车运行监控实时化、施工安全管理系统化、统计分析自动化四大目标。同时，盖圣巍将铺轨设备“超配”变为“标配”，他通过优化运输方案，利用既有线将长钢轨运至铺轨现场，采用“运输+推送”长轨运输。

“工欲善其事必先利其器”，他准备了两套牵引车、TC-500铺轨机、焊轨机，在单线铺轨作业时将其中一套作为备用，即使设备突发故障也能确保及时更换。在人员调配方面，他安排三人专门对铺轨设备及时进行维护，确保运行性能保持在最佳状态。此外，铺轨作业还采用了双班制，每班配有50名工人，确保“人停机不停”，不但减少传统铺轨作业中的倒运环节，还依托国内领先运输调度智能化控制平台，每天以铺轨六公里的速度推进。

时间一点一点推移，高铁轨道一段一段就位，然而，天有不测风云，始料不及的疫情影响了施工进度。

2020年春节，疫情暴发，看到公司的通告，盖圣巍当即结束休假，返回指挥部待命。一起回去的，还有刘中华及全体指挥部人员。然而，尽管精心准备，没有想到的问题还是来了，由于疫情影响，工地上的工人无法返岗，盖圣巍和指挥者们坚守在工地上，干着急，这一耽误将近两个月。

春节假期的延长，对盖圣巍来说等于一场默默“蓄力”的等待。

在疫情影响近两个月的严峻挑战下，盖圣巍等人主动出击、超前谋划，大到设备增配，小到一颗螺丝钉全部考虑周全，紧密部署，加班加点，一面积极报备各个设备配件的消耗、使用等情况，一面紧锣密鼓地对本级库房内的材料进行迅速盘点、有效调配。

短暂的停滞后，太焦高铁铺轨现场大机捣固、机车运输、长轨铺设工作便很快步入正轨。

盖圣巍和同事们白天进行现场调查、收集施工进度，晚上则坐在灯下研究施工进度，他翻烂了施工平面图，对照白天的进度认真梳理问题，解决困难，对于“拦路虎”“绊脚石”，他不过夜制定第二天协调组织方案。

在无数黎明到来前的黑夜里，坐在指挥部的盖圣巍想到的是万家灯火，而他自己的使命就是保障施工质量、进度，保障施工安全，为高铁按时开通时刻准备着。

铺轨任务终于安全高效完成。

2020年7月20日，在盖圣巍的指挥下，最后一组500米长钢轨平稳落在道床上，终于在全线开通的关键节点到来前完成了至省界的325公里铺轨任务，令人惊讶的是开通验收时轨道工程平均TQI值（平顺性）为2.1毫米，达到了国内较高水平。同时，也标志着郑太客专实现全线轨通，向实现年底前开通运营的目标迈出了坚实一步。

线路北起山西省太原市，向南依次经晋中市、长治市、晋城市三个地级市，穿越太行山后接轨于河南省焦作市郑焦城际铁路焦作站，线路全长358.761公里，其中山西省境内线路长度为325.35公里，河南省内线路长度33.411公里。

郑太客专将成为山西连接华东和中南地区的快速客运通道，这不光方便了老区人民出行，对促进山西区域经济协调发展，拉动投资增长、经济交往、旅游观光、物流交换、人才引进等，也起到了不可估量的作用。

难题一个一个解决，困难一个一个化解，这一夜，盖圣巍兴奋到失眠。这是盖圣巍和太焦高铁指挥部全体的宏伟蓝图，在梦想的蓝图里，他们满怀希望，负重前行，有着破除一切阻碍的志气和锐气。这是连续奋战152个日夜的结果，这一天，盖圣巍终于等来了梦寐以求的时刻。

2020年12月12日，郑太客专按期全线开通运营，终于，郑太客专的飞龙腾空而起，它乘着风掠过太行山，穿越汾河水，跨过高山和平原，奔向远方……盖圣巍深情地说：“这里是我的舞台，也是高铁列车的舞台。”

专注、自信、果断、担当，在他的身上，我看到了一位高铁建设者身上的“大国担当”。

雄关漫道真如铁，而今迈步从头越。

郑太客专托举着大国的梦想，飞驰的高铁，似一颗强劲的心脏，跳动着国家和铁路向上昂扬的脉搏。新时代的高铁建设者们，必将以奋斗的姿态，在新征程的旅途上留下属于自己的运行轨迹。

向他们致敬！

一次次的任务完成后，盖圣巍深深体会到建设者的价值，他时刻准备着，迎接下一场考验。

2021年，盖圣巍被集团公司评为年度“太铁之星”。光环的背后是默默无闻的付出和坚守，如今的盖圣巍又全身心地投入集大原高速铁路建设和雄忻高铁前期筹备工作中，他将继续追逐自己的梦想，在集团公司路网升级工程中勇当先锋、再立新功。

那长长的钢轨，就是通向梦想的大门。

旅 行

2021年5月1日，康康三岁了。

终于有了休假的机会，盖圣巍乘坐高铁回到西安，准备带着韦玲和康康来一次全家旅行。

行程的安排就是郑太客专沿线各站。晋商故里榆次老城、长治的太行山大峡谷、武乡的八路军纪念馆、晋城的皇城相府、焦作的云台山、郑州的少林寺……

在高铁列车上，好奇的小康康爬在窗户上左顾右盼，看到什么问什么。

“那是什么山？”“太行山。”

“那是什么河？”“汾河。”

“那是什么岭？”“王莽岭。”

“这是什么桥？”“白水河桥。”

“那是不是爸爸修建的桥？”“是啊！”

……

列车员阿姨拿着一个动车模型走过来，那是一个电动遥控的动车，阿姨一边演示一边说着动车玩具的各种性能。

小康康马上就被吸引过去了，在家里他也是最喜欢火车模型呢，当然，还有各种电动、手动的机械车辆模型、变形金刚等等，都是康康感兴趣、拿起来放不下的玩具。

“来，给康康买一辆动车！”

小康康高兴得手舞足蹈，一边拍手一边在韦玲身上跳着……

韦玲都很奇怪，康康这么小，一年见不了爸爸几次，为什么会喜欢动车，喜欢盖圣巍身边的机械呢?

盖圣巍偷偷地在笑：傻瓜，那就是基因啊！我的儿子，自然像我了。

“康康，长大后，想干什么？”

康康举着新买的动车模型歪着脑袋说：“建高铁大桥啊！因为爸爸是修高铁的，康康也要修高铁，这样，就能和爸爸天天在一起了。”

盖圣巍就逗他，要是没有高铁桥让你建怎么办呢?

小康康很鬼灵精呢，眨眨眼睛说：“好办，铺钢轨啰！”

发表于2023年1月16日人民铁道网

醉高歌·接触网工

动车天网笛声。网上蜘蛛靓影。微风吹拂站区静。六米高空美景。

行人北上三更。暗夜神兵伙并。天窗短暂星月定。检索频繁走影。

高铁“蜘蛛侠”

引　子

从太原南到西安北，571公里，运行时间2小时56分。

从太原南到郑州，436公里，运行时间2小时26分。

速度，是高铁带给您风驰电掣的一种享受。

朋友，当您坐着银白色的高铁列车翻山越岭，欣赏祖国的大好河山时，流线型的漂亮车体美观、时尚，车厢内音乐舒缓，座椅随意可调……您身在其中，静静地体验着平稳、舒适、优雅……此时的您是否想过，牵引这些“巨龙”飞速前行的动力来自哪里？

解开您的疑问要从“接触网”说起，在铁道线的上方有一张供电大网，这张大网由无数条接触网线组成，为高速动车提供前行动力的就是这些密密麻麻、纵横交错的供电“接触网”。

高铁在牵引供电和电力方面采用SCADA（数据采集与监视控制）系统，

在调度中心内完成对远方处于分散状态生产过程的数据采集，监视及控制的系统，实现对电力供电及牵引供电系统的运行状态检测及远程控制。

牵引供电系统要经受大密度列车运行和大电流冲击的考验，而“接触网”无硬点、无高差、无离线，为世界上最稳定、质量最好的牵引供电系统。

也因此，在高速列车运行和恶劣的气候条件下，要求接触网在机械结构上具有稳定性和足够的弹性，必须保证电力机车正常取流。接触网无论在任何条件下，都必须保证良好的供给电力机车电能，所有接触网设备及零件的正常使用均与高铁列车安全运行息息相关。

太原供电段担负着大西高铁、郑太客专、石太客专、太中、石太、北同蒲、京原、韩原、太兴、西南环1878.98公里线路供电设备的运营检修任务，保证各趟高速列车在线路上安全，高速运行就是使命。

太原南站，是中国铁路集团有限公司管辖的一等站；是铁路“十一五”规划中石家庄至太原铁路客运专线的重要配套工程、太原市的标志建筑车站，也是山西省重要的交通枢纽之一。负责石太客运专线，大西客运专线，郑太客运专线三条重要专线的运营。

太原南接触网工区位于太原供电段管界的“心脏”。太原南站枢纽、动车所车库是该工区的管辖范围，守护这块咽喉重地，对高铁接触网工来说就是保卫动车的生命线。

本文的主人公，“95后”的霍宸浩，就是守卫高铁供电线路，像“蜘蛛”一样每天“挂”在接触网上的侠者。

跟着火车奔跑的孩子

北方的冬天，总会给人带来别样的风景。

见到霍宸浩，是在集团公司太原铁路职培基地。

作为2021年太原铁路局的“太铁之星”，他和其他15位被选树为年度

“太铁之星”的职工来到这里，为年初的宣讲报告进行前期筹备，在这群闪闪发光的星星当中，霍宸浩是年龄最小的一位。

采访，在职培基地教学大楼五层的教室里。

雪白的羽绒服，浅蓝色牛仔裤，一米八几的个头，身材魁梧，面目清秀、俊朗，热情、充满朝气……在这个北方的寒冬，面对眼前有礼貌的年轻人和阳光真挚的面孔，一股春意随之而来。

霍宸浩随身携带着笔记本电脑，简单的寒暄后，他一边打开文本，一边将自己的经历娓娓道来……

我们谈话的重点是他的宣讲报告，但是，这位入路才五年就荣获如此殊荣的年轻人还是令我好奇，一连串的问题跑了出来。每每回答我的问题时，坐在对面，看起来稚气未脱、仍是学生模样的大男孩却表现得异常沉稳，在他眼中有着坚定专注和对铁路接触网工作的热爱。不由得会想到在实际工作当中，这位已经是兼职党支部书记和副工长的年轻人对待工作的严肃认真和干练。

这一身的沉稳、睿智、干练来自一个铁路世家，霍宸浩的爷爷、姥爷都是铁路职工，父亲、母亲也是铁路职工，身在铁路家庭，听着铁路故事长大的他，对铁路并不陌生，也因此，打小，他就有一个身穿铁路蓝的梦。

“小时候，姥姥拉着我的手，就在孝南的站台上看火车，数火车车厢，汽笛声，旋转的车轮，都是我童年最深刻的记忆……”谈起跟铁路的渊源，霍宸浩就像谈起自己的家一样熟悉。

霍宸浩的家乡在山西吕梁孝义市。小时候，在铁路工作的父母工作很忙，顾不上管他，交由姥姥照顾，姥姥家就在孝南火车站的家属区平房里。

孝南站的住宅平房与铁道仅仅隔着一道铁栏杆，火车的汽笛声，车轮的滚动声，还有蒸汽机车车顶冒出的白烟和白云融在一起，飘啊，飘啊……汽笛长鸣，车轮滚滚，蔚为壮观。

和同年的小伙伴不一样，他们玩的、看的都是假火车，火车模型、火车玩具、火车拼图……而霍宸浩看的火车是真的，铁轨是真的，车厢和旅客都是真的，就连开火车的司机都是他所熟悉的叔叔、伯伯呢！

对他影响最大的是姥爷，姥爷83岁了，曾是铁路一线职工，霍宸浩听着姥爷给他讲中国铁路的历史和吕梁革命老区的红色故事长大，姥爷告诉他男子汉就要爱国、爱党，做人做事要认认真真，脚踏实地，光明磊落。

姥爷是个热心肠，爱管闲事，爱帮助人，为此，家中经常是热热闹闹的，穿着铁路工装的大人们出出进进。

从那时候起，长大穿上铁路蓝就在他幼小的心里扎下了根。

雨雪天气，是最难忘的记忆，每年的这个时候，父母都会很忙，不是防洪抢险就是扫雪除冰，身在工务部门的爸爸更是整天围着钢轨、桥梁转……妈妈告诉小宸浩，爸爸是在保护铁路设备，保护国家财产。渐渐地，小宸浩适应了爸爸不在身边的生活，同时，小小男子汉的责任感和使命感也在那个时候形成了。

一年夏天，雷雨交加，爸爸在单位值班，九岁的小宸浩半夜发起了高烧，42℃，妈妈急了，抱着他冲下楼，冒雨打车去了当地的矿务局医院，经医生诊断是扁桃体发炎引起的高烧。万幸啊！幸亏妈妈及时把他送到医院，再拖就会引起癫痫或者其他疾病，这对一个小孩的身体来说，那是一辈子的事。

住院、打针、输液、敷毛巾……医生、护士和妈妈一晚上地忙活，等烧退了，已经是第二天的中午，这时候，霍爸爸才从施工现场回来，望着折腾了一宿的妻子和在病中的孩子，这个在单位像铁人一样的男人落泪了：“孩子，昨晚爸爸在工务桥梁抢修现场，赶不回来，你和妈妈受苦了！”

“爸爸，别担心，我没事，这不是好了吗！”懂事的小宸浩摸着爸爸的眼睛，用小手擦擦，他反过来安慰爸爸：“爸爸是单位的高级工程师，叔叔们要经常请教爸爸问题。”涉及工务桥梁的抢修、抢险一定少不了他，爸爸，一直是小宸浩心中的英雄呢！

时间就像火车车轮一般飞速运转。

记忆中的家一直是移动的，在孝南，在介休，在侯马，在运城。霍宸浩的幼儿园和小学四年级是在介休市的堡上巷小学念得，到了12岁的时候，爸妈的工作调到侯马，他便随父母在侯马读到小学毕业。接下来，这个要强懂事的男孩子，他不想让父母再为他操心，硬是凭着自己的实力，考上了运城的康杰中学，开始住校，并在这里读完了初中和高中的课程。

2014年，高考结束，他的第一选择就是铁路院校，当成绩出来，英语拉分的遗憾，与心目中的双一流铁路院校失之交臂，他选择了上铁路大专，于是，他以高分的优势被石家庄铁路职业技术学院电气工程自动化专业录取。

在校期间，性格外向、能力突出的霍宸浩很快就加入学校的社团，期间，任学院的团支部书记、社团活动社社长。理工科的强项，让他被同学们称为“电工能手”；上实验课，同学们抓耳挠腮的问题都难不倒他；考试时，他总是第一个交卷，成绩出来总是名列前茅。由于成绩优异，他荣获了学校的奖学金。

可他总觉得知识不够用，一本书在手里翻来翻去，一个知识点不停地试验摸索，每每遇到想不通的问题，他总是追着老师问个不停。在他看来，专业越学越深奥，自己懂得太少，而需要学得内容太多了。正是这种勤奋好学和执着努力精神，在大二时，霍宸浩被党组织批准为预备党员，大三转成正式党员。

随着“八纵八横”铁路网的形成，高铁悄悄改变了人们的出行和生活方式，在石家庄念书的时候，每逢放假或开学霍宸浩总是坐着高铁，风驰电掣的列车，让霍宸浩切实感受到了中国高铁的速度。

列车在飞驰，霍宸浩的心也放飞了，望着那铁道线上方纵横交错的接触网，霍宸浩就想啊，我学的电气自动化就是为你服务吧……不久以后，那六米的高空中也会有一位叫作霍宸浩的网工吧……列车越往前，霍宸浩越是兴奋。高铁，现在你为我服务，等毕业后，我要用一生来守护你。

年轻人心中的高铁梦，早随着奔驰的列车飞到了今天，飞向未来。

爬上“接触网”

凌晨，太原南站上空的接触网上，一群身穿工作服，头戴安全帽，全副武装的“蜘蛛侠”正在对接触网线进行检修。

这些“蜘蛛侠”被称为专业的“护网军”，他们的任务就是让高铁供电设备健康地服务每一趟高铁列车。

空中发出“叮叮哐哐”的声音响彻站区，一位匍匐、跳跃于接触网线间的年轻人，传递工具，紧固螺栓，成为这空中五线谱上，最美的音符。

没错，这个年轻人就是霍宸浩，他是青工们的偶像，现在是太原铁路局集团公司太原供电段接触网运行工区副工长。

就像霍宸浩当年想的一样，2017年，从石家庄铁路职业学院毕业的他走向了工作岗位，成为太原供电段的一名接触网工。

冥冥中，总会有一些相遇，促成一段缘分，那就是“师徒缘”。霍宸浩刚入路的师傅叫李玉峰。李师傅的技术不是一般的高，他是全国技术能手，还是铁路工匠，曾带出陈斌等供电高徒。从工友师傅们的口中，霍宸浩知道了李师傅的技艺超群和诸多荣誉。名师，自己遇到的是名师，这是上天的恩赐吧！

所谓“名师出高徒”，刚刚参加工作的霍宸浩对自己充满信心了。然而，让霍宸浩没想到的是，李玉峰的严厉也是出了名的，在学徒期间，除了日常的整理传递工具、做记录外，李师傅经常给他讲一些专业的知识，可是这些知识李师傅只讲一遍，第二遍就是抽查提问了，往往在他不注意的时候，师傅的问题就会飘过来，问他个措手不及。例如：“高铁铁路网的导线结构和类型、接触网的供电方式、接触网的张力和驰度曲线、接触网测量仪传导数据原理……”但凡霍宸浩回答有误，李师傅劈头盖脸就是一通训斥，尴尬的场面让爱面子的年轻人面红耳赤。

《安规》《维规》等专业书籍摆了一桌子，全部背熟记牢了，还怕被师傅问住吗？可是，面对厚厚的一摞规章制度，霍宸浩又开始头疼了："这么多，该怎么背呀。"在师傅面前的尴尬再次浮现，虽然当时没给他狠话，但是那些训斥已经大大打击了年轻人的自尊心。

迷茫的时候，看书、背规章成为霍宸浩"打开专业之门的钥匙"，那段时间，就连他自己也不知道背了多少，记了多少专业书籍，划过多少重点标注，随身携带的记录本整整记满5本。

读书百遍其义自见，后来，李师傅在突然袭击的时候，霍宸浩再也不用担心被问倒了。

灵感的火光迸射到他的头脑里，"接触网"的所有概念和作用以及术语均已深深在他的脑中扎根。通过孜孜不倦的学习使他领悟到："接触网"工对铁路运输生产的重大意义和身兼的责任。

此后，提问题的换成了霍宸浩，和学生时代一样，学得越多，他越感觉自己明白的东西太少了，每时每刻，他都跟在李玉峰师傅身后，问这个工具怎么使、那个零件用在哪，到了现场，不懂的内容更多，他逮着机会就问。望着这位热情、肯干、爱学习的年轻人，李师傅也愿意教，一有空就给霍宸浩讲业务知识，讲检修作业的小诀窍。

"小伙子，有股韧劲儿，肯下功夫，是干接触网的料。"听着李师傅赞许的话，霍宸浩学习的信心更足了。

此后，李师傅以亲身经历、网工经验激励着霍宸浩不断拼搏进取："多学、多练、多参加比武，只有技术强才硬气！"这是李师傅对自己的要求，他传给了霍宸浩。

功夫不负有心人，半年后，霍宸浩顺利通过了定职考试，在同一批分配的大学生中，成为第一个上网实作的人。

铁路接触网工，高空作业是必修课。

而高空作业时能否突破心理防线，对一名新工来说更是重中之重。

第一次在六米高空作业的情景，霍宸浩记忆犹新。

“上不上？”面对师傅的询问，霍宸浩的心中打着小鼓，那么高，自己真的没有爬过，会不会晕倒啊！可是，爬上去了，就代表自己离一名合格的接触网工不远了，必须上！

那天，刮着微风，在地面没感觉，越往高走，风越大，梯车晃得越厉害，师傅在下面不断提醒他：踩稳了，别踏空。

这是霍宸浩第一次登高啊！当感觉到梯车晃动，自己的腿在哆嗦时，脑中突然有了后退的念头，可是下面有那么多工友看着他，怎么好意思后退呢！这个倔强的大男孩咬紧牙，硬着头皮继续往上爬。

到了车顶，进平台时，傻眼了，平台护栏有一米高，在半空抬脚如果重心不稳极有可能掉下来。上是上不去，下又下不来，怎么办呢？

这个时候的霍宸浩，已经不是刚入路那会儿懵懵懂懂的新工了，他知道一个作业组有12人，有人监护地线，有人扶梯车，有人做防护，如果自己向后退，那么，这次作业所有人的努力就都白费了。

时间不等人，顾不上害怕了，霍宸浩勇敢地从栏杆下钻进平台。进了平台，他把安全带打在接触线上，努力平复自己心情，视线紧紧盯着设备，想象着自己就在地面。

当逐渐冷静下来后，他长长地松了一口气，日常练习中的技能一下就都想起来了。于是，他定定神，开始一米一米捋线。他一次次突破自己的心理防线，将注意力全部放在作业当中。最终，霍宸浩战胜了恐高心理。

大风刮过的天空万里无云，李师傅问他：“你知道今天走了多远吗？”他摇摇头，一门心思干活，哪顾上操那心呢！

李师傅用手指着空中的接触网：“1.05公里……”有那么远，顺着师傅的手臂，霍宸浩看到的不只是整整齐齐排列好的接触网线，在浅蓝色的天空中，有一群大雁在排成“人”字形在飞行，它们配合默契，时高时低，队形始终不变，一种感召力和凝聚力从霍宸浩的身体内喷薄而出。

阳光耀眼，那折射在脸上的喜悦明晃晃的……

飞翔的翅膀

说上就上，霍宸浩已经适应了这样的节奏。

登高，是决定一名接触网工实力的关键，也成为霍宸浩铁路蓝中的亮点。只要有作业项目，霍宸浩主动要求登高，他一门心思地练习技能，干好专业，在一项项任务的磨砺当中，他的操作水平也一点点老练起来。他的成长，顺理成章跟上了接触网检修作业的节拍。

比武，是霍宸浩向着新目标进发的起点，在他的眼里，成为师傅李玉峰那样的人就是自己的理想，除了出色地完成每一项任务，胜任接触网工，他还要参加段的技术比武，参加集团公司的技术比武，赢出成绩，赢出实力。

2019年7月份，霍宸浩接到任务，代表太原供电段参加集团公司供电系统接触网专业技术比武。

年轻人的心沸腾起来啦！难得的机会，倍加珍惜！

比武前，有一段时间的强化训练。

时值酷暑，烈日炎炎，顶着高温训练时，不停滚落的汗珠，滑入眼睛内生生得疼。这里的生活让霍宸浩明白学技术、练苦功，可没有捷径。时间，被切割成分和秒，白加黑的学习、训练就是每天的生活节奏。

在这里，手机只有一个作用，反复提醒着时间。

卷子做了一张又一张，错题本越写越厚，背书时耳边会突然传来的提问……间休时间，看起来是靠在墙边休息，其实，每位参训者手里都捧着书本，在默读，在背诵，别人努力，自己更得加倍努力。

霍宸浩知道比武凭得不是运气，而是真本事，理论实操都必须娴熟。

他一遍遍地重复着腕臂组装、断线接续、吊悬预制……认真配合着实训场上道床边的教练，教练和参赛队员一起顶着烈日的烘烤，一样汗流浃背。耳中，听到最多的词就是“开始”“重来”。

一次惊险，刻骨铭心。

在训练中，霍宸浩安装完成防风支撑后，在架设承力索时，意外发生了，防风支撑脱扣，支撑力瞬间失去，霍宸浩悬在了半空中，整个人瞬间失衡，多亏了有安全带，牢牢地牵着他，不然，后果不敢想象。

惊心动魄中，他回过神来，迅速连接防风支撑，找到重心，也找回了失魂落魄的自己。这次的教训时刻提醒着他，每次操作都必须精细再精细，确认再确认，绝对不能重蹈覆辙。

时间推移，训练继续。

伴随着手扳葫芦收紧，梯子也跟着摆动，一次次无情地击打着他的胸口，而且摇得越快，击打越频繁，一下，又一下，锥心得痛。

“提高速度没有捷径，只能反反复复地练。练得多了，熟能生巧，肌肉就会有记忆。”师傅的话萦绕耳边。

回到宿舍，已经是深夜12点了。

皮肤被晒得黝黑，眼睛熬得通红，但是，如果汗水能换回期待的成绩，再拼、再流血、流再多汗也值得。

这里，是“铁人”训练营，霍宸浩喜欢这里。

一次考试，一次演练，就意味着一次跨越。

训练的日子，转瞬即逝，很快到了正式比武的这一天。

在紧张激烈的比武场上，霍宸浩不再是那个青涩的学生，他仿佛一只刚刚出巢的小鹰，使尽浑身解数，参与一项项的竞赛科目……

终于，汗水换来了收获，这一年的技术比武，霍宸浩获得了集团公司接触网专业第三名的好成绩。

可是，霍宸浩不满足这样的成绩。那次比武的影像资料，他一直保留着……丢分的内容时刻提醒着他要不断努力。

接下来的任务是支援石太线集中修，霍宸浩所在的班组执行隧道接触网悬挂检修作业，他和工友们迎着地平线上的朝阳又出发了。

平常隧道作业的机会不多，“借此机会一定要好好锻炼锻炼”。如今的霍宸浩，已经把接触网当成自己的亲密伙伴。

隧道光线不好，在接触网上作业依靠手来摸索检查。霍宸浩和工友师傅们一寸接触线一寸接触线地摸索、一个悬挂一个悬挂地检查，当梯车作业行进一半时，突然，感觉自己的手被接触线划了一下，直觉告诉他那段接触线肯定有问题。继续摸，他又掉过身躯，慢慢用手摸那处不平滑的部位，并借助头灯仔细察看，果然，在接触线的左侧有一个明显的凹槽。

第二天，利用停电点，霍宸浩和师傅们一起对该缺陷进行了处理，快速有效地避免了一场可能发生的断线事故。这样的问题，在光照充足的地方都很难发现，而在黑暗狭小的隧道里，线路的缺陷却被一个年轻人发现了，师傅们直夸他细心。

经过无数次的历练后，霍宸浩成了师傅们眼中的“明星徒弟”，长得帅气，干活也利索，最重要的还是技术过硬。于是，在以后的工作中，遇到任务，领导想到的就是让霍宸浩顶上去，不知不觉中，他已经成为这个班组的青年骨干。

2019年8月，霍宸浩正式被推选为太原南接触网工区的班组党支部书记。

职工江佳崎，2012年入路，是一名退伍兵，比霍宸浩大四岁。这名年轻人性格外向，善于交流，为人仗义，身上始终有一股军人的干劲，不但技术好、专业精、现场经验丰富，还是太原南接触网工区的班长。

那次，因参加集团公司供电系统技能大赛江佳崎遭遇了“滑铁卢”，此后，要强好胜的他感觉辜负了组织期望，有段时间萎靡不振，情绪低落，工作上也有些松懈了。

得知情况后，班组党支部书记霍宸找机会把江佳崎约出来，以年轻人的方式交谈，互诉心曲。

“哥，这次输了，还有下次……下次比武咱们一起上。”

真挚的话语如春风一般，打动了江佳崎：“对，从哪里摔倒就要从哪里爬起来！”

他们一起探讨生活，畅想人生，将工作中顺心、不顺心的事情都捋了一遍，钢轨上方的天空，是他们的阵地，接触网作业，是高远辽阔的舞台。挫折，对这些刚刚入路的年轻人来说，是冲锋的利刃。

以后的日子，江佳崎恢复了从前的阳光自信，他甩掉思想包袱，以饱满的热情投入工作当中。他们一起早点名，一起爬杆，一起解决故障，成为形影不离的好朋友。

干一行就要钻一行，钻一行就要精一行。

为了理论考试稳拿，霍宸浩在工作之余，将边角时间都利用起来，看资料、背规章、做卷子……而且，常常因为一个专业问题，同江佳崎争执不下，这股子要强劲，也让他们具备了强硬的功底。

理想的翅膀一旦张开，就会向更高、更远的方向义无反顾地努力。

2020年7月，再次迎来集团公司接触网专业技能比武，这一次，入路三年的霍宸浩已经变得更加成熟，稳重。他吸取上次丢分的教训，又一次挑战自我，全力备战。

一起参加比武的，还有江佳崎。

断线接续项目，是比武难度最大的一项。

站在窄窄的挂梯上，一手摇动手扳葫芦，一手扶着梯子，必须在最短的时间内把线接好，霍宸浩手持手扳葫芦，双脚稳稳踩在窄梯上，屏气凝神，娴熟地操作着……

腕臂组装难度更大，选好材料、快速组装，然后安装到位。选材料考验计算能力，组装比的是速度，安装到高空是最难点，霍宸浩每次都要与近两百斤的重量相抗衡，重压之下，他的肩膀上留下道道血痕……坚强的男孩子忍着，再忍着……终于突破了身体极限，腕臂组装项目作业时间从12分钟压缩到6分半。

在比赛时，断线接续项目他们团队只用了5分40秒，比第二名整整快出近2分钟。三个项目比下来他们团队实作成绩第一，而霍宸浩因理论成绩优异获得了个人第一名，并被授予集团公司“技术能手”称号。

江佳崎荣获接触网专业第二名，被授予集团公司“青年岗位能手”。在霍宸浩的介绍下，同年11月，江佳崎成为一名预备党员。

当上副工长

比武夺魁，让霍宸浩成为大家热议的“人物”。

现在，霍宸浩的记录本上已经不单单是在记录技术和概念了，作业项目、班组管理、特殊病害、施工日志等等都成为他记录的内容，无论在学习室还是练兵场、作业区，都有这位高大健壮年轻人的身影。

日复一日，年复一年。正是靠着不同常人的毅力和韧性，让霍宸浩短短三年时间就成长为工区的骨干。

2020年5月，霍宸浩被任命为太原南接触网工区副工长。

太原南接触网工区担负着大西高铁、郑太高铁、石太客专三条高铁供电接触网设备的检修任务。霍宸浩所在的工区是太原地区最为重要的枢纽工区。

在电气化铁道中，接触网是沿钢轨上空“之”字形架设的，供受电弓取流的高压输电线，是铁路电气化工程的主构架，是沿铁路线上空架设的向电力机车供电的特殊形式的输电线路。

高速接触网在悬挂方式、线索材质、线索张力、电器强度、结构稳定性、悬挂弹性及均匀性、悬挂抬升量、导线高度及其变化率、弓网振动性等方面的技术要求均比普速接触网的技术要求高。

2014年7月1日，太原南站投入运营，开通大西客专（即大同至西安客运专线）形成山西、陕西通往全国各地高效便捷的快速客运网，大大缩短区域内主要城市间以及与全国各区域间的时空距离。

在霍宸浩看来，作为一名接触网工，面对设备故障时，考验的是技术，而成为带队的副工长，讲究的是管理艺术，不仅要“制胜”，还要“智胜”。

每逢春季，大风天气频发，在铁路穿越的地段会有各种复杂情况发生，例如：城区的建筑工地上装修材料的薄膜、食品塑料袋，甚至地面防尘网……在强风的影响下，它们都有可能成为潜伏在接触网上的毒瘤。

2020年初春，一个下午，大风像奔腾的烈马一般呼啸着，在铁道附近有一处建筑工地，水泥板上的塑料薄膜变成来袭者，在水泥干透后，这些薄膜随风飘向铁路，飘到接触网上……接触网被白茫茫的薄膜缠绕，就像被绷带系着影响呼吸。

异物，必须清除。霍宸浩带人现场盯控，处理完一处，眼看着，另一处又挂上去了。立即联系车站，并联系施工工地负责人采取措施，及时制止薄膜乱飞。在风中，霍宸浩和工友们像身披铠甲的“蜘蛛侠”，不停地清理着、战斗着……直到深夜，风势渐缓，接触网上再无异物，才回到工区。

好险！这一天，处置异物挂网20余次，霍宸浩和工友们在风中坚守近八小时，没有延误一趟列车。

突发的情况总在风雨天气，而日常，霍宸浩反复琢磨的是班组管理，人员分配，他力求做到事无巨细。

一次维修作业，要从做计划开始，审理工作票、分工、开预想会、进护网、指挥现场，最终安全撤出护网，每一个环节都必须考虑周全。

“放炮”是接触网工作业过程中将地线错误接挂在有电设备上造成的跳闸。新工小李想起来心有余悸。

在一次天窗作业过程中，现场防护员收到了停电作业的命令，霍宸浩工区的职工小李没有充分重视，没有按照作业流程先接地上，只是核对搭接位置就开始验电接地，地线即将挂上，霍宸浩马上叫停，对小李严肃批评：“你知道这样干的后果吗？一旦挂上去会立马‘放炮’！”小李一听可吓坏了，站在那里不知如何是好。

霍宸浩一边将不规范操作的后果讲给他，一边手把手教他操作。

霍宸浩发现，干班组长最不能忽视的就是人身安全。

一次作业，搬运梯车时，左侧前方工友的手松了一下，梯车便往下落，右侧的搬梯人是霍宸浩，这一下的后果就是砸住了他的脚，刚开始霍宸浩只是觉得发蒙，没有多疼。等回家后他才发现，左脚面已经肿成了馒头，那是100多千克的梯车啊！砸住脚这样的事情绝对不能再次发生。

此后，班前安全预想、班中安全卡控、班后安全小结，成了必不可少的流程，尤其对梯车搬运以及检修机具的管理，成为霍宸浩安全管理上的重要环节。

2020年，霍宸浩所在党支部被集团公司评为“年度青年安全生产示范岗”。

“一年一个样，三年大变样”，飞速发展的“八纵八横”铁路网已经让乘坐高铁出行由一种时尚变为出行必须。

2020年8月，郑太客专开通前期，霍宸浩的班组负责高铁上行线的平推检查。

干接触网活，时不时会有新的问题出现，在郑太高铁联调联试阶段，很多问题，就像雏鹰未出之前琢的小洞，考验着接触网工的技术和大脑。

霍宸浩又一次挑战自我。

作业中，他发现两股道间的一根下部固定绳有异常，线索上有一片浓浓的铁锈红，不好，这里一定有放电点。

霍宸浩再次进行核查，果然，他发现有三根单丝断股。但暂不影响行车安全，怎么办？必须申请“天窗”处理。

上级的批复决定很快下来了，“天窗点”就在第二天。回到工区，霍宸浩把设备存在的故障和李师傅详细说明，与师傅商讨明天该怎么干。

“这个线索的伤在两线间，软横跨没有硬支撑，没有借力的地方。人站在梯车上根本不可能够着，只能爬出去干。这块‘硬骨头’可不好啃！”师傅都皱起眉头。

“我练过，身上有劲，让我来吧！”霍宸浩主动请缨。

那天，车间安排了两台梯车，霍宸浩毫不犹豫登梯而上。在拆线时，空中的他灵活敏捷地操作着，只见他把身子斜成30度，一手抓着线，一手用力摇动手扳葫芦。整个身子爬在那里，就像一只“大蜘蛛”。

随着手扳葫芦的摇动，两边近两吨拉力的线被一点点往回收，松弛下来。

该装线了，霍宸浩爬出梯车，身子完全匍匐在线上，两脚悬空，手不停地拧着线索……整个人全靠安全带和防坠绳吊着。

“硬骨头”毕竟是“硬骨头”，这个问题把所有人的心都揪了起来。

“抓紧，抓紧！还剩9分钟。”拧了一半时，下面的人已经在喊了。

“宸浩，稳住，不要慌。”李师傅冷静地仰着头喊。

“必须赶紧收尾，后面有列车在等待放行，绝不能延点！”霍宸浩的头上汗珠直流，两只手在不停地拧着，拧着……时间一秒一秒过去了，最终，赶在了“天窗点”前完成。

等他返回地面。他发现自己全身都湿透了，两条腿还有在空中飘的感觉。

“好样的宸浩！这活不要说干，有的网工一辈子也没见过！”李师傅对他竖起了大拇指。

这次，让霍宸浩实实在在尝到了“难点”的滋味。

接下来的考验，更为严峻。

2020年的年终岁尾，极寒天气来袭，尤其到了晚上，温度最低的时达到零下20℃，而“天窗”作业的时间大部分都在晚上。

“一出去，感觉像是进了冰窖。”这个时候的作业对铁路人来说是最难的。

爬到六米的高空，那是冰窖里的冰窖。那些不会讲话的接触网线，碰到这些带着温度的接触网工身躯，也会变柔软吗？

基于此，冬季作业的手套要比夏季作业的手套厚许多。接触网工们除了穿上厚厚的作业服，还得戴上厚厚的手套，就这样，爬上梯车，也冻得受不了。往往在这个时候，霍宸浩就会做出惊人之举。

他总是说不冷，登上梯后便换上夏天的薄手套。

“接触网是高压导电设备，有些因拉弧造成的小面积烧伤和打弓痕迹在夜间很容易被忽略，所以只有这种薄手套才能让我清楚地感受到每一寸接触线上的状态，也只有这样才能对线路状态做到心中有数，不漏过任何细节。”霍宸浩说。

一个“天窗点”有几个小时，接触网上的霍宸浩需要不断地更换薄手套进行检查，如果是在平直的线路上，检查几分钟他就能换一个厚点的手套，暖一暖。但是，如果遇到线岔时，一套检查流程下来就得十几分钟，再遇有调整作业便是多花两三倍的时间，这期间，霍宸浩需要一直保持戴薄手套进行作业。

每次从梯车上下来，看着自己冻僵了手，再回头看看修复的线路，霍宸浩总是自豪地说：“这些，就是我们的成果。”

用血肉之躯保高铁动车安全运行，这是一种怎样的精神，是一位年轻共产党员的大局意识和责任担当。

为了按期完成郑太客专开通前的设备调试，一年多的时间里，霍宸浩和工友们反反复复地检查调试，几乎没有一个晚上睡过安稳觉。

据统计，在郑太高铁线上负责检调过的接触网，仅他一人就累计109公里，那相当于横跨太原市南北的长度。

2020年12月12日，太原开往郑州的D4665次列车缓缓从太原南站驶出，郑太客运专线正式开通运营，将晋东南等地与中东部地区的时空距离进一步缩短。全国铁路调图后，郑太高铁每日开行动车组列车最高达74列。

守在线路外的霍宸浩脸上挂着发自内心的笑容：“看着高铁的受电弓，顺滑地从接触网的每一接触点平稳划过，这是一种幸福。”

然而，春节临近，旅客流增多，线路运行频繁，霍宸浩班组的检修任务更重了。

清晨，在纵横交错的铁道线上，一列列满载旅客的动车奔向前方，前方，那是亿万家庭团圆的终点。

霍宸浩望着眼前的太原南站，今年的年夜饭像往年一样，不能与家人团聚了，这是他从小就熟悉的情景啊！他最想念的就是姥姥蒸的小花卷和醋熘辣子白，那是多久远的回忆呀……

这一刻，他还想到了和他一样坚守在岗位上的爸爸和妈妈，每当这时，一种自豪感便会从心底升起："爸妈，儿子没有给你们丢脸。"

最美的青春在闪光

有责任，有担当，青春才会闪光。

夜空寂静，攀登在接触网上，头顶繁星，铁路供电接触网工们的身影平凡而坚定。

远离家人和都市的繁华，来到这里，他们实现的是青春的价值，攀爬的是人生的高峰。

2021年1月22日，中央广播电视总台中国交通广播《交广会客厅》以《接触网上的守望者》为题报道了霍宸浩的事迹。"高铁已经成为新时代的代名词，其便捷、舒适的乘坐体验已经成为人们出行的不二之选。而当大家在享受高铁带来的便利时，却有一群人在背后默默地付出着，24岁的霍宸浩就是其中之一。"

一千多字的报道，对霍宸浩来说，是促进更是激励。除了日常检修工作外，他每天坚持做的一件事就是当好班组党支部书记。

突如其来的疫情，将全国人民都拉进了一场没有烟火的"战役"。作为基层党支部书记，霍宸浩很清楚，工区日常的消毒工作很关键，消毒、通风、测温成为他重抓的工作。

趁大家午休时间，他都会拿稀释好的消毒液对楼道门把手会议室进行打扫消毒并开窗通风，督促大家每天做好测温登记。

除消毒液外，洗手液也不能缺。他二话不说，自己掏钱主动买回一批洗手液，并放在了工区公共洗漱间，方便职工们日常洗手，从根本上减少与细菌接触的风险。

有一次，一位职工两次测温结果都在37.8℃，当时，职工们显得有些恐慌，说这个可能，说那个可能……霍宸浩表现得异常镇定，他第一时间给大家讲防疫知识，稳定职工情绪，打开一间宿舍，先将发热职工隔离起来，将情况向上级党总支汇报。随后，他又找了个安静的地方同这名职工电话沟通。

“要调整好心态，同事们都很关心你，发烧原因很多，国家防疫政策很好，提供免费核酸检测……”经过两个多小时的电话交流，发烧职工终于听取了他的建议，去医院接受治疗，做核酸检测的结果显示为阴性。

虽然是虚惊一场，但是这种经历，让这位年轻人变得更加成熟，作为基层党支部书记，就是要把握好职工们的思想动态，越是特殊时期越要加倍操心。

班组中的有些琐事，可以选择管，可以选择不管，但是，在霍宸浩这里，一视同仁，他觉得都是自己分内的事。

2021年2月，太原南站。

一场接触网线体检正在进行。班组职工检查发现：一组线岔处两条接触线相互磨损。

按照常规，发现缺陷必须第一时间处理，可是那天大家都犯了难：线岔处于中心位置，调整起来需要考虑的因素很多。牵一发动全身，一个参数的微调会引起周边设备数据发生连锁反应，调整不好，其他地方很有可能出现数据偏差问题，后果谁都承担不起。

工龄长的师傅说话了，工友你一言，我一语，这个说这么弄，那个说那么接……霍宸浩边听边记。他认为，集思广益，众人划桨开大船，一定能想出最好的办法。

同时，他开始查阅资料，询问专家，反复对周边各种参数进行测量、计算，最终的决定是——只调整五毫米。

五毫米，还没有一根网线粗。

“天窗”时间到了，霍宸浩一边指挥地面职工对周围几处设备参数进行测量，一边指挥高空作业人员调整其中一组岔心参数，他不停地叮嘱：只做微调，只能动五毫米。

经过调整，两条接触线线间终于有了距离，而周围参数也没有发生大的变化，和起初研判的一样！

“宸浩，胆大心细，真有你的！”全程盯控的车间主任满意地说。

由于那个活是在晚上干的，霍宸浩不放心，第二天他又组织进行了复测。

结果经过热胀冷缩后数据依旧合格，这是他作为现场指挥的一次大胆尝试，终于成功了。

高铁有多快，接触网工的成长就有多快。

再难的事，也难不倒铁路接触网工，这时候的霍宸浩，越干越有劲了。

最令人头疼的，却是接触网上的鸟窝。鸟儿们衔来的树枝较长，里面常常会夹杂着细铁丝等异物。而这些异物特别容易造成接触网短路，危及铁路安全。

鸟儿，是人类的朋友！它们一般在有山林的地方筑巢，可是，没有地方栖息的鸟类，会把巢搭在空中高高的接触网和铁塔上面。尤其是接触网的硬横梁、支柱等处，成为鸟儿搭建窝巢频率较高的地方。

于是，清除鸟窝成为接触网工的一项重要任务。

有一回爬高，目标是15米的铁塔，作业项目是掏鸟窝。这次负责爬高的是霍宸浩。15米，真高啊！还必须徒手爬，不系安全带，就是天天登高也特别紧张，紧张的不只是高还有担心，鸟儿没了家，怎么办？

善良的年轻人，他想到的不光是接触网安全，还惦记着那些无辜的鸟儿呢！

爬到13米高的时候，霍宸浩有些紧张了，鸟窝里会不会有小鸟和鸟蛋啊！开始担心，可是没有可是，为了设备安全，必须把鸟窝掏掉，等爬到跟前，确实，有小鸟和鸟蛋呢……真不忍心打掉它们的窝啊！

霍宸浩把幼鸟和鸟蛋悄悄装到作业服的口袋里，心疼啊！那是一个小生命，等下来后，他会把这些小鸟和鸟蛋安置在一个安全的地方，期望它们能好好活着……

经常是拆掉了，大鸟会飞到那个地方，停留片刻，悲伤地叫上两声，声音很凄惨，像是为失去的家默哀，然后再重新寻找栖息之地。也有时候，远处线杆上，有大鸟在叽叽喳喳地叫着，像是反抗，在骂自己，又像是在表达愤怒。遇到这种情况，霍宸浩也很难过。

鸟儿啊！去找个安全的地方搭窝吧，别在接触网上，这里不安全。

青春不止眼前的琐碎，还有长长的接触网线。

钢轨有多长，供电接触网就有多长，而霍宸浩这些接触网工们在空中走过的路，是这些长度的N倍。

五年来，霍宸浩参与了太原站两线一台施工改造、郑太高铁施工、太原动车所新建库改造等重大施工项目，累计巡视检调设备1050条公里，高空操作167次，处理大的缺陷12次，设备故障率始终为0。

成绩属于过去，未来的道路还很长。霍宸浩和他的班组职工们将以新时代供电人积极进取的姿态，精益求精的精神，勤勉踏实的作风拿稳“接力棒”。

“在六米高空，让最美的青春闪光。”这是霍宸浩最想说的话。

你的梦也是我的梦，我们的梦连起来就是一个宏伟的梦想，为了脚下的这方土地，为了远方的万家灯火，爬在接触网上的霍宸浩再一次抬头，青春是头顶的星空，也是脚下的长路，他的内心被辽阔的宇宙深深打动……

高铁“蜘蛛侠”的使命，任重而道远。

发表于《中国铁路文艺》2022年第11期

如梦令·高铁旅途

大同西安行迹，路远轨长旅密。

春日又出发，偶遇囊中锦鲤。

囊中锦鲤，偏爱知心叶子。

闪光的叶子

遇到她，是在一个大雪纷飞的夜晚。

走进太原铁路职工培训基地五层的教室。

大屏幕前，身着“铁路蓝”的一位美丽女子正在做宣讲报告，这是宣讲会筹备前的彩排。

那时的我，刚从北京参加完“最美铁路人”报告文学创作的培训会回来，对集团公司评选出“太铁之星”和他们的故事充满了好奇。

听着掷地有声、充满激情的宣讲，眼前的女“新星”眉清目秀，吐字清晰，讲起自己的经历朗朗上口，表情自然，她所讲述的每一段故事都让我惊讶，眼前呈现出一个个激烈、温情、感人的场景……

窗外，雪花飞舞。室内，温暖如春。在座的每一个人都神情专注，徜徉在那让人振奋、激动、心潮澎湃的讲述里。

那一刻，我看到的不仅仅是一位高铁列车长，还有她眼中闪烁着的光芒。

她叫叶子，30岁，是太原客运段动车组的列车长。

入路七年来，叶子把“让旅客满意出行”作为衡量自身工作质量的标准，用爱心、诚心、热心为旅客提供暖心服务，让每一位旅客在旅途中体验到温情和美好。

从“叶子姐姐讲故事”到“列车哆啦A梦服务箱”，从“导游翻译小能手”到“列车长爱心服务热线”，从服务重点旅客到服务全体旅客。她的付出和努力赢得天南地北旅客的称赞，乘车的人们都说：“有困难，找叶子。”

人生就像是一场远行，每一段旅程都是一种收获。一个个和叶子相关的服务品牌，见证了她从列车员到列车长，从列车长到“太铁之星”的成长历程。

车厢之外，是绵延的山脉、空旷的田野、奔流的小河和偶尔闪烁的灯火……旅客在奔驰的高铁上欣赏着祖国的大好河山以及朝霞红日，同时，也享受着叶子带给他们温馨舒适的服务，在一趟趟的旅途中，旅客和她的心紧紧连在了一起。

选择了高铁乘务，就是选择了人生的旅途。无论是跑北京、西安、贵阳、青岛还是更远的地方，年轻的叶子始终秉承一种理念：让青春在服务旅客的一线闪光。她是“客运提质”的一员，是太铁形象的一员，她打造的“叶子服务”已经融入集团公司“晋之星”高铁客运服务的品牌，在高铁车厢内传递着亲人的关爱和温馨。

花开花落，寒来暑往。她连续四年取得集团公司列车工种技能竞赛前三名的好成绩，两次被集团公司授予“业务技术能手”称号。

2021年10月25日，叶子光荣当选为山西省第十二次党代会代表；2022年1月，叶子被太原铁路局授予2021年度“太铁之星”称号；2022年，叶子荣获“山西省五一巾帼标兵”称号；同年，她被全国铁道团委授予2021年度“全国铁路青年岗位能手”。

“闪光的叶子”走进我的视线也走进我的文字里，提笔就遇到春，是春风化雨，沁人心脾的春。于是，一路追寻，寻找叶子在高铁新时代放飞梦想、激情服务旅客的故事。

从这个冬夜开始。

叶子初心

叶子，出生在冬天，恰好是新年。

雁北大同，冰天雪地，在大同火车站附近的新华街铁路住宅平房里，时不时传来欢乐的笑声，喜获爱女的家人们正在商量着为这个小公主取名，长辈们想了又想：新年代表着新的希望，这是我们叶家的祥瑞，就叫叶子吧！

叶子在一个铁路世家长大，爷爷、奶奶、父母都是“老铁路”。从小，火车站、钢轨、车轮、汽笛声……都是她童年最深刻的记忆。

父母因为工作的原因经常不在家，由爷爷奶奶照顾她，从住宅小区走到火车站，不到十分钟，小小的人儿跟着爷爷走到站前广场，开始这一天的快乐时光。站前广场的松柏树下，小石子、马尾巴草、野花、蚂蚁、蜗牛都是她的玩伴。有的时候，爷爷会带着她数旅客、数火车车厢，小叶子歪着脑袋掰着手指认真地数着：一节、二节、三节……

她一边数着，一边听爷爷给她讲过去的红色故事。对于小叶子而言，听爷爷讲故事比看电影都开心呢，听着听着，她会流泪、激动、兴奋，一次次沉浸在那火红的岁月中。

这一天，大同的天异常得蓝，大大小小的云朵密集着、零散着，晕染着天空并自由自在地飘动，小叶子躺着爷爷的怀里，望着湛蓝的天空，想象着那烽火连天岁月中抗美援朝战士舍生忘死、英勇奋战的场景。生在新时代，长在红旗下，她深知幸福的生活来之不易，等长大了，她也要做爷爷那样的人。

大同旧火车站的车站广场里种着几排松柏，它们一年四季常青，铁栏杆内有一处小花园，花园的绿植繁盛，每到了春天，各种花卉姹紫嫣红、蝶飞燕舞……

渐渐地，家人发现，小叶子听见火车的鸣笛声总是兴奋地欢呼，还常常模仿候车室播音员的声音和他们讲话。有时她会穿起父亲的铁路制服，戴上挂着路徽的大檐帽，神气活现地学着客运员的样子……他们不知道，小小人儿的心早就爱上铁路，随着火车一起奔跑了。

花开花谢，春去秋来，小叶子渐渐长大了。

到了入学的年龄，父母给叶子在大同城区第四十七小学报了名，负责送叶子上学的是爷爷。每天背着书包被爷爷牵着手去学校，是令叶子最开心的时刻，我的爷爷是英雄，我是英雄的孙女呢！

自信的女孩子，在学校团结同学、尊敬老师，不但品学兼优而且腿脚勤快、聪明能干，很快，叶子就成为老师的小帮手。她担任班里的学习委员、英语课代表，同时，写作成为她的兴趣和爱好，叶子最爱写日记、写作文，她写的文章被老师批优后会在班里传阅，听着同学们的称赞声，叶子的心里无比自豪！在一次参加大同市区举行的中小学生作文比赛中，她拿到了一等奖，那篇题为《我的爷爷》的作文被《大同晚报》刊登。

星移斗转，时光荏苒。

2008年，叶子上高二，这一年，爷爷去世了，留给她的是一枚沉甸甸的军功章，这枚军功章承载着爷爷对叶子的全部寄托和期望。

当中国高铁正以前所未有的深度和广度改变着中国、震撼着世界时，叶子大学毕业了，作为三晋儿女，叶子怀揣梦想回到了家乡，她立志要为山西旅游经济发展尽自己的一份力。

2015年，学习旅游专业的叶子被太原客运段录用，成为一名高铁列车员。懵懵懂懂的少女华丽变身，负责担当大西高铁的乘务工作，她终于实现了自己的梦想，和父辈一样成为一名铁路人。

太原客运段担当旅客列车125对，其中普速54对、动车71对，开往全国23个省（自治区、直辖市），是中国高铁品牌在三晋大地的代表；是推行“坐火车、游山西”全域旅游，通过山西“大”字形高速铁路线，使山西走向全国的重要窗口；是服务山西老区人民脱贫攻坚，宣传山西新品牌、展示山西新气象的重要途径。

叶子一入路，就赶上山西进入高铁时代，她被安排从事动车乘务工作。

精干贴身的“铁路蓝”穿在叶子身上是那么得体、雅致，有礼貌的问候语言从话筒里传出来彬彬有礼、落落大方，叶子面带微笑开始了她人生的高铁旅程。

高铁，成了叶子生活的全部。每当走在旅客满员、便捷舒适、四季如春的车厢中时，从小到大对铁路的浓浓情怀总会在她的内心升腾起来，那是一种对铁路、对旅客如家人一般的眷恋，望着远方的万家灯火，叶子感慨万千，她不由得默念起袁枚的诗句：

白日不到处，青春恰自来。

苔花如米小，也学牡丹开。

70分钟的硬功

要为高铁做点什么？

太原客运段突出“真诚、精细、坚持”和“诚信、阳光、责任、担当”为内核的企业文化建设，着力构建规章制度“法治”、车队主体“自治”、行为规范“德治”的管理格局，紧扣高质量发展主题，以满足人民群众美好出行需要为目标。

想要当好一名称职的列车员就必须掌握精细、标准的客运专业知识。叶子负责担当D2501次太原南到西安北的出乘任务。走在整洁、宽敞、温馨的车厢里，望着一排排来自天南海北的旅客，他们的脸上洋溢着幸福和满足……叶子觉得世上没有比列车员更牛的人了。

带她的是D2501次动车的王伟车长。王伟性格直爽，开朗热情，工作起来有条不紊，对旅客的任何问题处理起来游刃有余。

了不起，真了不起！王车的工作效率和服务态度已经让叶子佩服得五体投地。

王车对叶子的引导也非常认真、耐心，他将动车乘务工作的日常要求、工作流程以及服务内容对叶子倾囊相授。

尽管入路前已经做好吃苦的准备，但是，初上高铁的叶子，还是被紧张的工作节奏和严格的纪律压得喘不上气来，有时候顾头不顾尾，有时候忘了吃饭，有时候对旅客的问题答不上来……手忙脚乱、窘迫的心情，那种糟糕的感觉让她认识到，自己离列车员的标准还有差距。

在一次次摸索和一趟趟车的锻炼之后，她能够从容应对旅客提出的问题，能够合理把握工作节奏，就连自己的生活也安排得井井有条，时间不会从她这里悄悄溜走。叶子用心值乘，专业解疑，热情服务，成熟干练，不卑不亢。

“当高铁列车员不能怕吃苦、受累，要有勤奋好学的螺丝钉精神。”王车认真又耐心地告诫她。

“放心，王车，我会努力的！”叶子回答得干干脆脆。

当一名称职的列车员，成为叶子的第一个目标。

担当大西高铁乘务工作，除了做好本职工作，她充分发挥专业优势成了“列车小导游”，主动当好“山西全域旅游铁路行”宣传员，用心制作沿途各站的旅游服务卡片，编写山西旅游宣传广播词，向旅客宣传大美山西，推介山西特产，让更多旅客享受乘高铁游山西的便捷与惬意。

平遥古城，位于山西省中部平遥县内，始建于西周宣王时期（公元前827年—公元前782年），是我国保存较为完好的古城之一，也是目前我国唯一以整座古城成功申报世界文化遗产的古县城。也因此，吸引着国内外的游客前来一睹芳容。从平遥到介休，从介休到西安，乘坐大西高铁成为首选。

叶子普通话说得好，吐词清晰，出口成章，表情自然可亲，深受旅客喜欢，被旅客们称赞为“导游翻译小能手”。

动车里的时光，舒适优雅中别有情趣，旅客听着她的解说，犹如听到一曲动听的歌，一首抒情的诗。

除了完成出乘任务，还有高难度的挑战，叶子即将面对的就是一年一度的客运系统高铁列车员技术比武。

要练就过硬本领，画好全国铁路客运站示意图是第一步。

“一张密密麻麻的示意图，汇聚着全国成百上千个客运站线。要想画好它并不是一件容易的事，必须大量重复练习，下绣花功夫。”王伟车长给叶子讲着自己过去的经历和优秀列车员的事迹。听着老车长们成功的故事，叶子真是羡慕，能将全国铁路客运站示意图画出来，那是多么光荣的事，可是，望着这张图，她又犯难了，光站名就让人焦头烂额，该如何成功画出这张示意图？

下班后，叶子便回到自己的公寓，整洁的乘务员公寓，是叶子温馨的“练功场”。

一开始，叶子就靠死记硬背，可是几天也不见效果，反之，那些线条和站点就像乱麻一样缠在一起，年轻的姑娘有些不知所措。

叶子第一次面对这样的困难，为了赢得比武，她集中精力，全力以赴。

想要记住、记牢示意图必须寻找好的方法和技巧。她静下心来耐心细致盯着这张图，她想到以方向为界，把示意图按照东西南北四个区域分开，由站到线，由线到站，逐步成网，叶子不停地画着，不停地记着……在车上，闲暇时就默记、默写。回到公寓，更是没有白天黑夜地练习，一支支铅笔在她手里磨短了，一张张A4纸画满了，错了再改，改了再改，一遍遍，一次次地练习，她一边画着，一边体会着作为一名铁路人的责任感和使命感，画着、画着……她仿佛从那一条条铁道线上看到了自己的将来。

渐渐地，站点被她一处处突破，线路被她一条条牢记。叶子发现在密密麻麻的线中，隐隐透着灵感，一天晚上，她安静地坐在书桌前，再次默画示意图，这次的作品简直完美，毫无瑕疵，用时仅仅70分钟。70分钟，这是动车从太原南到霍州的时间，从霍州到运城的时间啊！更是从起初的120分钟到100分钟，从100分钟到90分钟，从90分钟到70分钟，经过默画400多张示意图的成果。

雷锋说："青春啊！永远是美好的，可是，真正的青春，总属于这些力争上游的人，永远忘我劳动的人，永远谦虚的人。"没错，叶子就是这样的人。

那段时间除了画图，叶子一退乘就开始背诵默写客运规章，规章太多了，有《铁路旅客运输规程》《铁路旅客运输办理细则》《铁路客运运价规则》《铁路旅客运输管理规则》《高速铁路技术管理规程》和《铁路旅客运输服务质量规范》等等。叶子把这些规章进行分类总结，她画成框架图、思维导图，还在上面贴满了便签笔记，走路背、吃饭背……甚至在梦里都在背规。

在叶子的家里，有一个30寸的超大行李箱。里面除了放着她手画的400多张全国铁路客运站示意图，还有被她勾画得五颜六色的铁路客运系统规章、30多本实作题总结本、纠错本和无数张综合运用思维导图。在之后的技术比武中，这个箱子与她形影不离。

见真章的时刻到了。

2016年7月，集团公司组织开展客运系统高铁列车员技术比武，入路一年的叶子终于迎来参加技术比武的机会。"叶子，不能输！"她听到自己内心呼喊的声音。那一条条规章、一条条线路站点犹如金线一般镌刻在脑海，赛场上的叶子，沉着应对，冷静思考，终于脱颖而出，获得了客运系统高铁列车员第三名的好成绩。

功夫不负有心人。此后，叶子连续四年参加集团公司客运系统列车工种技能竞赛均获得前三名，两次被授予集团公司“技术能手”称号，多次被评为段级“优秀共产党员”。

自己的技术被肯定，获得如此荣誉，叶子感到无比兴奋和骄傲，她突然发现，自己找到了关键的切入点，找到了自己要走的路。

年轻的叶子告诉自己：好好努力，向列车长的目标迈进，成为客运行业中的佼佼者。

独当一面叶子车长

2019年7月，独当一面的叶子实现了人生中的第一次转折，走上列车长岗位，这意味着，她将向更高的旅客服务水准发起挑战。

入路一晃四年，叶子一路奋斗着、努力着、付出着也收获着，有欢笑也有泪水，这条路越走越宽，越走越敞亮了，她努力学习岗位技能业务，不断提高应急处置能力，拜师老车长学经验，与同事交流学技巧……她的职业之路越走越宽，越走越敞亮了。

也因此，那些细腻的心思，像一片片翠绿的叶子，爬在了飞驰的高速列车上，爬在了旅客的心中。

列车员的乘务箱是客运段统一配发的，但是，除了统一派发的乘务箱外，叶子还会随身带一个行李箱。在这个行李箱上，有卡片和海报粘贴在上面，原来，那是写着叶子手机号码的“列车长爱心服务热线卡”以及一张画着“哆啦A梦”的卡通海报，它们神气活现，异常耀眼地爬在沉甸甸的行李箱上。

“哆啦A梦”的故事，从一场应急处置开始。

一夏日的傍晚，列车在大西高铁线上平稳地行驶，车厢里播放着悠扬的萨克斯曲，窗外，山川、河流、田野、森林……齐刷刷向后飞奔，旅客们欣赏着窗外的美景，沉浸在美好的旅途中。

突然，5号车厢内一名乘客突发严重癫痫，那是一个10岁的孩子，接到家长求助后，叶子和乘务员立即广播寻医找药，并联系前方西安北站，组织下车急救。

孩子爸爸找到叶子的时候，距离西安北站到达仅仅只有8分钟了，第一次的独立值乘，就遇到了如此短时间需要完成的突发疾病应急处置，叶子的心情十分紧张。

看到孩子在座位上无助地抽搐时，叶子告诉自己：“不能慌，旅客现在需要我的帮助，我必须尽全力救他！”

与时间赛跑，和生命接力，8分钟，就是孩子的希望！广播寻医，站车交接，120紧急救护……叶子一边用车上的药箱协助医务工作者帮孩子完成基本救护，一边不停用电话完成所有交接求助事宜。

多么珍贵的8分钟啊！叶子每一秒都为孩子揪着心，也是这最短的8分钟，高效应急处置让孩子最终转危为安。

叶子，永远记得那个傍晚，那个家长为她送来感谢卡的傍晚，对方真诚道谢的表情深深烙在她的心里。亲手接过那张感谢卡，叶子心里涌起了一股暖流。这张感谢卡给予叶子的温暖与力量，比任何奖章都珍贵呢。

然而，回想起当时的情景，叶子不由一阵心疼：将病人移交西安北站时还下着大雨，孩子身上只穿着一件单薄的外套，但车上没有雨衣等备品为孩子遮风挡雨……这一直是叶子心中的遗憾。

“家里有的日常用品车上也应该有。”一个念头蹦跳出来。

于是，叶子和班组的姐妹们一起去买了一次性雨衣、充电线、暖宝贴等服务备品。日积月累，达50多件，装满了一大箱子。此后，一件件贴心又实用的备品悄悄地跟着列车行走、奔驰，提供贴心服务，在不同的旅程中为旅客送去惊喜和关爱。这个满载叶子姐妹们爱和温暖的箱子渐渐被人们熟知，那种遇到下雨天没有雨具的尴尬再也不会出现了，叶子经常望着漫无边际的星空，想象旅客会有哪些需求和帮助，自己一定要第一时间解决。对！解决，不留遗憾，后来，这个箱子被旅客们亲切地称为"哆啦A梦服务箱"。

"心中有许多愿望能够实现有多棒，只有哆啦A梦可以带着我实现梦想，可爱圆圆胖脸庞小小叮当挂身上，总会在我不知所措的时候给我帮忙，到想象的天堂穿越了时光……"这首轻松愉悦的歌曲时不时在车厢中响起。

车上，叶子是旅客们的"哆啦A梦"。车下，叶子也是同事、朋友们的"哆啦A梦"。她开朗热情，为人诚恳，乐于助人，当同事在车上遇到难题时，她和大家一起讨论总结，共同进步。当听说班组职工需要帮助时，她总是第一个冲上前，不管是家事还是工作，永远给到职工们满满的安全感。朋友们总开玩笑说："遇到事儿先给叶子打电话，她就是我们的'哆啦A叶'。"

岗位角色的转变，让叶子发现自己还有许多的不足，书本上的理论知识虽然背会了，可是，真正用在实践中却不是那么回事，有时候看似一项普通的服务，要做好、做足、做久却不是一件容易的事。

服务只有起点，没有终点。

D1959次列车是叶子所担当的一趟长途车。该车从太原南出发，一路南行，到达终点站贵阳北站，单程运行1879公里，是太原客运段所担当的动车组运行时间最长、途经防洪区段最多的车次。

在列车上，遇到问题和旅客诉求，除了"哆啦A梦"能解决外，其他的内容叶子都详细记录在一个小本上，这是一个手账本，里面详细记录了防洪区段、隧道救援位置和突发情况下应急处置流程图，就像一本清晰分明的指南图，让叶子遇到各种突发情况都能妥善应对。这个手账本被叶子当宝一样珍视着，成为她的服务“锦囊”。

“锦囊”的作用不容小觑。除了制作应急处置图，每趟车出乘前，叶子都要提前一天备课，把沿线城市天气记录到“锦囊”里，还有对老龄乘客以及孕妇儿童做到超前预想突发情况、细化处置措施。

如今，这样的服务“锦囊”已积累了12本。翻开一本本“服务锦囊”，回忆一次次旅客服务过程中遇到的问题，叶子精准掌握旅客乘车需求，将服务内容拓展延伸，推出“120急救服务”“晚点应急安全”“静音车厢”“儿童旅客定制服务”“老年旅客舒适乘车”“高铁旅游咨询服务”等16项便民措施，并在每节车厢端门处粘贴“列车长爱心服务热线”牌，及时架起与旅客零距离沟通的桥梁。

“服务锦囊”还在积累，在实际工作锤炼中，车长叶子茁壮成长。

“您好！这里是列车长爱心热线，有什么需要帮助的吗？”

“车长好，我和妈妈的票不在一起，她行动不便可以调一下座位吗？”

“没问题！”

“车长，您能来一下3号车厢吗，我独立一人带孩子，行李太多可以帮我提前放在车门口吗？”

“您别急，我马上过去！”

“我需要帮助，请问咱们车上有创可贴吗？我的手刚刚在车站划破了……”

“有，您稍等！”

……

路途中，叶子秉承“事事有回应、件件有着落”的原则，认真回答每一个问题，耐心解决每一个诉求，帮助无数旅客解决了旅行中遇到的难题。

两年来，叶子共处理突发疾病事件九件，维护列车公共安全秩序四件，帮助旅客找回遗失物品334件。果断的处置方式，沉着的心理素质，再也不会出现“初出茅庐”时的尴尬。

叶子的手机里，有一条长长的短信，她一直珍藏着。

“叶车长，您好！

我是您在阆中站帮助的那位老人家的女儿，谢谢您的爱心，让我的母亲能够平安回家。

我接到母亲时，她一直流着泪，叫我一定好好谢谢您，太多的感动，我只能诉诸笔端。我是独生子女，外嫁到西安后就很少回家看望父母了，今年年初父亲去世后，母亲承受了巨大的悲痛，渐渐患上了幽闭恐惧症，我知道后不敢再让她一个人留在老家，想把她接来身边照顾，本来说好我和丈夫要去接她，可临出发前接到了单位的紧急任务，两个人都无法抽身，只能让母亲一个人从贵州老家前往西安。可没想到母亲的病症已经如此严重，在途中时便已发作。

如果不是您和乘务组的爱心帮助，母亲万一出了什么事的话，将是我永远的遗憾……”

看着旅客发来情真意切的短信，叶子的眼眶也逐渐湿润了。

2021年暑运，那次值乘，D1960次列车因强降雨影响在阆中站滞留了一个多小时，由于恶劣天气，列车晚点、旅客着急，叶子也不停地在车厢内忙碌着……

忽然，在巡视中的叶子发现6号车厢内一位老人紧闭双眼、呼吸急促、浑身发抖……不好！这是发病的前兆，叶子急忙广播寻找医务工作者，并疾步上前，紧紧握住老人的双手安抚着，努力帮她平稳情绪。

老人不说话，不停地在抖，叶子的心也提到嗓子眼上，当老人手心里的冷汗传到叶子手上时，叶子赶紧向闻讯赶来的医务人员请教：医务人员提示可能是密闭环境导致的旅客心理反应。

不容迟疑，马上汇报，请求打开车门通风。很快，叶子逐级汇报后，得到上级批复，6号车厢的车门临时打开，在安排列车员做好监护后，叶子搀扶着老人走到站台上……呼吸到新鲜的空气，老人紧张的状态逐渐缓解，身体不抖了，冷汗也慢慢消失，面色逐渐红润……

雨势渐缓，列车开动了，叶子一路陪伴着老人，积极联系她的家属，不停和她聊天为其疏导情绪。终于，到达西安北站，当叶子将老人平安送到其女儿面前，她终于放下心来。

感恩，是宇宙万物的本能。旅客回家了，没有忘记帮助她的车长，没有忘记那个穿着铁路制服的好心女孩，用短信传递感激之情，用短信报平安，用短信说再见……字字句句热情洋溢，感人至深，它们如一股股暖流流到了叶子心里，为她和旅客架起一道七色的彩虹。

那是代表希望和嘱托的彩虹啊！叶子更明白了自己身上的重担和使命，这让叶子对待应急事件更将谨慎、小心。

等这趟车结束后，叶子组织班组职工召开总结会，讨论如何缓解旅客因列车晚点产生焦躁情绪的应急处置方法，她归纳总结出“耐心解释、掌握需求、精心服务、及时通告、做好交接”二十字工作法，并带领班组全员进行情景再现演练，一次不行就再来，反复练习，反复纠正……经过不断地演示，她将应急处置方法进一步细化完善，这样，在遇到类似的问题时，再不会慌乱无措了。

一路服务，一路收获。

每位旅客都希望有一个温暖平安的旅途，为旅客带来更暖心的服务，叶子的任务就是让旅客把流动的车厢当成温暖的家。

站在镜前，面带微笑，从上到下整理好自己的服装、领带、胸卡，戴好手套，检查对讲机、耳机……迎着瑟瑟的秋风，车长叶子再次登上一列开往南方的动车。

团队的力量

如果说一个人的力量，可以带来一缕春风，那么一个团队的力量，就可以带来一个春天。

也许，在父母的眼中，叶子还是一个孩子，但是，经过多年的历练，这个从小就乖巧懂事的孩子早已成长为一名可以独当一面的年轻车长。是的，在列车员队伍当中，她是巾帼不让须眉、令人刮目相看的女车长。

叶子，一门心思想着怎样带好团队。她严格要求自己，始终把学习当成一种习惯，用心对待每一本规章，每一年的客运示意图，每一次的实做考试，《铁路旅客服务质量规范》随身带着，一有时间就背，一遍、十遍、二十遍地背……成绩有目共睹，一次次的胜利让她成为班组同事眼中的“明星”。叶子已经成为年轻职工的奋斗目标，虽然有着耀眼的光环，但叶子不骄不躁，吃苦耐劳，团结关爱职工，她始终鼓励大家发挥特长，展示自我，用心点赞每个人的微小进步，激发出新工的工作热情，更好地发挥团队的力量。

有一次，一位叫琦琦的新工来到叶子班组独立顶岗。叶子观察到她第一趟车作业用时过长，无法按规定完成任务，且在工作中手忙脚乱，毫无思路。

叶子着急啊！这样下去怎么行，必须帮帮琦琦。叶子去找琦琦，与她谈心交流。

琦琦有些慌乱地说：“叶车长，你是不是也不想要我？我可能真得干不好。”

听到这，叶子意识到，琦琦的根本问题也许不是表面上作业的问题，而是思想的问题。

“你先回家吧，明天中午来姐家吃火锅，先不要想工作的事儿了。”叶子说。

第二天中午，琦琦来到叶子家，叶子不再和她谈工作的事儿，而是开开心心聊了彼此的家庭、大学、感情和梦想，不知不觉中，琦琦的思想负担放了下来，同时，叶子也了解到琦琦的问题是来自于没有归属感，缺乏自信，导致在工作时和旅客交流有一定程度的恐惧和抵触心理。

她将自己的经历讲给琦琦，鼓励琦琦放松自己，从容应对每次出乘，日常学到的服务技能必须灵活使用，只有将日常学到的业务理论知识充分运用到客运服务中，才会带给旅客更好的乘车体验。

听了叶子的话，琦琦感觉自己底气足了，干起工作也没有以前那么压抑被动了。

后来，叶子在值乘时帮她重新梳理了工作流程，对于琦琦能够独立完成的部分，便及时给予肯定和表扬。对于她出错的部分，叶子便手把手地教她，并鼓励她大胆尝试。对于和旅客交流过程中犯难的部分，便用角色互换法，一遍遍和她重复练习。

“希望我们团队发挥团结的力量，在每一列列车上，为旅客朋友们带来一片春天。”琦琦始终记着叶子的话。

终于，经过三个多月的努力，琦琦就像变了一个人一样，工作中细致到位，还在春运中被评上了“标杆列车员”。

如今，琦琦已经成为叶子班组中的业务大拿，正在认真准备列车员比武竞赛，她说：“叶子姐就是我的榜样，我的引路人。”

接受过叶子鼓励和帮助的不止琦琦，还有晓雅、美静、星星……其中，美静已经当上了车长。

叶子还有一个身份，就是动车组第六党支部支部副书记。每月，她会协助支部书记召开支部党员大会，做会前组织、会中记录、会后总结工作。还有策划主题党日活动，认真梳理完成月度、季度、年度学习计划等党建任务。

2020年的春节，疫情肆虐。叶子积极上交请战书，作为党员突击队队员奋战在铁路客运抗疫一线。全力以赴，一心抗疫，叶子根本没有想过别的。

在抗疫的关键时刻，她突然接到家里的电话，说父亲病了，家人没有告诉她什么病。等叶子完成乘务工作，火急火燎赶回老家大同时，才知道父亲被查出胃癌晚期。

老天，怎么会发生这样的事，父亲还年轻，他才54岁！

一时间，叶子感觉自己的天要塌了，哭着要暂停工作留在医院照顾父亲，可坚强的父亲却说，爷爷当年在抗美援朝的铁道线上冲锋在前，现在是非常时期，我们都要勇敢面对。

“孩子，放心，爸爸会积极配合医生治疗的，车上需要你，快回去……”父亲一句赶着一句督促叶子返岗。

傻乎乎的姑娘半信半疑，也对！听爸爸的话，去上班，他心情好病也好得快！擦干眼泪，掉头去上班了。

谁都没想到，短短不到三个月的时间，父亲就离开了。

父亲留给叶子的最后一句话是：“闺女，要好好工作、好好生活。”是啊！好好生活，让叶子遗憾的是，父亲都没坐过一趟她值乘的列车，那是父亲生前的愿望。

父亲总说会悄悄买一张票坐一次女儿值乘的列车，看看女儿工作的环境和服务的水平。不告诉她，抽查抽查叶子的工作。可是，没有可是了，直到他去世，叶子也没能等到他来乘坐自己值乘的列车。

一生的遗憾。

带着父亲的期望和鼓励，叶子加倍地努力工作，她要用实际成绩告慰天上的父亲。

在叶子随身携带的工作证里，夹着一张父亲的照片，叶子想：这样，女儿的列车走到哪里，父亲便会跟到哪里吧！

疫情还在继续，叶子将丧父的痛苦深藏在心中，带领班组青年做好疫情防控知识学习、个人防护、体温检测、列车消杀和发热旅客处置，做好旅客、职工的心理疏导，以最高的防控标准完成每一趟乘务。

每做好一项工作，她都觉得父亲看到了。

当疫情防控进入常态化的关键时期，叶子对乘务班组的管理更严了，定时消杀、体温测试、引导提示、应急处置……

八节车厢，脚步铿锵。从车厢头走到车厢尾203米，叶子每次乘务都要走40多遍，巡视、摄录、宣传、解答疑问……短短的距离，一班下来能走8公里。

一身制服，一枚党徽，践行的不只是初心，还有行动。

2021年6月，太中银铁路吕梁至太原南开行动车组列车后，山西11个地市动车开行实现全覆盖。

“近3年时间，我省增开高铁动车82列，增幅214%；我感受到，全局104个车站实行电子客票，推出便民利民举措30项，客运服务水平迎来更高的挑战……”叶子说道。

结合庆祝建党100周年活动，作为太原客运段动车车队动车第六党支部副书记的叶子组织支部党员发掘吕梁老区红色故事，印制红色旅游宣传册，编制列车宣传导游词，宣传“红色吕梁”“大美太行”等旅游周边产品，充分利用高铁列车这一流动载体，挖掘红色资源，宣传老区文化，进一步服务山西人民，展示山西形象，用自己的一份力量，助力山西文化旅游战略性支柱产业升级。

作为党员列车长，叶子不断发挥党员列车长的先锋带头作用，在实干中展现担当作为，在服务中践行初心使命。

2021年10月初，山西突发特大暴雨，连日来的水害断道导致多趟普速旅客列车受阻，为尽快让滞留在临汾、侯马、运城、介休等站的旅客恢复旅行，集团公司命令通过高铁动车服务普速旅客转乘。

那时，叶子所担当的运城北至大同南的D5378次列车收到了在临汾西站转乘180多名普速旅客的紧急任务。

接到命令后，叶子立即组织乘务组人员召开任务布置碰头会，超前预想可能存在的问题困难，提前做出应对措施。在寒冷的暴雨天气，提前准备好热水瓶和热毛巾为旅客取暖，耐心地做好旅客解释安抚工作。这次紧急转乘，叶子车队为24名需要在太原南中转的旅客规划出行路线和改签措施，为四名老人联系到站提供轮椅进行爱心接力，为一名刚出生的婴儿提供重点帮扶，开辟绿色通道。

是党员的身份缔造出一次次的坚守，叶子带领乘务组职工众志成城、合力攻坚圆满完成运输任务，他们用微笑化解了旅客的怨气，用优质服务赢得了旅客的赞誉。

叶子坚持“态度第一、严爱并存”的管理理念，充分发挥高铁乘务党支部的战斗堡垒作用，逐渐形成“团结一致、积极向上”的班组氛围。同时，也打造出职工的获得感、幸福感和归属感，一名列车保洁员说道：“别看年纪小，她可是这趟列车上最辛苦、操心最多的人……”

2021年10月25日，叶子光荣当选为山西省第十二次党代会代表，作为一名“90后”的党代表，她在现场聆听精彩报告，深刻感受到山西铁路进入快速发展期，奋力干事的接力棒在自己这一代人的手中，心中感慨万千。

“集团公司有职工十万余人，我能成为十万分之一，‘党代表’三个字金灿灿，也沉甸甸。一定要好好工作，回报祖国，回报党！”心潮澎湃的叶子不由得拍下了一张张照片，点开微信里父亲的头像，发给父亲……仿佛，父亲都能看见，也在为她鼓掌加油。

努力，要继续努力啊！

2022年1月，作为“太铁之星”的叶子光荣地站在太原铁路客运段的讲台上，为职工们做着宣讲报告：“一代人有一代人的使命，一代人有一代人的担当。在谱写集团公司高质量发展的新征程中，我将不断创新服务方法、打造服务品牌、提升服务质量，以优质的服务，让旅客体验更美好，让青春在服务旅客的一线闪光。”

铿锵有力的话语打动现场的每一位听众，讲台上的叶子神采奕奕，充满朝气，那是太原局新时代铁路青年所特有的朝气。

我仿佛看到有一片闪闪发光的叶子，正在化身为春天的使者，将幸福温暖之花播撒在千里铁道线上。

发表于2022年8月23日人民铁道网

占春芳·房寓之光

黄土醒，新芽绿，高铁占春芳。列车飞驰山岭，福盈笑语生香。

背北两相望。雨棚长、奔赴前方。夜寒风雪均无惧，房寓之光。

“90后”当上高铁“大管家”

“你是照耀我生命的一束光，点点滴滴，都让我向往。拥有你晴空万里是寻常，有你的地方，是我唯一的方向……”

这是一束怎样的光啊！望着眼前的几位年轻人，精神抖擞，充满朝气，他们不约而同地说出了一个名字：“王勇。”

这些职工是太原房建公寓段太原南房建车间太原南高铁综合维修工区的巡检人员。

恰逢“两会”期间，他们刚刚对站区内房建设备设施检查完，当确认站区设备安全使用后，开心地唱着歌回到工区。

王勇，是太原房建公寓段太原南房建车间太原南站综合维修工区工长，他带领工区26名职工负责着太原南站房建设备的日常巡检维修和保养。

太原南站，我国“八纵八横”铁路的重要枢纽，是集团公司管内最大的高铁站，也是太原市的标志建筑车站，负责石太、大西、郑太客运专线三条重要专线的运营，这里的房屋建筑设备责任量庞大且保安全的任务繁重。

作为大型高铁站，太原南站、太原动车应用所的生产办公房建设备责任量达682934换算平方米，太原南站的房建设备、10千伏配电所、开闭所等90%的设备都集中在高铁站区，面对庞大站区内一栋栋房屋设备，王勇和同事们常常伴着繁星，迎着晨辉，坚守在站台雨棚和空调机房、配电所之间。

日复一日，年复一年，他们日夜穿梭在钢筋水泥和管道的丛林里，以班组为家，以苦为乐，用心守护着这里的每一栋房屋，每一座站台雨棚、每一条电线路和每一道上下水管路。

头雁引领群雁随。王勇凡事想在前、做在前、冲在前……春检、夏修、防洪、防暑、秋检、防寒、冬季供暖，他珍爱设备如生命，对房建设备日巡检、对构筑物进行周巡检是他的日常。

作为一名“90后”的年轻人，从学徒到技术员再到高铁综合维修工区工长，王勇与太原南站一同成长，他和工友们一起守卫着祖国的高铁，也见证着现代化大型高铁车站的飞速发展和点滴变化。多年来，他带领太原南站综合维修工区职工守护着太原南站的高铁房建设备，对房建技术和管理潜心耕耘，勇于创新。太原南站综合维修工区连续三年获得段先进班组；连续两年获得集团公司安全标杆班组。

王勇本人也连续多年荣获段先进工作者。2022年，荣获集团公司首届十佳青年创新标兵；2023年1月，王勇荣获集团公司年度“太铁之星”。

早春时节，微风和煦，我来到太原南站，在感受太原南站带给旅人舒适快捷和温暖的同时，也聆听到了铁路房建公寓人踔厉奋发、岗位建功的平凡故事。

梦想，源自故乡

岢岚，一片被革命热血浸染过的土地。

这里，位于晋西北黄土高原中部的忻州地区，是山西临时省委诞生地，晋绥抗日根据地，贺龙、王震、关向应、续范亭、程子华等老一辈无产阶级革命家曾在这里战斗过。

1948年4月4日，毛主席率中共中央领导机关转战西柏坡途中路居岢岚，留下了“岢岚是个好地方”的深情赞誉。

你若问：“好地方”从何而来？

那么，请你乘K4602次列车，去看看生活在那里的老百姓，听听他们讲述的故事。

1991年5月，王勇出生，在岢岚县城长大，父亲在县粮食局工作，母亲是幼儿园的老师，爷爷是光荣的退伍老兵，曾上过抗美援朝的战场。

有一种力量，来自遥远的革命老区，来自红色基因的传承和信念，这种力量也无声滋养着王勇心中的梦想。

打小，王勇就听父亲讲爷爷参加抗美援朝战争时的故事，他不知道爷爷获过军功章没有，但是，从战场上回到家乡的爷爷身体内却带着弹片，再也取不出来，那是一枚永远的军功章啊！也因此，爷爷身有残疾，曾被政府安排在地方邮政局工作。由于身体的伤痛，爷爷早早便去世了。

父亲，是家中的长子，也有着不一般的担当，他帮着奶奶把五个弟弟、一个妹妹拉扯大。

在这样的家庭熏陶下，少年的王勇爱读书、爱学习，有时间就帮着大人做家务，相比同龄人懂事许多。由于个子长得高，他经常装作小大人和父亲一起干活。

父亲话不多，可是木、瓦、油、电样样精通，周围的邻居家具坏了，电线接触不良了，墙需要修了，管道堵了……都来找他，如果遇上寒暑假，王勇也是一个小劳力呢！

“只有努力学习才能有好的前程，才能像爷爷一样为祖国做贡献。”这是当老师的妈妈常对王勇和姐姐说的话。妈妈的鼓励就是动力，这让王勇深信：每一滴奔跑的汗水，都将会浇灌出一个美好的未来。

王勇的小学和初中都在岢岚县城念的，由于热爱集体、团结同学，加上脚踏实地、谦虚好学，他的成绩特别好，年年都是三好学生。读小学的时候，学校曾建议保送他到市中学去念，妈妈觉得王勇太小了，就在县城的初中读吧，而王勇也乐意守在家门口，待在妈妈的身边读书。

那是多么令他难忘的初中时光啊！校舍虽然简陋却整整齐齐，红瓦白墙，宽阔的操场，两排笔直的白杨树像卫兵一样守护着他们。课堂上，老师声情并茂传播着知识，还有一起在操场上奔跑追逐的同学们。每次的升国旗仪式，在那个时刻，担当旗手的王勇是最自豪的……

一起读书的还有姐姐，姐姐最疼王勇了。他一直记得，姐姐把零花钱都攒起来，自己舍不得花，都给他买好吃的零食，不管是生活上还是学习上，都在关心他照顾他。

三年后，沐浴在家人关爱中的王勇以全县排名第六的成绩考上了忻州一中。

九月的田野里，一片金黄。父亲带着王勇登上去往忻州的列车，小小的王勇内心充满不舍，却又有掩藏不住的激动和兴奋，忻州？还没去过呢，一定很远吧！那是一所什么样的高中呢？少年的心早就跟着列车跑到远方了。

忻州一中，成为王勇独立成长、培养能力和毅力的地方，期间，他曾任班里的副班长、团干部和课代表，在这里，他应对着一切的不适应也挑战着自己，吃在食堂，住在宿舍，活动在教室、操场和宿舍之间……逢假期的时候，王勇就会乘坐火车回家。那时候，回一趟岢岚要乘坐七个小时的火车。年轻人不嫌时间长，能坐在火车上看看外面的风景，内心感觉很惬意！

每当看到车窗外的田野、树木、房屋一排排向后退时，小小的他心里就在想：等长大挣了钱，是不是就能经常坐火车呢？坐着火车走向远方，走向自己的梦想，或者，王勇和铁路的交集在这时候就萌生了。

高考结束后，看到有铁路院校招生的视频，王勇毫不犹豫报考了自己心目中的铁路院校，父母有些意外：家里还没有一个在铁路工作的先例！

“我就当这第一个吧！”王勇得知石家庄铁道四方学院就业的对口单位

就是铁路时，他果断地填写了第一志愿。他觉得自己离梦想越来越近了。

2011年，王勇考上了石家庄铁道大学四方学院的土木工程专业，这是离家更远的地方啊，出发前的晚上，母亲一边为他整理行装一边叮嘱他：“外面的世界很大，不能怕吃苦，吃得苦中苦，方为人上人啊！”

走出岢岚，最终成为王勇的人生写真。

而命运，把王勇的铁路梦想选在了山西的省会太原。

与太兴的邂逅

2014年，我国铁路建设如火如荼，贵广、大西、南广、瓦日、太兴等多条线路陆续开通运营。7月，纵横山西南北的大西高铁开通，太原南站正式投入使用。

这一年，刚刚大学毕业的王勇怀揣梦想到太原铁路局报到。下车后，宏伟气派的太原南站映入眼帘，他一下就爱上了这座现代化的高铁建筑。

能在这里从事专业，守护高铁多好啊！年轻的王勇开始憧憬着自己的高铁梦想。

入路后，他了解到太原南站的建筑设备属于铁路房建单位管辖，而自己也很幸运被分在房建段。太原南站是太原局管内最大的高铁站，只有最优秀的人才能到那里工作。

看来，想要成为一名高铁守护者，必须有一身“硬功夫”啊！

起初，王勇被安排到段管内的太原北房建车间。那时，他的工作很简单，每天就是接听电话、收发文件、梳理报表，枯燥单调，看着身边的同事都在现场忙碌着，他也想投身施工现场，能为房建设备保驾护航，将自己所学的土木专业运用到实践中，那才是最有意义的。

这段时间，王勇遇到一位优秀的女孩子，同一批入职的大学毕业生王丽芳。丽芳是山西文水人，毕业于山西大学工程管理专业，被分到段技术室工作。对于王勇的工作状态，丽芳看在眼里，急在心上，她鼓励王勇到施工现场去，多锻炼，多实践，才能掌握更多的房建专业知识。

对，走出去，不能就这样舒服待在办公室里，王勇和丽芳的想法一致，他这么想了，也勇敢去实施了。

2014年10月，通往革命老区的太兴铁路建设进入攻坚阶段，王勇主动向领导请缨，参与了太兴铁路的提前介入工作。

太兴铁路是山西境内的一条以煤炭运输为主、兼顾货运的区域性干线铁路，位于山西省中西部地区，正线全长164.26公里，线路经过太原市万柏林区和尖草坪区、阳曲县、古交市、娄烦县、岚县、兴县，抵达临县境内。起点为太原北编组站的汾河站，终点为山西中南部铁路通道的白文东站。

太兴铁路的建成将填补山西中西部地区大片铁路空白区域；提高煤炭外运能力；满足晋西北革命老区人民出行需要，有力促进沿线经济发展，成为山西煤炭进入华北、华东地区的快捷通道之一。对铁路房建人来说，新建太兴铁路意义非凡，不但是个大工程，还可以系统地学习铁路房建设备施工技术，这个机会，王勇倍加珍惜。

是一位叫曹兵的师傅把他带到了古交，参加完太兴线提前介入、动态验收的预备会，王勇就上线了。

偏远的大山深处，一条蜿蜒的太兴线完美呈现，在线路两旁，正在新建一座座站台、雨棚和房屋，北风、黄土、杂草、树林、石块遍地，一种贫瘠的感觉扑面而来，工地上灰头土脸，就连食宿也相当简陋……艰苦的环境并没有让王勇动摇，他反而更加认真工作，紧盯施工现场，如饥似渴地跟着现场的技术人员学习。

很快，一个计划站上了他的“C位”：“蹲点+拍照+请教+查资料。”每天，倔强的王勇跟着施工队伍一项项过，不管天晴还是下雨，不顾现场嘈杂，人声鼎沸，师傅呵斥……他始终守着工地，从头看到尾，不放过任何一个细节。

工地上，24小时都有施工，为了学习，王勇不分白天黑夜连轴转，经常是夜里跟着，白天盯着，施工现场到处都有他的身影，饿了吃口盒饭，困了和作业人员睡在工棚……

然而，艰苦的条件，并没有让年轻的王勇对工作产生丝毫动摇，反而是如饥似渴地跟着周围的师傅学，他学完一项就转到下一项，将施工作业中看到的、听到的慢慢消化，每天的睡眠不到四个小时，尽管人瘦了一大圈，但却熟悉掌握了很多现场施工的专业知识。

白文东站的站台在检查时发现跑模了，马上整改，站台砌筑，抹灰，压实……各种问题，各种处理，王勇忙得不亦乐乎，他觉得这样的生活才是自己想要的，多发现点病害，保证房建设备质量安全，确保太兴线开通后安全使用就是他的目标。

有一天，检查岚县站的轨道车库时，王勇爬上四米多高的房顶，在下爬梯的时候，不小心踩空，摔了下来，幸亏仍在施工阶段，地面还是松土，没有摔伤，可是人身安全的重要性却铭记在心了。

11月左右，大雪早早就来了，下了社科站，两个基站一左一右。爬山爬上去，快走到房子的时候，什么都看不到了，红外线探测房，检查这段时间的施工进度，看看这个房子有没有下沉变化，后期能不能正常开通，关键是四电房屋。

不光是提前介入，对沿线房屋的静态验收王勇也是全程参与，每一栋房子怎么建的、有哪些问题，都记得很清楚。

在娄烦站，站名牌“娄烦”的加固方式成为焦点，现场施工人员对图纸提出质疑，施工方案也产生分歧。这时候，王勇找施工单位要来图纸，从头到尾，慢慢琢磨研究，终于找出了困扰项点，他耐心细致给作业人员解释，直到弄懂开工。

提起那段难忘的经历，王勇讲起来津津有味，要知道，太兴线上从西张庄到白文东，对王勇来说，那是一段成长的距离，提前介入工作不但要梳理存在的问题，还要整理消耗的资料，制定整改措施，他发现新的问题后再录入微机里面。西张、白文东、社科、静游、黑茶山、娄烦……一栋栋房屋建筑物都经他的关注和检查，所有的房子，从建设到封顶，从静态验收到动态验收全程都在，也因此，王勇成为太兴线上最先接触房屋设备的一名房建职工。

100多个日日夜夜，王勇经历了32项施工，拍了5000多张照片，设备的病害大小、程度、位置被他记了满满八本笔记。

在工友们的眼里，王勇是个刻苦勤奋、诚实厚道又善于思考的年轻大学生，他不光虚心向老师傅请教，还提出了涉及安全、质量、材料、用电、消防安全……124个问题，施工单位将他提出的问题全部整改。

三个月后，太兴铁路的建设终于完成，王勇的体重也从之前的110千克减到了90千克，人虽然瘦了一大圈，但他却在这次参与建线的经历中体会到人生的价值和意义。

同时，他也收获了爱情，看着日渐消瘦的王勇，丽芳说不出的心疼！这段时间，每次难忘的小聚，他们所谈的话题就是太兴线。

太兴线啊！在这对年轻人的心目中，不仅是一条专线，还是紧紧牵系着他俩的爱情线。

2014年底，太兴铁路顺利通过了验收，按期开通。

地处吕梁山区的站区偏僻，交通不便，如今，终于有火车开通了，从建线到开通的过程中，王勇不止一次见到过老乡们的观看、问询，他深深地知道这条铁路开通后对吕梁的意义。

谁不羡慕城市的生活，谁不留恋城市的美景，但王勇却做出别样的选择。

这项工作结束后，王勇本来可以选择回到太原工作，可是，当看到老百姓坐着火车走出大山的欣喜，他突然有了一种想法：留下来，继续留在太兴线，为老区的人民服务！于是，主动申请到太兴线上较为偏远的古交工区去锻炼。

2015年1月，王勇到了古交工区，成为一名班组的巡检工。

在古交工作一段时间后，王勇的思想有些放松了，在太兴线上，每一栋房屋设备都是新建的，而且，刚刚投入使用不久，能出现什么问题呢?

很快，发生的一件事彻底改变了他的认知。

2015年大年初二，北同蒲线南塔底信号机械室屋面漏雨，淋湿了信号设备，发生全站红光带的问题。这件事在全局造成了很坏的影响。

南塔底信号机械室的房子和古交站他们所管的房子相比，用途一样，大小一样，这次漏雨是由于南塔底信号机械室的屋面防水材料有2毫米的裂缝，检查时没发现而造成的。

“两毫米的裂缝？我们的房顶上有没有？”王勇丝毫不敢大意了，原来小房子也能惹出大麻烦啊！

看似不起眼的两毫米，竟然造成全站红光带，影响行车运输安全。王勇一晚上的思考，脑海中浮现出自己管的房屋，在古交工区管内的房建设备有没有问题呢，尤其是“四电”房屋屋面上有没有类似的安全隐患。于是，他怀着忐忑和不安顶风冒雪钻进大山，和同事们一起检查分布在太兴沿线的通信基站、红外线探测站……

绝对不能放过一个安全隐患，王勇一间一间房挨着查，上房顶、钻地沟，共检查出类似问题30多件，他及时采取措施对病害进行了处理，看着一件件的隐患被消除，确保了行车设备安全，王勇一颗不安的心才放下来。

干一行、爱一行、专一行，这是王勇给自己确定的目标，他深知，要想成为一名合格的房建人，不仅要熟悉业务、掌握设备，还要与时俱进加强学习，以适应铁路发展的需要，也因此，他购买了许多房建专业方面的书籍，工作之余，时时捧读。在理论与实践的结合中，王勇的业务能力也在迅速提高。2016年，他提出的“使用新型材料改进防水施工”荣获集团公司合理化建议四等奖。

同时，王勇把参加技术比武作为自己的目标。专业书籍《房建60号部令》从不离身，他一有空就翻，就看，不断地学习默记……终于在2017年，他参加段电工背规竞赛荣获了第一名的好成绩。之后的日子，他继续参与太兴、瓦日、大西等新线建设和房建设备的维护，也见证了新时代铁路的飞速发展。这一年，由于爱钻研、肯吃苦、有创新，业务扎实，工作积极，让他在同一批入路的年轻人中脱颖而出。王勇被调到太原验收站从事专职房建设备验收工作，在这里，王勇的人生舞台变得更加宽阔，他利用所学到的理论知识和在实践中掌握的经验，与师傅们共同完成了房建设备验收工作。

2018年，王勇走上了太原南站综合维修工区工长岗位。同年，他和丽芳喜结连理，走进婚姻的殿堂。

王勇的梦想，远去的列车知道，站区的设备知道，身边的爱人更知道……

班组长是班组职工的带头人，能够将专业知识运用到房建设备维修中，更好地为铁路客运一线服务，为高铁房建设备安全奉献自己的青春和汗水。

在崭新的岗位，王勇意气风发，更加信心满满了！

甘做一颗“螺丝钉”

夜半，更深露重，工区值班室内灯光闪烁，今晚的“天窗”施工前预备会议正在紧张有序地召开着。

最后一趟动车驶出后，王勇走出工区，太原南站的候车大厅内已经没有旅客了，不远处的站台上，房建检修人员整齐列队，开始今晚的“天窗”作业。

望着眼前空旷明亮的站区，王勇不禁想起四年前，自己来到南站的情景……

成为太原南站最年轻的工长，面对陌生的设备和陌生的工友，王勇深深地感到压力巨大，班组管理光有技术可不行，既要突破“自我”也要成功“跨界”。

太原南站空旷的站房前，是王勇经常待的地方，他常常站在这里把这座建筑宏伟的站房看了一遍又一遍。那种心情，像深入了解一个陌生人，又像欣赏一件珍奇的艺术品。

远远望去，站房屋顶的钢结构像一把又一把大伞，透明耀眼的玻璃幕墙有几十米高，管道和电线密密麻麻，设备操控都是一块一块的屏幕……有时候，王勇沉迷在它的宏伟壮观里，又有时候，他的大脑会感觉一片空白。

除了漂亮、端庄、令人赞美不已，太原南站带给他的印象还有“分不清的管线，看不完的设备，学不够的知识，查不完的资料”。

如此庞大又错综复杂的设备，自己能拿下来吗?

于是，工余成为他刻苦学习、钻研业务知识的黄金时间，他找来了站房的全套图纸，收集梳理历年的病害资料，同工友老师傅交流，把压力转化为动力。

站房结构、给排水、暖通、电气等十来个专业的图纸加起来有几尺厚。

王勇晚上看图纸、查资料，白天对照图纸看现场、请教专业人员，几个月下来，他的脑子里也建起了同样的一座客站。高大、清晰、宏伟又棱角分明。

“乘着新时代的东风，我能被段委以重任，成为太原南站综合维修工区的工长，是幸运的也是自豪的。”在担当高铁工长的同时，王勇不但“强能力”还开启了班组基础管理的“加速度”模式，还在最短的时间内熟悉掌握了太原南站房建设备的技术状态、位置分布以及巡检范围。

一段时间后，王勇发现班组巡检周期过密且效率不高。于是，他带队将太原南站的设备全覆盖过了两遍。然后，借鉴以往的管理经验，结合设备责任量以及人员分工对作业时间、效率以及工作量等的比对后，他总结出一套从上到下、从里到外、由远到近的“立体式、全方位”巡检工作法，将每日巡检时间从6个小时缩短到3.5个小时。这样，就有更多时间处理设备故障。

此后，班组的巡检工作就按照新的工作法进行，工友们每天沿着王勇规划的路线对房屋设备进行检查，一开始还觉得有些不适应，渐渐地发现这样巡检房屋既省时又省力，检查完房屋建筑物还可以腾出时间对设备病害进行维修，可谓“一举两得”，而“立体式”巡检法推动班组管理进一步升级的同时也受到了工友们的认可。

殊不知，对房建公寓人来说，每一次巡检中检查出的设备问题都是“硬骨头”，都必须攻克。

春季是“风揭”隐患的高发期，一次，王勇在带领职工对太原南站房建设备进行大风巡检时，发现18站台南侧站房伞柱落水管装饰板被大风刮起来了，如果不及时处理，就会有掉落在线路上影响行车的安全隐患。

王勇立即向上级汇报，申请临时天窗进行处理。

“全体注意，调度命令已经下达，天窗作业开始！”

0时30分，太原南站第18站台南侧站房处，王勇手持对讲机在夜色中组织职工进行当晚的天窗作业。

“登高作业人员系好安全带，拆除装饰板后上下传递一定要稳，小心掉落……”屋面、地面，站台上跑前跑后，指挥作业人员将拆除的装饰板运送出站，王勇全神贯注，紧紧盯着施工现场，必须在有限的天窗时间内对松动的装饰板进行拆除。

4时30分，被大风吹起的装饰板全部安全拆除，王勇又组织职工对其他各处装饰板进行检查，经确认全部稳固后，一颗悬着的心才算放下。

当他组织所有作业人员安全撤离站区时，手机里又传来报警信息：“动车所污水提升泵站1号污水提升泵电源跳闸。”污水泵不能正常运行会影响到动车回库后的作业，刚刚完成夜间天窗作业任务的王勇忘了疲倦，他又马不停蹄组织设备维保人员赶往位于秋村的动车所。

风雨锤炼，是为了更好地振翅高飞。

2019年，经历党组织的重重考验后，由于工作出色，成绩显著，王勇成为预备党员。

整日与站台、雨棚房建设备打交道，王勇深深爱着自己的工作岗位，他知道站台连着天南海北的旅客和列车，房建设备的使用状态与铁路安全运输息息相关。

铁路犹如一台"大联动机"，由无数微小的"螺丝钉"岗位凝结而成，岗位与岗位之间相互关联、相互配合，才能形成保障高铁大动脉畅通无阻的磅礴力量。

在太原南站，还有很多像房建公寓职工一样平凡但非常重要的工作岗位，工务、电务、供电……但是，不同的岗位都有属于他们的价值，不同岗位的人都在为高铁运输安全默默做着贡献。

也因此，王勇这颗房建"螺丝钉"始终铆足劲，立足平凡，全心全意，尽心尽力守护着太原南站。

一样的站区，不一样的奋斗姿态。

为贯彻落实总书记"厕所革命"的指示精神，全路推行客站厕所"双所长"制。太原南站候车室内有13处旅客卫生间，王勇就是太原南站13个厕所的设备所长。

每年的"春运""暑运"是客运量最大的时期，卫生间使用频繁，也提高了设备损害的概率，下水被异物堵塞是经常的事。

这个时候，头戴安全帽、身穿黄马甲的房建公寓职工就是为卫生间设备诊病、治病的神医，有时候用疏通机打不通，就得打开设备夹层内的管道，管道内的秽物臭气熏天、令人作呕，然而夹层间隙小，设备进不去，只能下手去掏……

王勇，总是第一个冲上去，爬在那里，伸出手一次次将堵塞管道的污秽赃物清理……年轻的工友们看到了，也毫不犹豫，挽起袖子，俯下身子，轮流上阵，当看到卫生间内下水畅通无阻，旅客正常使用时，这些可爱的房建公寓职工总会露出欣慰的笑容。

这，只是王勇和同事们保障高铁设施安全的一个缩影。

时代在变，永远不变的是一代代房建公寓人的精神信仰。

大浪淘沙，沉着为金，王勇时刻践行着"人民铁路为人民"的宗旨。

无论遇到什么困难都能稳得住，是王勇矢志不渝的努力方向。

生活不会辜负每一个努力的人。

2020年，王勇正式加入中国共产党。

甘做高铁“大管家”

遥望，太原南站熙熙攘攘，灯火辉煌。

近观，太原南站气派宏伟，宽敞靓丽。

这里，是三晋大地上一颗璀璨的明珠，是太铁房寓人牵系的地方。

当最后一趟动车驶出太原南站，钢轨深处，朦胧的夜色中，身着黄马甲的房建公寓职工们再次对站台、雨棚等房建设备进行巡视检查。

王勇偶然间抬头，突然发现一轮皎洁的明月挂在头顶，月儿的缺口早已被填满了。

回到工区时，夜已经很深了，王勇冲了一杯咖啡提神，咖啡是丽芳给他准备的。他不喜欢喝茶，来回冲泡太麻烦，浪费时间，热乎乎的咖啡咽下去，喉咙里长久地沁出香气，那种温馨的感觉美极了，多像他和丽芳的爱情啊！

新婚的年轻人，在日常的生活中，难免有磕磕碰碰，但更多的时候，是理解包容，甜蜜和温馨。

王勇能够圆梦太原南站，离不开丽芳的支持。

2021年3月25日，王勇和丽芳的女儿美宝出生了。

因为“牛奶蛋白过敏”，月子里，孩子就住过两次院。

当时，站区内疫情防控任务艰巨，王勇住在南站将近三个月。只要接到应急处理任务必须随时准备出发，他和家人在一起的时间按小时来计。

领导安排他回去看看。可是，电话里丽芳却说：“孩子在保温箱里，有医生管，我有妈妈照顾着，你安心上班，千万不要分心啊！”

为了坚持给孩子喂母乳，丽芳不吃任何含蛋白的食物，面不能吃，肉蛋都不能吃，就吃蔬菜、吃米饭……为了孩子，丽芳一天天消瘦下来，慢慢地开始便秘、便血……这些不算什么，忍着，不能让王勇担心，丽芳从来不说，王勇也是后来才从妈妈嘴里知道。

日子在平平淡淡中过着，但却余味绵长。

想着想着，王勇又端起咖啡喝了一口。

站台的远方，是万家灯火，王勇一边抚摸着站台上的雨棚钢柱，一边在心中默默地说："美宝啊，对不起，爸爸守在高铁站，是为了更多的人平安回家，你会原谅爸爸吧！"

房寓人有房寓人的使命，房寓人有房寓人的担当。

作为特大型高铁站，太原南站、太原动车应用所的生产办公房建设备责任量达682934换算平方米，太原南高铁工区负责着18座站台、雨棚、空调机房等设备的巡检维修工作，只有保证房建设备安全才能确保行车安全，才能保证旅客出行安全。

据统计，太原南站客流量最高峰值达7.6万人，为旅客提供温度适宜的候车环境，是太铁房寓人的重要职责。

哪里需要就出现在哪里，哪里有设备隐患就战斗在哪里。"王勇工长的样子，就是新时代铁路房寓人的样子。"太南房建车间党总支书记伊建勤说。

2021年7月的一天，室外温度达40℃以上，候车室内温度高于30℃，空调机组开始频繁报警。

这意味着由于高温，空调设备已经是超负荷运转。

为了让温度降下来，王勇立即组织工友将备用机组启动、增加排污次数、清掏布水器水垢……经过20分钟的紧张处理，室温终于降到26—28℃的舒适区间。

"王工长既要管内又要管外，就像车站的'大管家'，无论哪里出现问题，他总能想方设法解决。”太原南站综合维修工区巡检工席培文说。

屋面漏雨，是房寓人必须面对的又一项挑战。

太原南站站房为大跨度金属屋面，自投入使用以来，经历严寒酷暑考验，屋面板与采光窗阳光板会逐渐变形，容易导致连接处出现缝隙。到了雨季，候车大厅内就会漏雨，给旅客出行带来不便，影响铁路的形象。

为了拿下“硬骨头”，王勇把这个问题列为班组重点攻关课题。

8月份，正是天气最热的时候，他顶着高温带领职工反复查找、比对、测量、分析。同时，积极联系专业厂家技术人员指导，摸索解决方案。

经过两周对不同材料反复试验，最终确定使用液体橡胶作为补漏材料。

制定施工方案，研讨施工计划，修正安全措施……王勇不断与各方协调沟通着，在集团公司和段的大力支持下，他和工友们连续奋战，斗高温、盯质量、抓进度，不到两个月时间，就攻克了太原南站屋面漏雨这个难题。后来，“使用液体橡胶材料解决屋面漏雨项目”作为房建攻关成果被集团公司推广。

王勇说：“这些都离不开组织的培养和家人的理解支持，是他们给了我无限的动力。”

给了他动力的，还有在一起并肩战斗的高铁班组职工们。

屋顶再高，高不过房寓人的斗志；天气再变，改变不了房寓人的坚守。在做好日常班组管理事务之外，王勇还先后多次担任防洪队长，带领队员们进行应急抢险。

2023年入汛以来，持续的高温和降雨天气对管内的高铁房建设备及行车安全带来严峻考验，王勇带领班组职工严格执行集团公司、段的各项防洪工作要求，按标作业，加大巡检频次，对所管辖设备、18座站台、雨棚、帽石、高架层、玻璃幕墙、空调机房、配电间等进行日巡检；对信号楼、10千伏配电所、开闭所、给水加压泵站等房屋设备及构筑物进行周期性巡检，他和职工们一起进行设备检修、应急抢险、天窗作业……有时候，加班加点，有时候，昼夜奋战。

平凡的岗位见证忠诚，平凡的坚守彰显力量。

七八月份，是太原房建公寓段改革的过渡期和关键防洪期，王勇坚持两个月没有回家，他始终坚守在南站，守护南站房建设备安全。

高铁坚持高标准。最多的时候王勇一天要检查50多处设备，150多个检查项点，每天巡检两万多步，弯腰低头上百次……能针对性地排查出病害隐患并消灭在萌芽状态，再苦再累也是值得的！

任务是“磨刀石”，担子就是“试金石”。

面对吊顶板松动、幕墙玻璃破损等问题，他不等不靠，积极应对，全年带领工区职工处理设备病害1000余件。

“我们守护的是中国高铁，必须做到万无一失。”在班组总结会上，王勇不止一次叮嘱青工。

面对太原南站钢结构雨棚防腐防火涂层脱落病害，他充分发挥自身优势，带领工区青工技改创新，最终采用新型材料对防腐防火涂层进行彻底整治。该成果获得2020年集团公司合理化建议一等奖。

用现代化的客站装点现代化的国家。

在解决现场技术难题过程中，王勇所提出的技术改进成果荣获集团公司奖励13次，其中“改变大门结构，加装防坠落装置”改造方案，被国铁集团在全路推广学习。

2023年1月，王勇荣获集团公司年度“太铁之星”。

太铁之星的称号，是所有房寓人学习追逐的榜样，像王勇这样的房寓职工，正示范带领着更多的年轻人，扎根在平凡的岗位彰显着铁路人的使命和担当。

“王工长用青春和热情书写了房寓‘大管家’的传奇，我也要像他那样，争做一名优秀的房寓职工。”年轻的驻站员们加紧淬炼本领，拿着对讲机意气风发。

岁月，是时间的标尺，也是奋斗的刻度。努力过，奋斗过，才能体会到收获的重量。

在谱写太原房建公寓段高质量发展的新征程中，王勇将带领班组职工把这座“唐风晋韵”的大客站守护好，以更加专业优质的服务迎接三晋大地畅游新时代的八方来客。始终如一当好守护太原南站房建设备的“大管家”。

不负高铁，不负韶华！

发表于《星耀太铁——“太铁之星”风采录》一书

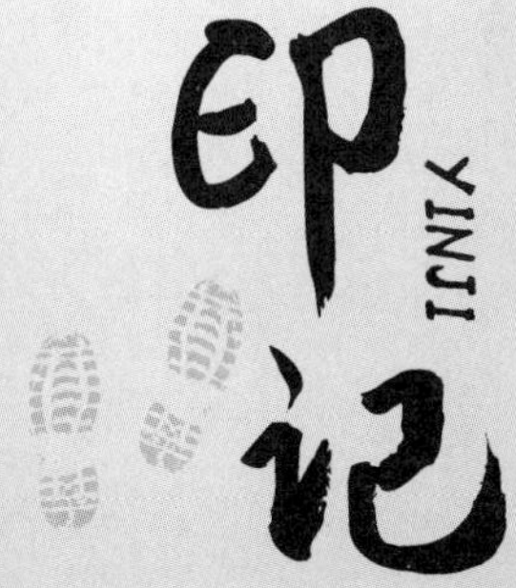
印记
YINJI

水调歌头·昌源河抢险

秋雨几时有，浪猛箭连天。北方突降洪水，今又遇灾年。铁路桥梁无禁，眼看机车驶近。抬腿不觉寒。手臂舞危影，停在道中间。

雨攻猛，心似火，水急澜。破荒勇力，东亮途远叹车延。天有风云雷电，地有英雄侠胆。此事不忧天。铁路人肝胆，千里保平安。

记忆，无法淹没

夕阳似火，南同蒲铁路桥像一条飞虹，与静静流淌的昌源河融为一体。

昌源河是山西祁县的母亲河，在祁县境内全长7.5万米。南同蒲铁路桥横跨昌源河东西两侧，全长171.6米，是祁县境内最长的铁路桥。

1935年12月，纵贯山西中南部、连同晋陕两省的交通大动脉——南同蒲铁路线开通运营。如今，南同蒲日均开行15.5对旅客列车、60多对货物列车，是纵观山西中南部的重要客货运输通道，其中煤炭运输占南同蒲铁路货运量的2/3以上，成为三晋人民的“民生线”“幸福线”。

中国铁路太原局集团公司太原工务段介休桥隧车间担负着南同蒲线206公里线路路基、277座桥梁、517座涵渠、77处山体、2座隧道的养护维修任务。

铁道延伸到哪里，他们的脚步就追随到哪里。

矗立在昌源河上的南同蒲铁路大桥是南部能源大动脉——南同蒲铁路的咽喉，保证着晋中通往晋南、晋北两处的铁路运输畅通。

铁道线两旁，全副武装的铁路工务职工正在全神贯注检查铁道桥梁和路基等设备，就连我走到跟前都浑然不觉。

一位年轻人时而跑到桥面上，时而钻到桥墩下，就像在耍杂技，桥面栏杆、步行板、托架、支座、限位装置……仔细检查桥墩状况，逐个确认设备状态是否良好。

他就是太原工务段介休桥隧车间检查工区班长阴水泉。

铁路桥上，一辆C70型货车载着一车煤炭呼啸而过。

天色渐渐暗下来，天空切换了颜色，昌源河河面风平浪静，仿佛被按下了暂停键。

平静之外，是令人无法忘却的惊涛和骇浪。

2021年国庆期间，山西境内被阴云笼罩，50年一遇的一场降雨在三晋大地肆虐横行。

短短几天，降水量超常年当月的3倍以上，成为有气象记录以来的最强秋汛。

一时间，山西境内37条河流暴涨，河堤达到警戒线，公路、铁路运输受到极大影响。

南同蒲线汛情尤为严重，沿线路基被水浸泡，桥涵地段积水严重，山西省晋中市祁县子洪水库水位突破历史极值。

昌源河的洪水急湍甚箭、猛浪若奔。

转瞬之间，昌源河南同蒲铁路桥桥台尾部路基被洪水冲空、轨枕悬空。

十年九旱的山西，竟然发生罕见的洪涝灾害！

谁能想到？

拿稳“接力棒”

壬寅之春，百花齐放。

按照采访日程，我准备清明后到介休去采访贾东亮、阴水泉、韩刚。谁知，突如其来的疫情，打乱所有计划，先是小店区、万柏林区、晋源区封闭，紧接着是我所居住的杏花岭。

省城太原已经采取一系列的抗疫措施，迅速搭建了一道又一道防护网，积极响应政策：“坚持非必要不离并，离并不赴京。”于是，一场隔着时空的交流拉开了序幕。

轻风拂面，细雨淅沥，每年到了这个时候，贾东亮都会到昌源河铁路大桥周边巡视。

小时候，父亲带他看电影，因为外面下起暴雨，父亲匆忙赶回单位，把他一个人留在了电影院，当时的小东亮很不高兴。长大后，成为一名桥隧工，才逐渐明白“以雨为令、观云追雨”是工务人的第一职责和使命。

父亲贾锡海，曾经是原介休工务段线路车间的主任，保护铁道线是父亲的重点工作，每天天不亮，父亲就会离开家，带领职工们手执道尺和记录本，沿着铁道线对钢轨和线路进行巡视检查。

1986年，在铁路干了半辈子的父亲贾锡海将手中的“接力棒”交给贾东亮。从此，守好铁道线，守好铁路桥，当好铁路桥隧的“诊疗师”就成为贾东亮生命中最重要的事情。

参加工作后，积极上进的贾东亮顺利通过新工阶段的理论和实作考核。那个时候的工务桥隧职工，接到施工任务后，吃住都在工地、都在现场，白天黑夜轮着砖。

吃苦，对他们来说是家常便饭。然而，干好本职工作只是第一步，在随后的工务生涯中，贾东亮所面对的未知、复杂、全新的工务桥隧设备管理课题，则是对他最大的考验和挑战。

1996年4月28日，贾东亮在入路10年后，成为太谷桥隧工区工长，这一干就是17年。这段时间，他抽出业余时间进修了石家庄铁道学院土木工程专业，取得大学专科学历，这成为他今后桥隧管理的“敲门砖”。

2007年，在组织的关怀培养下，他光荣加入中国共产党。

“昌源河铁路桥是咱南同蒲线的咽喉区段，最怕雨水侵蚀，要紧盯着啊！”父亲叮嘱的声音又在耳边响起。

“大桥那么稳当，设计的质量应该没问题，为啥要守呢？”刚刚当上副主任不久，年轻的贾东亮想不明白。

那一次冬日抢修的经历，贾东亮刻骨铭心、终生难忘。

2013年2月17日，北方地区寒风凛冽，室外气温逼近零下10℃，贾东亮把着对讲机在大声地指挥着。他不停地跺着脚，尽量让自己的肢体保持灵敏。这是支援候北工务段南同蒲线曲亭水害抢险的第三天，他带领车间36名干部职工已经在现场奋战了三天三夜。

就在回填路基、修砌受损桥梁护锥的时候，一阵急促的铃声响起，电话是家人打来的，年迈的父亲突发脑梗……过世了！贾东亮一阵昏厥，口中瞬间发不出声音，把持电话的手就那么盖着耳朵，一动不动……他不相信这是真的，绝不相信，那么乐观、开朗又健康的父亲，怎么突然就走了呢？

出发的时候，父亲还说：“南同蒲线发生这么大的水害，幸亏昌源河桥没事，要及早抢通曲亭线路，恢复运输秩序。”

万万没想到，这成了他们父子的永别，父亲走得那么匆忙，连见最后一面的机会都没给他，贾东亮的心中有一个声音在大声喊叫着：“爸爸，爸爸，怎么会这样，怎么会这样……”

泪水喷涌而出，心像刀割一样痛。而此刻，南同蒲线曲亭水害抢险现场的桥隧职工正干得如火如荼，作为指挥者，他没有把这个消息告诉同事们，缓缓背过人群，收起手机，悄悄擦干眼泪，咬紧牙关，镇定下来，继续投入水害抢修中。

抢通，抢通，一定要尽快抢通！为了南同蒲，为了父亲！

寒风，不重要了；低温，不重要了。贾东亮牙关紧咬，冷汗涔涔，搬水泥，填片石，抬机具……组织填筑、堆砌、补砟，桥台尾部的线路架空了，必须用水泥把桥尾部填满，一车又一车的水泥拉过来了，架空的桥台尾部水泥墙逐渐增高了，他指挥施工的手在颤抖，声音却不抖，一声高过一声，从喊叫变成了吼叫。人们都被这个指挥者的劲头感染了，越挫越勇，越干越有精神。

40多个小时，两天两夜过去了，经过与洪水的“激战”，线路终于抢通了。这场大的抢修总共补砟9000余方，填筑水泥100余吨，堆砌片石140余方，恢复线路1.4公里。

2月18日，15时40分抢通恢复了下行线路，19时50分抢通了上行线路。

雨停了，因山西曲亭水库漏水而封锁的南同蒲铁路上、下行线路全部恢复正常运行。

夜幕降临，耀眼的灯光照亮了整座大桥，运煤列车托着长长的笛声直奔夜空。轰隆隆的震动过后，便是出奇的安静，贾东亮的目光凝视着远方，他屏住呼吸，轻轻说了一声：“爸，通了……”

“通了，通了！”就在那一刻，所有人都雀跃着叫了起来。

贾东亮眼中的泪，滚落而下。

守护好铁路桥

想再打通贾主任的电话，并不容易。第一次拨通，他在参加段召开的视频对话会；第二次拨通，他正组织车间职工在防洪演练；第三次拨通，他正在出“天窗”的线路上……每一次，他都客气地、低声地告诉我他所忙的事情。没关系！约在一个周末的下午，终于可以通话了。

电话中，贾主任一个劲地道歉：“对不起，贾老师，实在太忙了！”

“知道您忙，不会介意，真的！”

“是真的吗？”

“是啊，让我们像老朋友一样，聊聊吧！”

“好啊！”

从愉快的气氛中开始，声音是轻松的、豁达的……

从哪里聊起呢？

昌源河，对，昌源河铁路桥，父亲心心念念惦记着的铁路桥，一直到现在，贾东亮依旧守护着。

当年，南同蒲线曲亭水害抢险的场面依旧历历在目，那桥台尾部被冲垮架空的场面，想起来都心有余悸，怕啊，怎么能不怕呢！洪水肆虐冲击桥台的后果就是路基冲空，铁道线完全被架空，那成了一副空架子的铁道线可怎么跑火车啊！那可是要命的事。

知道是要命的事！在雨季、在防洪期，对铁路桥的巡视检查更严了，更紧了。这样的水害可千万别出现在昌源河桥上啊！

时时刻刻警戒着！

2016年秋日的一天，灰色天空中没有一丝阳光，空气中浸润着阴郁的气息。气象显示山西中部有降雨，如果雨量大，昌源河铁路桥遭遇水害，那后果可是不堪设想，不但周边村子的老百姓遭殃，重点是铁路桥，那可是南同蒲线的必经之路。所有的桥墩和桥头、桥尾可不能有任何闪失啊！

昌源河是汾河主要支流之一，发源于平遥县仁义乡老峪底，流经武乡县南关村进入祁县，在苗家堡村东南与乌马河汇合后注入汾河，全长88.55公里，流域面积1011.16公里。上游祁县境内建有子洪水库。昌源河为跨线河流，属于黄河河系。

子洪水库，位于祁县峪口镇左家滩附近，地处昌源河中游。水库控制流域面积576平方公里。涉及坝高44米，坝顶高程894米，最高洪水位高程892米，正常蓄水位888.2米，总库容2309.6万立方米。

从铁路工务部门的里程显示上看：祁县境内的鲁村水库，不远处就是里程420/120的四孔铁路桥。昌源河铁路桥里程为423/804，上游就是子洪水库。

水流对桥梁的危害，冲击作用是一方面，而对桥墩基础的侵蚀也是很重要的。桥梁从结构上说，它的主要作用是跨越障碍物，主要荷载来源是竖向荷载，其中各种结构形式设计都是利用力学技巧抵抗竖向荷载。水流的冲击作用，会侵蚀基础，将基础附近的泥沙掏空，使基础失去承载能力，基础坏了，上部结构再牢固，结构体系失效，一切都是空的。

如果铁路桥变成空架子，那可是要命的事！

贾东亮不敢想了，不敢继续往坏处想。想办法治理水害是头等大事。

山西天旱，有几年了，鲁村水库干枯，没有水。可是这一年雨水大，水库有水了，而且达到最高水位，如果泄洪的话，对应的就是南同蒲线的四孔铁路桥和祁县东观镇，由于多年没水，村民们私自搭盖建筑物，早已经没有河道了，这样的话，如果遇到水害，没有河道，水便都会流入村里，并严重影响420/120的四孔铁路桥。四孔铁路桥被淹后殃及的就是昌源河大桥。

为了不让水进村，不让水淹咱的铁路桥，贾东亮及时向上级反映并提出合理建议，对祁县东观进行重开河道整治，上级部门采取了合理的治理措施。这项举措就是通过昌源河将雨水引到子洪水库，子洪水库注满后再泄洪，大水流经昌源河与乌马河汇合后注入汾河，把水一放就能保持路基稳定，能保住大桥安全畅通，经过整治后，河水被上游引走就安全了。

这项治理措施巩固了很多年。很多年，山西没有大的暴雨；很多年，昌源河水平静地流向子洪水库，再流入汾河；很多年，四孔铁路桥和昌源河都一直稳稳矗立着，默默完成着它们保障铁路运输安全的使命。

当工务桥隧人36年，守桥护路36年，贾东亮已经是一位经验丰富的老桥隧人了，尤其是近几年来，对河道、桥梁的检查越来越重视，这让贾东亮快速地成长。

办事沉稳，是这个介休人特有的品质，面对桥涵、路基病害及山体危石等问题，他严密组织，精准研判，丝毫不马虎，每一次巡线，他都像第一次一样，小心翼翼，格外谨慎。

贾东亮，现在已经是太原工务段介休桥隧车间的主任。

工作36年了，经过一路的锻炼和磨砺，让贾东亮从工班长、车间技术员、副主任走到车间主任岗位。他最深切的感受就是“运输安全高于一切，防汛责任重于泰山”。

作为车间主任，他将守护昌源河铁路桥的任务交给检查工区班长阴水泉。将最看重的设备交给最看重的人，这一点，他深信不疑。

阴水泉是一位聪明伶俐的年轻人，爱学习，有眼色，腿勤快，入路没几年就获得很多荣誉和奖项，而且从一名普通的桥隧工成为桥梁班长。

作为青年班长，在南同蒲水害中，阴水泉果断拦停19008次列车，防止了重大行车事故，荣获国铁集团“铁路防汛救灾先进个人”，集团公司“专业技能拔尖人才”“太铁之星”等荣誉。2022年，阴水泉荣获全国铁道团委颁发的第二十一届“铁路青年五四奖章。”

在贾东亮的夸赞声中，我迫不及待地想见到这位年轻的“护桥人”。

目送巨龙在铁道线上奔腾，凝视旅人平安踏上归程，追随日月星光守护桥梁涵洞……有这样一群铁路人，他们或许从未出现在站台、候车室、列车车厢内，却把铁路桥梁、涵洞、线路当作亲人，以匠人之心守护南同蒲铁路大动脉的畅通。

2021年国庆的阴雨打断思绪，眼前浮现出南同蒲铁路桥桥台尾部路基被洪水冲空、轨枕悬空的场景。我仿佛看到一群又一群的铁路人和一车又一车的救灾物资，朝着昌源河的方向狂奔、狂奔……

铁路桥成了空架子

雨一直在下，从小雨、中雨到大雨。

“这几天有连续强降雨，上游水库可能开闸泄洪，这可能会影响桥隧路基稳定，咱们管内桥梁地处主河道上，请大家务必盯死看牢，遇有险情随时报告……”

2021年10月3日凌晨4时30分，贾东亮逐一拨通了管内12名职工的电话，这些职工主要负责巡检管内上游存在水库的桥梁，包括象峪河桥、乌马河桥、昌源河桥、惠济河桥、樊王河桥、大石河桥、仁义河桥。分工完毕后，贾东亮把雨中、雨后重点检查内容再次向大家进行了安全提示。

10月6日早，阴郁的空气中掺杂着鱼腥的味道，刹那间，肆虐的暴雨倾盆而下！

一辆小车由108国道行驶至昌源河公路桥处停了下来。

“昌源河铁路桥就在主要河道上，有可能突发山洪，得多检查几遍……”倾盆大雨中，阴水泉一边口中默念着检查事项，一边加快了巡检的脚步。

介休桥隧车间检查工区所负责巡检的6座桥梁，分布在祁县至东观间，均处在行洪河道上，极有可能突发山洪，必须盯死看牢。

9时30分，阴水泉观测到距离昌源河铁路桥14.56公里外的上游祁县子洪水库水位激增，急流顺着昌源河一路向西咆哮而下，已经冲破了河道内的拦河堤坝，向不远处的南同蒲下行昌源河桥台路基猛烈地拍打着。

此时，河道内涨满的洪水已完全失控，不留情面地涌上了通向铁路桥的道路。

“南同蒲线下行侧桥台路基可能出现塌方”，阴水泉顿时心里一惊“坏事了，桥出问题了”。

他一面艰难地蹚水前行，继续观测上行线桥台路基状况，一边拿起电话向车间主任贾东亮汇报。

“昌源河大桥下行侧介休方向桥台尾部路基溜塌、枕木悬空……”手机里传来检查工区班长阴水泉焦急的声音。

担心已久的水害还是来了，这块压在心头的巨石在不断地下沉、下沉……

“封锁，马上封锁上行线路！”情况危急，根本容不得贾东亮思考，他迅速发出指令并立即向段管控中心汇报。

此刻的他正在518冷泉水害现场组织抢险。

火速从518冷泉水害现场往灵石高速口走，没想到由于暴雨，灵石高速口封了，那就绕路，从介休往过赶，介休高速口也封了，没办法了，只好走旧路，旧路上去就是108国道，路窄弯道多，路况不好，坑坑洼洼，没办法了，赶过去最快也得一个半小时。

贾东亮一边远程电话指挥着，一边祈祷着：昌源河铁路桥啊，千万要挺住，千万要挺住啊！

“南同蒲线下行侧昌源河大桥路基被洪水冲空，请扣发列车，封锁区间，速来抢险支援。”接到信息的阴水泉马上通知车站、车间及段管控中心。

报告完险情后，他还没来得及喘口气，就又被眼前的另一幕惊住了。

肆无忌惮的洪水，如同发怒的猛兽，大口大口吞噬着大桥，时而像电钻，时而像一把锋利的“陀螺刀”，不停地朝着下行线昌源河大桥桥台和路基结合处打旋。他惊恐地睁大眼睛，突然，“轰隆”一声巨响，路基出现垮塌，不到1分钟的时间，就撕裂出一个近30米的大口子，紧接着，接触网杆顷刻倒塌，20多根轨枕悬空在上方。

大自然的怒火真是可怕！阴水泉眼睁睁看着坚固如磐的铁路桥成了空架子。

10时08分，水势越来越急，上行线祁县方向桥台路基也不断地被汹涌的洪水冲刷着，溜塌还在继续。

此时，上行线祁县方向传来了19008次运输煤炭列车的鸣笛声……

从军营走来的“好苗子”

百花吐蕊，新芽萌生。

“携笔从戎，青春无悔！”“到祖国最需要的地方去！”这是学生时代就报名入伍的阴水泉，在老师同学和家人的嘱托以及欢快的锣鼓声中，他从学校出发，怀揣着青春的梦想，奔赴军营。

参军时间是2012年12月至2014年12月，服役的部队在河北保定。

阴水泉，1992年8月出生于山西祁县一个农民家庭。父母都是农民，兄弟姐妹六人，他排行老六。由于家庭条件不好，孩子多，这个老六，打小就很懂事，爱操心，爱琢磨，爱学习，硬是凭着一股钻劲儿考上了天津铁路职业技术学院。

他学的是建筑专业，天生性格开朗，乐于助人，一入学就参加了学校的社团并兼职学生会干部，成为学生当中活跃的人物。在大二那年，他报名参军，跑道上，向前冲；靶场上，击发准；障碍场，勇突破。2014年7月他光荣地加入中国共产党。

军营生活让他懂得了牺牲、奉献、无畏、拼搏的血性担当，一次次摸爬滚打成为他热血青春中最骄傲的印记。在部队时曾经观看过一部解放军抗洪的影片，那一幕幕抢险的镜头深深烙印在他的脑中。他看到了洪水中的人民解放军封堵洪水，用钢铁般的身躯在洪水中坚定前行，为了国家，为了人民，舍生忘死！或者那个时候，他的心中就有一个念头：“将来，我也要做英雄的‘你’！”

从小到大，这个老六追随梦想的脚步就不止，追求理想的信念就不断。

退役后，返回校园，经过军营磨砺的阴水泉更加刻苦努力，门门考试成绩优异，拿奖学金成为他引以为傲的事情。

骏马选择草原，雄鹰选择蓝天。由于品学兼优，政治素质过硬，2016年3月份，他被集团公司招聘入路，成为一名光荣的工务隧道工。

有梦想，就有春暖花开。

刚入路，带他的师傅是检查工区的工长穆桂生，这是一位严厉中不失热情的工长，看到刚入路的阴水泉出手慢，干活没窍门，顾了东边，丢了西边，有时候大伙都干完了，他还忙得顾不上吃饭，就对他说：“要大胆地干，干多了经验自然就有了，千万别让内心的胆怯束缚了手脚。”

是啊！桥隧工的技术是关卡，是历练，是每个人必须迈过的坎儿。

此后，阴水泉一心扑在现场，跟着师傅学着查桥隧，看涵洞，敲线路，有不懂的问题就谦虚向工友们请教，担心忘了，理解不扎实，他随身带着个小记录本，一笔一画地把重点记录下来，这成为他以后查看桥隧设备的“秘笈”。

铁路桥高低不等，从几米到几十米高，穿越道路河流、大山深沟。及时准确地发现线路、设备病害，定期检查桥隧设备，“上山到顶，下河到底”是经常的事，这对当过兵的阴水泉来说易如反掌，会“耍杂技”成为大家对他的最高称谓。

长期的巡视检查，让阴水泉练就了一双“火眼金睛”，预应力混凝土、钢梁等裂缝危害大，隐蔽性强，需要通过检定试验、敲击等方法辨析，必须有足够的耐心和细心才能及时发现。参加工作以来，他累计检测桥涵200余座，及时发现安全问题12件。坚守是不变的本色，确保每座桥隧的安全稳定是阴水泉的光荣使命。

对于新工，除了生活上、工作上的关心指导，穆桂生最看重的就是“传帮带”。面对阴水泉这个积极上进的年轻人，穆桂生的心也年轻了。

每年集团公司都会举办桥隧工技能比赛，阴水泉是个好苗子，必须好好培养。穆桂生将他推荐给段上一位技术过硬的郭师傅，并专门交代要重点培养。多好的师傅，这种难能可贵的机会让阴水泉倍加珍惜。

在郭师傅的指导和帮助下，阴水泉学到了更加科学、智能、多变的桥隧工技能技术。他代表车间参加段的比武，连续几年都是第一名。2017年，他被段推荐参加全局的桥隧工比武，拿了第三名。2019年继续参加比赛，又是第三名。

第三名离第一名差得很远呢，说明自己的技能和对手存在着很大的差距，必须继续努力，继续学习呢！

梦想不停，脚步不止，阴水泉一直坚持着。

撂下“一把闸”

“停车！停车！停车……”

阴水泉拼命地向列车开来的方向狂奔，一边撕破嗓子呼叫，一边双手交叉挥舞发出紧急停车信号。

驾驶19008次列车的叫韩刚，是侯马北机务段介休运用车间的一名机车司机。

雨越下越大，天空阴沉沉的令人不安！前方的线路都笼罩在白茫茫的雨雾里。

“这几天天气状态不好，咱们在车上都机灵点，可不能出问题。”韩刚一边擦着机车闸把，一边和副司机强调着。

每一次出乘前，他都会仔仔细细检查机车内各处设备，确保零疏漏、零差错。

夜深人静，完成运输任务的机车安静地停在停车场里，对机车设备细心检查，是韩刚多年养成的习惯。

粗糙的掌纹，宽大的手掌，散不去的机油味，是经年累月驾驶机车留下的印记。机车是伙伴，何时该保养，何时该更换零部件，韩刚的心里有个账本，他对这些机车设备有着特殊的情感，像兄弟，又像朋友。他知道，这些设备虽然不会表达，但是也有自己的脾气，你对他好些，温柔些，他就会一路陪着你，不会出任何差错，了解掌握它们越多，越能熟悉它们的秉性，出乘时越有底气。

面对数十年不遇的强降雨天气，管内地质灾害频发，给安全行车带来了很大隐患。为了确保万无一失，随时准备应对突发事件。韩刚对机车进行了最后的调试。

10月6日，韩刚迎着大雨，驾驶满载着煤炭的19008次列车从介休站始发。

多年的驾驶经验让他提高了警惕，在玻璃雨刷的不停摆动中，韩刚叮嘱副司机：“咱们要加强瞭望，多鸣笛，防止意外情况发生！”

当列车运行到祁县站至东观站间的昌源河铁路桥上时，突然，看到列车前方有工务人员一边奔跑一边将双手高举过头顶，左右交叉挥舞……不好！是显示紧急停车手的信号。

发出紧急停车信号的正是阴水泉。

一定出现了紧急情况！

没有犹豫，韩刚“一把闸”撂了下去，随着一阵刺耳的排风声，19008次列车的机车及三节车厢停在了昌源河铁路桥上。

韩刚马上合闸通电，向祁县站汇报非常停车，并说明停车位置。

果断采取安全措施后，韩刚带着疑惑和不安迅速下车，冒着雨向站在机车后部的阴水泉跑去。风大雨急，顾不上了，没穿雨衣，顾不上了……

韩刚一边跑一边甩着打在脸上的雨水，他看到桥下往常平静的水流变得异常凶猛，像刀一样一层层把桥头的路基割开。

阴水泉高声喊道：“桥不能过了，下行线的路基被冲空了！”

整座桥已经变成了一副铁架子，大桥到了万分危急的时刻。

一股寒气浸透全身，韩刚扭头就往回跑，他跳过一片片晃动的水泥板，以百米冲刺的速度一路飞奔着回到机车上，拽下电台，喘着粗气将现场状况告知临近的祁县和东观站。

听到情况如此危急，旁边的副司机小声地问他：“师傅，咱们还能回去吗？”

韩刚坚定地说：“能！绝对能回！”

武警战士

韩刚是谁？他是什么样的司机？

入路之前，韩刚曾是一名光荣的武警战士，出生在医药世家的韩刚，自身带着一种干练、严谨、细腻，部队退役后，他没有按照父母规划的道路从医，而是毫不犹豫地选择了铁路。

铁路，是他向往已久的地方，开火车是他从小的梦想，1993年，他被分配到当时的介休机务段。

刚到铁路上班时，他在蒸汽机车上担当司炉，那时候听师傅说的最多的话就是，好好干、认真学、多操心。

开始，机务段的工作和生活条件都比他想象的艰苦，从司炉干起，铲煤、烧火。给师傅当下手，出一趟车要走很久，生活不规律，经常是有一顿没一顿，每当他有些疲惫的时候，部队教导员的话就会萦绕在耳边："不想当将军的士兵不是好士兵。"曾经的部队生活不仅磨炼了他的意志，而且让年轻的韩刚变得坚韧、不服输，于是，咬咬牙，埋下头，继续干!

在这里，他遇到了人生中的第一个师傅，叫"郭文琦"。郭师傅是蒸汽机车司机里的高人，是一位决不允许把不良情绪带到行驶当中，工作了20年也没有出过差错的优秀司机。

相处不久后，师傅看出他有心事，就严肃地对他说："既然你来了机务，就得好好干，开火车看着简单，其实不简单，只要用心学，就能驾驭它！"

他不但教韩刚机车原理和驾驶技术，在生活上也照顾有加。

那一次，记得是过了午饭的时间，韩刚一路上忙得都忘记吃饭了。郭师傅问他："孩子，饿了吧？""嗯，有点。"韩刚实实在在地回答。

郭师傅有一个习惯，每次出乘都会带个篮子，篮子里装着食物。

这时候就对他说："篮子里有方便面，你拿出来泡上吃吧！"

好吧！年轻人实诚，也禁不住饿！将这袋方便面泡上，三五口就下肚了。

吃完了，看看师傅，不好意思了，才想起师傅还饿着。"我吃了您吃什么？""我不饿！""您喝口汤汤吧！"

很多年过去了，这件事始终困扰着韩刚，当年怎么那么不懂事，把方便面都吃了呢!

少言寡语的韩刚，遇到这么一位像父亲一样关心他的师傅，即使跑得再远，干活再累，也都不是事儿了。过去了，都过去了，唯有听师傅的话，他尽心尽责地为机车添煤，跟着师傅认真学习驾驶技术。

从那时起，当一名合格的机车司机就成了他心中最想实现的目标。后来，通过努力学、认真练，从开始的毛手毛脚到后来的熟悉掌握，1997年，韩刚考上副司机。经过一段时间的锻炼和学习努力，在提职司机理论和实作考试中，他顺利考取铁路机车车辆驾驶证，拿上司机本，成为一名真正的火车司机。拿到了驾驶证，那份喜悦就像是得到了一枚沉甸甸的“军功章”。

韩刚所在的侯马北机务段主要负责南同蒲、瓦日、侯月等多条线路的客、货运任务，总运营里程达2558公里。

南同蒲线，是韩刚担当乘务工作的重要区间，是沟通晋、陕两省的交通大动脉，客货运列车开行频次多，保安全、保畅通的责任重、压力大。作为一名火车司机，他始终牢记安全第一的理念，确保值乘的每趟列车运行安全。

进入铁路已经有30年了，他先后在蒸汽、内燃、电力机车上担当乘务工作，不管驾驶什么机型、执行什么任务，都能把确保列车运行安全放在第一位，从未发生过责任行车事故。

“踏踏实实干工作，服从命令听指挥。”军人的作风贯穿始终，韩刚做到了。

“开着火车向前跑！”这时的韩刚，不再是当年那个对机车懵懵懂懂的士兵，他已经成长为一名真正的机务职工了，经他带出的徒弟已经有三人。

每一次平安到达终点，副司机对他竖起大拇指的那一刻，让他无比自豪呢!

退行指令

天，一定被谁捅破了，雨下个没完。

昌源河铁路桥啊！一定是太老了，实在顶不住这场洪灾，实在顶不住了，它的牙齿开始脱落，骨骼被洪水吹散，躯体眼看着就要摔倒了！

贾东亮多少年担心的事情真的发生了，他多想生出一对翅膀飞过去保护大桥啊！车子走得太慢了，他甚至认为这是一生当中走过最长的路，电话中，阴水泉将大桥坍塌，线路架空，拦停列车的事都向他汇报了，这个聪明的孩子还将现场照片都拍下来发给他看，路基被一层层冲垮，铁路桥丢了腿，断了脚，已经是伤痕累累……他有多难过啊！自己守了三十多年的大桥跨了。

可是，现在不是难过的时候，必须去拯救它，马上集结抢险力量赶往昌源河。

他又开始精神百倍了，联系抢险人员，材料，机具，车辆……冲啊！往昌源河那里冲啊！要快，一定要快，我们必须赶在洪水前面，赶在各级支援队伍前面。

而此刻，在太原铁路局调度所大厅内。

调度员丁然也在焦急万分地盯着前方的显示屏，密切关注南同蒲列车的运行状态。

这几天，丁然关注到管内的祁县地区连续降雨达到了破纪录的89个小时，降水量是往年同期的6倍。

10月6日上午10时10分，正值白班的丁然突然听到调度电话中传来急促的声音："丁调，接工务现场报告，祁县站至东观站间下行线因降雨枕木悬空，需立即封锁处理。"

脑海中，丁然飞速回忆起下现场添乘时区间的情况：这个区间线路情况非常复杂，有边坡、河流，还有桥梁……

这不是一次简单的枕木悬空。丁然第一时间判定出问题的严重性，不容迟疑，果断地指示东观、祁县站立即停止向区间放行列车，马上通知设备单位检查处理。

两分钟后，东观站又打来电话：根据工务现场报告，上行线也需要立即封锁，已进入区间的19008次列车被现场的工务人员喊停在祁县站至东观站间上行线423公里770米处了。

丁然的心向上一提：不好，问题比想象的还要严重，他立即将情况报告给值守的盯控干部，并在最短时间内制定出处置方案。

此刻，是10时16分20秒，载着3600余吨煤炭的19008次列车停在了昌源河铁路桥上，机车及三节车厢跨入大桥。

此刻，昌源河铁路大桥下激流涌动，桥梁摇摇欲坠。

此刻，在集团公司调度所内的调度员丁然镇定指挥，果断发出退行指令。

退！立即退行！机车必须退出昌源河大桥！他拨通了东观站的电话。

“19008次列车司机，情况紧急，立即退行至安全地段避险。”列车退行命令一字一句真真切切地发出了。

东观站立即通知19008次列车退行。

“能回去，我们一定能回去！”19008次机车驾驶室里，司机韩刚心里的声音一直没有停。

这时，他听到了东观站在电台中呼叫：“19008次列车立即退行！立即退行……”

听到命令，韩刚马上操纵机车，缓解自阀手柄、顶住单阀手柄、按下换向键，唯一令人着急的是列车的充风，他眼睛一刻也不敢离开LKJ显示屏，望着列车管压力、制动缸压力不断跳动、缓缓攀升，韩刚心里默默地念着：快点，快点，再快点……

这名老兵，这名驰骋铁道线30年之久的机车司机，在洪山灾害面前表现得出奇镇定，目视前方，人车合一，无惧无畏。

当列车管压力数字跳到规定值，他迅速提起调速手柄，启动列车开始向后退行。

退行过程中，临线桥头的接触网杆断裂倒塌，桥面一点一点地下沉，韩刚不慌不忙，掌控着机车慢慢向后退着、向后退着……他甚至能感觉到车身在颤抖，不能慌，继续向后，快了，快了……终于列车退停到距桥头200米的安全地段后，下行线桥梁断裂。

7分钟后，列车安全退离大桥。

这7分钟是承载着两个人生命和一列车3600多吨煤炭的7分钟啊！

2分钟后，在巨大的轰隆声中，昌源河铁路桥桥台尾部路基大面积垮塌，在距离19008次列车头部40米外，80余根轨枕悬空。

“嗵”的一声，他们看到上行线桥头接触网上冒出一团火花，接触网瞬间停电，机车失压。

韩刚依然紧握着闸把，手心早已冒出了汗。

幸亏退行得快，要不，机车失压断电，列车就是一堆“铁疙瘩”，不听指挥，不会动，那样的话，全完了。

车上装着3600多吨煤啊，还有55辆车厢，它们连同自己和副司机都会沉下去，沉到依旧汹涌咆哮的昌源河里。

跑了几十年的车，他还是第一次遇到这么危险的情况，现在想起当时的情形还心有余悸。

当过兵的人就是有胆识。

“你心里害怕吗？”我问。

“当时也顾不上害怕，只想着拼命也要把列车开到安全地段。”韩刚微笑着说。

25岁的副司机杨钧童感慨：“这次惊险的经历，我一辈子也忘不了！”

7分钟，这是调度员丁然这一生当中分量最重的调度命令呀！

从通知司机到列车退行至安全地段仅用时7分钟，无法想象那一秒一秒有多珍贵。

太原局调度所大厅内，丁然白衬衣的领子早已湿透了。

半小时后，他接到现场人员打来的电话：19008次列车退行成功，列车退行后，前方40米处出现了枕木悬空、路基塌陷、道床冲空、接触网杆倒塌失压的险情，所幸未影响到列车，列车安全，避免了事故发生。

他的一颗心总算放下来了。

再说阴水泉成功将列车拦停，向车站汇报拦停情况，并配合韩刚观察现场，组织紧急退行至安全地段。几分钟后，路基垮塌面已经扩大到25米，枕木悬空已达80根。

“好险呀，如果没拦住列车，后果不堪设想！”

问阴水泉：“跑着拦车的时候，害怕吗？”

“顾不上想那些，只想跑得再快点，让司机看见我。”阴水泉一脸的真诚。

多么朴实的语言，这些都是我们身边最平凡、最普通的铁路职工。在洪水灾害面前，他们毫无惧色，勇往直前，从未想过自己要当英雄。而在大桥危急的时刻，他们挺身而出，视死如归，是真正的英雄。

老百姓都知道，铁路是一个大联动机，“车机工电辆”环环相扣，任何一个环节出了问题，都会影响全局。

而贾东亮、阴水泉、韩刚、丁然，这四个来自不同岗位的铁路人，几乎在相同的时间段，在用自己的生命和暗流涌动的昌源河抗争。

铁路调度员

丁然，是集团公司调度所的一名调度员。

这是一名有着硕士研究生学历的调度员，联系到他的时候，他还在国铁集团调度中心助勤，已经有四个半月没有回家的他说起调度工作，激情四射，滔滔不绝……声音清脆、洪亮，思路清晰，语言表达流畅是我对他的第一印象。

这是一位有多阳光、多优秀、多敬业的年轻人啊！

在我好奇的询问下，丁然的故事被敲到键盘上，走进文章中。

这位35岁的“80后”，来自山西大同。祖籍是忻州原平的，在兵荒马乱的年月，祖上走西口经商到包头、沙坡头做买卖，后在大同定居，是勤勤恳恳、兢兢业业、本本分分的商人。

姥爷是老共产党员，部队转业干部，转业后回到老家大同阳高工作。丁然的母亲小时候随军，曾在保定、汉中、武汉等地生活，见多识广的母亲后来遇到当兵的父亲，经过多年的爱情长跑后，这对相爱的年轻人，把家安在山西大同。

也许是丁然身上有着双重的遗传基因，红色革命血脉和勤劳睿智的商人基因都被他传承，生活中的他正直、仗义、豪爽、为人热情，工作中机警、一丝不苟、处事果断。

从小，丁然在大同市长大，母亲是大同市卫生局的公务员。父亲退役后转业到了大同广播电视台，负责信号传播工作。在大同广播电视台管内，有一处叫七峰山的基站，是电视台接收卫星信号的地方。

小丁然经常跟着父亲上山，看着父亲接收卫星的转播信号，爬上爬下，操作机器，非常辛苦。父亲工作忙起来几天连轴转，没有白天黑夜。而且，很多的热播节目常常是在夜间，山中潮湿阴冷，打湿衣服、磕绊摔跤、蚊虫叮咬那是常事。小小的丁然心疼父亲，有时候会给父亲带壶水，有时候会帮他挠痒痒……父亲经常乐观地对他说：“我们辛苦一点不怕，让老百姓看到清晰的电视节目才是最重要的……”那时候，小丁然感觉父亲干着很伟大的工作。

2005年，丁然考上兰州交通大学的运输专业，聪明伶俐、成绩优异的他成为学校辩论协会理事长，并连续三年被评为“优秀社团先进个人”。

兰州交通大学就业率非常高，很多同学都签了工作。但是，天生要强、目标远大的丁然还想继续深造，他坚持努力学习，报名考研。2009年，丁然被北京交通大学交通运输工程专业录取。

而就在丁然念硕士研究生一年级的时候，父亲突然患脑出血去世，在学校的丁然没有见到父亲最后一面，这成为他一生的遗憾。父亲留给他的只有一句话："然然，好好学习，长大以后报效祖国！"这句话牢牢镌刻在丁然心中。

忍着丧父的悲痛，丁然更加刻苦用功，教室、图书馆、校园小树林都是他常去学习的地方。读书，成了让他不去思念父亲的良药。也是这一年，丁然递交了入党申请书。

在2010年，读硕士研究生第二年，丁然终于通过了组织的考验，光荣地加入了中国共产党。期间，由于学习成绩优异，表现出色，他拿到了北京交通大学的二等奖学金。

在交通运输专业学习的六年，让丁然对铁路的认识越发清晰。他知道了，就在自己的家乡大同，有一条大秦重载铁路，大秦铁路特别牛，是全国著名的货运通道，自己的研究专业和方向都偏向铁路，为什么不进铁路呢！

于是，回到太原铁路局，将所学专长奉献在自己的家乡，成为丁然的就业目标。

在学校组织招聘的双选会上，他遇到了太原局人事部的周军生（周科），周科耐心地为他讲了太原局吸引人才的各种政策，并表示：太原局非常欢迎像丁然这样的家乡学子回来。和周科的见面，让丁然看到人生的曙光，他和刚刚认识的周科就像老朋友一样畅所欲言。

2011年8月，丁然入路，成为太原车务段管内太原东站的见习信号员。

11月，服从组织安排，丁然到了太中银线。太中银线上的车站有北六堡、清徐、交城、文水、汾阳、楚家沟、吴城镇、吕梁、柳林南，丁然在交城站任助理值班员；2013年2月，丁然又被调到北六堡站担任车站值班员。在这里，丁然遇到了北六堡站的老站长张玉生。

张站长是一个将规章制度和工作标准放在第一位的人，他看起来很严肃、不苟言笑，但是冷外表下有一副热心肠，虽然他说话不多，可是口碑特别好，从来不说虚的空的，对于像丁然这样刚入路的年轻人，张站长总能设身处地地为他们着想。住得习不习惯，食堂饭菜合不合口味，时不时改善一下……干起工作来特别认真，严守标准。有时候，不放心让年轻人干的活，不管多累多脏，他都亲自去干，能自己做的就不使唤任何人。就连上下班路上的路灯不亮了，张站长都要搬个梯子，自己去把它换了，他担心上下班的工友们摸着黑走路不安全……

遇到这么一个坚持原则、懂爱、知冷暖，对自己工作和生活上都体贴入微的老站长，丁然感觉自己又看到了父亲，那一心为了老百姓看到清晰电视节目而在山上奔忙着接收通信信号的父亲啊，走的时候才50岁……出门在外的丁然没有感到孤独无助，站上的生活让他感觉到一股又一股暖流，年轻的人儿虽然没有对老站长说声“谢谢”，但是，老站长视职工如亲人，日常勤勉、严谨细致的工作作风早已春风化雨般沁润在丁然心里，他暗暗下决心，要做像张站长那样的人。

2014年，丁然在段安全科做内助分析三个月后。3月，丁然来到了太原局调度岗位的最高指挥部——路局调度所。

在这里，丁然负责管理调度同蒲四段的任务，包括修文、太谷、东观、祁县、平遥、义安、介休、义棠、孝西、孝南、阳泉曲、白壁关站。

他又回到了奋斗两年多的太中银线学习列车调度员，管辖的都是自己最了解的车站，打交道的都是曾经最熟悉的领导和师傅们，丁然觉得自己一定能很快上手，成为一名合格的调度员。但现实却狠狠泼了他一盆冷水：记得刚来到调度所时，眼中的调度员都是坐在宽敞明亮的大厅里，接着电话、看着屏幕、点着鼠标，运筹帷幄，是一个特别高大上的岗位。

可直到真正走上调度岗位，他才明白一切并非想象中的那般：屏幕上的运行线密密麻麻，调监上的信号闪个不停，令人眼花缭乱，只要一上岗精神需要高度集中，做到对管辖几百公里的信号、线路、车站了如指掌，要“人车天地图”成竹在胸，与“车机工电辆”协同动作。

第一次坐在调度台前，以前熟悉的车站、列车都变得那么陌生。丁然当车站值班员时使用到发线、指挥列车游刃有余。现在管十几个车站、上百趟列车，工作量比以前翻了十几倍，他经常慌乱，有时候大脑一片空白，甚至有点不知所措。在这里，他所面对的是全新的挑战和考验。

带丁然的调度师傅叫边涛，边涛看出了丁然的困惑和茫然。他是一位老调度员，工作特别认真，平时话不是很多，对所带徒弟的要求却特别高。丁然的每一次提问，边涛师傅都能耐心解答。但他的解答只说一次，不会重复，看见不吭声，突然就会来一句，抽查丁然的掌握情况。

丁然感觉他就像个“闷葫芦”。“闷葫芦”一般不发火，可发起火来那是惊天动地。

在边涛师傅面前，丁然一直小心翼翼地向车站布置列车作业计划，拟写调度命令，处置各项非正常情况。遇到爱学习、肯吃苦的丁然，边涛师傅还是教得很上心。跟着师傅学了四五个月后，丁然觉得可以独立顶岗了，对自己的要求稍有放松。没想到，却招来师傅的严厉批评。至今想起来，丁然心有余悸。

那一天，接到一条调度命令，按照程序调度员将该命令必须逐字逐句阅读后，才能签收流转。可是，这一次，丁然觉得自己学这么久了，应对一个调度命令游刃有余，再加上下班时间临近，他没细看命令内容，就直接给点了签收。

这时候，一旁的边师傅说话了，至今丁然都记得师傅说得很大声，语气是他从没听过的严厉：“你在干什么？”

“我签了个命令。”丁然回答。

“你有没有看命令，知道是什么内容吗？”边涛师傅说得更加大声。

这时的丁然，心中有一百只兔子在跳，完了，闯祸了……

他打开命令细看，原来是一条运行监测涉及限速变化的命令。如果草率放一边就会造成漏发限速命令的问题，2008年“4·28”胶济线就是因为没有执行限速命令而发生的事故！这次，如果不是师傅及时制止，那后果……

丁然不敢想了……

此后的丁然，就像涅槃的凤凰一样，他对待自己的工作更加认真了，从一开始的没有头绪，杂乱无章，变成将工作安排得井然有序，每天先干什么、后干什么分得清清楚楚。

在边涛师傅的教导下，渐渐地，丁然也像师傅一样思路敏捷，处事果断，大胆沉稳，应对问题时不慌不忙了，在后来的调度工作中，丁然再也没有过误判、误签的问题发生……

当丁然可以独当一面后，师傅边涛也去了路局调度所更重要的岗位——高铁列车调度员。

当一名称职的调度员可真是不容易。

有人曾经做过一个计算，从夜班18点半到调度大厅做接班准备，到第二天早上8点半交班完毕，14个小时里需要编拟和发布调度命令近百条，列车运行计划调整击鼠标上千次，接打调度电话两三百次…忙得有时饭凉了都顾不上吃一口，上个厕所都得跑步前进。

调度员不易的背后，是超出常人百倍的努力和付出。尤其是刚单干那段日子，丁然晚上连做梦都是在调整列车，说的梦话也是给车站布置重点，整个身心都投入调度工作中去了。大家都知道，天气对铁路的影响相当重要，丁然的手机里光天气软件就有3个，他同时定制了管内晋中、吕梁所有站点的天气预报。每天，必须根据天气情况来提前预想下个班的列车调整思路。

天道酬勤，付出的汗水终究会以成绩回报，因为在太中银台的成绩突出，得到领导和同事们的一致肯定，仅仅一年后他就转台来到了同蒲四台。在这里，丁然负责管理同蒲四台东阳、太谷、东观、祁县、洪善、平遥、张兰、义安、介休、义棠、孝西、孝南、白壁关、兑镇、阳泉曲站的各项作业。丁然管辖的车站几乎站站装车，甩挂作业非常频繁，是太原局南部装车最多的地区，虽然没有涉及与外局交接的分界口车站，但这里却是为分界口多交车提供充足“弹药”的武器库。

为了分界口点前能多交一列车，丁然要求自己必须把每一班都比作第一班，把每一列组织都当作第一列，始终不能有丝毫松懈和怠慢。

八年的调度生涯，从稚嫩到成熟，从太中银台列调到如今的计划调度员，丁然体会着收获也在坚持付出。

每一道行车指令的背后，是日复一日的勤学苦练；每一次正确处置的背后，是周而复始的模拟推演；每一班运输成绩的背后，是分秒必争，眼睛不离屏幕的守护，当然也离不开家人的默默付出与支持。

丁然的爱人叫郝云飞，毕业于山西大学，在中信银行工作，是单位的中层干部，当年，两个志趣相投的年轻人走到一起，有同学的缘分，也有夫妻的缘分。

2012年结婚后，云飞在大同中信银行工作，丁然在路局调度所，两人聚少离多。2015年下半年，云飞调回太原，生活才算固定。

丁然高兴地告诉我，9月4号就是他们结婚10周年的纪念日。他说这话的时候人在北京，太原的云飞如果知道丁然心心念念牵挂着她，该会多么高兴！

那是一种无形的磁力，不知不觉就晃动了丁然爱情的罗盘。

学生时代的丁然，爱听周杰伦的歌，单纯善良的云飞也爱听，他借给她买来的磁带，她一晚上地听歌、翻录、拷贝……过生日的时候，丁然送给云飞的礼物是工艺杯，杯子的底色是黑色的，如果倒入开水，杯身就会显出云飞的照片……让云飞感动也让云飞惊喜，她是学钢琴专业的，喜欢有情调和浪漫的爱情，丁然给云飞的就是最浪漫的爱情。

可是，婚姻中的丁然给不了云飞长时间的陪伴，他太忙了，忙着南同蒲线上的货运，忙着看线路、车辆，忙着调动列车……他甚至忙得忘了自己，忘了自己是云飞的丈夫、孩子的父亲。

有一回，丁然上夜班，他管的同蒲线上发生了一处设备故障，必须抓紧处理。这时，接到云飞的电话，3岁的女儿发烧39℃多，丁然正忙着处理故障，实在脱不开身。电话里，寥寥数语……他告诉云飞自己先带上孩子到医院看病，自己确实走不开……等处理完设备故障，线路开通后，已经是凌晨2点多了，这时候，丁然才想起来给家里打个电话，问问孩子怎么样了。爱人在电话里抽泣，不理解他为什么这么忙？说孩子退烧了……

几天后，单位组织家属访岗会谈，也邀请了云飞参加。会上，听了各位调度员家属讲的生活故事，看了丁然的工作环境，云飞非常深情地说："原来你在干这么重要、这么有意义的工作，你们调度员肩负着旅客、货物的平安……以前是我误会你了！"

理解，多好！不需要更多的语言，两个相爱的人紧紧抱在一起。

正是因为有了这样坚强的后盾，丁然才更能心无旁骛地投入抓安全保畅通的生产中。

从丁然身上，我看到了调度员的精神，那就是始终坚持"不忘初心、牢记使命"的进取精神，始终坚持"安全第一、精细指挥"的敬业精神，始终坚持"自我加压、不断提升"的钻研精神。

为铁路调度员，点赞！

奋战昌源河

险情就是命令，抢通就是责任。

在电子信息化的时代，南同蒲铁路上、下行中断行车的消息，很快就上了各个网站、报纸的头版头条。集团公司立即启动I级应急响应。正在侯月线检查防洪工作的集团公司主要领导紧急添乘机车直奔水害现场，应急抢险人员第一时间赶赴现场。

此时，贾东亮已经组织150人的抢险力量，携带300余片铅丝笼、1.2万条编织袋等抢险材料，火速赶到了现场，投入紧张的抢险工作中。

下达封锁线路命令后，阴水泉不停地打电话汇报现场情况，等他缓过神来，才发现自己依然站在泥水里，这时，他才感觉到全身都湿透了，鞋子和裤子早已失去了本来的面目。

情况紧急，容不得他多想，阴水泉立即和车间主任贾东亮会合，并投身现场的抢险工作中。

冲锋的号角吹响了，党旗飘扬，人头攒动。抢险人员和大型机械不断从四面八方集结而来，施工人员昼夜不停抢卸片石土方，一车车石料投入水中，合龙工作向前一点点推进，受损路基被土方石砟一层层回填夯实……

震耳欲聋、合力抢险的场面，再一次触动了阴水泉，他的每一条神经都被调动起来了。他早已忘了刚才拦车的惊险和奔跑的疲惫，他看着这一个个精神抖擞抢险的人们，全身仿佛焕发出使不完的力量。顾不上喝一口水，顾不上吃一口食物，只有一个想法：全力以赴，尽快抢通南同蒲线！

一开始，他被安排负责盯控卸片石、统计物资数量情况。可是，昌源河大桥受洪水冲刷严重，3#、5#、7#桥墩出现下沉迹象，最大下沉量累计达到了18.5毫米，必须加强观测检查。

作为一名共产党员，越是非常时期越需硬核担当，决不能临阵退缩。当阴水泉得知抢险现场指挥部要抽调组建专班检测桥梁位移沉降变化时，他想起自己有过建设蒙华铁路第十标段测量工作的经历，毫不犹豫地请缨报名。

为了保证桥梁上27个观测点的数据无误，接下来的15天里，阴水泉和同事们每天要爬上爬下桥梁100多次，平均每三小时对所有观测点的数据全部测量一遍，检测一遍至少要一个多小时，说不苦不累那是假话。最难熬的要数晚上，天气阴冷潮湿，已经多日没能睡上一个安稳觉。

他就利用不到一个小时的作业间隙，给自己手机设好闹钟，在工程车上裹着大衣眯一小会。

下行线路基塌体面积大、恢复难度大，这可是给贾东亮出了一道难题，有难题不怕，怕的是难题不难。想方设法，抢通线路。

在集团公司主要领导科学组织、路地协调指挥下，上游子洪水库停止泄洪三小时，并对昌源河漫水桥台实施两次爆破拆除，缓解了洪水冲刷压力。

镜头一：贾东亮作为现场总指挥，忙得不可开交，他采取一切可能的方式来阻断洪流。“投片石！”上百斤重的石头瞬间被巨大的洪流淹没……“放铅丝笼！不行，再放……”

镜头二：在忙碌的抢险人群中，贾东亮发现了儿子贾瑞超的身影，儿子退役后，被分在侯北供电段，现在是介休车间太谷值守点的班长，原来，儿子也参加了这次抢险战斗，负责搭设接触网杆和接触网导线。

顾不上寒暄，他提醒儿子：“注意安全，加油干！”儿子看到了，心领神会，点了点头。

从入汛开始，父子俩就见过一面，没想到这一次是在抢险现场相聚。看到儿子湿透的工作服和脸颊上淌落的汗珠，贾东亮举起袖子给孩子擦了擦。

“祁县本轮降雨从10月3日凌晨开始，一直持续至10月6日17时结束，连续降雨达89个小时，全县降雨量近200毫米，持续时间长、覆盖范围广、雨量累积大，多个数据超1957年以来历史极值，本次10月份降水量是往年同期降水量的6.68倍。”这是祁县县委宣传部所记录的一组数据，6.68倍，令人触目惊心。

抢通进入最吃劲的时候。

10月7日15时，昌源河铁路桥桥头一处废弃的桥梁看守房内，应急抢险临时联合指挥部第二次会议正在进行。

这是距离抢险现场最近的一处建筑，由于废弃已久，早已没有了门窗，只能用塑料布临时密封遮挡窗外的风雨。

不足15平方米的空间内，密密麻麻地坐着来自集团公司的现场抢险指挥团队、工程局抢险负责人，祁县县委、县政府主要领导以及连夜赶来的国铁集团和铁路设计院的工务防洪、工程施工、抢险建设专家。

连日的鏖战，抢修职工们早已人困马乏。每个人眼中都布满血丝。

抢险区段地形复杂，水流湍急，多种不确定因素为抢险增添了巨大难度。

“从目前看，昨天商定的抢险方案方向是可行的。我们要抓住今天雨停的有利时机加快进度。根据天气预报，明天还有强降雨……”集团公司现场抢险负责人说。

“受作业面狭窄的限制，大型作业机具难以展开，炸开拦水坝后缺口挖掘进展不理想。我们正在研究实施二次爆破。”炸开拦水坝改变水流方向是抢险工程最重要的环节，实施疏浚的工程局抢险人员报告说。

要将洪水冲垮的桥台路基再次填充，必须首先封堵决口。但由于上游水流太猛，虽然已投入60车石料、轨枕，并将两辆填充石块的废弃公交车推进河内，决口封堵依然困难重重。

“为了减缓水流，上游的子洪水库已经封闸近三小时，现在流经大桥的是河道内的存水，流速很快会降下来。”祁县县委负责人介绍说，“封闸三小时，水库将增容180万立方米，已达到子洪水库蓄水量的极限，同时还要为明天的降雨做好准备。子洪水库是祁县唯一的饮用水水源地，保障水库安全也是重中之重……”

抢险任务不仅关系着铁路安全畅通，更关乎库区下游人民群众的生命财产安全。面对肆虐的洪水、泄洪的压力和即将到来的暴雨，抢险复旧必须争分夺秒！

“同志们辛苦了，向奋战在一线的干部职工深表慰问，这一仗打得好，望再接再厉保安全、保电煤运输畅通！”这时，国铁集团党组书记、董事长陆东福发来了慰问电。

国铁领导的关怀，就像一剂强心剂，极大地鼓舞了现场干部职工的士气，大家铆足了干劲，全力投入抢通下行线的战役中。

困了，靠墙打个盹；倦了，用凉水拍拍脸；饿了，蹲在线路边填填肚子，冲上去再接着干。

整车整车的片石，被抢险列车一列列运往桥头，抛投入坍塌的路基底部；大型机械也向河中投入片石、石笼，试图阻挡洪水的冲击，保护路基；

河道中央，炸开原有拦河坝，另辟泄洪通道的工作也在同步进行。

“7日早上抓紧空隙睡了一个小时，大家都在坚守。”阴水泉说。从家到事发地点仅有10分钟左右的车程，但他已两天没有回过家。降雨伴随着降温。在抢险现场，一些临时休息的工人直接用编织袋把自己套起来，躺在地上就睡。

10月7日傍晚，抢险人员对拦水坝中心位置实施第二次爆破，形成了一个近20米宽的新缺口，疏浚分流效果显现。与此同时，为了减缓洪水冲击，再度利用废弃货车填充缺口的工作也在同时进行。

夜幕之下，冷风袭人，抢险人员个个精神抖擞，抢修现场热火朝天：码袋码包、清理河槽、碎石填充、加固立桩……桥上、河沿的数十盏工程灯，将抢修现场照耀得如同白昼。

由于连续暴雨造成防洪用料严重短缺。集团公司与多家工程局、各级地方政府部门密切配合、通力合作，以最快的速度召集抢险人员和技术专家，筹集碎石料、片石料、炸药等物资，调集了大量机具装备。

祁县境内没有石料厂，县政府紧急开辟工程用料绿色通道，将公路施工用料调集至抢险现场。

朔州车务段联系就近石料厂，三个小时将1316吨防洪石料发往一线。

运输部门迅速调集铅丝石笼、编织袋等防洪用料运往前方。

供电部门携带发电机及照明工具第一时间赶赴现场。

通信部门以最快速度建起现场动态视频实时监控系统，为前后方指挥人员通过动态图像掌握现场抢险情况、及时准确做出决策提供技术支持。

在急难险重中经受考验彰显担当。抢险如同战斗，充满了各种不确定性，指挥员只有在阵地最前沿才能快速判断、及时决策，有效应对现场复杂多变的情况。

截至南同蒲铁路上行线恢复通车之时，共有1500余名人员参与现场抢险，共计投入挖掘机、装载机、起重机等大型救援设备160余台，贾东亮抓住时机，带领大伙奋战80余小时，抢卸轨枕8000根、防洪片石110车、防洪铁丝石笼2000个，终于在10月8日21时20分抢通了上行线。

经过近60个小时的全力抢修，受强降雨影响中断行车的南同蒲铁路上行线恢复通车。

伴随着簌簌细雨，一列货物列车安全通过昌源河铁路桥。

大桥之上，再现彩虹

长缨在手苍龙缚，何惧风高起浊流。

10月10日，雨过天晴，朝阳初升。

安静下来的昌源河沐浴在片片金光之中，河水缓缓流淌。

桥的上方，昌源河南同蒲铁路大桥抢修现场精兵强将连续作战。

人员来往、机械轰鸣、车辆穿梭，为昌源河南同蒲铁路桥下行线通车而繁忙依旧!

抢通过程中，为确保旅客安全出行，集团公司停运南同蒲运行的普速客车10对。同时在与南同蒲铁路并行的大西高铁上增开动车组6趟，并采取重联动车、部分动车“站站停车”等方式，摆渡转运旅客2639人，满足旅客基本出行需求。为降低线路中断对能源保供的影响，集团公司利用唐呼、石太、侯月线等主通道日均迂回运煤列车30余列，尽最大力量保障电煤等能源供应。

在现场抢险人员日夜奋战的同时，各级党组织和广大党员干部发扬连续作战、敢打硬仗的顽强作风，不畏艰险、不惧困难，积极在抗洪抢险、旅客摆渡、电煤运输等急难险重任务中发挥战斗堡垒和先锋模范作用。

临退休的共产党员、太原南工务段维修车间主任侯兴龙，刚刚带队参加完石太线集中修，便马不停蹄地带队赶赴抢险现场。

各级工会组织想抢险所想、急抢险所急，紧急为现场抢险人员送去御寒衣物，在抢险现场周边征集伙房，组织后勤人员下厨，为抢险人员送去热饭菜。

战洪魔、保安全，全局上下一心，勾画出一幅撼动人心的战洪图。

10月14日7时36分，在9000余名太铁干部职上下一心、昼夜不停地全力攻坚下，终于抢通了下行线。

汛情就是命令，险情就是敌情，抢险现场就是战场。

这是一次确保国民经济大动脉安全畅通的战役，也是对阴水泉人生的一次大考，他很庆幸能有一次这样的经历，并从中学会了拼搏，赢得了信心。

回顾这场惊心动魄的防汛大考，有许多难忘的画面被一一定格，令人心潮澎湃。

忘不了，在防洪动员誓师会上，“国庆我不休假”“这里我来守护”等一句句铿锵誓言；

忘不了，踏破现场，精准研判、主动避险的那一份份坚定执着；

忘不了，不惧疾风骤雨，为了使命必达，路断了绕道走，跌倒了继续冲的一个个勇毅背影；

忘不了，突发险情关头，箭步冲向前，拦停列车，将事故化险为夷的十万火急时刻；

忘不了，抢险现场，集团公司主要领导深入一线、靠前指挥，广大党员冲锋在前、攻坚克难，广大职工争分夺秒、抢通线路的一幕幕感人画面。

镜头一：

抢险期间，为了不让家人担心，阴水泉抽时间会通过微信视频向家里报个平安，看看六个多月大的儿子彬彬。

有一天通话，爱人突然对阴水泉说：“你就是我心目中的大英雄！”阴水泉听了，心里暖暖的，抢通线路的干劲更足了！

爱人，是青梅竹马一起长大的老同学，爱他、支持他，也崇拜他！除了照顾好家里大大小小的事情，爱人还是数学老师兼班主任，是爱情的力量，让这一对年轻人将满腔的热情和知识倾心付出，报效祖国。

昌源河铁路桥抢险，就是与命运搏斗，与时间赛跑，与困难较量。如果工作需要，阴水泉依然会义无反顾、奋勇向前！

镜头二：

为了不让家人担心，下了班，韩刚故作镇定，没有把当天的事情告诉她们。同在铁路上班的妻子知道后，她焦急地问韩刚："这么大的事，为什么不跟我说？你有个三长两短我可怎么办呀！"韩刚笑着安慰她说："我是怕你担心，这不是好好的嘛。"母亲知道了这件事后，每次上班前她都要念叨一句："儿，好好开车，注意安全！"她们关心的是韩刚的安全，而韩刚更关心的是整列车的安全。把每趟车都安全地开回来，他做到了！

作为一名共产党员、一名退伍军人、一名机务"老兵"，危急时刻第一时间冲在前、干在前，是韩刚义不容辞的责任。在今后的工作中，他还会紧握手中闸、开好安全车，为创建模范路局、建设一流企业贡献自己的力量！

镜头三：

当前，设备春融整治、防洪预抢工程施工紧锣密鼓展开，贾东亮继续以担当诠释忠诚、以实干践行使命，积极投身"弘扬大秦精神，实施强局工程，创建模范路局，建设一流企业"生动实践，带领车间干部职工，铸起坚不可摧的安全屏障。

镜头四：

19008次列车平安退行后，丁然更加懂得分秒必争，在调度员岗位上没有犹豫不决，必须判断精准，干练果断。

干一辈子调度工作，可能轻易不会遇到像昌源河大桥这样的险情，但作为调度员的丁然时刻严阵以待，即使再次面临这样的险情考验，他依然会沉着应对、果断处置！

事后，有不少人知道用7分钟通知列车退行后，发来消息说：丁然好样的，给你点赞！

丁然说："这个赞是点给我的，更是点给调度系统的。我只是四百多名调度人中的普通一员。”

人民至上，生命至上！

面对严峻考验，中国铁路太原局集团有限公司自觉把思想和行动统一到习近平总书记重要指示批示精神上来，认真落实中国国家铁路集团有限公司党组部署要求，坚持把保障人民群众生命财产安全摆在第一位，发扬连续作战、不怕疲劳的精神和作风，快速抢修、消除水害，尽快恢复正常运输秩序，全力确保电煤运输畅通，在关键时刻彰显了铁路人的使命担当。

艰难方显勇毅，磨砺始得玉成。

在这场惊心动魄的防汛大考中，太铁人经历了磨炼，收获了责任。

秋雨过后，昌源河上方的天空中升起一架彩虹，与傲然屹立的铁路大桥交相辉映。

南同蒲上、下行线上，一辆辆列车奔驰而过，车轮滚滚，汽笛声声……

折桂令·大秦铁兵

望大秦、隧远路长。冬去春来，书写衷肠。军队精兵，韶华已逝，为国守岗。

数十载、令人仰望。有情怀、铁兵担当。遵化西张。冰雪风来，无惧无慌。

大秦，一直是他的“军营”

1985年的冬天，塞北大同寒风刺骨，燕山深处冰天雪地，七万名铁路建设者挥戈上阵，大秦铁路建设工程的帷幕缓缓拉开。

七年之后，1992年12月21日，大秦铁路二期工程完工，全线开通运营，一条长达653公里的乌金河流淌在中国华北的高山峻岭之中。

30年之后，大秦铁路像一条奔腾的巨龙，飞舞在山连桥、桥连隧、隧连山的线路上，以每秒15吨的流量，由西向东，不分昼夜，源源不断地将光和热运送到祖国各地！然而，谁知道，隧道是谁建？桥梁是谁修？

每个人都有不同的答案。对于老兵贺兆山来说，他的答案是“坚守”。

在大秦线这么些年，从参加铁道兵到工程局，从逐鹿的开山打洞到玉田、平安城等铁路区段的修建，从大秦铁路一期建设到二期开通……从部队的班长到铁路房建段的工长，从遵化北到西张庄，从当年的毛头小伙到如今的发髻斑白……

在这条铁路线上，贺兆山一干就是38年，谈起过往，眼前身材高大、不善言谈、性情敦厚的老兵说："我只是做了一名军人该做的事情。"

望着这位明年就要退休的老铁道兵，满怀好奇，他是以一种怎样的"坚守"打磨自己的一生的？

一

贺兆山，1963年出生在辽宁铁岭西丰县方木乡红常村，西丰县是辽宁省重点林业县，有"七山半水二分田，半分道路和庄园"的美誉，被称作"柞蚕之乡"。这里的蚕丝具有悠久的历史，早在清光绪年间，西丰县农民就开始放养柞蚕。

贺兆山的父辈均以放养柞蚕为生，高中毕业后，恰逢改革开放，土地实行承包，父亲想买个拖拉机，有儿子的帮衬一起放养柞蚕，做成蚕丝被，不愁卖，日子会一天比一天好。可是，父亲不懂自己的儿子，他不知道儿子一直有一个参军梦，他崇拜穿着军装保家卫国的军人。

贺兆山兄妹五人，打小，他就跟着爷爷，爷爷是老革命、老党员、土改时期的干部，他常常会跟小兆山讲起东北的抗日英雄杨靖宇、赵尚志……到了年底，贺兆山总能看到爷爷带回家的先进奖状和证书。每每这个时候，小兆山总是会羡慕地把着证书看了又看，摸了又摸，爷爷总是摸着他的小脑袋说："山娃啊！长大了希望你能当兵去。"

高考落榜了，贺兆山不止一次地想象自己穿军装的样子，听说当兵能考军校，那也是一条出路啊！1981年底，当看到征兵的消息，18岁的贺兆山第一时间向当地征兵办报了名，从东北的铁岭到了内蒙古科佑中旗，他成为铁道兵的战士。

在部队，贺兆山学的专业是电焊工，他没有接触过电焊，开始的时候并不顺利，他清楚记得自己拿起焊枪手忙脚乱的样子，由于他个子高，蹲下、弯腰等比较吃力，干起活来明显比其他战友慢一拍。可是，贺兆山并不灰心，他反复地训练，手臂、胳膊被烧到了，有时候头发也跟着遭殃，没关系，继续练习……很快，贺兆山从新兵中脱颖而出，成为一名专业电焊能手。很快，他被连队选为班长，参与并修建了通霍铁路和成昆铁路。由于工作积极，专业娴熟，能吃苦、不怕累，贺兆山连续两年获得"精神文明积极分子"的荣誉。

1984年，他所在的部队改为第十八工程局，该局接到了大秦第二长隧道逐鹿段白家湾隧道的建设任务。作为骨干士兵的贺兆山也参与到大秦铁路的一期建设中。

大秦铁路的建设有多难呢？大秦铁路要跨过桑干河，穿越燕山山脉，仅一期工程就要跨越189条河流，穿越39座主峰，架起313座桥梁，打通45座隧道。贺兆山这个班所负责的就是白家湾隧道的开山打洞和周边桥梁的修建工作。

打通白家湾隧道需要十几个班的兵力，穿越的主要地层为白云岩、角砾岩，这种岩石密度紧凑，牢固坚韧，给开挖带来极大难度。贺兆山清楚记得在修建白家湾隧道时多用人工钻孔和黑火药爆破方法开挖，作为电焊工的他把钢筋用气焊一根一根割下来，然后，再将需要对接的地方用电焊焊接牢固……不同的时间、地点进行着重复的操作，那电光石火中闪烁的岁月，贺兆山依旧记忆犹新。

当时，白家湾隧道施工时自行成功研制了简易台车，两台车并排打眼，自制多用车直接推动了施工进度，被大秦办誉为"土设备打出洋水平"。开挖隧道时，需利用简易台车进行衬砌支护，装渣、出渣全部靠人力，除了焊接工作外，贺兆山这个班还负责衬砌支护环节。

一声令下，参建队伍按部就班，分工进行。

山洞里，地质复杂，石质容易破碎，随时会有大涌水、岩爆等现象发生，贺兆山和他的战友们全力配合，推台车、上支模，进行衬筑支护……那回想起来就热血沸腾的岁月啊，刚刚20岁出头的贺兆山犹如一只下山的猛虎，和战友们一起手搬肩扛，在士兵中吆喝、指挥，奋战着、拼搏着……手中的焊枪就像冲锋枪，指到哪里便打到哪里。

让他终生难忘的一件事，就是在开山打洞时，离他们最近的一个班进去了十个人，意外发生了，这次施工出现了可怕的塌方，跑出来的只有一个人，其他的士兵都被埋在里面了，眼睁睁看着……使命高于生命，这就是我们的铁道兵战士，为了保障大秦线的顺利开通，有多少建设者付出了生命，又有多少人的青春年华留在这里，他们，是大秦铁路永远的丰碑。

那次事件后，贺兆山更加提高警惕了，他时刻把安全挂在嘴上，一遍遍提醒他的士兵，做好防护，注意安全。

为了赶进度，实行倒班轮着干，而贺兆山常常是连着干，他不放心自己班里的士兵，他要盯着他们干，身体在隧道里，眼睛不离施工现场，心紧紧地和士兵们牵在一起……在一次支模中，他发现山洞顶端石头有活动的迹象，立即制止施工，组织将活动的石头捅下来再支模，这样固定结实了，上面稳、下面稳，就不会出现塌方、落石等事故。

记不清有多少次，石头缝中间有流沙，越清理流沙会走得越快，在处理流沙和碎石的时候，手、胳膊、脸被石头划破是经常的。

每每在生死关头，战友们之间的互相提醒和鼓励便是力量，便是生机，终于，一点点攻克了断面大、断层密布、塌方频繁等难关。

艰苦的日子如白驹过隙，三年里，和贺兆山一样的大秦铁路建设者们顽强拼搏，开拓进取，勇克难关，打造出“挑战极限、勇闯一流”的大秦铁路精神。

1988年，这条全长5058米的隧道终于建成。白家湾隧道单口月成洞316.8米，创造了当时全国隧道施工纪录。

二

被誉为天险的遵化、玉田、平安城段，地形险峻，是大秦线的二期施工地段，起初，贺兆山没有意识到，他的大秦生涯将从这里起步，并在以后漫长的30多年岁月中坚守在这里。

大秦一期建设完毕，铁道部第十八工程局改制，兵转工，有着电焊工特长的他被留在大秦铁路，分配到当时的湖东房建段湖东供热工区，成为大秦线上最早的铁路房建工人。

就这样，贺兆山继续作为一名专业焊工奋战在大秦主战场。彼时，大秦二期建设开始，身为班长的贺兆山又参与到遵化、玉田、平安城段的建设当中，他继续扛着他的焊枪一段一段往前修。

回想当年在工程局的日子，颠沛流离，居无定所，虽然没有实现上军校的梦，但是，能够留在大秦线，能够有一份稳定的工作，贺兆山感觉自己太幸运了。

有位叫刘太春的战友，在大秦一期施工时腿被砸伤，回了老家。

“他是春天到的大秦线，秋天就被砸了，现在已经没有腿了……”贺兆山，这个铁一般的汉子，讲到这里的时候，低下了头。

虽然过早脱下了军装，不过，没关系，深蓝色的路服穿在身上，铁路半军事化的管理让他觉得自己仍然在军营，刚刚结识的一位位工友，就像战友一样，让他有了不一样的使命感和归属感。

让人欣喜的是，贺兆山的爱人周秀萍，原本在铁岭老家当老师，为了照顾他放弃了自己的工作，这时候也跟到了湖东。由于秀萍有文化，段正好缺打字员，秀萍就临时干起了打字员，尽管一个月只有120元的收入，但能陪在贺兆山身边，秀萍觉得都是值得的。

在这里，贺兆山遇到了入路后的第一位启蒙老师郭启。郭启是位老工长，除了教他班组日常管理，在业务方面帮助也特别大。他们工区管着从大同南到王家湾沿线各站的锅炉供暖任务，郭工长只要到锅炉房，总会带着贺兆山，教他锅炉的性能特点，易损部件，怎么修锅炉，怎么换炉排，怎么看仪器仪表……

聪明好学的贺兆山在郭师傅的栽培下，加上在部队当班长的历练，很快就成为工区的维修能手。

1992年，大秦线二期开通后，由于表现突出，贺兆山被分到遵化房建车间供热工区任工长。负责玉田到西张庄九个站的供热设备巡检维修工作。

从“班长”到“工长”，一字的变化，却开启了贺兆山大秦铁路房建人生涯的历史篇章。

到遵化不久，贺兆山就发现检修锅炉供热系统需要更强的技术含量，在铁道兵时学到的电焊、气焊、普通焊接技术是焊接不了锅炉的，于是，他自己买回专业书籍，勤奋研学新的焊接技术，主动到大同考到了焊工本。

那时候，遵化房建工区管着沿线九个站的20多台锅炉，从天津西龙虎峪的玉田站一直到西张庄站，这些锅炉是为大秦线各单位冬季供暖服务的，贺兆山的工区负责锅炉设备的维修和养护任务，由于他有一手电焊的绝活，每年的锅炉维修保养都难不倒他，他所负责的锅炉房也成为段上的供暖放心处所“红旗锅炉房”。

2013年，贺兆山任太原铁路房建段秦皇岛车间西张庄工区工长。

这时的贺兆山，早已是一名遇事冷静、果断，对所辖设备心中有数，工作起来雷厉风行的老工长了。

西张庄工区负责大秦线西起抚宁北东至上联所站，管辖范围50多公里，确保这50多公里内的房建设备一事不出是贺兆山的安全目标。

熟悉大秦线的人们都知道，这条线不但交通不便，条件艰苦，而且很多设备都在山里，汽车不能抵达……重重困难摆在面前。

“别人做到的要做到，做不到的也要做到。”贺兆山是这么说的也是这么做的。

在董庄，有个基站，是为重载机车传送信号的，贺兆山和他的同事们每次去检查，都是背着梯子上去，得走一个多小时，基站绝对不能漏雨，漏雨就会影响到信号设备，影响大秦煤炭运输……走得累了，他们坐在山坡上歇歇脚，饿了带着馒头和水……就着大自然草木的味道和凉风，那是房建巡检工专享的味道，他们对房建设备认真细致的检查，没有丝毫怨言。

有一位老巡检工叫郭新疆，比贺兆山大一岁，河北廊坊人，也是铁道兵转入铁路的，干起工作特别认真。这让贺兆山对老郭有了不一样的亲近感，一样的老兵，一样的房建人，为了保障大秦线生产运输安全，他们从事着一样的房建供暖设备维修工作。

“老郭就像自己的眼睛，设备交给他巡检最是放心。”贺兆山说。

“培养新一代大秦房建职工是我们的义务，传承大秦精神是我们的责任，红色基因要一代代传下去。”30多年了，贺兆山和老郭这些铁道兵一直坚守在大秦线，眼看自己就快退休了，培养新一代大秦守护人的重任迫在眉睫。

戴东、单志芳、陈广军、刘胜利都曾是贺兆山班组的职工，一开始进了铁路挺高兴，干着干着却发现实际和想象的差距，从没干过修锅炉的活，接到任务后，这些小伙子大眼瞪小眼。贺兆山手把手地教他们，将自己的电焊、管道技术倾囊相授。电焊技术最得意的徒弟陈广军，多年前就到柳村水工区当了工长。刘胜利如今是遵化给水工区的副工长。单志芳是秦皇岛房建车间技术主管。老郭退休后将巡检工作也交给了优秀的大学生小魏。

说起自己带过的徒弟，贺兆山满脸欣慰，是那种发自内心的赞许，仿佛在说，我带出来的兵啊都是好兵。

贺兆山的脑子里始终装着大秦线的房建设备，装着他的职工。职工刘炜，家在遵化，父亲经常住院，经济紧张，贺兆山组织大伙儿集资给他捐款。工区有一名职工爱赌博，贺兆山看他有这嗜好特别心疼，语重心长地规劝，到家里谈，在岗位上谈，喊出来吃饭……一直不放弃，后来这名职工终于改好了。

38年来，贺兆山什么样的苦都吃过了，见过的抢修和险情也数不胜数，有些抢修是在冬季焚火期，有些险情是在防洪期……可是，明知道危险也要勇敢面对。

寒冬腊月是房建职工最繁忙的时候，只要接到暖气网管跑、冒、滴、漏等情况就得马上维修，要不，工作在车站、机务、工务、车辆、供电等单位的职工就会冷，冻得干不了活，所以，在贺兆山的思想里，九个站不能有一处不热。

接到抢修任务往往是在半夜，由于去往各处锅炉房和站区的道路崎岖不平，极其难走，贺兆山和他的职工有时候骑着自行车，有时候徒步到达现场，从来没有因为抢修不及时而影响过供暖。

一次半夜，玉田锅炉本体的安全阀起跳了，两米多高的锅炉上面直冒热气，如果不及时将安全阀关闭，将导致系统缺水，必须马上处理。同来的新工要上去关，可是，贺兆山担心他太年轻了，没有经验，如果操作不当，一不小心就会烫伤，那可是一辈子的事，不由分说，贺兆山自已爬上去，迎着滚烫的热水，挥舞管钳、关闭阀门、带水作业……直到将隐患解除。

当贺兆山从机组顶部下来的时候，整个人成了一个“落汤鸡”，他还打趣地说，刚刚冲了个热水澡，真舒服啊！旁边的新工一边给他递着毛巾，一边偷偷擦着眼泪。

记得在遵化时，他们一宿一宿地抢修，经常是干完活，天就亮了。贺兆山所管的锅炉房多次被段评为“红旗锅炉房”，大秦线上站区和各单位送来的表扬信一封接着一封。他本人也多次荣获段“先进班组长、先进生产工作者”称号。

若干年后回想起来，贺兆山充满了的幸福感，虽然18岁从老家铁岭出来就没有回去过，但是他一生中最灿烂的时光都留在了“军营”，留在大秦铁路的建设现场，如今，他讲起来依旧是那么兴奋和自豪。

三

2008年的冬天，一场冰雪灾害袭来，贺兆山为了保障铁路运输一线供热质量，连续多天盯在锅炉房里，突然，收到父亲脑出血去世的消息，此刻，贺兆山还在西张庄的锅炉房与职工开挖管道，抢修外网跑水……听闻噩耗的他从西张庄打车，连夜回家……

“和我一样的大秦职工都在为保供电煤奔忙着，我不能因为家中有事影响运输一线供暖啊！”没有多在家乡停留，甚至没有擦干眼泪，贺兆山，这位铁铮铮的汉子，在为父亲办完后事便带着伤痛返回岗位上。

儿子大学毕业到北京工作后，贺兆山和秀萍把家从遵化搬到了秦皇岛，这样，他回东北铁岭看望母亲就方便多了。母亲一直有气管炎，到了春天尤为厉害，贺兆山放心不下，每个月的工资自己留点，剩下都寄给家里。

都说忠孝不能两全，想想也真是，太愧对父母了，对父母的报答太少了。搁这儿修铁路，一修就是38年，父母养了一辈子的柞蚕，卖了一辈子的蚕丝，都没有盖过一床蚕丝被，他们总是说庄稼人皮糙肉厚，盖不得那种高级的被子……

一生勤俭的父母时刻影响着贺兆山，多年来，他习惯穿路服上下班，除了保持当兵时候早起晚睡、爱运动的习惯，没有任何爱好，就要退休的人了，身体还是很硬朗。

听到自己是铁道兵代表要接受采访时，贺兆山激动地落泪，他说：“我只是铁道兵的一员，能一辈子坚守在大秦线上，能为国家做贡献，我感到很光荣，没白活。”

他的神情坚定沉着，那眼神中书写着大大的“坚守”，贺兆山用“坚守”实现了他的人生梦想。

大秦，一直都是他的“军营”，在这座承载国家重托，有着重载精神底蕴的“军营”里，留下了一名老铁道兵坚定的足迹和高大的背影。

发表于《大秦风特刊·人物专刊》

醉高歌·值班站长

数年车站留声。疾苦沧桑遁影。
当班时心口肩并。迅速拦停急景。
大秦路上笛鸣。电话长期呼应。
平安铸就站寂静。几许微光正兴。

在大秦，与阳原站一起成长

胡立新与阳原站的缘分，已达30年之久。

“在岗一分钟，负责六十秒，让领导放心、让家人放心，我的工作我负责。”电话中传来胡立新浑厚有力的声音，他是大秦铁路阳原站的值班站长，他人生中最美好最灿烂的时光都留在这里。

1988年，在大秦铁路开通初期，他就来到了大秦线，很快便脱颖而出，由“门外汉”成长为政治过硬、业绩优秀的业务尖子，靠的是一颗爱党、爱国的初心和永不服输的韧劲。

在阳原站，他是大家心目中不可或缺的“一口清”“问不倒”。他对车站七条到发线、两条货物线、四条专用线的有效长、容车数、信号、道岔情况以及调车作业限制都烂熟于心，对现场17处分路不良作业区段全都精准掌握。他根据货物线、段管线、岔线所处的位置以及各型车辆的人力制动机构造、车辆走行性能，摸索出了一整套高坡地段防溜、取送车的技巧，每到疑难不决的时候，大家首先想到的就是胡立新。

2022年，由他带头开展的“施工卡控明示表”立项攻关项目有效解决了集中修期间站内及区间错误扣车问题，得到广泛应用。

“胡师傅总是提前到岗。”“胡师傅行动力强，不拖拉。”“干啥事不畏难。”这是工友们对胡立新的评价。

虽已近退休之年，但坐在控制台前的胡立新眉宇间却始终透着一种坚定。

谈起对今后的打算，胡立新腼腆一笑说：“只要组织上需要我，我愿意一直为大秦铁路运输事业添砖加瓦。”

一

阳原县，位于河北省西北部，阳原意为阳水流经之地，地处首都北京、“煤都”大同和“皮都”张家口之间，距北京市280公里、大同市78公里、张家口市140公里，毗邻山西、靠近内蒙古。在抗日战争和解放战争时期，阳原曾为晋察冀革命根据地的一部分，胡立新这个生长在桑干河岸边的汉子，就是土生土长的阳原人。

他的父亲曾经是活性炭厂的职工，后来下岗了，母亲没有工作，兄妹三人，胡立新是老大，打小，胡立新就懂得担当，不但爱读书，学习好，休息时间也总是会照顾弟弟妹妹，替父母分担家事。父亲总给他讲晋察冀革命根据地的红色故事，在他的身体里流淌着阳原这座老革命根据地的红色基因，爱党爱国的种子也因此深深扎根。

1985年1月，全国第一条双线电气化运煤专线——大秦铁路一期工程（大同至河北省三河县大石庄）全面开工。

这一年，胡立新高中毕业，数分之差和大学擦肩而过。而这时，为培养大秦铁路工作者，铁路面向地方招工。胡立新得知消息后，立即报名，招工考试中，他在众多的年轻人中脱颖而出，以排名靠前的优异成绩被原北京铁路局大同铁路分局大同车务段录取，12月，被分到北同蒲的平旺站担任扳道员。

“进路是根，确认是魂，扳道工作是铁路运输不可缺少的一个重要岗位，只有检查确认到位了，才能保证进路畅通，列车安全行驶。”平旺站老站长的教导胡立新依旧记忆犹新。

那是一个寒冷的冬天，面对站区陌生的一切，迎着呼啸的寒风，刚刚进入铁路的胡立新不知所措，这个从小在城市长大的年轻人，打心里发怵，不会安炉子、生炉子，不会和煤泥……站在冷冰冰的钢轨、道岔旁，不知道怎么清扫、怎么保养，列车、时间、进路……如何把控，一系列的难题摆着眼前。

幸运的是，他遇到了老站长，耐心地教，热心地帮，手把手教他安炉子、生火，把宿舍周围的窗户都蒙上塑料布……不但在生活上关心，在工作上也是细致入微地传帮教，从规章制度到作业标准，从理论知识到现场实践，老站长教得多，胡立新学得多，很快，他就能独立顶岗了。

扳道房，离站区一公里左右，在不到十平方米的屋子里，有一个炉子、一张床、一张桌子、一部电话、一把旗……胡立新除了接送列车，他还负责道岔的清扫和养护，清扫干净道岔内杂物后，要用细砂纸将道岔擦亮，再涂上润滑油，这样才能确保道岔开合灵活……这是他经常要做的事，接到列车进站电话后，检查、确认、指挥通过，每天除了通过的列车，陪伴他的只有眼前的道岔和屋子里的暖炉，炉子上架着一把水壶，每当烧开就会“呼哧、呼哧”喷出热气……也是在这里，胡立新利用空闲时间学习了《技规》《行规》《站细》等行车岗位应知应会和应急处置知识，将老站长日常所传达的规章制度和工作标准做到了融会贯通。

一天半夜，胡立新被一阵敲门声惊醒，是老站长。原来，他来扳道房查岗，检查胡立新的当班情况、记录以及道岔运行等等，同时还特别叮嘱，有降雪预报，一定要注意雪后对道岔的清扫和保养……老站长对工作的一丝不苟和认真负责深深影响着胡立新，也许从那个时候起，不畏艰苦、实干奋斗的精神就已经牢牢扎根在他心中了。

1988年4月，大秦铁路双线电气化二期工程（简称“大秦铁路二期工程”，大石庄至秦皇岛，全长242.2公里）陆续开工。

这一年，由于工作表现突出，胡立新结束学徒生涯，被安排到沙城东站担任助理值班员。

沙城东站建于1988年，是大秦线路中间站，离大同站234公里，离秦皇岛419公里，是大秦线上的四等站。

新的岗位新的挑战，干助理值班员，能干好吗？关键时刻，胡立新遇到了沙城东的站长赵启德，赵启德是一位干了一辈子行车的老站长，他不但业务精湛而且知识渊博，常说：“铁路工作半军事化，规章制度就是军事命令，必需要严格遵守执行。”

工欲善其事，必先利其器。年轻的胡立新敢说敢干，言出必行，赵启德对他的工作表现看在眼里，也打心眼欣赏这个年轻人，他时不时地提问，举一些突发故障的事例来考验他。

胡立新理解赵启德的苦心，他深知要想干好工作，就必须练就过硬的本领。在心中暗暗下定决心，除了将站长安排的日常工作干好，他嘴勤、腿勤、手勤，整天像影子一样跟在赵启德身后，渐渐的，聪明好学的他便有了一身绝活，没有能难倒他的故障和操作方法了。

二

1991年9月，在国家“七五”科技攻关总结表彰大会上，大秦铁路万吨级重载单元列车成套设备荣获成果奖。

这一年，胡立新到了阳原站担任助理值班员。

阳原站，位于河北省张家口市阳原县西城镇境内，中心里程位于大秦线

86公里235米处，是大秦铁路股份有限公司大秦车务段管辖下的一个二等站，按技术作业为中间站，按业务性质为货运站。

初生牛犊不怕虎。在阳原站，专业技术的欠缺，成为胡立新努力学习、补足短板的动力。他背《技规》、学《站细》，练就了过硬本领。由于表现出色，工作积极，胡立新被车站选为代表开始参段组织的技术比武，第一次就拿到段第三名。接下来继续参加分局的背规，然而对手过于强大，由于两分之差没有拿到名次，这对好强的胡立新来说是个不小的打击，也因此，更加激发了他学习和攻关的信心，他付出比常人多几倍的时间、功夫，不停歇地背规，进行接发车操作、演练、故障处理……直到干上值班员，他再代表车站到段上比武，拿到第二名的好成绩，此后，他年年代表车站参加集体比武，拿到的荣誉也不计其数。

1992年，大秦铁路首列5000吨重载列车，由8K型机车牵引，编组60辆，总重5040吨，从湖东站发出，驶向秦皇岛码头。1994年，大秦铁路阳原铁路煤炭专用线开通运营。这个时期的胡立新已经成长为阳原站的车站值班员，主要担负列车的到发、会让工作，以及乾元、国通、东方浩然专用线的取送车作业。

十年后，胡立新更加成熟稳重，指挥列车游刃有余，他见证了大秦线日新月异的变化，新技术新设备的投入使用让他对未来充满信心。此刻的他已经是阳原站值班站长的备用人选。

2003年，大秦铁路2亿吨扩能改造工程开始实施。

这一年，胡立新考上工人技师，正式走上阳原站的值班站长岗位。

“嘿呦、嘿呦……嘿呦、嘿呦……”在阳原站改造工程现场，一个人站在轨排上大声喊着号子，线路上有几百号人，胡立新也在其中。那时候换线路全靠人工推，人多、号子响、劲儿就会使到一块儿。为了保质保量地将钢轨从道岔处推到线路上，喊号子的声音越来越急，众人的“嘿呦”声一波高过一波……等到轨道被稳稳地推上去，高高站着的那个人嗓子也就快喊哑了，下来，缓一缓，喝口水，继续指挥，继续喊……那种力量就和大河大江一样不可阻挡，这个人让胡立新敬重不已，他就是山西省的劳模，当年阳原站的站长王绍杰，也是这个王站长深深地影响着他。

干行车组织工作，又是在大秦线中间站，列车密度大，标准要求高，王站长对技术规章那是“门儿清”，尽管新技术不断应用推广，新规章不断完善更新，也从来没有难倒他的问题。胡立新看在眼里，记在心里，他更加注重对新知识、新技能的学习。遇到不懂的知识虚心向王站长学习，不断充实和提高自身的业务知识。他在班上学，回家将边角时间利用起来学，有时候和爱人说的都是行车语言，以至于爱人说他干行车干得“走火入魔”了。

2004年5月，由于表现突出，胡立新被组织批准加入中国共产党，2005年9月，大秦铁路2亿吨扩能改造工程全线完成。

2008年1月31日，时任中共中央总书记胡锦涛赴大秦铁路视察，时值我国南方多地遭遇历史罕见的雨雪冰冻灾害，他在湖东站慰问奋战在抗冰救灾抢运电煤一线的职工，并指示“尽最大努力，为打好抢运电煤关键一仗做出更大的贡献”。

这一年，抢运电煤攻坚任务十分艰巨。紧要关头，胡立新加入了车站党员攻坚队，带头冲锋在第一线，冒着零下20℃的严寒组织列车接发，高效完成了抢运电煤任务。

为打赢保供电煤阻击战，必保道岔设备使用安全，车站职工迎战风雪成为家常便饭。当时，王站长刚刚买了一辆私家车，一遇到雪天，他就会开着自己的车，拉着职工去扫道岔的积雪，风大、雪大、路远、路滑……不管不顾，新车溅满了泥水，碰的到处是坑，没关系，保道岔要紧。胡立新跟着王站长，有时候连着清扫七八处道岔……一晚上干下来，羽绒服都湿透了，整个后背心都是湿的，汗水都能流到裤子里，想起来仍旧激动震撼的岁月啊，那是王站长的过往也是胡立新的过往。他们有着相同的信念，保阳原站运输平安就是保大秦线煤运巨龙平安。

“岗位就是战位，党员就要像王站长一样做出表率，以身作则。”胡立新说。在平时的工作中，他自觉按照党员的标准严格要求自己，积极发挥党员的先锋模范作用，努力在自己的岗位上恪尽职守、任劳任怨，积极争取多做奉献。

2008年8月，大秦铁路4亿吨扩能改造工程启动。2010年5月，大秦铁路4亿吨扩能改造工程全线完成。2011年，阳原车站改造为大秦台调度集中控制车站。

大秦线运输任务压力持续增大，安全形势严峻。面对新的形势、新的要求，胡立新没有放松对自己的要求：在工作中，严格落实岗位职责和工作标准，爱岗敬业，尽职尽责，扎实工作，全力以赴投入安全生产中；在党员创岗建区中，他总是严格要求，认真履行岗位职责，落实工作标准，严格卡控安全关键，及时妥善处置突发安全隐患。

2017年11月，在大秦铁路第二阶段集中修施工中，首次投入使用了JJC型接触网检修作业车。

这一年，胡立新被段党委授予“优秀共产党员”称号。在“我的入党故事分享会”上，他讲述了自己的成长历程和实现自身价值的体会感悟，坚定了身边党员岗位成才的信心；他注重学习党的理论知识，理想信念坚定，忠实铁路事业，忠诚责任担当；他寻访入党介绍人，汇报思想工作，共同回忆了加入党组织的光荣时刻，进一步坚定了对党忠诚的信念。

胡立新干值班站长的同时也兼着应急值守人员岗位。在集中修施工关键时期，胡立新都集中精力认真对待，逐项落实车站制定的施工安全措施，精心组织每一班的施工作业，对突发问题及时采取应对措施处置。

2018年8月24日8时38分，胡立新接到工务通知，大秦线大同县站至阳原站间下行线右股钢轨断轨，他通过控制台看到线路上2万吨重载列车快接近呀，前面一趟2万吨，后面紧紧跟着一趟，千钧一发之际，胡立新坚持先动态后静态的原则，当机立断，拨通机车司机电话，迅速拦停列车，并立即进行了汇报处理。当时，2万吨重载列车紧急停车后，机车位置距离断轨处仅9米。

由于钢轨断轨的地方正好是接口处，如果检测到，监控设备就会出现红光带，机车司机知道前方有险情就会拉闸，然而，机车监控设备没有显示，仍然正常绿灯，幸亏胡立新反应快，及时通知司机停车，防止了一起可能发生的重大安全事故。为此，集团公司给予他隆重表彰，并一次性奖励了5000元。

2018年12月，中国铁路总公司7月份发布《2018—2020年货运增量行动方案》，大秦铁路勇当货运增量排头兵，年运量实现4.51亿吨目标，创下了大秦铁路建线以来运量最高纪录。

这一年，胡立新被集团公司评为三季度“太铁之星”，集团公司年度“安全标兵”的荣誉，同时，被大秦车务段评为2018年度“优秀共产党员”。

2020年6月18日，大秦铁路完成运量138.42万吨，创大秦铁路建线以来单日运量最高纪录。阳原站日最高发运量为28800吨。

三

“胡立新业务精通，勤奋好学，性格开朗，工作起来一点儿也不含糊。”阳原站党支部李书记说。

阳原车站处于调度集中区段，分为两种模式（分散自律模式和非常站控模式，分散自律模式下由列车调度员排列进路、组织行车，非常站控模式下由应急值守人员组织接发列车作业）。

胡立新日常主要负责站内调车作业和专用线取送车作业，以及发生设备故障时的应急处置工作。

集中修期间主要负责点前列车扣车、作业车开行和点后列车开车作业车停留、限速调度命令的车机联控。

2022年10月9日，大秦线的集中修进入关键时段。这一天，胡立新上的班是后半夜，交接班前，胡立新在阳原站平面示意图前熟悉当日施工计划，然后，拿起手中的表格开始核对施工调度命令。

“大秦线施工调度命令已经下达，现在对阳原站站场及区间进行封锁。”坐在控制台前的胡立新很快进入工作状态，他开始下达一项又一项行车指令。身着藏青蓝路服的他看起来精神抖擞，左手拿着电话，右手握着鼠标，一边指挥一边操作，56岁的胡立新就像一位征战沙场多年的老将军，沉稳、果断、反应敏捷，指挥调度车辆一丝不苟。

在集中修施工期间，胡立新和全站干部职工一起积极参与其中，发扬“负重争先、勇于超越”的大秦精神，克服连续作业时间长、工作量大、身体疲劳等困难，积极组织本站装车货运发送工作，卡控每一批调车作业安全、列尾作业安全、货装安全、人身安全等关键作业项目。

区间和站内扣车、作业车转线、开行、转场，作业车站内调车作业、调度命令交付核对、开车组织……环环相扣，他逐列逐项填记发车卡控表，确认发送每一列车的开行条件，确保装车作业安全，最忙的时候，胡立新一个班要接240列车，接打200次电话，做40次记录，按1000余次鼠标。

长期的夜班工作，让他的身体患上了高血压，每天都需要服用降压药控制，早上一颗药，血压下不来，晚上再加一颗，严重时下班后打吊针。但他从未因为身体原因而降低工作标准，只要在岗一分钟，就要全力以赴干好60秒。作为党员他时刻铭记自己的初心和使命，尽自己的微薄之力，为大秦铁路运输事业添砖加瓦。

2021年，胡立新被大秦车务段评为“先进个人”；2022年，他被大秦车务段评为“优秀共产党员”。

这些年，胡立新最内疚的就是没时间孝顺父母，成年累月忙碌在车站上。但家人很理解，父亲患老年痴呆三年都是爱人和弟妹在照顾。2017年，父亲去世后，年迈的母亲身体一天不如一天，有糖尿病、高血压，还做了心脏支架。2022年，母亲的颈椎病更严重了，压迫到了神经，腿不能走路，胳膊、手麻木，如果不治疗就会瘫痪。9月15日，母亲刚刚到北京做了颈椎手术，他仅仅陪了母亲三天就回到岗位上。说到这里，这位大大咧咧的值班站长声音低沉："这几天，母亲还在恢复期，不能动弹，大小便不能自理，都是家里人在照顾着。"

胡立新有一个温馨的家庭，爱人王玉荣曾经在医药公司上班后来下岗了，非常支持他的工作，常说的话就是："你那岗位重要，可不能出问题，家里有我，千万不要分心。"这个坚强的女人，整天忙里忙外，照顾老人，还是社区志愿者，在疫情防控期间，协助社区人员一起扫码做核酸。她把儿子培养得很优秀，大学毕业后，儿子在呼和浩特市地震局工作。

"您最难熬的岁月是哪段？"

"没有什么难熬的，铁路职工比地方好多了，工作稳定，收入稳定，就是比地方辛苦点，老上夜班。"

"您从业30年来，是否带出得意的徒弟？"

"徒弟可多了，干值班站长的就剩下我了，有的成为值班站长，有的成为值班员，还有的已经是站长，李志坚、吴建民……他们都非常优秀，都比我强，现在都调到段机关了。"

"作为'大秦记忆'的典型人物有什么感受？"

"没啥，很平常的，这都是该干的本分的事情，其实身边的同事们都是这样的，我是赶上了……"胡立新不愿说自己，总是惦记着身边的职工，有梁建忠、刘日明、李少军等人，这些职工都是党员，都是1985年和他一批招工进来的。

他和他们一样，一直坚守在阳原，坚守在行车岗位上。

他们成长在大秦、扎根在大秦，从年少到华发，无怨无悔，默默无闻，他们以敢为人先、勇创一流的大秦精神动力滋养着初心，在大秦安全运输主战场上，全心全意发挥着微光的作用。

发表于《大秦风特刊·人物专刊》

喜来春·公寓人

饭蔬可口心无杂。窗明几净为您舒。

老来吾亦爱吾寓。虽有苦。唯盼得，累消除。

守公寓就是守大秦

一

在寻找大秦记忆的路上，我都被那些久远的故事和人物感动着，有铁道兵转工的、有招工入路的、有学校毕业的……那一位位平凡而又普通的面孔背后所深藏的故事是那么耐人寻味，直抵人心！

从秦皇岛回到大同已经晚上8点多了，走进大同房建公寓段的会议室，第一声听到的是刘宗文的问候，像家人般的温暖瞬间传来。再定睛细看，眼前的刘宗文身穿路服、神采奕奕、热情坦率、面带微笑……我知道，这一定是他迎接远行回来乘务员的表情。

从五寨行车公寓到这里，他已经等了我们五个小时，面对面坐下来，刘宗文开始接受采访。

“从四川来到大秦铁路，一这干就30多年，书读少了，当不了首长，没什么好讲，我很平常的，就是个平平常常的老百姓嘛……马上就要开始集中修了，接待任务量增加，明天我就得赶回五寨去……”望着眼前这位淳朴、稳重、厚道、实诚的老铁道兵，浓浓的四川口音让我更急切地想听到他和大秦的故事。

聊的第一个话题就是“当兵”，刘宗文说：“只要穿过军装，一辈子都是兵。”

刘宗文，四川省重庆市梁平县人，1962年出生，父母都是农民，家中兄妹五人，他从小就羡慕穿军装的解放军，保家卫国多光荣啊！村里第一年征兵就报名了，可是瘦瘦小小的刘宗文由于体重不够被刷了下来。

最困难的时候，家里生活紧张，父母两个劳动力挣点工分分粮食，粮食分得多家中孩子也多，还是不够吃，到了年底结算还得补钱出去……后来改革开放，包产到户了，家中的收入全部依靠农作物，父母干农活，种植水稻、玉米、小麦、豌豆、大豆、红薯等，日子渐渐好过些……家乡虽然穷困但山清水秀，他经常上山放牛，背个背篓打柴、割草，攒点牛粪卖钱……刘宗文回忆道。

日子在忙忙碌碌中很快过去，又一年征兵开始了，不放弃当兵梦的他再次报名。

1980年，刘宗文终于体检合格应征入伍，他被分配到铁道兵某部队，在此期间修南疆铁路，他由于表现突出曾获得连队嘉奖；1983年6月，他又调铁道兵某部队新管处机修队任采购员；1984年1月1日，全体铁道兵整编，铁道兵编制在解放军序列就没有了。

“一颗红星头上戴，人民的红旗挂两边。”那段令刘宗文魂牵梦绕的岁月仅仅四年就结束了。

这一年，刘宗文转到铁十八局新线运输管理处，当时铁道兵在全国只有四个新线管理处，分别是新疆、青海、内蒙古通辽、山东。铁十八局在内蒙古通辽修通霍线，铁道兵修好线路后，他们运输处采购好物质就上去开始运输了。采购员负责采购米、面、油、菜等，刘宗文不怕辛苦，吃苦耐劳，领导交给的任务每次都能高质量地完成。

在十八局工程处三处13队，刘宗文遇到了一位兴趣相投、志同道合的同事，叫谢小宁，湖南湘潭人，是通过招工进入运输管理处的。一个来自新疆，一个来自湖南，两个不同地域的年轻人在内蒙古相遇了，从相识到相知、相爱，在新线运输管理处渡过了他们人生中最甜蜜的时光……后来，谢小宁成了刘宗文的爱人。

刘宗文回忆起在十八局时一起工作的事务长赵术义，那是多么令他钦佩和敬重的老战友老领导啊！当时，刘宗文负责采购，赵术义是管理员，一次购物，回到单位才发现买肉时对方找的钱少了贰角钱，对账时对不上，怎么办？再回去找天都黑了，一起的同事说，多报一两肉吧。

“那不行，组织信任我们，绝对不能缺斤短两、偷奸耍滑。”赵术义一边说着一边掏出贰角钱。

刘宗文日常采购和事务长接触得太多了，发现赵术义的管理要求和标准相当严格，对自己比对下属还苛刻：工作完不成决不吃饭，食堂的物品摆放、食谱卫生、肉菜案板分类、餐具消毒、食谱安排……面面俱到，食堂窗明几净，账目分类清楚，账、物相符，所有后勤的管理做到了事无巨细，绝对没有分毫偏差，运管处的后勤工作被他管理得井井有条。

“当兵啊，就要当像事务长一样的兵。”事务长的言行深深刻在刘宗文心里，此后，不管干任何工作，他都脚踏实地、精益求精、扎扎实实去面对。

“我的三个十年分别在大秦线上不同的公寓：大新公寓、朔州公寓、五寨公寓，守好公寓就是守护大秦啊！”刘宗文说。

没错，守好公寓就是守护大秦，一起守护的还有谢小宁。

二

“是大秦督促我学习，督促我进步，也是大秦成就了我们这些铁道兵。”

回顾30余年的工作历程，刘宗文如此总结。

1989年6月，刘宗文调北京铁路局大同分局大同生活段大新行车公寓，爱人谢小宁也分到这里，成为公寓的叫班员。

20世纪90年代，大同生活段所辖大新公寓是立式的蒸汽锅炉，用于开水、食堂用气和洗澡。这种锅炉完全依靠人工投煤，刘宗文来到这里，成为一名司炉工，那时候烧锅炉是最脏最累的工作，司炉工吃住都在锅炉房里。

军人出身的刘宗文不怕吃苦，他用心学习烧锅炉的专业知识，爱看书，爱琢磨，不懂就请教老师傅。在岗位上标准作业，不论酷暑还是严冬，顶风冒雪，人工拉煤倒渣，没有丝毫怨言，住的休息室也和当兵时一样，一身整洁的工作服，被子叠得整整齐齐，锅炉房内工具备品定位摆放，卫生保持干干净净。

有时锅炉出现故障，他是司炉工又是维修工，反复地查找原因，一遍不行两遍，两遍不行三遍……就这样，日常的锅炉跑冒滴漏，压力不稳，烧不起来等难关都被一一攻克了。

一次接班，检查锅炉时发现炉膛有滴水现象，不能工作了，打开检修口，发现铅堵化了，这是设备在告警，说明缺水了，必须马上维修，虽然每个季度有厂家负责保养维修，但是现在根本赶不过来，怎么办？刘宗文拿起工具自己维修。

决不能影响公寓热水、蒸汽的使用，不能让乘务员洗不上热水澡，喝不上开水，吃不上热饭……在公寓，他这个司炉工所负责的锅炉那就像是部队的“指挥中心”，关键时刻从未掉过链子。

此时，刘宗文的爱人谢小宁也在忙活着。她是公寓的叫班员，1987年他们在涿州结婚，分到房建段后，把家安在朔州，1989年女儿在朔州出生。

叫班员的阵地，是一个不足十平方米的房间，谢小宁始终保持在铁十八局时严谨细致的工作作风，认真执行段规定的“一叫、二催、三签、四复查”作业程序，每天将叫班计划表、乘务员证件、房间钥匙进行仔细核对，简单的工作重复做。她对入寓的每一个环节做到细致入微，尽管电话不停地响着，乘务员陆续地进着、出着，但是，谢小宁坚决做到不早叫、不晚叫、不错叫、不漏叫，以高度的严谨和专注，热情服务着每一位乘务员的安全正点出乘。

来自湖南的谢小宁活泼开朗、不拘小节，不但工作上兢兢业业，而且在职工中也有很好的口碑，她善良豁达，乐于助人，在干好自己本职工作的同时经常帮助其他职工，谁家有事帮忙替个班，谁家孩子顾不上接，谁家老人的水电费得交了，送点米啊、菜啊……都找她。

去过大新公寓的人，都认识这对儿夫妻搭档，他们对工作的敬业和热心在公寓内外、入住乘务员中早有名气。不管岗位如何变迁，不管身处何方何地，他们始终秉承一种军人的作风和服从精神，以公寓为家，兢兢业业、尽心尽力完成自己的本职工作。

1998年，刘宗文在参加原大同生活段锅炉工比武中，获得一等奖，当时的奖品是个不锈钢杯子，一直到现在他都保存着，后来，他经常参加单位组织的比武、背规，家里用的水壶、暖瓶等都是奖品。在大新公寓的十年是让刘宗文脱胎换骨的十年，这为他今后成为一名公寓管理员打下坚实的基础。

当时，孩子还小，夫妻二人都是三班倒，老人都在外地，他们轮流着照顾孩子，有时候倒不开就拜托邻居管管，以至于女儿长大后变得比同龄人自强自立。

“我们铁道兵的女儿也硬气！”刘宗文自豪地说。

2000年10月，由于工作需要，刘宗文调朔州行车公寓。在这里，他依旧是司炉工，所不同的，朔州公寓是卧式锅炉，比蒸汽锅炉又先进些，打开机器自动进煤、出灰，省去司炉工人力劳动的工序。但是，新的设备又开始考验刘宗文的技术，时不时给他出点小难题。

朔州公寓的主任顾业胜是铁道兵，1979年的兵，他带领职工们熟悉新设备、研究新技术、探讨新方法，最苦最难的工作他先来，带头干，不唠叨。

没埋怨是这位老主任的工作作风，也让刘宗文心生敬佩，只要主任安排的工作他都会高质量按标完成。

四年后，朔州锅炉就停了，刘宗文进了食堂，开始帮厨，帮厨的日子又让他想起当年在运输管理处的日子，采购米面粮油，为机车乘务员制定餐谱……

2010年，谢小宁也从大新公寓调到了朔州公寓，仍旧是叫班员的岗位。

舍小家顾大家，他们长期以寓为家，越是逢节日越要在岗位坚守。他严把食品安全、消防安全、人身安全关；她严把时间关、叫班关、记录关。他们在朔州公寓期间，从未发生一起食品安全问题和叫班不到位。

三

2011年9月，全局货运任务调整，五寨筹备新公寓，刘宗文第一个报名，从朔州到了五寨，全程参与公寓的筹备建设和运营管理工作。那一年，爱人谢小宁仍在朔州公寓，朔州公寓取消叫班员岗位之后，谢小宁也被调到五寨公寓，直到退休。

五寨行车公寓地处山西北部高寒地区，主要为湖东电力机务段“万吨”重载司机提供食、宿、浴、叫班等服务。

刘宗文家在朔州，五寨离朔州挺远。坐车将近三个小时，途经前寨、阳方口、宁武、陈家沟、神池、长城梁、庄儿上、李家坪、五寨九个站。当时，五寨公寓有两个管理员，另一位叫高斌，是大同人，他们协助主任赵晓军把公寓一切工作管理好，公寓所有的维修、楼层、房间厨房都得管，他们八天一倒班，去的时候一天，回程一天，就这么来回跑着已经整整11年了。

在五寨，刘宗文第一次见到了和谐电力机车，他被先进的操纵台，长长的2万吨机车所吸引。这么多年在大秦线上，自己总是待在公寓的锅炉房、厨房、餐厅里等着乘务员归来，这一次，他切实感受到了大秦发展的日新月异和先进的工作方式。

刘宗文有个小小的遗憾，他说：当年入路时，职务填的“采购”就到了生活段，技术含量不高。如果填“司炉”就到机务段跑车了。

那一辆辆装煤乌金的大列震撼着他，那一位位神采奕奕、行色匆匆的“大车”感染着他。服务，为这些兄弟们提供超级的服务，不仅仅是吃饱、睡好，还要让“大车”们感受到家的温暖，想公寓，爱公寓。

五寨公寓就三个人，刘宗文、高斌和赵晓军主任。赵主任是个眼里揉不得沙子的人，而且专业管理到位，是个能人。公寓的太阳能坏了，影响乘务员洗澡，房顶的太阳能离地有20多米高，赵主任毫不犹豫爬上去更换设备……刘宗文看在眼里，记在心上，绝对不能让主任说个“不”字。也因此，刘宗文更忙了，采购食材，每周分时分段制定食谱，和厨师长一起研究早、中、晚餐的搭配……从楼层、客房到厨房、餐厅他都管。

每逢周末，主任休息，公寓就管理员一个人，而这一个人要操心一百多号人的食、宿、浴、睡和叫班工作。有时候乘务员跑长途回来，太疲乏了，有点风寒感冒不想吃饭，刘宗文吩咐厨房给煮点鸡蛋面、拌点疙瘩汤、蒸个蛋糕……开小灶是平常事，最担心的是出现发烧或者更严重的病情。

在公寓里，工会配有医用小药箱，当药箱内有缺失的药品时，刘宗文会买好补齐，当药箱内的药物解决不了乘务员们的病情时，刘宗文会立马打车将他们送到医院。

“‘大车’的身体比我们公寓人金贵，可不能有丝毫闪失！”刘宗文认真地说。

“那你们身体不舒服怎么办？”

“谁都有个头疼感冒的时候，自己解决，吃点药、打一针，挺一挺也就过去啰。”

有一次，一位乘务员感冒引起了发烧，烧到40℃，刘宗文急了，赶紧把他送到县城的人民医院，一晚上守着，直到乘务员烧退后才放心离开。

五寨公寓共有三层楼，其中36个房间用于接待乘务员，在接待任务量增加时段，会发生房间不够用、住不下的问题，刘宗文带头整理出自己和职工的宿舍，腾出房间让乘务员休息。

时间长了，也有遇到乘务员脾气不好的时候，有刁难，也有埋怨，每每这个时候，刘宗文总是面带微笑，耐心和他们交流，做好解释工作。

“师傅辛苦了，您稍微休息一会儿，等一等，等有人交了班，腾下房间就给您办理入住。”

“我是来住的，不是你让等就等的。”

“有时候没有办法！”乘务员不了解公寓的情况，自己想办法解决。

还有的时候，乘务员在外头受了委屈，工作上接了牌，没报岗就开车过去了被罚款，气没有地方撒，回到公寓就开始撒气，说饭不好，咸了或淡了，没炒熟，味道不行……

刘宗文理解乘务员的难和苦：“他们有多不容易呀，辛辛苦苦跑车还被罚了，公寓就是他们的家，回到家还能不让他们发发脾气呀！”

说好话，做解释工作，发根烟，这个菜炒得不好，重新换个菜，看喜欢吃点啥，重新炒一个……耐心交流，精心照顾，直到乘务员吃完饭入寓休息。

除了这些，值班期间他经常在后半夜盯控叫班作业，亲力亲为为夜间入寓乘务员调配住宿房间。

“从魏家滩拉煤到五寨，湖东机务段的乘务员最多，日均接待接送达110人次、叫班45班次，平平常常的。”

刘宗文轻描淡写的叙述中总会蹦出两个字“平常”。我们的大秦铁路，又有多少像他一样的平常人呢！这种平常心着实令人敬畏。

食堂的煤气、液化气都用电，一停电就得采取应急措施，今晚停电了，明早的早餐可不能耽误，早早安顿好厨师，看看怎么准备。没有主食就到县城买回来，不能让乘务员饿着，乘务员吃饱了，公寓人都顾不上吃，那是经常的……零零碎碎的事情一桩接着一桩，可他从没有因为这些小事耽误过乘务员入寓、就餐、沐浴、休息。

最让人头疼的是下水道堵塞，厨房的下水道最容易堵塞，结成油垢后出不来，想象一下食堂内下水不通的后果……当兵的什么没见过。刘宗文处理，刘宗文清掏，有的地方宽敞可以用漏勺挖起来推出去，有的地方狭窄，工具进不去，只能下手，刘宗文双腿跪在地上，脸贴在下水井口，把手伸进去，一点一点将堵塞管道的油垢脏物掏出来……经常是一身的臭味、一身的污物，没关系，这都是公寓人应该做的。

“服从命令听指挥，军人的本色，领导安排做啥，他从没有推诿过，上房修太阳能、下井清掏化粪池、倒垃圾桶、安装水管……只要坏了刘宗文都能搞定。”五寨公寓的赵晓军主任说。

五寨，四百多年前就以“数字化”的方式命名，刀光剑影，烽火狼烟，在这片土地上有武王城遗址、荷叶坪点将台、常遇春墓……历史的底色，铸就了五寨的红。

五寨的红，是最动人的中国红，刘宗文，就是走入五寨的一抹大秦红。

四

五寨的天空很蓝，云彩洁白，植被茂盛的芦芽山和南山，还有那绵延不绝的二道河水……这个大秦线上重要的装车基地，乘务员来来往往，万吨大列穿梭不停……

不知不觉，刘宗文已经在五寨坚守了11年，他早已把这里当成自己的家乡，公寓24小时都有饭，刘宗文每时每刻都等候着机车乘务员回来。

“马上就是国庆了，您能休息几天呢？”

“不休息，集中修就要开始了，五寨公寓接待量加大，国庆节更忙……我已经告诉家里不回去了。”刘宗文微笑着说。

刘宗文在公寓，谢小宁早已习以为常，没有谁能比她更理解、更支持刘宗文，尽管退休，公寓也是她心心念念的地方。

谢小宁的父母都在湖南湘乡老家，他们夫妻扎根在朔州以后，回去看望父母的机会屈指可数，这么些年了，回家对他们来讲是一种奢望。今年去我家，明年到他家，只能轮流着去看望老人，就算这样，家里的老人从来都没有埋怨过。老丈人是退伍军人，91岁了，身体还算硬朗，他支持女婿的工作，常说："我的身体棒棒的，来回跑着看多浪费时间呢，把工作干好才最重要！"可是，兄弟姐妹们有埋怨啊："我们家人怎么就聚不起来，连张全家福也没有。"

是啊！一张全家福，在刘宗文这里却是憾事，刚开始的几年，四年一次探父母假，那时候父母还年轻，还可以有时间等，后来有了年休假，父母老了，孩子出去念书了，回家的时间总碰不到一起。2021年，正是疫情严重时接到父亲病危的消息，当刘宗文安排好单位的工作，急急匆匆往老家赶的时候，走在半路上，便接到弟弟打来电话，说是不行了……还没下飞机，老父亲就走了，患脑出血走的，走的时候还念叨他的大儿子……

刘宗文，那么一个硬气、干练、随和的汉子此刻落泪了，低着头一个劲地说："没有尽到孝心，对不起父亲啊！"他忘不了十月初六这一天，父亲82岁。

还有几个月就要退休了，问他有什么心愿时，那就是照顾母亲。母亲80岁了，腿不好腰也不好，最让他揪心的是老人节约，给钱也舍不得花，有煤气不用，现在母亲还是用烧柴火的老方法做饭，她说这样做的饭菜有味道。

刘宗文太怀念小时候母亲做的蒸薯焖米饭了，红薯放在底下，上面是米，用点好的柴火一焖，那味道别提多好了。

是啊！那是故乡的味道，妈妈的味道……在我们每个人的心中，不都有这样的味道吗？！

身为铁道兵，退伍不褪色，凭借过硬的技术和素质，刘宗文连续多年荣获段的"安全生产先进工作者""建功立业先进个人"等荣誉称号。

“就快退休了，您对自己的工作能打多少分呢？”

“公寓服务到位，乘务员就能安心出乘，就能保大秦线的安全运行，我公寓的工作干得还是比较可以的，乘务员都还满意哈！”他又一次微笑着说。

离开大同房建公寓段时，刘宗文站在门口和我们道别，他依旧保持着礼貌和微笑，是什么力量让一位老兵始终保持心态平和、忠诚执着和热爱？那就是守好公寓就是守护大秦的信念，这个信念，将陪伴他的一生。

发表于《大秦风特刊·人物专刊》

梧叶儿·瓦工

韩家岭，金沙滩。搬瓦砌墙稠。
迎星月，冒酷寒。盼无患。千里大秦坚守。

手持“瓦刀”铸军魂

一个兵，一把“瓦刀”，一生守大秦。

他，出生时就没有了父亲，1963年，家乡发洪水，父亲在生产队喂牲口，牲口棚塌了，被砸死了……母亲带着兄弟五人艰苦度日，最难的时候要过饭，当初生下他来差点送了人……

他叫徐长江，是大同房建公寓段大同西房建维修工区的副工长。

金秋十月，大同房建公寓段的宣传助理刘斌陪同我们来到位于大同市平城区的大同西房建车间。在会议室里，徐长江已经等候许久，还有三个月，他就要退休了，能够见到这位手拿“瓦刀”、一生守护大秦的老铁道兵，倍感珍惜。

眼前的老师傅，就坐在我对面，他衣着简朴，身材瘦削，性情敦厚，斜挎着一个老式军用书包……不善言谈，略显拘谨，办公桌上的两只大手交叉着紧紧地抱在一起，那一节节变形突出的指关节像锤子一样击打着我的内心，这是一双饱尝了多少人间风雨和艰辛的手啊！

话题从当兵聊起。

在华北大平原的地图上，有一个叫辛阳村的小村庄，这个村里只有80户人家。母亲年纪轻轻就守寡，带着兄弟五人艰苦度日。没有父亲，最难的时候，母亲领着孩子们挨家挨户讨饭吃，宁可自己饿着，也不能让孩子们饿……母亲是自强自立的女人，勤劳手巧，会剪纸、做女红，孩子们穿的衣服、鞋子都是手缝的，除了种地，还养鸡、养羊……农忙的时候，乡亲们都帮忙。渐渐地，老大、老二也能干活了……尽管生活艰难，但在母亲和哥哥们的呵护下，徐长江健健康康地长大。因为调皮，没少挨母亲打。村里有一个表哥是当兵的，过年探亲回家时，一身的军装让小长江心生仰慕，能去当兵是多么光荣的事啊！

初中毕业后，大哥看出他的心思，说你也去当兵吧，锻炼锻炼再回来，家里有我们呢！

太好啦！从军，穿军装，那是小长江的梦想呢！少年的他真想看看外面的世界是啥样？于是，背起行囊，带着母亲给的20元钱和10斤粮票离开家，走的时候，母亲只说了八个字："出去听话，不要调皮！"

"听话"两个字到了部队就是"服从命令听指挥"，于是，"听话"追随徐长江长达33年之久。

"我是铁道兵转工来到大秦线的，当兵就是砖瓦工，后来就分在瓦工班了。在部队干了两年后转到工程局，到山东济南盖楼房，一干就是五年多。那时候工期紧，白天干活，晚上打混凝土，一天睡一个下午，虽然辛苦些，可是忙忙碌碌、平平淡淡的也就过来了。"徐长江回忆道。

简历上写着：1981年11月2日，徐长江被分到铁道兵某连。1983年上半年，跟随连队在北京良乡建房。1984年1月1日，全体铁道兵转工，徐长江被分到中铁十四局三处十三队，到了山东济南。1989年5月从山东省济南市调到原大同分局大同房建段，支援大秦线后续后勤工作。

"说说您在部队的故事吧！"

“当兵的时候遇到过塌方，五个新兵，埋在胸口处，有一个广西的塌方后被砸死了……那时候条件不好，住的帐篷、活动板房……可是，我的身体好，能干，有名的能干活。垒墙，一人几米就是几米，有身体弱的战友干得慢，一看他还没有干完就去帮忙。挖坑也比别人挖得快，大家都是战友，有的个子小，力气小，帮助他们是经常的事……”

“有没有遇到过难事？”

“没啥，我没有文化，就是干砖瓦工，修房、盖房，平平常常，一路走来，都挺顺的。”

“您在部队有立过功吗？”

“有。”这时候，徐长江小心翼翼打开他随身背着的那个书包，取出一些老照片以及退伍证等老物件。

我接过那一本本鲜红的证书，“立功受奖证书”金灿灿的六个大字映入眼帘，落款是原中国人民解放军总政治部，打开扉页，由三圈麦穗、齿轮环绕着的五角星，金边闪烁，红星内刻着金黄的“八一”，那是军人的荣耀和辉煌啊。第二页上印着红色的12个楷体大字“发扬革命传统，争取更大光荣”令人奋进，第三页的表格里填着蓝色的钢笔字，部别：铁四师十八团四营十三连；姓名：徐长江；职务：战士；受何奖励：三等功；批准机关：中国人民解放军某部队后方基地；时间：1983年7月11日。

主要事迹：

“该同志在施工中不怕苦，不怕累，积极主动，脚踏实地，服从分配，听从指挥，干一行爱一行，工作不分分内分外，自己的任务完成后主动找活干。在三月份挖电缆的时候，土质硬，很难挖，他脱掉衣服，穿着背心，挥起铁锹、铁镐，汗流满面，把自己的挖好，主动帮助别人挖，使其他的同志也提前完成了任务。在楼房建筑中，有一次不慎将拇指砸伤感染化脓，医生给他开了病假条，但他想到施工正处在紧张任务繁重的时候，忍着疼痛照常上班，不叫一声苦，任劳任怨，为完成营建施工任务做出了贡献。”

翻看着徐长江的退伍证书以及一张张老照片，照片有个人的、有集体的，还有小范围战友合影。照片上年轻帅气的面孔将我带回到那久远的岁月。彼时，走进军营的战士也一次次感受着军营的温暖，彼时，眼前的老师傅是那么青春年少，英姿勃发……我的视线在一张照片上停顿下来，那是徐长江与母亲的合影，右下角备注着“1982年北京良乡”。

照片上的母亲一头乌发，精瘦干练，一只手自然垂下，一只手平放在左侧的桌子上，腰身挺得直直的。她坐着一个木制的凳子，可能个子过低，凳子上还垫了两块木板，如果不是露出来的凳脚，给人感觉是站着的。身后站着高大魁梧的解放军儿子徐长江，老人左侧的身体紧紧贴着儿子，脸上挂着微笑，让人感觉很幸福！她含辛茹苦将徐长江养大，一定没有想到，自己的儿子不但是一名优秀的士兵，还成了忠诚守护大秦铁路房建设备的铁路职工。

徐长江，一位多么朴实坦荡的人啊！没有再多的言语。

“历经房建系统多次优化整合，徐长江一直在工区干，在日常工作中，积极肯干，能够团结和带领工区职工圆满完成各项工作任务，无论是春检春鉴、防洪防汛、秋检秋鉴等季节性房建设备设施的检查维护，还是营业线施工维修等重点施工作业任务，均保质保量出色完成。”车间党总支书记董锦宇说。

徐长江，在大同西站工区干瓦工15年，在物业车间维修站干瓦工10年，后来到了现在的大西房建维修工区干瓦工8年。

“在大秦工作的这些年有感觉到辛苦吗？”

“我们房建是后勤单位，没有火车司机辛苦！”

“当兵的经历对后期有影响吗？”

“穿过军装，一辈子都是兵，不管工作上纪律上，一切行动听指挥，领导让干的工作从没有怨言，不打折扣，今天能干完的活，决不拖到明天……我的瓦工工具最全了，同事们都知道，工具就和打仗用的枪一样，要爱惜要保养，接到任务一点不耽误……”徐长江不急不缓地说。

“1989年至今，来到的大秦线33年了，喜欢这个行当吗？”

“喜欢，垒墙、盖房子、抹房顶、打散水、贴瓷砖……都会，大同西二场信号楼抹屋面找平层、打散水，还有房建段预制厂、大同站西站修等屋面大修，做找平层、垒墙……领导把我放在哪儿也放心。”

这就是为了一个简单而崇高的承诺而倾尽一生的徐长江，这就是将青春年华抛洒在一摞摞砖、一堵堵墙中的徐长江，这就是手持“瓦刀”在站台、站房背后，一直在默默守护大秦平安的老铁道兵。

“有没有想过改行？”

“没有！铁路运输生产房屋设备需要我，大秦线需要我，就算一身泥一头汗地为铁路服务，心里也舒坦！”

铁路是我国的大动脉，具有“高、大、半”的特点。“高”就是高度集中，“大”就是“大联动机”，“半”就是半军事化。对一名退伍军人来说，“吃苦奉献、争创一流”这种坚韧的斗志早已渗入徐长江的骨头里，升华为负重争先的必胜信念，这种信念引领着他一路披荆斩棘，奋勇向前。

修房子、垒围墙离不开瓦工，处理站台侵线离不开瓦工，风雨棚漏雨离不开瓦工啊！在房建段的这些年，说不辛苦那是假的，风里雨里，霜里雪里，顶严寒、冒酷暑，上房顶补漏，钻地沟、砌井……在金沙滩站、宋家庄站、韩家岭站，徐长江和班组的职工一起处理井盖塌陷，补抹散水破损，整修上下水，补安水落管，油漆活、安玻璃、木工活……年长日久，他所面临的困难已经不再是困难，难关不再是难关，只要是房建段的活他都能干，都会干了。

1994年，徐长江和他的班组职工在大张线的天镇站参加达标线建设干了一个多月；1995年，徐长江在岱岳站参加达标线建设干了一个多月；2019年，徐长江在怀仁东站台雨棚屋面大修、站台面大修整治等施工现场盯控干了九天八夜，盖房子、修站台、做屋面、抹灰砌砖、现场防护……春夏秋冬，身为检修人员的他起早贪黑、加班加点，忙到不可开交的时候，就在附近的老乡家里借宿一晚，为的就是第二天能早早开工，无论是粉刷候车室、维修站名牌、油漆站内房屋门窗铁艺围栏，还是修补站台面砖、破损围墙、补漏屋面，均按标作业、任劳任怨。

“房建干的都是苦力活，整日在泥瓦灰石中忙碌，有没有怨言？”

“没有，发牢骚也是一天，不发牢骚也是一天。”

每一次参与施工都认真负责，每一道砖墙都牢固坚挺，每一次抹灰都细致均匀，每一件房屋都用心维修养护，这是徐长江对自己的要求以及在工作中的真实写照，脚踏实地，精益求精，在他的身上时刻都保留着军人的特质。

“徐长江干活特别认真，每件活要自己满意了才行。”大同西房建车间的主任孟建文说。

2020年3月26日，韩家岭站区标准化建设整治项目开工。

徐长江第一时间递交请战书，作为施工小组组长主动冲在站区施工一线，这场施工，时间紧、任务急。初春的韩家岭依旧透着寒意，每天和工友们在寒风冻土中开挖基坑，刨旧瓷砖、铺面转、整修上下水管道……施工任务一件接着一件，徐长江没有退缩过，他以饱满的工作热情融入韩家岭站区的整治当中。

接到拆除韩家岭锅炉房任务，徐长江立即同崔福州、孙登福、常建荣等职工进入施工现场查勘地面，商讨拆除方案。由于锅炉房地面材质是混凝土，质地坚硬，徐长江第一个把起电镐，挥起臂膀破地面，身边的职工也积极行动起来，铁锹、大锤、斧头挥舞起来……从开工一直到收工，除了吃饭上厕所，总能看到他弯腰、低头、不停干活的身影。在清明节小长假期间，车间领导让他休息几天，可是徐长江就像被吸在韩家岭站一样，主动放弃休假时间，连续24天战斗在现场。

“命令就是军令，完成好每一个施工任务就是我的职责。”徐长江说，“没有打不穿的洞，没有跨不过的坎。”在同事的眼中，徐长江时刻都像准备冲锋的战士，不惧困难，勇往直前，军人的刚性和硬气凸显。

军营磨砺了徐长江“打硬仗、扛重活、攻难关”的担当精神，他将这种精神带到工作中，拆除完锅炉房地面之后，他并没有撂下工具，而是立即组织工友清理建筑垃圾杂物，做到“工完料尽场地清”。

不需要等，徐长江又开始了新一轮的“请战”。他带领着自己的小分队主动要活，车间主任孟建文知道徐长江的实力，放心地将开挖管道沟的工程交给了他们。

在扑面而来的寒风中，徐长江和小分队成员排成一行，铁锹、洋镐、撬棍上下翻飞，地面一点点下去，房建职工的身体也一点点变低……

4月，正是刮风的季节，施工现场地下都是回填土，非常难挖，露天作业环境确实恶劣，一阵风刮过来，大伙儿浑身都是土，眼睛都睁不开。

当时有位新工存在抵触情绪：“又脏又土也不说啥了，忙起来连喝水的时间都没有，真不是人干的活。”徐长江耐心地开导，给新工讲自己当铁道兵时候的经历：“那时候的设备机具离现在差远了，我还没现在的你大呢，不都熬过来了？”

他给新工递过一块新毛巾，微笑着说：“擦擦，韩家岭是大秦线上的重要枢纽车站，我们把它建设好了，让站区的职工住得舒适些，多好！”

徐长江积极向上、吃苦耐劳的军人本色时刻激励和鼓舞着身边的人，他不但主动带头干，还将工作中的经验和好的做法交给新工，不到一个下午，100多米的土方就被攻克，上下水管道可以正常铺设了。

从手持“瓦刀”在部队盖房子、垒墙到投身大秦铁路为铁路房屋建筑物保驾护航，徐长江的战场转换了，可是他为人民服务的初衷没有变。

他说自己文化不高，脑子不灵活。但是，他懂得勤能补拙，从年轻的时候就开始埋头苦学，不断进步，徐长江几十年如一日的辛勤付出，获得了各级组织的充分认可与肯定，那一本本授奖证书书写着一名老兵的刻苦和勤奋。

1987年，在参加北京铁路局举办的瓦工技术比武中，徐长江荣获第二名。

2001年，在北京铁路局举办的技术比武中，徐长江获得第一名。突破自我，再创佳绩，一举夺魁，他被授予“北京铁路局技术标兵”荣誉称号。

2018年，荣获太原铁路房建段“诉求处理突出贡献奖”。

2021年，荣获太原铁路房建段“先进生产（工作）者”荣誉称号。

荣誉不能代表什么，但是，这些平平常常的荣誉告诉我们一位铁路“瓦工”的不平常，他的心中一直有一个支点，那就是保持军人的优良作风，像砖墙一样深深在岗位上扎根。

生活中的徐长江淳朴善良、乐于助人，只要同事们有瓦工活让帮忙都没有拒绝过，帮忙贴瓷砖、修房子、铺地面……甚至木活、上下水、电线路等杂七杂八的活儿他都能拿下。也因此，落下了“有活儿找长江”的好名声。

爱人叫闫村如，和长江是一个村的，入路前就结婚了，那时候徐长江在山东济南工作，一年只能探家一次，家中的老人小孩全靠爱人照顾。

在大同工作后，没地方住，徐长江拿起手中的瓦刀，自己在西二场盖房住。后来，他把家人接了过来，彻底告别两地分居的生活，有家人的支持和陪伴让他感觉无比温暖，不管工作或生活中都充满阳光。经济条件好些后，他们在大同拥军路买了一套楼房。一双儿女都很优秀，女儿已经出嫁，儿子当兵回来后现在秦皇岛西工务段工作，他继承父亲的血性和担当，热爱铁路，坚守大秦。

定居大同后，徐长江将老母亲从河北老家接过来住，老人不习惯就回去了，2017年去世，享年89岁。

常年的体力劳动让徐长江看起来面色红润，精神焕发，用他的话说：“我身体很好的，没什么毛病，就是蹲着腿疼，弯腰腰疼，可是，干起活来就忘了……”

最后问道：“快退休了，有没有遗憾的事，对现在的岗位留恋吗？”

“有啊！当兵时间太短了，两年就脱了军装。留恋啊！感觉身子还硬朗着，现在生活越来越幸福，孩子们成了家，负担不重了，不想退休呢，如果单位需要，随叫随到。”

太阳就快落山了，准备道别的时候，徐长江已经没有了刚开始的陌生和拘谨，他站起身来，伸出那双粗大变形的手，微笑着说谢谢我们的采访。瞬间，一种可以穿透砖瓦、水泥的力量通过他的手掌传递过来，就像不远处承载大秦2万吨机车的钢轨一样，稳固、久远、绵长。

发表于《大秦风特刊·人物专刊》

使者
SHIZHE

临江仙·暖春

为民办证东沉静，从头至尾操心。小区老旧路留痕。访查资料，吃苦向前寻。

寒来暑往职工盼，产权证手中真。纸薄色暖党恩临。团圆居室，关爱暖如春。

幸福的使者

山西太原2020年的夏天，似乎来得特别早，空气中弥漫着炙热、沉闷的气息。

午后，阳光更加刺目、毒辣，人们都钻在有空调、电扇和阴凉的地方，躲避着酷暑所带来的焦灼和不适，有气象预报显示当日最高温度将达39℃，已经发出高温橙色预警。

在太原市万柏林区长兴南街与南屯路交叉路口100米处，坐落着宽敞明亮的太原市政务大厅。

此刻，正好是政务大厅午休的时间，魏东和同事们已经在这里忙了一个上午，在各窗口停工时，他们就在政务大厅外面等着，坐在门口的石凳上休息。石凳不大，仅仅容得下一个人，他们有的站着，有的背靠着背坐一会儿……时不时，摇动手里的文件袋吹吹风，可是，扑面而来的热气还是让这些年轻人汗水淋漓、口干舌燥。

2020年4月，山西省首次推出“处遗”政策，集团公司为职工解决“有房无本”问题，为铁路住房产权证办理开了窗口。

负责保障性住房办证工作的是太原铁路地产置业有限公司，根据上级安排，业务员魏东加入公司办证中心，成为集团公司第一批办证业务员。

怎么办？从哪入手？接到任务的魏东和同事们一脸茫然。

为了弄清楚办证手续，尽快转变自己的角色，魏东翻遍各级政府办公网，搜集了100多项文件，从运城到大同，一路北上，对8个地市34个小区逐个摸排调研，跑遍了规划、住建、税务等60多个职能部门，咨询相关疑点，对接捋顺关系。

在办理太原地区九个高层小区保障性住房12797户职工的大证时，需要核实房屋信息明细，魏东和同事们顶着烈日往返于政务大厅、公司和小区之间，要让老百姓感受到集团公司为职工办实事的决心和信心，要将大红本早日交到职工手中……为了保证进度，魏东每天要完成至少120户、每户16项信息的核实工作。

也因此，盯电脑盯得头昏眼花，抄数据抄得四肢发麻。但每每想到万余户铁路职工翘首以盼的大红本，魏东就咬咬牙、眨眨眼，打起精神继续干。就这样坚持了两个半月，终于将全部房屋信息明细校核完成，接下来的任务更加艰巨，魏东知道，等待他的是一条千头万绪、坡高路陡的挑战之路。

“大国之大，也有大国之重。千头万绪的事，说到底是千家万户的事。”这是习近平总书记在2022年新年贺词中讲到的。

拿到不动产权证，正是涉及千家万户的大事。魏东，这个从安徽宿州走来的年轻人，硬是凭着一腔“硬气”，以顽强的毅力和不怕困难的勇气和决心，走出一条为职工群众送温暖的幸福之路，将职工的期盼变成现实，将一个个大红本交到职工手中。

三年多来，魏东和办证中心的同事们已累计完成集团公司33个小区2.4万余套住房的不动产首登，让1.7万余户职工业主顺利领取到个人不动产权证书。既荣获集团公司“先进生产工作者”“优秀工会积极分子”“优秀共青团员”等荣誉，2022年元月，他又被集团公司授予“2021年度太铁之星”的光荣称号。

少年建房梦

魏东的建房梦，是从年少的时候开始的，安徽宿州这块神奇的沃土为他埋下了理想的种子。

1994年，魏东出生在安徽省宿州萧县一个叫朱庄的小村庄，距离萧县县城约15公里，如果不提到皇藏峪森林公园，他的家乡，这个深藏在淮北平原和淮海平原之间且三面环山的自然村可能无人知晓。

皇藏峪国家森林公园距萧县2.6公里，东靠京沪铁路，南接宿州，西连淮北，北邻徐州，丘陵山峦、天然洞穴、奇石景观令人流连忘返。

据传，秦末刘邦与项羽争霸。刘邦兵败彭城，带残兵败将十余人来到了萧县黄桑峪，只见前面绝壁挡道，后有项羽追兵，面对此境刘邦仰天长叹道：“天亡我也！”环顾四周哪有藏身之处，忽然，峭壁上现出一洞，急带残兵攀入洞中，刘邦暗想此洞吾能寻得，项羽也非等闲之辈，不同样能找到吗？假有一巨石挡住洞口会更安全，这时突然一块巨石从天而降，恰好挡住洞口，随即不知何处来了好多蜘蛛把洞口剩余部分结上了网。这时，项羽率众军士来到此处，兵卒四下寻觅，也找到此洞，禀于项羽道：“大王，该处有一洞，但蛛网未破，人不得入。”得到众生灵的庇佑，刘邦在山洞里躲过此劫。“皇藏峪”因此得名。

打小，魏东就听大人们讲“刘邦在山洞避难”的故事，而和当年刘邦所待过的山洞意义雷同的，也是这个小小村庄内每一位村民所梦寐以求的，那就是拥有一处属于自己的世外桃林，可以高枕无忧、安心居住的房子。

和中国农村所有的老百姓一样，身为农民的父母所期盼的除了培养孩子读书走出农村，就是努力挣钱盖一所坚实牢固、宽敞体面、屋高墙厚的新房。

在魏东上初中二年级的时候，这一年，秋天的雨水特别大，他家老屋的西墙被雨水冲刷后摇摇欲坠，父亲找来邻居伯伯和他一起修，和泥、抹灰、砌筑围墙……伯伯一边干活一边对父亲说："今年的收成好，孩子们都大了，就没考虑翻盖一下你的房子？房子旧了，老是修修补补，也不是办法……"

"好是好，可是不能光考虑盖房子，我得攒钱供我家魏东念大学了。"父亲微笑着说道。

刚刚放学回家的小魏东听到了，懂事的他没有吭气，他放下书包，开始跑前跑后地搬砖、递水……给大人们当小帮手，一边干着，小小的男孩一边想着："我一定要争气，考上一所好大学，等将来挣下钱给家里盖房子。"

2011年，魏东终于不负众望，考上了吉林建筑大学建筑材料无机非金属专业。由于他比同龄的孩子念书早，在班里偏小，这时候的他仿佛还是那个懵懵懂懂的少年，五彩斑斓的大学生活没有改变他的梦想，当别的同学在逛街、聚会、吃美食、谈恋爱的时候，他一门心思待在图书馆、自习室里钻研着自己的专业。

无机非金属材料品种和名目极其繁多，用途各异，通常分为普通型和先进型，普通型指的就是工业和基本建设所必须的基础材料。例如：水泥，就是重要的建筑材料。当然，还有陶瓷、石灰、石膏、水晶、金刚石、玻璃硅酸盐等。

这一切的一切，让魏东觉得离自己很近又似乎很远。将来，自己会成为建筑工程师吗？能有能力在家乡为父母盖房子吗？魏东不知道，他知道的只是珍惜所有的时间，集中精力学习。

大三进入实习阶段，被学校安排实习的地点是一处混凝土搅拌站，在这里，魏东和建筑工人一起搬运石子、筛沙、背水泥……农村的孩子不怕吃苦，农村的孩子和搅拌机中流淌出的混凝土一样坚韧、有硬度、牢不可摧。

可是，这样的生活不是魏东想要的，他的梦想是造房子，做驾驭混凝土的人，而不是在这里盯着搅拌机，看着如潮水般汹涌的混凝土上下翻滚……身上的衣服早已被汗水浸透，嘴唇干得没有了知觉，一次次扑面打来的干水泥呛着他的眼睛、鼻子，尽管戴着双层口罩，还是挡不住那些重金属对身体的冲击，此刻，一个念头扑进魏东的脑海：考研，继续读书深造！一身的疲惫没有让他退却，反而更加坚定了他的想法，不能放弃梦想。

让魏东没有想到的是，大四的暑假，回到家后一切都变样了。小院里挺立着崭新的五间瓦房，窗明几净，巧手的母亲还剪了窗花贴在窗户上，那一对对越过龙门的鲤鱼喜气洋洋欢迎着他回家。原来，农村的父母利用农闲的时候出去打工，终于攒下钱翻新了房子，父亲开玩笑地对他说："东儿就要毕业了，这是给你准备娶媳妇的房子呢……"

眼前的一切，让魏东这个大男孩的眼眶湿润了，父母受苦受累一辈子，怎么想的都是自己呢？唯有好好念书，找到一条属于自己的出路，买一套楼房，把父母接出来，也让他们享享福。

2015年9月，魏东以整个学院第二名的好成绩考上太原理工大材料科学与工程专业的硕士研究生。

或者，就连他自己也没有想到，山西太原，这里将成为他人生中的另外一个故乡，成为他从南到北奔波求学停靠的港湾。

2018年8月，这一年魏东毕业，他所面临的是就业问题。恰恰这时候，集团公司到太原理工大招工，对魏东来说，这是多么难能可贵的机会啊！第一时间，他就投了简历，报名入路。

这是集团公司第一年在理工大校招，报名的同学特别多，将近有五六十人，而录取的名额有限，只要五名。各种招聘环节、笔试、面试……魏东都全力以赴，最后五名条件符合的学生中就有魏东。

当时的魏东，对铁路没有一点概念，和铁路的交集，除了寒暑假乘坐火车之外，魏东实在想不出其他内容了。他学的材料跟铁路的很多专业不对口，会不会没有自己的岗位，是不是还得重新到人才市场……各种复杂的情愫让他不安……

可是，当他通过重重考核接到被录用的电话时，激动的泪水夺眶而出，远在异地他乡，学成毕业的魏东是多么需要一份工作啊！老天却又如此地眷顾自己，入路，成为集团公司的一名职工，让魏东觉得自己太幸运了，这意味着，他将留在山西发展所挚爱的房地产事业，这时候，他觉得自己是最幸福的人。

被录用的单位是太原铁路地产置业有限公司，这个公司就在太原东站旁边。此刻，已是傍晚又逢周末，魏东想也没想，骑起自行车往东站飞奔而去，他要去看看这个单位是啥样子，太激动，太兴奋，这种喜悦让他刻骨铭心……

很多年了，从小学、初中、高中到大学、硕士研究生，父母一直默默支持、培养着自己，今天，终于学业有成并找到能养活自己、能报答父母的一份工作，魏东的内心充满了欣喜。尽管，他对今后所从事的事业还是模糊的，当站在“太原铁路地产置业有限公司”的大门前，他把这个好消息告诉了远在安徽小村庄的父母家人，父母也和他一样激动！

“孩子，好好干，一定要好好干啊！能早去就早去，能多干就多干点……”朴实的话语犹在耳畔，父母的赞赏、鼓励和叮嘱深深影响着魏东，一定好好干，一定要珍惜这来之不易的工作！

这个来自南方的年轻人，在山西的省会太原，对自己的未来充满了向往和自信，地产置业，那是一份怎样的工作呢？他感觉和自己的梦想越来越近了。

“大红本”在召唤

带着美好的憧憬和疑问，魏东走进了太原铁路地产置业有限公司。

太原铁路地产置业有限公司成立于1997年6月24日，位于太原市杏花岭区建设北路426号，经营范围包括房地产建设开发、商品房屋销售、铁路土地综合经营开发，保障性住房开发建设、棚户区改造、建筑材料销售、房屋租赁、维修及供暖服务等等。

这个全新的环境，让魏东彻底告别校园，走进职场，这里，将成为他人生中努力拼搏、不懈奋斗的地方。

刚进入公司，魏东远离了学生时期熟悉的轨道，面对一切新鲜事物，有些迷茫，他无法清晰找到自己的定位和角色，接下来的实习让他渐渐地明白角色的转化不在于所工作的环境和内容，而在于自身应该怎么做。刚刚入路的他逐渐懂得无论何时均要保持学习者的姿态，谦逊、踏实、坚持……勇敢面对新的一切。

第一年，在公司各部门轮岗实习，一位叫徐海峰的同事对他影响很大。徐海峰是党群工作办公室的宣传委员，工作中的徐科严格细致又不失耐心，他热爱工作，从不说教，以身作则，对这个刚刚参加工作的年轻人，他倾注了犹如兄弟一样的爱心和耐心。除了日常的业务工作，他给魏东讲铁路、讲公司的发展史、讲自己的从业经历……在一次次的工作历练和融合中，魏东逐渐了解、认识了铁路，而这个置业公司和自己所向往的建房、购房、房产开发有关。在对日常的业务办理、熟悉、掌握的过程中，逐渐激起这个年轻人对这项工作浓厚的兴趣，而这个兴趣，也在同徐海峰的相处交流中变得越来越浓厚。

工作态度，能将热爱工作的积极性进一步升华，尤其日常点滴的收集整理，给今后的各项工作打下坚实的基础。在徐海峰的悉心关怀和指导下，让魏东学到很多，他不仅在工作上熟悉了业务流程，而且在为人处事和生活上也受益匪浅。

每每写完一篇总结，报过一次报表，徐海峰总是会提醒魏东再次核实数据，整理留档，日积月累形成常态，而魏东也在徐科的鼓励和督促中认真保留每一张文稿，对每一天的工作进行梳理总结，他的工作积极性也越来越高。

魏东渐渐明白工作中没有那么多的波澜壮阔，可能面对的都是一些琐碎之事，自身需要做的就是于琐碎之处寻细致，细心耐心地面对每一个工作项点，确保不出差错。

后来，魏东分别轮岗实习了综合部、南站项目部、党群工作办公室等部门，他终于成为一名精通业务、发挥专长，可以游刃有余地参与各个项目的工作人员，顺利完成了角色的转换。

眼前的资料中，一行行数据见证着魏东的成长：完成西站项目既有住宅危险性检测评估，已出具安全风险评估报告，既有住宅检测结果均为c级和d级，符合纳入棚户区改造要求；对项目691户住户进行危房改造征求意见调查，679户住户同意现有住宅进行改造，12户不同意进行改造……

2018年11月，思想先进、工作积极的魏东向党组织积极靠拢，他递交了入党申请书。

从一个学生转化为一个职场人，这二者的社会角色在思想的层面上，存在着较大的差异。学生时代只需要做好一件事——学习，而参加工作后，在做好本职工作的同时也不能放松学习。

无论是实习阶段，从一个部门轮岗到另一个部门，还是后续接触项目、前期手续办理及办证工作，工作方式、职责及业务流程都会有所转变，需要去面对新的业务项点和熟悉新的业务流程。魏东始终保持虚心踏实的态度，保持对新鲜事物的热情和兴趣，他把学习作为获得新知识、掌握方法、提高能力、解决问题的重要途径和方法，他经常向周围的同事请教，带着思考边学习边工作，不断地进步，不断地成长。

2020年4月，魏东加入“办证”小组，参与太原地区9个保障性住房12797户、原建小区1911户及晋中、临汾、大同、原平、长治、朔州、运城9272户不动产权证办理工作当中。

办证是一项全新的工作，没有任何先例借鉴，一切都要从零开始。对魏东而言，这是他第一次接触办证，年轻的他还不太懂办证与“为群众办实事”有什么切实联系，一切的一切均停留在一纸文字和数字上，显得那么苍白无力。

接下来，魏东要面对的是一项又一项的考验，然而，这个倔强的男孩子，就像当年父母叮嘱过的那样：能早去就早去，能多干就多干点……他不分节假日，不论白天黑夜地忙碌在办证战场。

2020年5月，魏东开始着手太原地区的具体办证工作。但涉及1800户职工的14个老旧小区建设年代久远，建设单位多次变更、整合，手续缺失严重，办证工作一时之间无法开展。

1800户，1800户不仅仅是一个数字，更是翘首以盼等了30多年，等了30多年才等到希望的1800个家庭，魏东暗暗告诉自己，再难的路也要闯一闯，没有什么是克服不了的，必须拿下这只“拦路虎”。

之后的日子，魏东追星逐月，连续奔波于市城建、规资、住建等11个部门档案馆，累计整理出资料8000余册，为后续工作提供了强有力的支撑。

有一次，为了找一张建北小区的原始图纸，他骑车先后跑了四个档案馆，连续三天晚上查遍了300多册档案，上千页资料一张一张地翻，手指头都磨得麻木了。可是，当看到“建北小区”这四个字时，魏东激动地跳了起来。

“找到了，终于找到了！”他兴奋地告诉同事，“我们可以继续往下推进了。”

事实证明，办证工作不仅要肯吃苦，下功夫，还要用心用情和住户交流沟通，为住户答疑解惑。

在办理住户个人产权证时，很多住户对办证的相关流程和政策都不太了解，心有疑虑不知道咨询谁，由于年代长久，部分住户购房收据丢失，影响个人产权证办理。

为了让更多的老百姓感受到集团公司为职工办实事的政策，对早日拿到自己的大红本更加有信心，太原铁路地产置业公司开通了办证服务热线电话。每当小区贴出准备办理个人产权证通知时，魏东就到了忙碌的时候。

办公桌上的热线电话“叮铃铃”不停地响，坐在电话机前的魏东也忙个不停，他始终保持着一颗爱心和耐心，以礼貌专业的语言在第一时间为住户答疑解惑，在第一时间为住户补查收据。

往往一天下来，他能接上百户住户打来的电话，尽管口干舌燥、耳鸣目眩……但听到一声声满意的答谢声，魏东便忘记所有的忙碌和不适，感到无比开心和幸福。

在办证的过程中，经常会出现意想不到的难题。每个小区的情况不一样，每个地市的政策也不一样。

此次“处遗办证”属于政府首开窗口，没有任何先例可以借鉴，全局保障性住房涉及太原、大同、临汾、运城等8个市34个小区近24000套住房，工作量多，区域跨度大，而且各地市办证政策、流程和要求各有不同，给办证工作带来了巨大的压力和挑战。

到原平地区调研的情形让魏东记忆犹新，那天，他信心满满地到达原平，相关部门工作人员却答复：“‘处遗’还未正式开展，你留个电话等消息吧。”

这样的情形犹如当面扑来的冷水让魏东心里凉凉的，情况比自己预想的要难办。

“怎么办呢？”魏东呆呆地站在原平市政府的大门口。不行，这事绝对不能拖！想到老百姓期盼的目光，魏东又信心十足了，他又一趟趟往原平市政府相关部门跑，沟通当地两个铁路小区的情况，同时，将在其他地市了解的动态介绍给他们。

功夫下到了，总会有好的结果。原平市不动产登记中心主动邀请魏东参加铁路小区“处遗”工作专题推进会，并承诺第一个推进铁路小区的办证工作。

“你们铁路是我见过最上心办证的企业了。”他们感慨地说。

随着“处遗办证”工作越来越深入，接触的职工住户越来越多，一幅幅鲜活的画面也呈现出来。魏东忘不了那位白发苍苍的老爷爷听到住了30多年的老房子能办大红本了，那种不敢相信但又非常渴望的眼神；忘不了阿姨们争先恐后咨询办证相关细节后的一声声“感谢”；忘不了一位叔叔拿到大红本后给家里人一个个打电话时开心的神态……

这个涉世不深的年轻人，开始一遍遍在心里跟自己说：“一定要继续努力，让所有的住户都拿上大红本！”

“为群众服务”“为群众办实事”不再是一句句口号，他们在魏东的心中变得鲜活起来。他体会到了办证这项工作是在践行“我为群众办实事”，也因此给职工住户带来满满的幸福感和获得感。

他深深喜欢上了办证这项工作，也认定了为群众服务就是人生最大的幸福。

那么，做传递幸福的使者，成为业务员魏东人生中最有意义的事。

与“时间”赛跑

2020年7月，经地产置业公司党委批准，魏东成为一名入党积极分子。

2020年9月底，胜利小区率先取得突破，完成不动产首登办理，具备了下一步办理住户个人产权证的条件，但剩余小区数量多、流程不清晰的问题仍然困扰着魏东和他的同事们，魏东意识到光靠“蛮干”是来不及的，需要从提质增效上寻求突破。

为了以点带面地全面推进办证工作，魏东以胜利小区项目为样板，全面梳理办证工作涉及的所有项点和工作流程。

他和同事们一起编制了不动产权证办理标准化流程手册，细化了办证工作各个环节，明确了各环节对接人员、所需资料及工作周期，将DMAIC（六西格玛过程）模型、ESIA分析法（以建设流程中非增值活动为实用性原则）、甘特图、泳道图等方法应用于办证工作，对涉及19个环节的时间节点、衔接顺序、工作周期等进行重新优化，对34个关键项点做出标准化模型，以便在其他小区推广应用。从技术上提升了办证效率和进度，从而大大提高了全局办证速度。

2020年的冬天，在一个北风呼啸的上午，有一位退休职工来找魏东，眼前的老人家，拄着拐杖，雪白的头发和满脸的皱纹仿佛在诉说着他的难事。魏东热情地接待了他，他招呼老人坐下，跟他说不要着急，有什么事您说。

老人家望着这位热情大方而又礼貌的年轻人，放下之前的拘谨，缓缓地说道："自己是迎晖苑的一名住户，退休多年，身体一直不太好，患有多年耳鸣、泡沫蛋白尿、高血压、高血脂及慢性肾病等疾病，伴有小腿浮肿、腰痛、关节痛等症状……"此次过来主要是因为房款、维修资金收据丢失，老人自己手写了一份办理房产证的情况说明，想要办证中心帮忙查询收据便于下一步办理个人不动产权证。

当时，魏东手头的工作件件着急，可是，他看到老人家一脸的为难，儿女都不在身边，腿脚不便还跑来找自己，他记录下老人所在小区房号、单元、楼层……一口应了下来。

随后的两天，他帮助老人先后到5个相关单位查找房屋的收据、住房证等资料，将查询后的房款及维修资金收据送到老人家，并帮助老人将办证所需资料准备齐全。

针对"老人身患疾病、出行不便"的问题，魏东积极践行国铁集团、集团公司"我为群众办实事"的精神，开辟便捷通道，提供上门服务。他协调公证处上门进行公证，后续帮助老人完成开票、评审、录件、移交资料、扫描、打证、贴图等多项工作。

历经一个半月的时间，老人的房产证终于办完了，魏东拿着大红本第一时间就给老人送上门。

拿上证后，老人拉着魏东的手不住地念叨着："等了这么多年，终于拿到大红本了，了却我的一桩心愿啊，真是太谢谢你们了！"

看着老人家的喜悦，听着老人家的道谢，魏东却不好意思了，我们要做的不就是帮大家解决麻烦么。

这件事后，他开始思考如何进一步提高服务质量，让职工“少跑腿”“好办事”。

他和同事组建了“四心”住房办证服务组，先后帮助300多户职工住户解决了资料遗失等问题，后来，这个服务组还被集团公司党委命名为优秀“党内品牌”。

办证工作是非常烦琐、细致的一项工作，前前后后涉及19项流程，工作量巨大。单就信息录入这一项工作来说，打印每一本房产证前，都要在“政府信息平台”上录入86条信息。其中，有的要印在大红本上，有的要留底备案，因此不能出现一丁点错误，必须反复校对。

想要尽快完成每一项流程，把“大红本”交到职工手上，光靠吃苦肯干的劲头还不够，还要多动脑筋、多想办法。魏东就是那个既能干又爱动脑筋的人。

为了提升录入效率，确保数据绝对精准，魏东开发了一个模拟录入小程序。每天晚上提前录好数据，并反复核对无误后，第二天一早就去政务大厅导入数据。这样原来需要十天的活，仅需要五天就可以完成，大大提升了工作效率。

后来，通过总结胜利小区办证经验，对34个关键环节项点建模，魏东编制了《不动产权证办理标准化操作手册》，在其他项目上得到广泛应用，加快了全局办证进度。

南站龙兴苑小区是集团公司为职工办实事新建住房项目，按常规流程，在竣工交付后，办理个人产权证大约需要两到三年的时间。

要把实事办实、办好，让小区内1899户职工业主尽早地取得“大红本”，实现“房证同交”。

在集团公司、太原房产置业公司的大力支持下，魏东和同事们先后50余次对接了市规资局、行政审批局、不动产登记中心等六个政府职能部门。功夫不负有心人，终于取得了创新性的成功，他们争取到了政府“容缺受理”政策和不动产首登权限专线绿色通道，这在太原市乃至山西省都是首例。

在距离龙兴苑项目竣工交房不足三个月的时候，为落实好集团公司“我为群众办实事”重点任务，做到房证同交，他们把三年的工作量限定在三个月内完成，倒排进度“与时间赛跑”。

2021年10月，南同蒲铁路昌源河大桥发生几十年不遇的水害，现场的抢修如火如荼，而龙兴苑项目的测绘工作也在紧要关头。可是，连日的降雨给现场测量带来了很大的不便，这时，距离预期时限就只剩下半天时间。

当时，15号楼被周边的水洼挡住了去路，大伙儿想着等过两天水退了再测吧，但是，晚一天就会影响到整体进度，何况是两天呢？没有犹豫，魏东二话不说带头脱下雨披，包住测距仪就蹚着水，踩着泥，一步一步往下走……直到测完最后一栋楼。

第二天拿到测绘报告时，那种感觉是无比欣喜的，再苦再累也值了，魏东心里紧绷的弦终于松下来了。在大家的共同努力下，龙兴苑项目竣工前同步首登任务终于圆满完成了。

项目建设过程是烦琐的。魏东和同事们提前准备好相关资料报审，同步对接各部门完成房产测绘、核实测绘、权籍调查等近20项程序，超前办理了项目首登，为部分住户领取到个人大红本，成为集团公司管内首个、山西省首批实现“房证同交”的项目。

2021年12月14日，这是让人难忘的日子，太铁龙兴苑实现房证同交。

集团公司领导将钥匙和大红本一同交到职工手中，在这激动人心的时刻，魏东心里那份自豪感油然而生。因为，这红彤彤的本子里有自己和同事们的辛勤付出和不懈努力，如果说拿到大红本是幸福的，那么他们中的每一位都是传递幸福的使者。

心中有信仰，脚下有力量。能为上万名奋战在一线的铁路职工服务，魏东感到无比光荣。

幸福的暖流

不积跬步无以至千里，不积小流无以成江海。

工作中的每一个脚印都是在积蓄力量，做好工作中的每一步，用千倍万倍细心、耐心从容应对，魏东相信好的结果自然会翩翩到来。

两年多时间里，从办证前期的懵懵懂懂到后来的专业娴熟，魏东和同事们已累计为17000余户职工成功领取到了大红本。

看着一本本产权证交到职工住户手中，看着他们溢于言表的兴奋和喜悦，那股幸福的暖流也流到他们心中。

在这股暖流中，也流淌着家人的理解和支持。

魏东的爱人叫任悦，是太原市阳曲县肾内科医生。

结识任悦，是念研究生的第二年。美丽善良的女孩子在山西医科大实习，一次同学聚会让两个优秀的年轻人相遇、相识、相知……渐渐走到一起，太原的春、太原的夏、太原的秋、太原的冬，那些公园里、校园中、街头巷尾所飘荡着的温馨和浪漫时光，为他们敲响了幸福之门。

2020年10月7日，多么让人难忘的日子，工作后的魏东和任悦结婚了，这来之不易的缘分和上天赐予的婚姻，让这对年轻人更加相爱，他们较同龄人也有了不一样的经历。

都是来自农村家庭的他们一切都靠自己打拼。起先，住在单身宿舍里；接着，开始租个小房住；再接着，任悦怀孕了，两人的经济条件好一点，租个大一点的房子住……后来，选中一处心仪地段的楼房，魏东省吃俭用，付了首付……

就在这时，心中的那个梦想还在激励着他：奋力拼搏，一定、必须买一套自己的房子，把父母接过来，也给任悦一个安稳的家。

魏东，这个“不任命、不服输”的年轻人，一次又一次地挑战着自己，脚踏实地，不惧困难，永攀高峰。如今，他自己买的房子还没有交工，在他的手中还没有写着自己名字的大红本，但这位年轻人却为了让众多职工拿上大红本而努力工作着。从他的身上，折射出一个新时代“90后”年轻人所坚持的崇高信仰，不畏艰辛以及在人生道路上孜孜不倦的打拼和奋进。

没有无缘无故的成功，只有无怨无悔的付出和奉献。

做母亲的过程是辛苦艰难的，妊娠反应，行动不便，以及产检、分娩期间，魏东陪伴任悦的时间都很少很少，那时候，他忙碌在办证的战场，忙碌在城建、规资、住建各个部门以及档案馆里，忙碌在街道、小区、单元楼和住户之间……

2021年10月18日，等魏东赶到医院的时候，女儿安安已经出生了，望着躺在产床上由于过度疲惫还在昏睡的爱人，魏东眼眶湿润，不忍心叫醒她……多好的女人，跟着自己受了太多的苦和累……

远在安徽的父母来了，他们替儿子照顾媳妇和孙女，他们告诉儿子要安心工作，不要担心家里。尽管来自异地人生地不熟，尽管儿媳坐月子期间，他们一家人都还挤在租来的房子里，但是，心连在一起，爱聚在一起，没有什么困难是不能克服的！

从迈入婚礼殿堂到迎来女儿呱呱坠地，魏东完成了从为人夫到为人父的转变，从未改变的，是家人给予他源源不断的爱和温暖。

孩子满月前，魏东陪伴任悦的时间都很少很少，但任悦对此毫无怨言，反而安慰他：“能让职工拿到自己的大红本，是最有意义的工作，小小的本是他们一辈子的全部，别担心孩子和我，我们都好好的……”

“我多想一直陪在你身边……夜幕下星星点点，为我们点缀着烛光，有太多不舍，多想紧紧拥你入怀，再不放开！”重情重义的魏东隔着手机屏幕敲下这些文字。

没有时间见面，再远的时空也阻挡不了恋人心中的爱恋，手机微信中所传递的一句句鼓励和牵绊成为他们婚姻路上最浪漫的风景。

生活中的魏东热情开朗，积极乐观，就像他最喜欢的歌《海阔天空》中唱的那样："多少次迎着冷眼与嘲笑，从没放弃过心中的理想，一刹那恍惚若有所失的感觉，不知不觉已变淡……"

爱没有尽头，对魏东来说，每一天都是起点，他感受着幸福也在播撒着幸福，他要把幸福和温暖传递到四面八方。自己的奔忙，或者一次可以传递给一家一户温暖，但累计起来就是千家万户温暖，那心心念念为老百姓办实事的信仰啊，一直萦绕在魏东的心头，也一直都是魏东努力前行的力量。

2021年10月29日，经过组织的重重考验和批准，魏东正式成为一名光荣的共产党员。这一年，魏东牵头的"青创杯"创新创效攻关课题"固废基透水砖在项目中的应用及经济性分析"荣获了集团公司银奖的好成绩。他本人也荣获集团公司年度"太铁之星"。

"收获'太铁之星'是领导对我工作的认可和支持，我身边有很多努力的年轻人。""太铁之星"这个荣誉对魏东来说，不属于他而属于全体办证职工，没有大家众志成城的努力就不会有如今的收获。

路还远，路还长，

魏东和他的同事们继续在通往"民生幸福"的道路上踔厉奋发、笃行不怠，他们始终践行"用情服务职工"的宗旨，竭尽所能，将为职工办好事、服好务的暖流传递下去。

如梦令·守护

毒漫江城深固，长夜氤氲密布。

牢记为难时，千里萤光增补。

守护，守护，春枕花枝情妒。

防疫“战士”

告急，告急……

武汉告急，平遥告急，北京告急。

2020年春节，新冠袭来，防疫，不停地防疫。

“小霍，你把刚接到的突发涉疫事件再说说，采取怎样的应急措施，让我再推敲推敲。”

“刘科，您不能再撑了，您已经连续多日没有休息了，用眼过度会导致您的视网膜病变加重，快去医院看看吧，不然，您的眼睛可真看不见了……”

同事们多次劝说着，可他谁的话也不听，固执地坚持着。

眼睛看不清了，就让同事们念给他听；饿了，吃点干馍馍片……实在扛不住了，就在办公室的沙发上躺几分钟。

他叫刘芳军，是中国铁路太原局集团公司劳动和卫生部卫生防疫科科长。“芳”是防疫，“军”是士兵。一位防疫“战士”，还没有见到他本人，我就记住了这个特别的名字。

一辈子都在与病毒抗衡，刘芳军就是为抗疫而生。

在疫情最吃紧的那段日子里，办公室八部电话响个不停，刘芳军的手机几乎被打爆，最多一天接了近300个电话，他心急如焚……

这场疫情是继2003年“非典”之后，在全球范围内传播范围广、感染及死亡人数多、救治难度大的一次传染病大暴发大流行。作为从事卫生防疫工作30余年的专业人员，刘芳军知道这次疫情防控的难度，更知道这次“战疫”不能输，只能赢。

两年多来，疫情形势瞬息万变，由武汉保卫战、湖北保卫战，到常态化疫情防控，再到多点散发疫情，精准科学防控，动态清零，可以说不同阶段防控特点要求不尽相同，需要对防控策略及时做出科学精准的调整。

两年多来，刘芳军和他的团队坚持每日汇总分析疫情工作动态，研判集团公司疫情风险。这一项工作，他一直坚持亲力亲为，对动态信息一字一字审核，对建议措施一遍一遍研究。他深知自己所担当的“抗疫”责任，不仅关系到运输生产正常组织，而且关系到铁路企业的声誉，更关系到广大旅客和全体铁路职工的健康安全，不允许丝毫差错。

每一条信息动态和措施建议，都是最终决策的基础依据，即便是研判到深夜，他们也要保证信息的精准和措施的准确。

由于不能按时吃饭休息，不能按时打针吃药，患糖尿病多年的他血糖忽高忽低，眼睛多次出现视网膜病变。医生建议立即住院治疗，否则会有失明危险。但他还是婉言谢绝了，让医生给开了点药，就回到了工作岗位。

刘芳军深知，这是一场没有硝烟的战斗，为了太铁十万干部职工的健康，为了铁路运输的安全畅通，自己和同事就是顶在最前面的人，而作为党员，必须践行一名党员对党的承诺，他选择坚守！

是啊，坚守！等我见到他的时候，他已经坚持抗疫两年半有余。

2020年，刘芳军被中共山西省委、山西省人民政府评为抗击新冠肺炎疫情先进个人二等功；被集团公司党委评为优秀共产党员。

2021年，刘芳军被国铁集团党组授予中国铁路优秀共产党员，集团公司年度太铁之星。

坚守岗位，时刻牵挂，与疫同行，置自己生命于不顾，那是一种怎样的坚韧和执着？

2022年7月，山西疫情处于基本平稳的态势，我走进集团公司劳动卫生部，去拜访身边的这位抗疫“战士”，铁路职工心目当中的抗疫英雄。

那个下午，刘芳军和往常一样，正在和他的同事们研究集团公司管内当日疫情防控情况，看到我进来，他礼貌地说：“贾老师，请稍等！”然后，安排一位科员将我领进旁边的会议室。

这是一间党员活动室，活动室内宽敞整洁，东、南、西三面墙上分别是党员承诺墙、荣誉牌和各项活动剪影。

会议桌对面，醒目的党员个人公开承诺墙吸引着我的视线，从墙上几十位党员的照片中，我寻找着刘芳军的名字。哦，就在右上方，倒数第三的位置贴着刘芳军年轻时候的照片，照片下方写着“刘芳军”的名字。照片里的他满头黑发，看起来精瘦干练，沉稳中透露出坚毅和担当。照片左侧就是他铿锵有力的承诺：“不断锤炼政治品格，牢固树立‘四个意识’，不断加强党性锻炼，自觉遵守党纪党规。严格筑牢思想防线，永葆党员先进性和纯洁性。积极开展调查研究，自觉履行党员义务。”

履行党员义务，对刘芳军来说，就是尽职尽责当好太铁疫情“防控人”。

然而，等他坐在我面前接受采访的时候，眼前的男人温文儒雅、思路清晰、语速明快，神情自然矍铄，眼镜后面有一双饱含智慧的眼睛，尽管两鬓已白但风采不减当年，他是一位医生，但我想到的却是战士。

没错，在国家和人民需要的时候，在这场胜败攸关的较量中，我眼前的这个人坚守在防疫“战场”，心心念念的只有旅客和职工。

开启“防疫”人生

鸡鸣三省晋秦豫，浪卷沙翻洛渭黄。

山西芮城县，历史悠久，人杰地灵。240万年前，西侯度燃起了人类文明的第一把圣火，《诗经·伐檀》采于此。芮城在殷商时为芮国，西周时为魏国，史称“古魏，已有1600多年历史”。

它隶属于山西省运城市，地处晋秦豫三省交界的黄河大拐弯处，是山西的南大门，位于山西省西南段，黄河中游，西南隔黄河与陕西省大荔县、潼关县和河南省的灵宝市相望，北以中条山为界，与永济市、盐湖区毗连，东与平陆县接壤。

1965年11月，刘芳军出生在山西省运城市芮城县大王乡韩卓村一个普通的农民家庭。他的父亲是一名泥瓦匠，也是具有厨师技艺的能人。他的母亲除了干农活之外，还是一位出色的民间剪纸能手，只要从她手中剪出的图案，形态各异，栩栩如生。或者，是心灵手巧的父母将优秀的基因遗传给了刘芳军，也或者是芮城这块神奇的土地给予他灵性和担当。

打小，刘芳军就听大人们讲着大禹治水的故事，曾经的芮城十年九旱，十分缺水，当地流传着一首《盼水谣》：住在黄河沿，吃水比油难，滔滔水东流，干旱使人愁。20世纪70年代，为了改变十年九旱的自然面貌和生产条件，勤劳勇敢的芮城人民秉承大禹治水的精神，用辛勤的双手、聪明才智引水上塬，以大无畏的豪情斗志和人定胜天的坚定信念，创造了闻名全国的大禹渡扬水工程。

是啊！人定胜天，一方水土养一方人。

童年时期的刘芳军就在这种精神的熏陶中长大，大禹治水的精神早已根植于他幼小的心灵深处。

身在农村的刘芳军在家里排行老三，有两个姐姐、一个妹妹，他的小学初中都是在村里上的。那时候，除了念书，其他时间都是帮忙父母做农活。在地里，跟在父亲身后拔草的小芳军，曾经碰到一件事，这件事影响了他的一生。田间，一位熟悉的乡亲晕倒，那是跟他父亲相处很好的一位大伯，等大家七手八脚推着车将这位大伯送到县城的医院后，却因为错过最佳治疗时机而早早离世……

明明好好的人，怎么突然就走了，父亲接受不了这个现实，闷闷不乐地喝酒，望着沉浸在伤心和悲痛中的父亲，小芳军不知道怎么安慰才好，他爬在父亲的背上，一动不动，心里却在发誓：长大，自己要学会看病，当一名医生。

父亲，是一名共产党员，曾经在省城太原的太钢工作过，后来，为了照顾年迈的爷爷奶奶和家人回村。也因此，父亲算是见过世面的人，村里的乡亲但凡大小事都找他商量。性格沉稳、决策果断是父亲的性格，也是让小芳军敬佩和仰慕的，而父亲对芳军的教育也相当严厉，除了教他待人处事的方法，在学习上也毫不放松。

那时候，在农村，上学、念书、考学校是唯一的出路。

父亲不想让自己唯一的儿子待在村里受苦，父亲想让儿子考出去，在外面的世界里施展才华，不像自己，选择回到农村，务农、种地、盖房子……眼看着手足一般的兄弟离去而毫无办法，无能为力。

1980年，学习刻苦、成绩优异的刘芳军考上了风陵渡中学，中学离韩卓村很远，需要住校。在校期间，除了日常的文化课学习外，课余时间，他开始大量阅读，《江姐》《红日》《党的女儿》《小兵张嘎》《甲午海战史》等红色书籍，这些英雄的革命故事走进了他少年的世界。尤其是《红日》中，中国人民解放军那波澜壮阔的战斗场面和可歌可泣的英雄事迹让他震撼，也加深了这个未曾入世少年对战争、对党、对国家、对生命的理解。

终于，不负父亲，也不负自己。

1983年，刘芳军考上山西医学院预防医学专业，学校在省城太原，送他到学校后，除了给他的生活费，父亲从口袋里拿出一支“英雄”牌钢笔，交给刘芳军，说：“儿子，要争气，好好学医，将来做一名好医生！”

在校期间，他硬是凭着父辈传承给他的坚忍的意志，克服一切经济上的困难，省吃俭用，利用一切的时间如饥似渴学习医疗、预防医学专业知识。尤其对传染病防治、流行病学调查、食品营养等预防医学知识达到了痴迷的地步，经常，拿着书本的他忘了下课，忘了吃饭、忘了回宿舍……由于学习成绩优异，他年年荣获学校的助学金。也由于能力超强，在校期间他还担任班里团组织委员、学习委员等职务。

1988年毕业时，他充分发挥预防医学专业特长，将自己对预防医学专业的认知和理念贯穿于毕业论文里，不仅赢得评审老师、学校领导的认可，还积极为他推荐工作单位。然而，刘芳军却依然坚定自己少年时期的梦想，毅然决然地选择了太原铁路卫生防疫站。

那个秋天，那个让刘芳军终生难忘的秋天，乡间小路上，花团锦簇、硕果累累，雀儿在欢快地唱歌，一群群的蝴蝶围着他转……田野里，玉米、高粱、大豆、果木都舒展着笑颜，老农停下了手中的犁把……故乡以特有的方式迎接着这个学成归来的小伙。农家小院中，炊烟袅袅、饭菜飘香……巧手的母亲将新剪的窗花贴在窗户上，简陋整洁的院子看起来格外喜庆。

那是一对“喜鹊登梅”的剪纸，淳朴善良的母亲没怎么夸赞她的儿子，只是用她的母爱和细腻将内心的喜悦之情赋予指尖，那一对昂首高歌的喜鹊，仿佛在说：“芳军，好样的，你是妈妈的骄傲！”

妈妈不知道，儿子走出了农村，他的“防疫”人生也由此开启。

当好防疫医生

太原铁路卫生防疫站坐落在杏花岭区东城巷6号，是一处办公环境优雅、实验设施设备先进、建站时间早的防疫部门。防疫站有政府认可的卫生监督检验检测、预防医学诊疗、环境保护监测、有害生物消杀等多项卫生防疫技术服务资质，立足铁路，面向职工和广大乘坐火车出行的旅客，为集团公司管内各个单位、全体职工及旅客提供优质的卫生防疫技术和卫生监督服务。

1988年7月，大学毕业的刘芳军正式加入这样一支知识结构严谨、技术经验丰富的专业队伍当中。他被安排在环境监测科，负责公共场所饮水卫生监督监测、环境保护监测等技术性工作。

环境卫生监测及环境保护监测，是指环境监测机构对环境质量状况进行监视和测定的一种活动，由此来确定环境污染状况和环境质量的优劣。介质对象大致可分为水质检测、空气检测、固体废物检测、生物检测、噪声和振动检测、电辐射检测、放射性检测、热检测、光检测等检测。

作为环境监测工作人员，刘芳军整天和锅炉、废水打交道，除了克服脏、累之外，他必须及时准确地分析水样和数据，对锅炉烟尘和废水进行定期采样检测，还有铁路行车公寓、招待所的空气质量及职工和站车的生活饮用水也需要定期监测。这项工作对刚刚入路的刘芳军来说，是新奇的，也是艰巨的。虽然测锅炉烟尘又脏又累，需要登高爬低，需要进入噪声隆隆且煤尘严重的锅炉房，经常是干干净净地进入，浑身是灰地出来。但他一点都不介意，农村的孩子能吃苦，这点苦算什么，能为环境管理、污染源控制、环境规划等提供科学的依据是非常神圣的事。

每次取上烟尘、水样等，刘芳军便第一时间将样品送入实验室，并密切关注和积极参与样品检验、数据分析计算……刘芳军对监测环节非常认真，正如他在学生时代做每道题一样，细细地检查、细细地分析，细细地计算，不得有丝毫的误差，他深深地懂得，自己的梦想要从这里起航。

在刘芳军防疫生涯中，对他影响最大的一个人叫邹振初。当年，邹振初是环境监测科的主任，也是一名老共产党员，邹主任工作标准要求高，工作作风严谨，工作起来特别认真，每天都早早到科里，检查记录、检查设备实施，对采集数据不停地调查研究，对当天的工作进行周密部署……在邹主任的身上，刘芳军读到了一名防疫工作者对环境监测研究工作的热情和高度的责任心，他深刻意识到了对党忠诚，首先要对岗位忠诚。

这种敬畏来自一场雨。

一个夏天的早晨，科里安排职工到沿线各站去采水样。

当时，只能坐上由几节绿皮车厢组成的“小票车”去采水，等大家都把水采回来后送实验室去检验。

准备出发，天公却不作美，没来由的风雨交加。然而，任务不可挡，刘芳军和同事们看好“小票车”出发的时间，带着取水用具、记录本……钻到雨中，登上列车，分别奔赴自己所负责的站点去取水样。

等大家回来后，统计水样结果时才发现，少一个站区的水。

原来，由于突然刮风下雨，一位同志产生了畏难情绪，没去取水，而这直接导致站区的水质检验数据不能完整提供。

邹主任知道情况后，特别生气，很严肃地批评了那位同志：“铁路是半军事化管理，作为铁路人员干工作绝不能有丝毫的含糊，必须严格执行工作标准，按时完成工作任务。下场雨就不去了，那下雨，我们铁路的火车是不是就不跑了……饮水卫生是铁路运输安全的保障，水样取不回来，检测不出结果，我们怎么向职工交代。”

听完邹主任的话，那位同志惭愧地做了检查，并于次日清晨坐上最早的一趟“小票车”赶往车站将水样取回。

这一次，邹主任对铁路环境监测工作的严谨、敬业以及对职工的严格要求令刘芳军心生敬意，同时，邹主任对环保技术的掌握和精湛程度也让他折服。

在他们相处的日子里，邹主任经常将从业经历和铁路改革、国家政策讲给刘芳军听，而刘芳军也掏心窝子地和他讲自己遇到的困惑和疑问。

“毕业了，为什么没想过进医院当临床医生？”

“觉得预防这块比治疗重要，早早预防了就不会得疾病。”

……

寒来暑往，不知不觉中刘芳军已经在太原铁路卫生防疫站工作了五年，经过长期工作的摸索和实验，刘芳军对环保检测、锅炉烟尘检测等日常的工作已经全部拿下，并成为环境监测科里的高技能人才。

锅炉烟尘监测工作要做到烟道内气流参数和采样检测流程一致，必须经过初试烟道内参数、计算采样流速、进行过程采样等环节，工作烦琐，费时费力。

面对检测一台锅炉需要长时间测试烟道内气流参数和计算采样数据这个“拦路虎”，刘芳军开始琢磨，一定能想出科学有效的方法，简化监测程序。他常常翻着书本，做着笔记，在检测过程中边干边研究，边查资料边学习计算机语言。为了提高现场检测工作效率，他积极想办法利用C语言编制了使用5100微型计算器完成锅炉烟尘现场检测参数计算的程序，经把测试参数数据输入该程序，就快速计算出采样的流速等数据，既减轻了负荷，又缩短了时间，更确保了监测数据的精准性。取得了成果，欣慰之情无以言表，年轻的刘芳军工作起来越发勤奋努力了，那年，他被北京铁路局授予“七五”环保先进个人。

经过十年的磨砺后，刘芳军也从公卫医师成长为主管医师。1998年，刘芳军服从组织安排，任太原铁路卫生防疫站劳动卫生科科主任，负责管内站段车间、班组有毒有害气体的监测以及预防性体检、职业健康检查工作。

劳动卫生科的工作是防疫工作的重要组成部分，对保障铁路运输一线职工健康，特别是作业过程接触职业病危害因素人员的健康至关重要。随着岗位的变动，刘芳军肩上的担子重了，作为科室负责人，他亲自带领科室人员开展现场检测，深入每一个职业病危害作业点，详细了解危害因素控制情况和职工防护存在的问题，并积极指导现场单位及时解决存在问题，消除职业病危害风险，切实保障了作业过程接触职业病危害因素职工的身体健康。同时，他带领科室人员深入沿线为职工提供现场预防性体检服务，最大限度方便了沿线职工，受到一线单位职工的一致好评。

防疫工作忙碌而又充实，然而，在这平静的日常当中，往往会出现一些令人意想不到的事情。

2003年春节，刘芳军带着家人回到家乡芮城探望父母。除夕夜，全家人欢聚一堂，围坐在电视机前看着春晚，诙谐幽默的小品引来家人们阵阵笑声，幸福团圆的场面在那个乡村静寂的冬夜，显得特别温馨。

突然，电视下方有字幕飘过，是广州出现传染病的信息，“非典”，第一次听到这个“传染病”名称，仿若晴天霹雳，冲进刘芳军的大脑，职业的敏感性告诉他国内出现了疫情，防疫工作可丝毫耽搁不得啊！

那时候，没有手机，没有网络，也接收不到单位的通知，没有时间思考，没有时间再和父母共度春节，他立即和家人告别：“铁路是防范疫情的‘喉舌’，我必须赶回太原。”

紧往回赶，防疫站里的抗击“非典”工作已经轰轰烈烈地展开。原来，山西已经出现一例由广州返回的病例，全站人员都已行动起来，刘芳军被抽调到站“非典”疫情防控指挥部，正式介入并进入现场，负责站疫情防控调度工作。

当时，应对如此迅猛的疫情，没有任何经验可以借鉴，一切都在探索。

“初生牛犊不怕虎”，刘芳军时刻关注“非典”疫情动态，始终坚守在防疫岗位上。在防疫站站长任领华、书记郭爱萍的带领下，他积极参与制定科学有效的疫情防控方案，及时调度并参加对所有旅客列车车体进行消毒，为从广州回来的乘务员专门设立了隔离点，对发热的人员连夜调动专业组，深入行车公寓、车间班组、职工家中进行流调、消毒……斗志满满，有条不紊地协调处置了多起疫情相关事件，为保障铁路运输生产和防范铁路员工感染“非典”昼夜不停连续工作着。

2003年3月到7月，历经四个月后，“非典”战“疫”终于结束了。然而，事实证明，这一系列的布置筹划、应急处置流程是精准、科学、有效的。

有谁会想到，刘芳军这次特殊的抗击“非典”经历之后，还会在2020年迎来一场更为艰巨漫长的疫情防控任务。

2004年，刘芳军接到一项新的任务，调研一站直达旅客列车机车乘务员超劳。当时，铁道部实施铁路客运大提速，首次开行了一站直达旅客列车，北京铁路局有多趟从北京到杭州、扬州、哈尔滨等地的一站直达列车，由于列车在途不停站、运行时间长，机车乘务员是否存在疲劳驾驶？是否给机车乘务员健康带来影响？成为提速列车安全管理的重点，引起铁道部的高度重视。受北京铁路局的委托，他参加了“提速列车机车乘务员驾驶适应性研究”（铁道部项目，北京铁路局分项目）的科研项目，负责课题研究方案制定、人员培训、资料汇总统计及科研报告撰写，并参加现场调查。

刘芳军开始收集资料，深入现场，对机车司机的疲劳状况进行调查研究。每一次添乘调研过程，他亲自备齐仪器仪表，同当班司机一起登上列车，全程跟班作业。一路上，他对机车司机从出乘到目的地的健康状况进行监测，对机车噪声、粉尘进行监控……返程时，他也全程跟着机车司机，继续进行着严密细致的监测、监控。通过跟班，几趟车下来，刘芳军对担当提速列车的单司机、长交路机车乘务员驾驶适应性进行了研究，结合其作业特点，对机车乘务员的职业疲劳和职业紧张状况，以及机车驾驶室环境质量状况进行了监测和分析，并提出一站直达列车机车乘务人员班制、改善机车环境状况、强化机车乘务员健康管理等相关可行性建议。

后来，“提速列车机车乘务员驾驶适应性研究”课题，通过了北京铁路局科学技术委员会鉴定。鉴定结论为：该课题方案设计合理、数据可信、分析科学、结论正确。首次运用心率变异性指标对机车乘务员驾驶期间心脏生理的有关指标变化进行了分析，并提出了针对性的合理化建议。彻底解决了机车司机既能完成乘务任务也能保障身体健康，填补了国内提速机车乘务员驾驶适应性研究的空白。

这项成果是刘芳军科学追踪和调查的结果，每一项科研数据都为制定提速机车合理的乘务制度提供了依据。爱人看到他连日奔波，日渐消瘦，免不了担忧，提醒他注意身体，他总是乐观豁达地对她说："防疫工作，总得亲力亲为去干，不然，怎么能找到科学的解决方法呢！"也就是因为他的亲力亲为，为今后机车乘务员劳动卫生学追踪调查积累了科研数据，这项成果达到国内领先水平，具有明显的社会和经济效益。它不但对铁路的安全运输具有重要意义，对刘芳军的防疫人生也有着重要意义。

主动作为，担当奉献。为了进一步提升自身预防控制疾病的素质能力，结合"非典"疫情对当代传染病疫情应急处置带来的更高标准要求，2003年，刘芳军考取了山西医科大学公共卫生专业硕士班，于2003年到2006年自费参加了公共卫生硕士（MPH）继续教育，2006年，他获得公共卫生专业硕士学位。期间，仍继续开展了"提速列车机车乘务员作业疲劳与职业应激研究"，这项研究作为硕士毕业论文进行了答辩。

同年，硕士学位毕业的刘芳军又作为副主编，参加了铁道部《铁路疾病预防控制机构工作规范》制定工作，负责起草职业卫生及职业病预防控制章节，并对规范整体内容进行全面审定。

2006年，是收获满满的一年，刘芳军通过招聘考试，以优异成绩遴选进入路局机关劳动和卫生处，正式从事了路局卫生防疫管理工作。

由业务技术服务专业人员转变为防疫管理人员，刘芳军深感肩上的担子更沉了，他更加努力地工作，经常连续深入一线站段车间班组开展调研，了解现场食品安全、职工健康、职业卫生、爱国卫生等工作现状，掌握第一手资料，并研究制定符合路局实际的卫生防疫和职工健康保障管理机制制度。

接下来，他结合铁路运输生产对卫生防疫工作的实际需求，以及保障铁路职工以健康体魄投入安全运输的需要，创新提出了职工主题式健康休养模式。他组织研发了职工健康档案信息管理系统，不断优化完善职工健康体检管理办法及健康体检项目组合方案，主持完成了职工健康保障体系建设实施方案、深入推进健康太铁行动实施方案等，并组织抓好落实，促进了职工身心健康保障水平不断提升。

为了确保职工健康休养安全，在路局实施全年“候鸟式”健康休养期间，刘芳军可以说全年没有睡过一天安稳觉。同时，他不断创新完善路局卫生安全管理方式方案，有效确保了集团公司连续多年未发生责任性卫生安全事件。

防疫的道路，没有捷径，没有坦途，刘芳军始终脚踏实地，砥砺前行，每一次攻关，对他来说都是挑战，与时间赛跑，必须有拼搏的毅力和勇气，才能取得胜利的果实。正是在这种信念和精神的支持下，刘芳军向着一个又一个新的高度进军。

防疫“战士”挺身而出

疫情，来势迅猛！防控，十万火急！

2020年1月19日，令人难忘的日子，集团公司应对疫情防控机制正式启动。这一天，距离我国传统春节仅有五天。

这场疫情，牵动着全国人民的心，也牵动着集团公司每一名干部职工的心。

疫情就是命令，防控就是责任。面对疫情，在有力、有效抗击的同时又要坚定不移搞好铁路安全经营发展，既是一场大战，也是一场大考。

从事卫生防疫工作30余年了，刘芳军深知，这个时候容不得半点马虎，必须以最快速度阻断疫情传播，更要杜绝疫情通过铁路传播，而自己必须勇挑重担，冲在前面。与时间赛跑，同病毒赛跑，2003年的“非典”防控经验告诉他，动态掌握疫情信息，精准做出决断决策，快速采取控制措施是关键。

沧海横流，方显英雄本色。

作为一名共产党员，作为铁路防疫工作者，作为集团公司防控办综合工作组疫情信息收集整理牵头人，刘芳军坚持每日汇总分析疫情动态，研判疫情风险并提出强化建议，对动态信息逐句审核，对建议措施反复研究，即便是到深夜，也要保证信息准确、措施科学。

疫情初期，重重困难摆在面前，防控物资紧缺，防护口罩、测温仪、消毒液等等这些最基本的防控用品成了稀罕物。

如果职工防护得不到落实，站车防控没有设备，消毒就无法开展，加上车站缺乏专业医疗人员，无法精准甄别重点旅客，站车一线人员时刻面临感染的风险。新闻里，不断播出疫情蔓延的消息，疫情，分分钟威胁着人民群众的生命健康，分分钟击打着刘芳军的内心。

刘芳军看在眼里，急在心里，他不间断地与山西省卫健委、工信厅等政府部门及医药公司对接，多方联系深圳、广州等地的生产厂家，他还动员同事们积极请求山西省红十字会支援，甚至在网上发帖，想尽一切办法，筹集防控物资。

由于不停地接打电话，他的声音沙哑，嘴里起了泡……而此时的他始终不懈怠、不松劲，以“咬定青山不放松”的韧劲，坚守在他的防疫阵地，攻坚克难，顽强奋战。

2020年1月23日（腊月二十九），首批600台手持式测温枪、8000个口罩、11台红外线测温仪、100箱消毒液终于有了着落。刘芳军就像收到特殊礼物的孩子，开心而又振奋，他按捺住喜悦的心情，沉着指挥，连夜将分配方案拟定，物资一到，立即配发，在第一时间到了站车关键岗位和场所。

一鼓作气，刘芳军和同事们一面发动基层站段积极对接地方政府、自行购置防疫物资，一面加紧与省政府、省红十字会、生产厂商对接，协调后续购置工作，先后争取回防疫物资65万件（个），迅速缓解了防疫压力。

百战攻疫魔，万死阻病毒。

要打赢疫情防控阻击战，在筹集物资、全面防疫的同时，必须迅速出台一套行之有效的防控方案，指导集团公司上下共同做好防疫工作，也是当务之急。

没有成熟的方案可用，刘芳军就把自己十几年前处置“非典”疫情时积累的资料翻出来，结合国家、属地政府出台的方案预案，组织疫情防控办全体人员制定集团公司细化方案和工作流程。

与此同时，经过积极协调，除夕当天，地方委派的医疗专业人员进驻车站并开展风险旅客甄别处置，为阻击疫情传播赢得了时间。

除夕夜，是万家团圆的日子，而防疫科没有一个人提出回家与家人团聚。第二天，必须拿出行之有效的应急处置方案，刘芳军把科室人员分成了两组，一组处置当天的应急事件，一组研究制定集团公司应急工作方案，等处理完工作、拿出方案，不知不觉已是大年初一早上6点。大伙困倦的眼皮上下打架，没有一个人离开工作岗位，更没有吃上团圆的饺子，正当大家准备互拜新年时，电话铃声又急速响起，来不及休息，洗了把脸，继续干，新的一年，新的一天，一群防疫人再次投入了新的战斗。

突如其来的疫情让太原这个省会城市按下了暂停键，大街上行人寥寥无几，原本熙熙攘攘欢度佳节的景象不再呈现，刘芳军站在集团公司大楼的玻璃窗前，心如刀割，反复思量抗疫的措施和办法。

每日，他们要对当日发生的涉疫事件处置情况进行一一梳理，完成疫情动态报告，分析查找处置环节存在的问题，及时组织研究调整处置措施；要对国内各地疫情信息进行分析研判，对属地、国铁集团最新防控要求进行研究，及时完善集团公司疫情应对方案措施；要对各单位防控诉求和难题进行汇总，及时报告集团公司研究解决；要对几百名发热及密接、次密接职工和旅客进行逐人排查、跟踪流调，第一时间组织切断疫情感染传播的风险隐患……

疫情在不断变化，必须准确发布动态方案和要求，指导现场做好疫情防控，防止职工发生感染，阻断疫情从铁路传播，保障广大旅客及铁路职工健康。

那段时间，刘芳军和同事们干脆就住在了单位，他们发扬连续作战的精神，苦干实干、日夜不分，一干就是五个多月。

因连续的熬夜加班，作息不规律，不能按时吃饭用药，刘芳军的血糖忽高忽低，眼睛也多次突发视网膜病变，劳卫部领导多次劝他到医院治疗，一起防疫的同事们多次劝他早点回家休息。但是，为了职工的健康，为了运输生产安全秩序不受影响，他主动放弃了住院治疗，并对家人隐瞒了医院建议立即对眼睛进行激光治疗、否则有失明危险的诊疗建议。

眼睛看不清了，就让同事们念给他听。刘芳军忍着，坚持着……他把领导和同事们对自己的关怀、关心与关爱放在心里，更加努力工作，一套套精细、精准的防疫措施被他制定出来了，一个个实用又科学的方案被领导采纳。

他组织卫生防疫专业技术骨干，及时研究制定下发应急处置、职工防护预案及相关制度、公共场所消毒工作指南等38项，并全面推进单位管理包保、卫生防疫专业队伍专业包保“双包保”、疾控监督“疫情防控一体化管理”措施。

他针对武汉、北京、吉林、大连、新疆、青岛、呼伦贝尔、牡丹江、成都等地本土散发或聚集性疫情发生情况，以及国铁集团、山西省对常态化疫情防控等不同时期的疫情防控重点与要求，及时细化制定了集团公司各阶段疫情防控实施方案，保证了各项防控措施的针对性和有效性。

他坚持“一车一方案、一站一方案”，细化制定《疫情公共场所消毒工作指南》等六项技术标准，加大站车卫生保洁、通风消毒力度，有效防范疫情通过站车传播。

铁路运输流动性强，社会影响面大，如果不能第一时间发现、第一时间控制涉疫人员，将对职工家庭、企业社会带来不可估量的影响。期间，刘芳军和同事们协助调度、机务相关单位制定关键人员集中管控方案，保证站车行车关键岗位人员稳定，确保了铁路运输畅通。

他们加强与地方防控部门联络协调，保证了集团公司管辖的104个火车站设置了留观室，390余名医护专业甄别人员及时到位，全面实施进出站旅客验码、亮证、测温，确保了旅客测温、应急处置等各项工作有效开展。2020年期间，积极组织并规范有效应急处置发热旅客398人、发热职工202人，转运交接境外乘坐火车入晋旅客929人，协助协查26名确诊（疑似）患者乘坐火车相关信息，并对涉及的密切接触乘务员组织医学隔离观察。

战“疫”时不我待，在疫情防控常态化新形势下，应急处置成为重中之重。一次，一名机车司机被判定为确诊病例的密切接触者，刘芳军和同事们连夜组织摸排，10个小时就完成了近500名次密接人员的精准排查，并落实相应管控措施，做到了涉疫人员“应隔尽隔”“应测尽测”“应检尽检”。

青山一道同云雨，明月何曾照两乡。

武汉告急，举全国之力援助武汉。刘芳军积极协调管辖车站，人员对接、车辆对接、物资到位……在他和同事们的努力下，在最短的时间内完成援鄂人员及物资运输服务任务，确保七批次180名援鄂医疗队人员物资、一台大型医疗设备和四批次600余件应急物资安全顺利运抵武汉。

返岗复工迫在眉睫，集团公司开行返岗复工专列三列，从徐州、烟台等地运回矿工及务工人员1466人。开行“高铁包车”接回在湖北黄石市实习、因疫情滞留一个多月无法返晋的116名大同大学学生；先后开行复学专列五趟，运送学生15564人。同时，积极指导做好郑太高铁全线全部复工疫情防控工作，确保1.1万名建设者、2600余台大型设备上线作业，为郑太高铁按期开通运营做出积极贡献。

疫情防控期间，瘦瘦弱弱的刘芳军拖着病体，奔波在站区一线和地方防控部门之间，千方百计协调各项工作。由于指挥有方，应急专业处置指导规范准确，与地方防控部门沟通协调及时到位，各项任务均安全完成，集团公司将其称为疫情防控的“幕后战将”，并通过网络和报纸进行宣传报道：2020年2月19日的太原铁道报、2020年2月15日集团公司图片新闻、2020年的职工之友……

截至2020年底，刘芳军和他的团队先后制定并印发了集团公司20余项涉疫重点人员管控方案，研究制定疫情防控组织实施方案及应急处置相关规范标准指南15个，宣传手册5种，根据疫情防控不同阶段实际拟定下发相关防控文件160余个，构建起单位、车间、班组三级“防控网格”。组织疾控所、卫生监督所专业人员对各单位疫情防控进行现场督导，累计出动7742人次，督导检查单位689次、车间班组7194次，为确保集团公司职工“零感染”提供了坚强的卫生防疫专业指导服务。

当疫情开始又一波流行，他们无缝交接转运66个国家929名乘坐火车的国外入境返晋人员，坚决防止发生输入性疫情，坚决守好入京通道防线。

刘芳军和他的同事们愈战愈勇，不论发生任何严峻复杂的状况，他们都做到了尽锐出战，决战决胜。国家及省、市督导组对集团公司站车疫情防控工作给予充分肯定，先后收到山西省防控办、各地市政府表扬和感谢信函63封。

刘芳军，集团公司的防疫“战士”，为山西省防输入、防扩散、防输出和集团公司职工“零感染”尽职尽责。

这一年，他被中共山西省委、山西省人民政府授予抗击新冠肺炎疫情先进个人二等功。

坚守在“抗疫”战线

2021年8月2日，刘芳军接到一条紧急涉疫信息，集团公司开行的一趟旅游专列到达乌鲁木齐后，因疫情防控需要，属地政府不让游客下车出站，要求立即折返太原。

这趟旅游专列不同于其他的专列，在这趟车上乘坐了741名老年人。面对这群特殊的旅客，刘芳军深知这次任务的艰巨，如果处理不当，不但会对游客身心带来危害，而且有可能造成疫情传播。

果断决策，精细防控。刘芳军立即组织相关部门开展风险研判，拿出有效措施，并积极联系山西省防控办开展应急处置，协调省防控部门安排这趟专列在吕梁站停车开展应急核酸检测，安排车长和列车员做好心理疏导工作，确保全体游客身心健康和安全。列车一到吕梁站，首要的任务就是有序组织这741名老年人完成核酸检测。

组织排队、登记、检测……核酸检测工作紧锣密鼓地进行着，741名老年人积极配合，终于在最短时间内完成全员的核酸检测工作。

列车重新启动，等到达太原后，车站人员早已等候在那里，在周密的部署下第一时间完成游客全员“点对点”的疏散。

望着这群老年的旅客平安离开站区，刘芳军心头绷紧的弦终于松了下来。

像这样大大小小的应急处置和涉疫旅客移交等突发事件，刘芳军和他的团队遇到的不计其数，每一次快捷的精准应对，每一次有力的监测疏散，每一次应急处置的及时，均确保了集团公司站车“零传播”成果的持续巩固。

铁路站车一线直接服务旅客的职工。列车乘务员、车站客运员是与旅客近距离接触，特别容易被病毒感染者、密切接触者等涉疫风险人员感染的群体，他们身处的环境人员流动性大、空间相对密闭狭小。这里，是感染传染病风险最高的地方，如果不能第一时间发现疫情风险、第一时间控制风险，将会对企业、对国家带来不可估量的损失，更将对铁路职工和广大旅客身心健康带来严重威胁。

为了保障他们的安全，刘芳军组织制定了《重点人员管控方案》，他克服了职工不配合、单位不理解、家属不支持等多方困难，通过面对面、点对点、一对一地做工作，与职工谈心谈话，讲清讲明关键岗位易感染的风险和隐患，得到了列车乘务员、客运员的理解和支持，切实做到涉疫乘务、客运人员及重点职工“应隔尽隔”“应测尽测”“应检尽检”。

为了确保铁路一线职工身体健康万无一失，刘芳军坚持“以人为本”，把保障铁路从业人员身体健康作为重要责任，制定下发《个人健康提示卡》。提示卡包括自觉做好个人防护、积极接种新冠疫苗、主动报告涉疫信息等相关内容，严格做到所有铁路从业人员人手一卡，及时掌握从业人员健康状况，不断提高职工疫情防控意识。

疫情防控一环紧扣一环。

在集团公司的高度关注下，很快，站车一线人员上岗“三件套”（N95/KN95口罩、防护手套、护目镜或面屏）到位，同时，依据《公众和重点职业人群戴口罩指引》和《重点场所重点单位重点人群新冠肺炎疫情常态化防控相关防护指南》要求，必须科学佩戴防护口罩，累计向职工配发防护口罩792万个、防护服9630套、一次性手套91万副、护目镜3.4万副、一次性帽子27.5万个、免洗手消毒液9.6万瓶、消毒片9.9万瓶、消毒液3.2万升、75%酒精2500升、手持式喷雾器7600个等。

防疫，就要筑牢抗疫的铜墙铁壁，除了外部的预防，身体自身的预防更加不容忽视。疫苗接种迫在眉睫。此时，刘芳军提出将疫苗接种作为“一把手工程”来抓，按照铁路职工岗位特点将人员进行分类分步接种并盯控推进实施。存在疫苗接种禁忌证的人员必须有医院证明，无故未接种疫苗的人员由单位党政主要负责人亲自逐人谈话，确保无疫苗禁忌症的人员实现“应接尽接”，对于符合“加强针”疫苗接种条件的重点岗位人员，要求单位加紧组织并盯控推进进度。截至2021年底，从事直接接触旅客岗位人员100%全程接种新冠疫苗，有疫苗禁忌证的人员均暂时调整了作业岗位，此次疫苗接种任务的完成，牢牢构建铁路员工的免疫屏障。

针对列车开往目的地疫情形势，落实机车、列车乘务员“两点一线”点对点管理，以及全员核酸检测措施，严防乘务人员发生感染。实施核酸检测常态化。全年组织站车乘务、公寓、调度、派班室等重点岗位人员开展核酸检测15.6万人次。

防疫的高墙一点一点构筑起来了，一定要将疫情苗头消灭在萌芽状态，刘芳军和他的团队结合不同时期、不同阶段疫情特点及时调整完善，及时研究制定应急处置、职工防护预案及相关制度、公共场所消毒工作指南等20余项，下发相关文件160余个，确保了疫情防控科学规范、精准落实。

在北京突发疫情防控期间，刘芳军和他的团队严格按照首都联防联控机制要求，落实进京旅客疫情管控措施，严防涉疫旅客进京；动态关注中高风险地区变化，及时提报“一日一图”调整方案，确保到达或途经涉疫地区旅客列车应停尽停、快速反应，同时组织协调客运部门及客运站段做好旅客退票政策宣传及解释引导等工作。

2021年，刘芳军和他的团队牵头研究制定疫情防控组织实施方案及应急处置相关规范标准指南20余项。与地方防控部门联防联控，保证了集团公司管辖104个火车站旅客测温、医护专业甄别人员及时到位、工作有效开展。及时规范处置协查涉疫旅客列车533趟，推送旅客信息6.17万余条，组织排查管控涉疫重点人员7.5万人次。同时，做好机车乘务员等关键岗位人员集中管理、集中修施工等疫情防控部署及保障工作，用实际行动和担当付出为筑牢集团公司疫情防控防线及职工健康安全做出了积极贡献。

2022年4月，恰逢清明节，山西太原发生输入性疫情，出现机车及列车乘务员健康码变黄、行程卡带“*”的问题。为防止健康码变黄影响出乘，刘芳军和他的团队积极与山西省、太原市对接了解管控程序，配合防疫科制定了“机车乘务员和列车乘务员有序出乘的动态解码程序（动态变成绿码）”。同时，与山西省疫情防控办会商研究，联合下发《关于做好铁路安全运输和生产运营保障工作的通知》（晋疫情防控办函〔2022〕138号），将乘务人员动态解码办理流程及相关要求进行明确，有力解决了“集团公司铁路机车及列车乘务员跨多个省、市执行乘务作业，导致部分人员健康码赋黄码、行程卡带‘*’被限制出行或受到管控”等问题。

在太原市发生疫情防控期间，刘芳军带着团队成员积极对接协调太原市防控办，积极为所辖铁路单位联系办理通行证。为用于铁路施工建设、应急修抢、运输生产保障、疫情防控应急消毒等车辆办理通行证51个。积极协调太原市杏花岭区疫情防控办，为太原市杏花岭区铁路单位办理用于应急抢修、运输生产保障车辆通行证28个。针对工务、供电、电务系统各单位因各地市设置疫情防控卡口，对运输线路维修维护及应急处置物资运输车辆正常通行带来的影响，对接协调山西省交通运输厅，为铁路建设、集中修施工、应急修抢、铁路运输生产物资保障等车辆办理通行证3160个，确保铁路施工及线路维修物资材料、机具等顺利通畅运抵建设施工工地及沿线工区，为安全运输生产提供了坚强有力保障。

两年多来，他按照国家、国铁集团、山西省疫情防控部署要求，坚持“外防输入、内防反弹、人物同防”，加强站车防控、职工防病、应急处置、督导检查，保持疫情防控队伍稳定。他带领科室人员累计配合属地开展涉疫风险旅客协查740余起，第一时间推送风险人员信息14.9万余条，为地方防控部门开展流调、甄别、管控提供了第一手资料。他组织排查管控职工涉疫重点人员15231人次，为集团公司职工“零感染”尽职尽责。

2022年，刘芳军光荣地站在“太铁之星”报告台上，他说：“这个荣誉不仅仅属于我，也属于与我并肩战斗七百多个日夜的劳卫部全体同仁，更属于集团公司战斗在抗疫一线的每一名职工。感谢领导的肯定，感谢10万余名职工的信任，更感谢日夜陪伴的兄弟们的支持。”

从“防疫”医生到“抗疫”战士，刘芳军将个人的理想融入铁路防疫事业，与集团公司全体干部职工同频共振，在新时代的改革大潮中奋力前行，以一名铁路防疫工作者生生不息的磅礴力量，书写出新时代“防疫”战士的精彩人生。

眷恋，故乡芮城

芮城，历史悠久，文化灿烂，是中华民族和中华文明的发祥地，是黄河文明的重要源头和古中国的核心地，是刘芳军土生土长的家乡，是他深深眷恋的地方，

在芮城这片古老的土地上，历史与未来同辉，自然与人文汇集。

刘芳军的家乡韩卓村，这个村，与小阳村、大王村相邻，村庄附近有芮城

永乐宫、大禹渡黄河风景区、芮城县博物馆、西王村遗址等旅游景点。这里的元代永乐宫壁画是中国绘画史上的重要杰作，被誉为“东方艺术画廊”。

令人魂牵梦萦的故乡啊!

到太原工作好多年了，回家的次数也越来越少，可是，只要有时间，刘芳军总会带着家人，回趟老家，带着他们到永乐宫、大禹渡、西侯渡遗址逛逛，每每到了这个时候，最开心的就是他的爱人王改仙。改仙也是一位防疫工作者，她在集团公司卫生监督所工作。改仙不仅在业务工作中是一把好手，在生活中更是善解人意，懂得关爱和体贴。

她出生在革命家庭，父亲参加过抗美援朝战争，在解放太原战役中荣立二等功，是一位有着74年党龄的老党员，同时，也是从事卫生防疫事业30多年的老防疫人员。在老父亲的言传身教下，改仙深爱着防疫工作，也深爱着和她一样为防疫工作奔波劳碌的刘芳军。

芮城，除了有她心爱的人，还有她喜欢的永乐桃木雕刻技艺、芮城布艺、泥皮画等民俗。还有她爱吃的香椿、屯枣、芦笋、苹果、花椒等特产。这里民风淳朴善良，乡土文化浓厚，也是改仙喜爱和向往的地方。

刘芳军日常工作太忙了，没有时间回老家看望父母。改仙是温柔贤惠、通情达理、善解人意的女子，她理解芳军的忙，为了使芳军能够安心工作，平日里，家里大事、小事都不让芳军操心。孩子有事了，年迈的父母生病了，改仙都一个人处理，从不告诉芳军，就是不想让他分心，为的是让他更好地工作。也因此，回老家照顾父母的事情都担在自己身上。改仙经常独自一人回到老家，代替芳军和家里的姑姐们轮流照顾因病瘫痪在床的老母亲，直到2012年老母亲去世。

多么让人敬佩的人啊！她是卫生监督所的白衣天使，更是刘芳军心目中的女神，她最喜欢听的歌是《心雨》，每当生日或者结婚纪念日时，刘芳军都会放给她听，有时候在餐桌边，有时候在单位，有时候发个手机音频……虽然夫妻俩聚少离多，但是这丝毫不影响他们的感情，相反，由于时间和空间所造成的空隙，成为他们浪漫美好爱情的甜蜜记忆。

像仙女一样的女子，我迫切想见到她，看看守护我们防疫“战士”的女神。在卫生监督所里，一袭白衣的改仙医生正在电脑前忙着工作，她现在是法规业务室的主管医师。面色红润，有一双会说话的眼睛，言谈中热情开朗，充满亲和力和感染力……多好的人啊！

“疫情以来，芳军深知责任重大，义无反顾地挑起了全局疫情防控的重担，七百多个日夜，他没有睡过一个安稳觉，过度的操劳，让原本平稳的糖尿病不断加重，血糖忽高忽低，出现了严重的视网膜并发症，甚至眼底出血，医生多次让休息治疗，他都没有告诉我，因为他有放不下的抗疫工作，有放不下的职工健康……”改仙讲起芳军的病，字字句句，真真切切，清清楚楚，不愧是最心疼、最关心、最了解芳军的爱人！她从头到尾没有一句埋怨，唯有一脸的难过和心疼……这段时间改仙对芳军说得最多的一句话就是：“你放心安心工作，家里有我！”改仙说到了，也做到了。

两年多的抗疫之路，刘芳军满脑子都是疫情防控工作，想的都是职工的身体健康。从抗击疫情的那一刻起，他以保护职工身体健康为首要任务，全身心地投入这场没有硝烟战争。

作为爱人，改仙最担心的就是芳军的身体。疫情初期，芳军几乎不回家，即使回家也是很晚，改仙深知，如果芳军哪天回来得早点，一定是身体不舒服了。一次，他回到家中，倒头就睡，和家人没有说一句话，还是部领导电话询问，改仙才知晓他身体不适，第二天凌晨4点醒来后，他穿上衣服悄悄地离开还在休息的家人。他心里想到的是疫情情况、昨天尚未完成的工作，还有那些仍在战斗的同事，唯独没有自己……

改仙知道，糖尿病患者最重要的是作息规律、控制血糖，只要刘芳军回家，改仙变着花样为他做饭，各种粗粮、蔬菜、营养食谱被她研究得彻彻底底，一日三餐安排得井井有条。

多少个寂静的深夜，牵挂的人依旧没有回来，她担心啊，担心他是否按时吃饭，是否按时吃药……可是，她不敢给他打电话，不敢发信息，怕影响他工作。

太多的不眠之夜，有牵挂、有担忧、有想念……然而，只要想到全局干部职工和旅客的健康平安，改仙觉得也值了，她觉得能为他做的事情太少了，她愿做他坚强的后盾，照顾好父母和孩子，给他更多的理解和关心，让他的抗疫之路更安心、更暖心、更放心！

有一件事，提起来，改仙比刘芳军还难过。

2014年3月，正值芮城春暖花开的季节，刘芳军的父亲突然患心脑血管疾病去世。刘芳军一直有一个心愿，就是想带着父亲坐坐高铁，带着父亲坐上动车去首都北京看看，由于工作忙一直抽不开身。

这一年，本来准备清明节假日回去接上父亲外出，可如今，却没有机会了。这件事使刘芳军感到终生遗憾和愧疚。

2014年7月，大西高铁正式通车，刘芳军将父亲留给他的那支笔装在身上，带着改仙坐车回芮城，笔就装在他的贴身内衣口袋里，就像父亲一直陪在自己身边一样……那天，是父亲的百日忌，他们专程回去给父亲上坟。

同样的事，不仅在他的身上发生过，而且在一起战斗的年轻同事身上也时有发生。刘芳军和他的这个团队只有一个信念，团结一心、众志成城，坚守、坚守再坚守，共同构筑集团公司阻击疫情的钢铁长城。

和刘芳军一起并肩作战的，霍利斌就是其中的一位。

霍利斌，集团公司劳卫部卫生防疫科副科长，毕业于山西医科大学。刘芳军科长在他的心目中是领导、是战友，更是大哥。他们在一起工作已经有九年了。

2013年，霍利斌来到路局劳卫处工作后，就和刘芳军一起在卫生防疫科工作，他眼中的刘科长工作认真，特别细致，要求高，是个较真的领导，多年的相处，让他喜欢上了这个大哥，也对他较真的工作态度心生敬畏。

“举个很小的例子，在接到国家、省、市等上级的文件后，刘科除了自己认真学习领会外，他还要求全体科员必须全面掌握，并亲自组织针对国家、省、市的文件精神结合集团公司实际进行细化，对细化的内容严格把关，一再强调提哪些要求、干哪些活、做哪些工作，一定要让站段单位及职工看得懂，看得明白，绝对不能出现照抄照搬，简单应付现象。”霍利斌说道。

“疫情防控期间，进入静态管理模式，刘科的身体有基础病，血糖高，整天忙着防疫，打针吃药都不规律了，吃饭总是将就，正顿正点根本做不到。有时候，等吃两口饭了才发现药还没喝，等喝完药了，又去干工作，再端起饭碗，早凉了……经常忙完已经是凌晨两点以后，就这样，刘科撑着，一直撑着……再后来，他的眼睛看不清了，总说电脑屏脏了，真模糊，擦干净，再看，还是模糊……劝他去医院看看，根本放不下工作，等疫情稳定些，再劝，去医院看看，老是等等，说我走了，咋办，再等等……”

说着，说着，霍利斌的眼睛望向了别处，那是一种发自肺腑的敬重和关心，是多少年奋战在防疫一线的兄弟情义啊！

刘芳军的身体不好，还总是惦记着同事们。2020年春节期间，卫生防疫科全体都坚守在岗位上，没有一个人回家，待疫情稳定一些，刘芳军总会挨个地叮嘱科员们回家去看看，尤其是霍利斌，家中还有不到六个月嗷嗷待哺的婴儿，再不回去，孩子都不认识父亲了。

“利斌，快回家去，看看孩子吧……”刘芳军的话语中充满真诚。一句句激励着霍利斌也感动着霍利斌，经常是大家都回家了，刘芳军科长还在办公室忙碌着……也正是这样的感动化为一种力量，让他更加投入日常的防疫工作中。

刘芳军每天早上组织大家召开疫情防控碰头会，会上要总结前一天的工作，对当天的工作进行详细安排，组织大家讨论，重点对前一天处理某一件疫情问题进行分析，分析应急处置是否及时准确，是否落实到了单位，反馈情况如何，排查人员是否有漏项等等。每次汇报都要分门别类，将密接者和次密接者、间接的密接者分为一类人群、二类人群和三类人群。但是，有一次小霍汇报只分出两类人群，刘科长便当场指出这个报表的不细致和存在的问题，然后，站在他们的角度进行分析，告诉他们第一项做好了，第二项、三项就不会出错，环环相扣，就会达到理想的效果。讲起话来不急不忙，有条有理，方法简洁，让人容易接受，让在场的每个人心悦诚服。疫情最吃紧的那些日子里，他们在刘芳军科长的指挥下，每日要对几百名发热职工及密接、次密接职工和旅客进行逐人排查，跟踪流调……

就这样，在批评和教导之间，在督促和鼓励之间，在帮助和影响之间……在无数个日日夜夜，刘芳军和他的团队坚守在集团公司疫情防控一线，成功把握控制疫情蔓延的标尺。这多像20世纪70年代，勤劳勇敢的芮城人民秉承大禹治水的精神，以大无畏的豪情斗志和人定胜天的坚定信念，创造了闻名全国的大禹渡扬水工程一样。他们有效压实疫情防控主体责任，严格科学精准落实铁路站车疫情防控和铁路职工防病措施，严防疫情经铁路运输传播，实现了“零传播”“零感染”的目标。

疫情防控显担当，病毒无情人有情。

谈起刘芳军荣获“太铁之星”的经历，刘芳军说：“选我干啥，这都是应该做的，是我的工作，还是选别人吧。”他不在乎如何出彩，但绝对不允许工作中出现漏洞，“防疫”的底线是保证不出问题。

2022年4月初，在改仙生日的那天，正是太原疫情最严重的时候，芳军忙碌得早已把改仙的生日忘记了，等想起来时，已经过了好几天。刘芳军问她有什么心愿时，改仙说：“希望疫情早点过去，让你好好休息休息，等没有疫情了，陪我回趟老家吧，我想去大禹渡黄河风景区看看。”

大禹渡黄河风景区位于芮城县县城东南12公里的神柏峪，占地面积450公顷，依崖傍水，风光秀丽，景色宜人，素有“黄河明珠”“北国江南”之美誉。从古至今，万里黄河两岸唯一以大禹冠名的千年古渡仅此一处，这里流传着许许多多大禹治水的美丽传说和动人故事。

刘芳军想了想，有些年了，还真没有带着改仙去过几次大禹渡呢！他痛快地说：“好啊！”

当时，国内各地特别是集团公司管内太原等地市又突发了新一轮疫情，集团公司疫情防控办又收到了涉疫旅客和车次的信息……

刘芳军，我们的防疫“战士”，再次投入新的战斗。

鹧鸪天·货运人

旷野铁龙绕湖东。大秦货运保煤供。
山间多少车轮迹，辆辆相连装乌铜。
藏井底，亮真容。几经辗转到城中。
今宵圆月身边照，钢轨无边迎日红。

货物运输的“店小二”

有一条铁路，如滚滚煤河，横跨桑干峡谷，穿越燕山山脉，在天地之间奔腾不息，它就是大秦铁路。

大秦铁路，全长653公里，是我国华北地区一条连接山西省大同市与河北省秦皇岛市的国铁I级货运专线铁路，也是中国境内首条双线电气化重载铁路、首条煤运通道干线铁路。

大同站是大秦、北同蒲、大准线的起始点，在“西煤东运”中发挥着重要枢纽作用，年运量达到1.3亿吨，占集团公司年运量的17%。

大同站湖东货运营销中心的副主任李杰，他的职责就是用优质的服务为车站搞好货运营销、揽回货源。

一心为站保煤运，一心攻坚练技能。

从事货运工作32年，李杰见证了铁路货运营销从无到有的发展变化，亲历了从手工到电子制票，从人背肩扛到机械化自动化装卸，95306铁路货运手机客户端的开通，更是实现了从发货、付款到货物追踪、交付的移动式办理、一站式服务。

在巨龙奔腾的大秦线上，李杰小小的身影却有大大的力量，32年来，他扎根于铁路货运工作岗位，主动深入企业，了解调研实际情况，不断改革阶段性营销和常态化营销工作策略，和团队成员一起将大同站货运量从20世纪90年代的300万吨提升到2021年的1.3亿吨，多次超额完成货运任务，屡次获得比武技术标兵、技术能手、先进个人、技术贡献奖称号。2021年，李杰被评为集团公司年度“太铁之星”。

“最美铁路人”薛胜利是大秦货运人的楷模，也是李杰学习的榜样，营销激情满岁月，一路走来一路歌。虽然他们不在一个站内工作，但是，他们心系的都是万家灯火。

让我们沿着李杰的足迹，走进这名铁路货运人的故事。

跟着火车跑的孩子

提起山西文水，就会想到刘胡兰纪念馆。

在馆前广场的汉白玉纪念碑上刻着毛泽东同志的亲笔题词“生的伟大，死的光荣”。

这里，是革命烈士刘胡兰的家乡，也是大秦铁路货运人李杰的家乡。

在这片红色的土地上，有着热爱祖国、热爱党，为了人民群众不惜牺牲生命的传承。李杰的父亲，就是从山西文水走出去的老共产党员、老铁路人。

出生在大同的李杰，小时候经常跟着父母亲回文水，在课本上和父亲的讲述中，李杰对自己的家乡有着独特的认识和感情。每当大人带着他到刘胡兰纪念馆，望着那座年轻的雕像，他会沉默很久，一个女孩，能成为如此伟大的人，多么了不起，那是因为她心中有信仰，对党和人民的忠诚。这时候，心中就会响起一个声音：长大后，我也要入党，也要做对祖国和人民有意义的事情。

那时候的李杰，是不是早就想到了自己会进入铁路，会一辈子服务在铁路货运岗位？

一场电话采访，约在6月28日下午3时。

当电话连线后，我听到的是一位毕生都在履行使命的铁路工作者浑厚的声音，入路32年来，他一直坚守在大同站，虽然，岗位角色有所变化，但是，作为一名铁路货运人的坚定信念，对铁路的热爱，对货主的关爱，对大秦煤运的牵挂，却从未改变，这也让我看到了基层站段铁路货运人的胆识和担当。

李杰，从小在铁路家属区长大，父亲曾经在大同机务段工作，1990年调到大同车务段。母亲是大同铁三校的数学老师，李杰就在铁三校渡过他的小学时光。初中在铁二中，理科成绩优异的他是物理课代表，而且，品学兼优的他年年都是三好学生。高中在大同铁一中，那时李杰是班里的数学课代表。

打小就在大同火车站，跟着火车跑的男孩子，早就把自己的梦想定在铁路，高中毕业后，当同学们选择到祖国的四面八方读书就业时，李杰毫不犹豫选择了铁路院校。

1989年，他考上兰州铁道学院管理工程系包装管理专业。

有些缘分冥冥中似乎早已注定。

火车，货物，站台，煤炭，装载机……

1991年8月，李杰毕业，被分配在大同站，见习期他分别在大同站三场、东场、二场等处学习了调车区长、车号、车站值班员、助理值班员、零担监装卸等岗位基础知识和基本技能。一年的见习期满后，他于1992年8月被聘为技术员，在大同站货运车间开始挂职锻炼。

初次接触货运岗位的年轻人，以为将货运业务熟悉掌握就行了，但是，在货运工作中打交道的不只是货物，还有客户。面对形形色色的客户，对一位刚刚进入社会的年轻人来说，都是陌生的。

亲身经历的一件事，让他改变了对铁路货运的认知。

1992年夏天，正好李杰当班，突然，货运营业厅窗口的服务人员与客户发生了争吵，原来是因为领货的手续问题双方发生冲突，各执一词，互不相让。

站在一边的李杰干着急，不知道该怎么办才好。这时候，时任货运车间主任的杨儒走过来，他什么也没问，一句话就化解了这场尴尬。

“我代表全体货运人员，向您道歉！对您在领货过程中出现的不愉快深表歉意。”听了杨主任的话，客户的态度有了180度的大转弯，还主动承认自己的领货程序确实存在问题。

“没事，没事！”杨主任微微一笑，一边安排营业厅主管人员办理领货事宜，一边安排一名货运职工随同客户回到他的单位，完善了领货手续。

当时，李杰对杨儒主任“认怂”的态度感觉莫名其妙，很不理解，甚至多次想将自己的想法和杨主任谈谈：明明我们没有做错，为什么还要向对方认错呢？难道铁路货运人就低人一等！那段时间，李杰见了杨主任话也不多，总是埋头干活，可他心里一直藏着一个问号。

等时间久了，李杰随着与杨儒主任去跑业务、见货主的次数多了，他才明白了杨儒主任的苦口婆心，原来“己所不欲，勿施于人”是货运人的工作实质。

“永远把货主当成自己，没有站在货主角度考虑的货运员，就无法与货主建立长效的沟通渠道。”这是杨儒最常说的一句话。

后来，面对带着情绪的货主，李杰都会想到杨儒主任，主任的一言一行都深深镌刻在他脑海里，他将“无理讲道歉、有理让三分”的货运服务理念进行了充分发挥，每每遇到难缠的客户，他总是“礼让三先”，先承认自己的错误、再分析实际的情况、最后给出大家都认同的解决方案。

一次，大同机车厂专用铁路装车，品名轮饼，货运员进行交接检查时，发现重车两位游间压死，要求返厂整改。当时，企业运输员担心返厂会被扣奖金，所以与货运员争执不下。

李杰到达现场，了解情况后，对企业运输员说：“您放心，我们不会让您扣奖金的。”企业运输员听到这句话，态度立刻缓和了下来。随后指出了发生问题的主要原因：企业方为了图省事，把一跺五片和一跺六片的货物分别装在车辆的两侧，造成车辆偏载。

“这辆车要是上线，您就不是扣奖金了，那是砸饭碗呀！”李杰提出了后续处理方案，该车按保留车，由企业返厂整治。企业运输员听到这个方案频频点头，表示认同。

最后，李杰又提出了严重警告：“这辆车必须彻底整治到位，再发生类似问题，我们要跟你们主管领导通报。”

让步不等于退步，规章制度就是货运人的底线和红线。渐渐地，“三步走”让李杰成了货主眼中“最怂”的铁腕货运员，同时，也为他的工作打开了局面，赢得了许多货主朋友。

挂职锻炼期间，李杰在注重理论学习的同时，追随车站的师傅们深入不同的现场实践，跑前跑后，毫无怨言。

1993年，车站组织团体背规竞赛，因上一年度货运车间组织的女队取得了第一名，车间领导想组织一个男队，再夺第一。

团体背规的目标已经确定，大家听到后都在退缩，因为组队不难，难的是再夺第一。

李杰知道消息后，主动请缨，加入了背规队，虽然在学校学过货运组织，但是面对3000字的背规内容还是有些困难。这个时候没有别的办法，只有下功夫。

那段时间，背规章成了他生活工作中最重要的事，从记忆、熟记、背诵到大声背诵，一本背规资料，满满地标注了曾经出错的记号，哪个地方拗口，哪个地方卡过，哪个地方错过，然后反复背诵，直至滚瓜烂熟。

然后就是集体背诵，问题又来了，每个人的断句、语速、音量、换气都不一样，没有别的办法，磨合再磨合。

经过艰苦的努力，在全站的团体背规竞赛中，李杰和同事们取得了第一名的成绩。同时，他也以此为契机，系统学习了货运系统规章。

进入货运工作的第一天，有个老师傅就说，车务系统里，货运规章最多，用到规章条文时，只要记得是哪本规章，只要能找到就行了。

可是李杰想，规章是指导具体工作的，做不到熟记，遇到紧急情况，怎么能处理好？于是，借来十几本货运规章，《货规》《管规》《价规》《零规》《加规》《安规》，做到了通读通背。

功夫不负有心人。1993年，在大同铁路分局举行的货运职工技术比武中，李杰获得核算单项第一名、团体背规第二名的好成绩，当年，被大同铁路分局授予“技术标兵”的称号。

李杰在大同站货运的岗位上，蓄势聚能，铿锵前行，他先后在零担监装卸、零担计划、整车计划、货运调度及内勤等岗位工作，逐步掌握了零担货物到达、中转、配装作业，整车货物计划、专用线作业、军运作业组织、全站装卸车计划的编制以及货车到达交付和核算制票等技能。

他走得艰辛，走得踏实，走得稳健，他知道自己所有的努力和付出是为了小时候熟知的那种红色信仰，他觉得一切都是值得的。

红色的信仰

1995年，中秋节，那个万家团圆的日子，却让李杰刻骨铭心。

这一天，全家人坐在一起高高兴兴吃着饭，父亲突然说他不舒服，早早就离开了饭桌，开始以为是胃病，吃点药就好了，结果不是胃……

几天后，坚强的父亲不和家人叨叨他的痛，忍着，坚持去车务段上班，眼见父亲饭越吃越少，精神头也一天不如一天……

李杰实在看不下去了，他说服父亲，放下手中的工作，带他去北京检查，等李杰拿到结果的时候，宛如晴天霹雳！那个结果，实在不能让人相信，是晚期肝癌……住院、放疗、化疗……

父亲一直乐观地面对病情，住院期间，还时不时问起儿子的工作情况，也不时叮嘱儿子："我们家祖祖辈辈都是农民，你是我们家第一个考上大学的，一定要好好珍惜。在单位里要本本分分做人，踏踏实实做事。听组织的话，按领导的要求办，不要怕吃苦，不要求回报。"

终究，没有回天之力，无情的病魔吞噬着父亲的生命，就在那一天，1996年3月11日，父亲走了……从发现到走不到六个月，父亲就那么走了，丢下他所热爱的铁路事业，丢下他的爱人和孩子们，带着不舍，带着遗憾，年仅53岁。

那一年，李杰26岁。丧父的打击犹如当头一棒，年轻的他无法接受这个事实，泪水，咽在肚子里，父亲的教导和关爱不停地在眼前呈现，父亲、文水、胡兰村……可是，回不去了，再也回不去了！

工作，唯有好好工作，才能报答父亲，告慰父亲的在天之灵。

此后，这个话不太多、只知道拼命工作的小伙子更加拼命了，他没日没夜地学习、看书，一头扑进大同站货场的微机管理和软件开发工作中。

那段日子，他先后参与开发建立了《大同站内勤到达管理系统》《铁路运输生产计划信息管理系统》TPIS以及《TMIS货票信息管理系统V3.0》等系统，参与设计了《大同货运站信息管理系统》及信息源点调研等项目，主持完成《货物到达信息自动查询系统》，推动与邮电局168信息台的联网，实现货场货物到达后，按时自动发出"货物催领通知"的功能……

无数个日日夜夜，这个年轻人守在计算机旁渡过，单调、枯燥、除了数据还是数据……从货运系统的零担计划管理、货运统计、货运安全到生产组织，通过科学有效的实践到实施，大同站的货运营业室业务从全部人工制票走向初具自动化的管理规模。

每一次成绩的背后都有李杰孜孜不倦的努力和付出，每一次小小的突破都会让李杰发自内心地感动，心中的信仰，对党组织的热爱，父亲生前的嘱托都激励着他，一想到这些，李杰就会感觉自己充满无穷的力量。

“核算制票管理系统”的管理是铁路货运工作的重头戏。1997年，李杰参与了对“核算制票管理系统”的编制和修改，在多次调价过程中，没有因为系统问题而影响制票。8月，他被任命为大同站货运值班员，正式担负起货运生产和组织管理工作。

那段时光，像他一样的同龄人都在谈恋爱、逛街、享受幸福的爱情时光，而李杰似乎每天就是为了工作而活着，他的世界里只有一件事，那就是守着他的大同站货运室，好好工作。

“当上帝为你关住一扇门，就一定会打开一扇窗户。”李杰不去触碰爱情，爱情之神却来找他了。

经人介绍，他认识了周芳，一位美丽善良、知性又才华横溢的女子，就是这样一位女子打开李杰的心门，走进他的生活，成为他铁路货运生涯中坚强的后盾。

1998年，这对幸福的年轻人迈入婚姻的殿堂。

1998年11月，李杰光荣地加入中国共产党。

一次，李杰理发，周芳陪着他，理发店有一张《大同晚报》，爱学习的周芳顺手拿起来看……理完发后，回到家，周芳不停地准备，找书籍、查资料、问老师……忙得不亦乐乎，李杰很诧异，本来周芳是有工作的，后来那个单位不景气，周芳下岗了，最近待在家里。可打从理发店回来后，周芳像变了一个人似的。

改变，来自那张《大同晚报》，在晚报上，有一则招聘启事，招聘单位是大同晚报社。周芳日常就喜欢写写画画，文学编辑是她的爱好和特长，这次看到报社招聘，对她来说是难得的机会，一定要去试试……

果然，在参加笔试、面试后，周芳考得很好，这源于她学生时代就打好的文学基础，她在创作文学作品上有着很深的文字功底。笔试中除了基础问答就是命题文章，她写的作文被社长看中，拿了第一名。

除了文学造诣之外，周芳本身也是一位乐观开朗、积极向上、充满阳光和正能量的女子，面试环节，思维敏捷、应对自若，赢得面试老师的一致好评。

这期间的付出，李杰都看在眼里，疼在心里。1999年，为了参加报社应聘考试的周芳过于劳累，他们的第一个孩子流产了，周芳忍着伤痛，坚持复习，考试，咬着牙面对一切……

2000年，世纪之交，大同晚报社的录取通知书下来了，夫妻俩喜极而泣，多么的不容易，从下岗女工到报社的记者、编辑，周芳的华丽转身对李杰来说就像神话。也因此，深深影响着李杰，无论是生活还是工作中，遇到坎、难事、险事，都有周芳在身边不停地引导、帮助，陪伴着李杰。

2000年，李杰在大同站货运组织、管理等各项工作中也取得累累成果，《大同站内勤到达管理系统》《铁路运输生产计划信息管理系统》以及《TMIS货票信息管理系统V3.0》《大同货运站信息管理系统》等均被推广应用，由于业绩突出，他通过重重考核，被聘为工程师。

2001年，他们的宝贝女儿李洪瑶出生了，这是老天送给他们最好的礼物啊！当上父亲的李杰工作起来更加信心百倍了。

2005年，太原铁路局成立，大同站迎来新的货运改革。这一年的12月份，李杰从大同站货运车间调到车站的技术科。

八年后，2013年10月份，他被组织任命为大同站货运车间主任。

从1998年起共有五次大范围的货运市场营销，李杰全程参与并经历了铁路货运营销，始终工作在货运营销的第一线，参与了作为国家运输命脉的铁路事业发生的剧烈变革。而他，也从一名刚毕业的大学生走上货运营销的中层干部岗位。

一面旗帜，血脉里映照着理想格局、责任担当、勇气和定力。此后的日子，李杰带领货运车间职工108人，在铁路改革的浪潮中迎难而上，他积极投身铁路现代物流转型，组织开行三晋快运专列，获得2014年度路局专业技术人员贡献奖。

23年风雨兼程，23年砥砺前行。

既能做到无私奉献、爱岗敬业，又善于吃苦，勤于思考，勇于学习，李杰带出了一支敢于创新的货运职工队伍，为走向市场化的发展壮大铺垫了深厚见识的经验和基础。

李杰所走的是一条布满荆棘的坎坷之路，也是一条赤诚奉献的追寻之路，更是一条播种希望的耕耘之路，他和所有大秦重载的铁路人一样，创造了一部艰苦奋斗的创业史。

是雄心、是豪情，李杰向着更高更远的目标迈进。

营销的源动力

风正帆悬，李杰破浪前行。

2015年，李杰到湖东货运营销中心工作。

当时，全国用电量超预期回落，3月份同比下降2.2%，创下了六年来的新低。由此引发下游电厂用煤需求急剧下滑，港口、电厂库存普遍处于高位，能源需求放缓，同时受进口煤和煤炭产能过剩影响，煤炭价格快速下行，煤炭等大宗的铁路货物发送量下降，铁路货运形势非常严峻。如何稳定既有货物、拓展新增货源，是李杰必须思考的问题。

没有煤，没有货物，火车运什么？一定要把货源找回来，不能让咱的车皮空着。

为了找到货源，为了打开营销市场，李杰带领湖东站的营销人员，不顾天寒路远，日夜赶路。他们从内蒙古的鄂尔多斯走到河北秦皇岛，实地走访了大秦线、大准线周边的40多家企业。

春寒料峭，不管不顾，他们从上游煤炭企业寻找货源，从下游电厂、化工企业寻找商机，摸清了企业生产能力、产品规格、货流走向等信息，按照既有客户、新增客户、潜在客户，分类建立了动态信息数据库，并组织路、港、企召开专题会议，形成了铁路、港口、煤企、电企四位一体，为双方企业合作牵线搭桥。

一路颠簸，风餐露宿，他们用了近两个月时间，驱车4000多公里，为企业量身定制个性化物流“套餐”，并逐一分解，用铁路货运人的真诚、真心打动客户，逐渐赢得了客户信赖与支持。

除此之外，李杰还带领营销团队抓住铁路现代物流转型发展的契机，按着“抓大不放小”原则，对周边的番茄酱厂、乳饮料厂等11家“白货”企业开展“一企一策”点对点营销，三个月往返企业达90多次。

2015年8月，大同市云冈区晋宏工贸有限公司专用线投资1200万元，建设了集装箱装卸机具及配套设施，同年，该公司开通了集装箱专用线办理业务，但是，由于在投资前对集装箱货源未进行深入调研，很快，便造成无货可发的窘境。

为何货运量迟迟上不来？李杰亲自驱车前往企业走访，得多强的责任心啊！他比客户都着急呢！

经过和客户的详谈，李杰了解了他们的囧境。由于煤炭市场低迷，本身的运输需求不足，敞车都在大量空闲，集装箱的运输优势体现不出来。

“原来定好的几家下游客户，要不取消订单，要不使用敞车装运，就是没有集装箱货源！”公司的负责人满脸迷茫，一颗心仿佛沉到低谷。

李杰偏偏不信这个邪。“打起精神来，我们一起去找……”“山重水复疑无路，柳暗花明又一村”，天生不服输的他一把拉起企业负责人，与他一起联系下游企业，耐心讲解集装箱的运输优势和安全保障，同时，也结合实际为企业方争取到了运价下浮政策，随后晋宏专用线迎来了第一列集装箱。当年累计发运集装箱货物16.2万吨。

2016年8月，在李杰和营销团队的努力下，大同站实现发运零散白货6.1万吨，超额完成白货发运任务1.1万吨，为铁路货物运输打开了新局面。

“有志始知蓬莱近，无为总觉咫尺远。”敢说敢干的李杰始终有一个坚定的信念：世上无难事只怕有心人。

不仅仅是跑业务，每次走访企业，李杰总要提前“备备课”，他带着自己以往的发运经验和对企业方的了解去谈问题、想方案，每一个细节都会与客户提前沟通，对客户的难题和疑问进行预测预想，然后，将合理的解决方法告诉客户。

“帮助客户分析集装箱运输的前景，同时与客户一起寻找集装箱发运货源，解答好了这些问题，客户的发运疑虑也就跟着彻底消失。”李杰说。

发送货物的过程中，也常常会遇到“119”般着急上火的事件。

2017年9月29日，李杰接到一个电话，是大同车站的客户代表张强打来的：就在9月23日，从大同发给张家口一批货物，品名为“酒”。其中有八件剑南春酒是用于10月1日中午的结婚婚宴，但是还没有到达。

“货物现在走到哪里、什么时间能到？”李杰着急地问。回答是“不知道”，眼看时间紧逼，货却毫无眉目，收货人和发货人都急坏了。

不容迟疑，李杰立即拿起电话，并通过货运系统登录查询货物的运输情况。经过测算，如果按照现有流程，货物将在10月2日送达，这比约定的送货时间晚一天。

晚送，造成的后果就是：不仅耽误用户的婚宴喜事，引发客户投诉，还会造成发货人的经济赔偿，对其经营信誉造成影响，甚至会对铁路货物运输诚信造成不可弥补的损毁。

想办法，必须想办法按时送达。

再次拨通电话，李杰将情况如实向上级部门汇报，同时与兄弟站段取得联系，沟通协调太原局、北京局、丰台站、张家口南站的运转、货运、装卸和班列各工种负责人，督促沿途各作业站快装快卸，保证列车运输通道畅通，确保这趟班列正点到达。

时间一分一秒过去，李杰也紧跟着货物追踪系统，一边关注货物动态，一边与张家口南站货运负责人和收货人共同制定了先配送婚宴货物，后配送剩余货物的物流送货方案。

之后，在多半天时间里，李杰一直在同时间赛跑，他不停地与该班列车长联系运行情况，生怕运输途中再生变故。

10月1日7时39分，火车正点到达，早已提前准备好的货运、装卸、物流人员立即组织卸车、装运，大家齐心协力，众志成城，终于将八件喜酒在约定的11点前安全送达婚宴现场。

“选择你们铁路运输，没错！”事后，客户马经理激动地说。

这样的认可一句顶万句，再苦再累再急也值得，这句话是对铁路货营人的肯定，也是身为铁路货运人的荣光。

“货运营销不仅仅是要把货源揽回来，更要站在客户的角度着想，赢得企业信赖。”这就是李杰一直前行的动力。

又一辆满载货物的列车出发了，站台上的李杰，一动不动，眼睛一直凝视着前方……

山河连载，千里同心。

打赢“蓝天保卫战”

行者方致远，奋斗路正长！

朋友，您是否还记得，2018年的“蓝天保卫战”？

这一年，党和国家吹响了的号角，各地方政府相继出台了“公转铁”“环保大棚建设”等政策。

为响应国家政策，实现铁路货运增量目标，大同站由李杰负责牵头对周边的28家煤炭发运企业开展环保政策宣传。

西韩岭联营储运站是一家长期的合作企业，企方领导虽然认可环保的重要性，但因高额建设费用一直犹豫。

“您是发运大户，安装大棚是硬性标准，如果因环保不达标，在旺季停装三列的损失就会超过大棚建设费用，如果非要等到那个时候，造成的损失就不止这些了。”李杰站在企业角度，耐心地与企业负责人面对面算大账。

经过李杰和同事们苦口婆心地宣传，一次次推心置腹的沟通后，最终，该企业负责人下定决心安装环保大棚。

望着储运站装车站台上空崭新的棚顶，和天空中飘散的朵朵白云交相辉映，李杰的心里有说不出的喜悦和感动！

这感动来源于营销团队的努力付出，来源于合作企业对政策的理解，更将来源于国家打赢“蓝天保卫战”的决心。

随着落里湾、塔集、云冈能源、晋昌、晋宏、煜辰等环保大棚陆续建成，吸引了更多的公路货源转向铁路运输，车站运量稳步提升，当年同比增长31%。

在湖东站的煤炭发运客户中，有一家是大同市南郊区博源煤业有限公司。该公司2018年6月立户，当月客户自筹资金1000多万元，在站台上组织了三列煤源，信心满满准备发运。

6月15日，车站开始执行煤炭运输排队装车组织办法，博源公司因没有发运装车基数无法发运，但是下游合同已经签订、煤源已经上站，如果发运不出去，不仅会造成下游违约罚款，上游煤源也会因煤炭降价造成损失，而且组织货源的资金全部是客户自己垫付的，由于资金量较大，客户将面临巨大的损失。

李杰知道这个情况，立即联系客户，当面向客户介绍车站执行排队装车组织办法的背景和要求，对当下不能装车的实际情况耐心解释。

通过李杰的专业解释，客户虽然听明白了，但是相比巨大的经济损失，还是无法接受不能装车的现状。

为了帮助客户，李杰找到了湖东站煤炭协会，组织协会会长及全体会员进行商讨，极力寻找解决办法，经过多次协商、反复沟通，最终达成了站台货源原地销售的解决方案。

这项举措不仅使排队装车办法正常执行，而且保证了客户的利益不受损失。

李杰深深体会到了：营销助力大秦，服务亦是永恒。服务就是稳货源、增运量的“金钥匙”。

大准线，是大同站的一条重要运煤通道。

2019年8月，李杰在市场调研时发现，该线薛家湾站附近有十几家企业有发运意向，但是按照正常立户流程走下来，至少要半个多月时间，企业也正在为如何通过铁路发运而犯愁。

有发运意向就一定要把握好，绝对不能错失良机。

企业的难题一定要妥善解决，促成这几家企业的煤炭发运成为李杰的攻坚目标。

返程后，李杰立即组织营销人员研究，最终确定了上门服务、现场办理立户手续的解决方案，也得到了站领导的认可和批准。

紧接着，他和营销团队逐户对接这些企业，帮助准备立户资料，联系办公场地。

商谈紧锣密鼓地进行着。

一时间，铁路将在薛家湾站现场立户的消息迅速在大准线煤炭圈传开。

8月12日下午，在薛家湾镇准能铁路公司的立户如期举行，火爆程度大大超出了预料，当天有31家企业前来办理，比调研时多了近一倍，现场就完成了24家企业的立户手续。

汇能公司奇经理激动地握着李杰的手说：“没想到你们能上门服务，不用跑不用等，在家门口就能解决，太原局服务真周到！”在赢得了企业认可的同时，车站运量进一步提升。

以服务赢得市场，以实干笃定前行。

2019年大同站完成货物发运量1.45亿吨，创下了历史新高。

看到客户发货越来越方便，李杰感到特别高兴。他说自己就是货物运输的“店小二”，为货运营销的递增再忙也值了。

货运增量是增集团公司的量，搞营销既要站位本站，更应服务全局。这就是一个铁路货运员的高度，即使把他这个“铁老大”变成“店小二”也心甘情愿。

煤海护航人

2020年，疫情袭来，期间，高速公路免费政策出台，铁路运量急剧下降。

作为货运营销的主管人员，李杰天天都往返于车站、企业之间，白天走访，晚上分析，他发现，大同第二发电厂每年用煤量约800万吨，但通过铁路运输占比仅为7.5%，具有很大增量空间。

《诗经》里说，蒹葭苍苍，白露为霜，有位伊人，在水一方。

有人把这首诗比作追求所爱而不及的惆怅，那么，在李杰这里，就是眼看着发电厂使用大量的煤却不走铁路运输，一定得想办法扭转这个局面。

首先要摸清他们的电煤来源，李杰连着三天在电厂附近调研，发现煤源多数分布在大同车务段和朔州车务段管内。于是，主动对接兄弟站段，组成区域营销队，合力对上游三家煤矿企业进行走访营销。

在走访燕子山矿时，当谈到给第二发电厂供煤时，矿方负责人却一口回绝。原来两家企业曾因煤价问题产生分歧，中断了合作。他便逐个对接走访，询问详细情况，反复沟通协调，最终化解了矛盾。

这一年，三家煤矿从铁路增运117万吨，将大同第二发电厂铁路运量占比提高到了13.8%，积极推动了全局的货运增量工作。

信息，是铁路货运的“重头戏”，只要掌握了一手信息就能为企业提供最信服的方案依据。认清这一点，也为了数据准确无误，李杰费尽心思，下了苦功，他一家一家企业走访调研，对时事新闻一个不落，逐步收集汇聚整理成册，也因此，让他成为企业方眼中的“百事通”。

“货运营销不仅仅是对接客户搞营销，还需要大量的基础数据资料做支撑，但这些数据既没有统计要求，也没有日常积累。”认识到这个问题，李杰经常组织营销团队一起研讨，不断完善，逐步形成了适应目前货运营销需求的统计数据资料。

经历了在雨雪冰冻中坚持装载、在增运补欠中积极奋斗、在岁月更迭中搏击长空的洗礼，这样的铁路货运人，注定会干出一番不平凡的成绩来。

2021年底，全国电煤供应偏紧，下游多家电厂库存不足，给经济运行和居民生活带来巨大影响。确保电煤及时装车发运，是最紧迫最重要的任务。

那段时间，李杰和营销团队每天对接企业了解煤矿产能，倒排计划联系装车。

一天晚上，李杰接到一个紧急电话，塔山煤矿设备突发故障，三天才能恢复装车。

此时，正是电煤保供的吃劲阶段，三天下来要少运15万吨电煤，这可把他急坏了。

抓紧时间，想办法！

李杰想到了附近几家煤矿，立即打电话，他详细了解煤炭产量和发运情况，尽最大努力寻找补充煤源。

当得知中煤能源还有部分存煤时，他异常兴奋，在第一时间找到中煤能源公司经理，提出用他们的存煤填补电煤缺口，看到李杰期待的目光，公司经理凭借着多年来与李杰共事的信任度，很快就答应了。

这让李杰信心倍增。

随后，他又了解到云生信、腾威、南郊发煤站三家企业都有存煤，经过四个多小时的奔走协调，终于说服了他们共同支援电煤发运。大家齐心协力，终于补上了这个缺口。

识大体，顾大局，李杰和他的职工们勇敢承担起国家和路局所赋予的重担，保质保量完成保供电煤任务。

一张张一摞摞的资料堆在李杰办公桌上，经过他的分析整理，再详详细细分类录入电脑中，这些资料有从上游供货煤矿的核定产能、日产量、价格、公铁运量、年运量；铁路历年分站区、分专用线、分客户运量；下游电厂装机容量、耗煤量、煤质要求等信息。

万里奔腾归沧海，千里振翅冲云霄。

“人民对美好生活的向往，就是我们的奋斗目标。”习近平总书记情之所系，就是铁路人责之所担、义之所在，一定要千方百计、不遗余力保障关系国计民生的煤炭运输。

成绩是奋斗出来的，这是一个奋斗者的时代，路服、党徽是李杰的标签。

一句誓言，一生坚守。

每当看到一列列缓缓驶出的乌金铁龙，想到因它点亮的万家灯火，李杰疲惫的脸上露出欣慰的笑容，他感到所有的付出都是值得的。

在新时代铁路货运发展的大潮中，李杰和他的团队依旧坚守在大同站，抓营销，寻市场，揽货源。他们将汇集成推动大秦货运高质量发展的磅礴力量，为大秦煤海保驾护航，把更为精彩的铁路营销篇章书写在祖国大地上！

发表于《星耀太铁——“太铁之星”风采录》一书

水仙子·老马聊吧

聊吧老马话真神，反复衡量是慧人。
厌烦思想难成阵，解愁又解纷。
人间俗事如云，言无尽，爱有亲，且看今春。

春之歌

引　子

2021年7月1日，天安门广场气氛热烈，晓霞飞动，红旗飘扬。天安门广场两侧的大屏幕上，复兴号奔驰在祖国广袤的大地上，熊熊奥运火炬在“鸟巢”点燃、集装箱码头世界往来……流动的画面呈现出一个欣欣向荣的中国。

人群中，一抹“铁路蓝”格外引人注目。他们是获得“全国优秀党员”“全国优秀党务工作者”“全国先进基层组织”荣誉称号的铁路系统部分代表。

就在两天前，大秦铁路股份有限公司太原北车辆段太北检修车间厂修车体班党支部书记、车辆钳工马永春，作为铁路系统代表，在人民大会堂金色大厅参加了庆祝中国共产党成立100周年“七一勋章”颁授仪式，被授予“全国优秀党务工作者”的荣誉称号，现场聆听了习近平总书记的重要讲话。

马永春激动万分，热泪盈眶。

“能够走进人民大会堂，亲耳聆听总书记重要讲话，见证中国共产党成立100周年庆祝大会的伟大历史时刻，我感到特别震撼，无比自豪……”难忘的镜头再次浮现，马永春回忆在京参加表彰大会时的感受，依旧振奋、动容。

58岁的马永春，16岁参加工作，扎根一线42年，个头不高，浓眉大眼，身材略胖，干净整洁的工作服上，一枚党徽熠熠生辉。他干起工作一丝不苟、雷厉风行；讲起话来有条有理，面带笑容，给人一种亲切感和贴心感。而且，他的豪爽仗义、热心快肠在太原北车辆段是有了名的。

他是班组的党支部书记及党内品牌“老马聊吧”的带头人。创新使用的“六型十法”，听上去很刻板老套，仿佛是约束人的条条框框，但却同职工聊出了感情，聊出了合力，聊出了爱和感动。

所谓“六型”，就是把谈心的职工划分为思想波动型、安全关键型、纪律松懈型、作业马虎型、业务生疏型、生活困难型；而“十法”就是“接近式、持久式、排难式、两点式、对比式、共鸣式、交心式、猛醒式、换位式、幽默式”十种谈心方法。

马永春业务娴熟、兴趣广泛，有着特有的政治思想教育方法，他一岗多职，有时是工长，有时是党支部书记，有时是政治教导员、思想引导员、政策指导员……更多的时候他是职工们眼中的大哥、朋友和家人。职工的政治思想工作教育离不开他，职工的生活一样离不开他。

他是职工心中的能人，不仅智慧过人，而且见识超凡，难不倒也问不倒。他懂时事，职工不懂的政策都问他；他懂技术，工作中遇到难题都找他；他有热心肠，职工有困难的都爱找他；他关注职工生活，关注职工家人，关注职工的需求。年轻的职工，他牵线做“红娘”，职工突发急病，他出钱出力，爱心陪伴。遇到婚丧嫁娶，老人去世，他忙前忙后，冲在最前。

他运用“接近式”帮助性格孤僻的职工融入团队，运用“排难式”解决职工的实际困难，运用“对比式”调动情绪低落职工以更好的状态投入工作。

“老马聊吧”成立以来，马永春针对性开展谈心600多人次、家访150多人次。在“聊吧”先后接待职工360多人次、解答疑问900多个，帮助职工近千人。工友们纷纷说，老马就是懂我们的人，谈一次心，总能说到我们心坎上。和他唠唠，思想包袱没有了，心情也舒畅了。

2017年，“老马聊吧”工作室被中国铁路总公司太原局集团有限公司党委命名为党内优质品牌；

2018年，马永春被中国铁路总公司授予优秀党务工作者称号。

2021年，“老马聊吧”工作室被国铁集团党组命名为党内优质品牌。这一年，马永春被授予“全国优秀党务工作者”称号。

一名平凡而又普通的党务工作者，如何在国和家之间，在单位和职工之间，唱响如此动人的交响曲。

这些，让人想到了人间烟火气，让人想到了在日常工作和生活当中我们所忽略的普通劳动者的生活底色。于是，在经过一番搜集寻找后，我听到了一曲感人肺腑、荡气回肠的“春之歌”。

心中的“铁路蓝”

出生在铁路世家的马永春，从小就有一个“蓝色的梦”。

1980年，接过父亲手中的接力棒，他走进原太原铁路分局太原北车辆段，开始学习车工技术。

太北车辆段最早的车工不只是操作，还得懂电工、管道工、铆工、锻工等，这些工作全得懂，因为加工东西涉及方方面面。车床是工作母机，像刨床、铣床、钻床等都得学会。而且还得自己磨刀、自己改刀、自己焊刀……各种角度，用什么材料、干什么活得使什么刀具，讲究很多，面对形形色色的机床和一个个比他还高的车辆检修设备，16岁的少年犯难了，原来，“蓝色的梦”是由这些高超的技艺组成。

那段时间，马永春时常盯着一摞专业书籍发呆，满脸愁容。由于自己是接班的，文化程度低，初中毕业后，高中只上了一个月就参加工作了。很多数据、专业术语根本看不懂，那些概念和操作方法对他来说，就像爬满了蝌蚪的天书，密密麻麻，在他的心里绕来绕去。

夜幕降临，年轻的马永春走在太原的街头，刚刚踏入社会的他感到一种从未有过的迷茫和失落，脑子里反复出现的都是那些车辆设备、机床、数据单位和陌生的符号。

路边，广播里正放着20世纪80年代最流行的歌曲《二十年后再相会》。

“来不及等待，来不及沉醉，来不及沉醉。年轻的心迎着太阳，一同把那希望去追。我们和心愿、心愿再一次约会，让光阴见证，让岁月体会，我们是否无怨无悔……”

充满激情、令人振奋的歌声将他牵回现实当中，这个年轻人的心马上鲜活起来了，他也跟着广播唱了起来：“再过二十年，我们来相会。那时的山，那时的水，那时风光一定很美……”

每一朵花都有着一颗要结果的心。打那以后，马永春开始悄悄地给自己加油充电。在单位，勤学、勤问、勤记录，将心思全部用在工作上。在家中，母亲叫他吃饭时，他一边吃一边把着书看；走路时，脑子里想着书本的内容；躺在床上睡觉时，继续把着书看……

有一天，他打听到太原铁四校（现在的建设北路小学）那边有一个夜校，立即去报名，此后，他像春天的麦苗一样开始如饥似渴地吸吮着雨水，源源不断的知识装进他的大脑，学习让他充实，学习令他兴奋。白天，他在工厂的机床上里实践；夜晚，在夜校补充理论知识……

那段时间，他阅读了大量的书籍，不但有专业书籍还有红色的革命书籍，他将不懂的问题都记录下来，诚心向带他的师傅求教。

专业的书籍将他引领到车辆车工的领域，红色的书籍使他励志，让他“蓝色的梦”更加蔚蓝。能够检修车辆，为运煤货车服务，作为一名铁路车辆工人是多么骄傲的事啊！忠厚而又要强的马永春暗下决心："我是铁路职工的子弟，一定要争气，决不能给父辈抹黑。"

"但愿到那时，我们再相会。那时的春，那时的秋，那时硕果令人心醉……"《二十年后再相会》陪伴着他走过学徒的一天又一天。

操作一个机床，一次不行，再来一次，反反复复地练习，工友们下班了，马永春还在，一个问题弄不明白坚决不离开……由于表现突出，他引起了领导和工人师傅的注意："这个小马啊！真有一股子牛劲！"

是的，牛劲，就是这股牛劲和韧劲，让马永春成为他们那一批新工中接受新知识最快的车工，列车从30吨拉到了50吨、60吨，学徒的工资也从21元、23元、26元涨到了32元，一点点往起涨。三年下来，马永春就超越了同龄人，拿下车工、机床工。

随着铁路分局比武冲锋号的响起，年轻的小马带着一身技艺和青春的热度投入激烈的比赛，心里想着，成绩好就算赢吧，比武时要全力以赴。终于，他赢了，那一刻，泪流满面，是第一名。

连续三年，他在太原铁路分局保持了技术比武前三名的好成绩。

没多久，马永春向党组织递交了《入党申请书》。

时任太北修配车间党支部书记的尹荣俊和他谈心时说道："要求进步是好事，但你要记住，不仅行动上入党，更要在思想上入党，还要提升自己的工作本领。"

这一年，山西省组织的职工技能鉴定考试终于来了，考试的科目是将车床上所有能加工的东西全部集中在一个零件上，有螺纹、有偏心、有配合……四爪找正，公差配合……各种技术、各种关卡，这次考试可千万不能出错啊！

在车床前，马永春整整站了六个小时，他耐心细致地把活干完，铃声一响，完美收官。然而，走出考场后，一下放松的他突然坐在地上半天起不来。太累啦！原来，身体走出考场了，大脑还在思考着各项数据呢！

最后的成绩是工差不超过0.02毫米。0.02毫米，那是相当于一根头发丝的参数。如此可喜的成绩，让马永春自己都觉得不可思议，灿烂的笑容洋溢在小伙子的脸上，也因此，他成为太北车辆段第一位车工技师。

那一幕，成为马永春信心的标识。从此，在面对任何困难的时候，他都不抛弃、不放弃，想方设法，敢于面对，勇于创新。

时间一滑而过，1998年，由于业务娴熟，经验丰富，工作积极，马永春被任命为太北车辆段太原北修配车间机械加工班工长。

从事铁路货车检修工作，必须技艺精湛，拿上技师后，马永春手中的刀，成为他的“独门绝技”。为了保证检修任务的安全完成，马永春用心研究每一台设备，直到熟知每一台设备的秉性，发现问题决不过夜，立即处理。他所包保的设备也成为让领导满意放心的一片净土。

“来不及感慨，来不及回味，来不及回味。多彩的梦满载理想，一同向着未来放飞。我们把蓝图、蓝图再一次描绘，让时代检阅，让时光评说，我们是否问心无愧……

慢慢地，旁人认为枯燥琐碎的检修工作，对马永春来说却成为爱好，成为挑战。马永春说：“他最高兴的事就是看到一列列车在自己手中‘手到病除’，重新‘上岗’为铁路货运服务。”

2006年6月，马永春光荣加入了中国共产党，成为一名党员。

这么多年了，马永春早已熟知班组这16台设备机械的秉性，操作要领，润滑规定，自检自修范围，任何技术上、设备上的难题都难不倒他，可渐渐地，他发现任务下达了，生产质量却不高。

很快，他发现自己所面对的除了机床设备，还有21位比他大或者比他小的职工们，管理这个班组，管理这些职工，必须熟悉职工的所想、所需。

班组是社会的缩影，职工之间各类纷争、矛盾时有发生，他突然意识到，若不加以正确疏导，就会影响班组团结、侵扰安全生产，给职工本人和家庭带来烦恼。原来，当这个工长所需要的不仅仅是技术，还得有超于常人的智慧、耐心、爱心和适应形势的政治理论知识。

这时候的马永春，想到的或者只是要成为车辆段内一名合格的工长，不落伍，不掉队，带领职工圆满完成各项生产任务，为铁路货运工作提供安全的屏障。

他没有想到，在今后的日子里，他要钻研的事业和心中的蓝图扩展到职工的政治思想工作，扩展到职工的日常生活当中。他更没有想到在政治思想工作这条路上，他会走进“聊吧”，走出太原，走到北京。

聊出“疗效”

真心，能打动人，凝聚人心，就是大收获。

车辆检修大库工作环节多，货车车体在这里经过分解、检修、组装、试验后，投入电煤运输以及节日物资、春耕物资运输。各工种交叉作业，工作风险点也大，为了做好职工的思想引导，让他们集中精力工作，马永春下了不少功夫。

但刚开始经验不足，和职工们进行交流时，大家都不是很理解，甚至还有各种抵触。

工作苦点、累点都能忍受，可是，职工的抵触让他有一种莫名的失落感，每每面对这样的问题，他都会想方设法，绞尽脑汁，不但要和职工聊好，也要聊出“疗效”。

这时候的马永春，不仅担任太原北修配车间机械加工班工长，负责班组的车、刨、钻等机械加工管理，还成为机械加工班和锻工班的班组党支部书记。

马永春对职工的关注，从被考核的职工开始。

被考核的职工除了经济损失外，常常伴有“被人看不起”“考核就是跟我过不去”等负面情绪，如果不及时给予帮助教育，极易出现“破罐子破摔”的心理。

那一次，一位职工因为简化作业受到考核，情绪低落，心不在焉。马永春找他聊，人家也不理不睬。再找，听到的便是冷言冷语：“想考核你随便，我不在乎，不用过来糊弄我。”

马永春心里真不是滋味啊！可自己的职工，一定得想办法做通他的思想工作，忍一忍！等他冷静下来，下班后再去家访。谁知他家属站在门口劈头盖脸来了一句：“这人，还跑家里来了。”“啪”的一声，关上了门。这些，都在意料之中。马永春不死心，心想着“今天就非和你聊聊”！就坐在他家楼下等，这一等就是两个多小时，最后，终于感动了职工两口子。

第二天，这名职工见到老马，内疚地说，其实昨天我们两口子一直从窗户往外看，觉得又骂又撵的，确实有些过分了。马永春拍着他的肩膀说：“兄弟，没事，以后把活练好比啥都强！”

通过这件事，马永春深深地感受到，要做好职工的思想工作，仅凭一腔热情还远远不够，要懂职工、爱职工，走到职工心里才行。

职工王某生性孤傲，喜欢独来独往。一次，因工作失误受处罚后，王某更加孤立自己，很少和工友交流。

一天午饭时间，马永春端着餐盘主动坐到他的面前，一边吃饭，一边拉开了话匣子……闲聊中，得知他对解放战争的历史颇有研究，便认真请教并听他慢慢讲述。

以真诚赢得尊重，马永春从战争的话题逐渐引申到铁路的管理：“考核是为了让大家长记性，不是跟谁过不去。再说了，咱还有考核返还机制，问题三个月不重犯，罚款就会返还给你。家庭有困难，我帮你找工会，该帮忙就帮忙……”

近一个小时的聊天让这位职工觉得心里敞亮许多，他由衷地感慨道：“兄弟，你说得对，我最信得过的就是你！”

“职工想不通了找咱聊，咱光动嘴不解决实际问题，职工还能信咱吗？”马永春对党的群众路线有着深刻认知。在他看来，一人一事的思想政治工作绝不仅仅是“说得好”，更要时时处处想着群众。

关注重点人群，马永春把被考核的职工作为谈心重点对象。通过聊天和谈心走近他们，以通俗易懂、贴近人心的语言让职工打开释放压力的出口，使他们感受到领导的关心和工友的善意，鼓励他们以积极的心态投入工作和生活。

一小步一小步的收获，使马永春这个初涉职工思想政治工作的党支部书记自信起来。他像年轻时期一样，对班组管理的未来充满了憧憬，那一位位朝夕相伴的工友们，他们的快乐与烦恼，健康与不适，都是他所关注的内容，以职工的喜而喜，以职工的忧而忧。

打铁还需自身硬，提升自身专业素养是关键。他利用业余时间，阅读了《交流与沟通》《职场心理学》等书籍，又报名参加了全国成人自考，系统学习了《行政管理学》等16门课程，熟练掌握了与人相处和沟通的技巧。

用平常人的方式，演绎出一个平常人的不凡，也因此，同职工平常的交流聊天成为马永春独特的开展群众思想政治工作方式。

加油，充电，不断学习。马永春时时刻刻关注着国家主要媒体，了解国际国内形势和各行业发展，及时学习上级文件精神，不断充实自己。这样一来，和职工谈心谈话时，更加胸有成竹，更加有方向和底气了。

在太北车辆段，马永春的付出是真实和艺术并存的，这些平凡琐碎的工作，已经汇聚成一条清澈的小河，流到职工的心里。

2014年，他先后与职工谈心谈话200余次、帮教职工66人。这一年，“老马聊吧”挂牌成立。

兄弟，别怕

这一天，检修库内和往常一样机床轰鸣，人头攒动。地上的油渍在灯光的反射下也发着微光。窗外，凛冽的寒风在不停地呼啸，一阵阵凉气袭来……

一位年轻的职工站在机床前，低着头，沉默不语，巡视检查的马永春走到他跟前，拍拍他的后背，轻声地问："大刘，怎么了？"

大刘是自己班组的职工，平常爱说爱笑，性格活泼，可今天一上班马永春就觉察到他话少了，有点不对劲。趁着这会儿巡视，他走到大刘跟前。

原来，大刘收到了家中老母亲生病的消息。由于手头的活还没干完，他不知道该怎么开口请假，所以发呆。

"这么大的事，怎么不早说，老母亲的病要紧，可不能耽误，你的活儿我来顶，快回去看母亲吧……"马永春着急地催着大刘。他接过大刘手里的活自己干了起来，让他回家去照顾母亲。

第二天后半夜，电话响了，这么晚，一定有什么不好的事情发生。是大刘打来的。电话中，大刘的声音颤抖，断断续续，哭诉着说老母亲不行了。马永春显得异常镇定："我马上过去！"他一边挂着电话，一边飞速往大刘家赶。

夜黑风冷，道路崎岖不平，都顾不上了，他的兄弟正在承受着和家人生离死别的悲痛，骑着自行车的马永春拼命地蹬着车轮，快点，再快点，早一分钟是一分钟。大刘是家中的独生子，没有兄弟姐妹，这个时候该有多无助啊！

等他到的时候，老人已经走了，大刘流着泪，慌乱地不知所措，按照当地的风俗，要给老人沐浴更衣。年轻的大刘和媳妇沉浸在悲伤中，哪能想到这些呢！望着眼前悲悲戚戚的一家人，马永春不等大刘说话，含着眼泪自己先动手忙了起来……

经过一番忙碌之后，终于安顿好了老人，这时候的大刘情绪稍有缓解，他趴在马永春的肩上，还在不停地抽泣。马永春抱着他说："兄弟别怕，有我在呢！"等帮着大刘料理完后事，大刘不再叫他马师傅了，一口一个"马哥"地叫，而且，工作积极性也高了。

这些年，不知道多少次接到过工友的电话，给老人沐浴更衣的事也不计其数。有一次，他还曾冒着大雨到石家庄帮助工友料理老人后事。

"办这些事的时候你怕不怕？"

“把老人当亲人，就不会感到害怕！”马永春说。

聊的艺术

一个冬日的早晨，马永春和往常一样走进更衣室。

“老马，现在吐口痰就罚好几百元，这也太过分了！”一旁还有工友附和说：“这是要在咱们身上创收吗？”

“靠罚款创收我觉得不靠谱！你想啊，要真想罚款创收就不定这么高了，定这么高的目的就是为了警示和约束大家改掉恶习……”马永春边换工作服边跟工友们聊。

“知道新加坡为啥被称为花园城市吗？听说过全国文明城市张家港吗？那都是由严惩随地吐痰开始的，这叫负激励管理。咱段现在也建成了花园式厂区，环境好了，人的素质也得跟上。随地吐痰是顽症，得用猛药……”

朴素直白、入情入理的聊天就在这平平淡淡中开始了，老马从来不跟职工们怼着讲话，从他口中说出来的都是真诚、踏实、接地气的语言，这让许多职工有什么话都愿意跟马永春念叨。有些职工的负面情绪，在不经意间就会被化解了。

“班组党支部书记只有跟职工打成一片，才能把一人一事的思想政治工作做到位，高高在上、拒人千里，不会用群众的语言跟群众交流，工作肯定开展不下去。”马永春说。

今天，自己被推举为“老马聊吧”带头人，就一定要聊出成绩，聊出效果。

他针对职工不同性格特点，运用“细心察、耐心聊、开心解、热心帮”“四心”工作法，与职工进行“聊天式、拉家常”的谈心。

同时，利用班前会、点名会、完工分析会，在不同场合，针对不同的人群，马永春都把聊当作一种艺术，收放自如，方式独特，语言通俗。

马永春十分重视两班20多名职工的思想状态，他认为，职工每天与机床打交道，如果带着思想情绪干活，特别容易出事。每当职工有思想波动，他总要找对方聊聊，看看问题出在哪儿，帮助大家化解矛盾、释放压力。

马永春正是在这一点上发挥着自己作为班组党支部书记不可替代的作用，把党的群众路线化作具体行动，用群众最容易接受的方式、最为熟悉的语言，主动、灵活地开展群众工作。

一般情况下，两人发生矛盾要分开谈心。两人搁一起，谈心就变成判案了，容易激化矛盾。马永春认为，有些时候容易好心办坏事，对好的一面给予肯定才能理顺职工情绪，要让职工从内心认可，就必须将大道理转化成常情常理。

一天上午，一位工长和他管理的职工梗着脖子来找老马“评评理”。

原来，这位职工为提高作业效率，就擅自用自己认为“既能保证质量又能提高效率”的程序作业。其实，他用的是传统的老套路老方法，凭经验干活。

工长发现后让他改回去，严格按照作业指导书作业。职工却认为指导书也有不科学的地方，这跟过去有什么不一样，两人谁也说服不了谁。

“瞧你俩的暴怒指数，接上风缸都能顶动鞲鞴了。”马永春打趣道。

他先缓解紧张气氛，再让两个人分别谈自己的理由。听完，他对工长说：“你的这位伙计不赖，总想着优化工艺、提高效率，是个搞技改的好苗子！”

然后，他转向职工说：“伙计，作业指导书是啥？那是标准，是咱们干活的铁律。都像你这样觉着不合适就改，那成啥了？再说，工长说你是为你好，你还不领情。你未经允许改变作业流程就是违规，万一出事你得负责任啊！”

经过马永春的调解，两个人相视一笑，对按标作业、改进工艺等问题达成共识，满意离去。

平日里，马永春除了掌握各项规定、要求外，还不断学习了解国家经济形势、行业发展趋势等内容。他从《新闻联播》和“学习强国”平台上学习中央精神、国家政策；从科普刊物、历史书籍中了解养生保健、民俗故事。哪些是权威解读、哪些是自己的看法和见解，他都跟职工们讲清楚来源出处。

“都说铁路是个大熔炉，思想政治教育就是那团跳动最旺的火焰。”马永春说，他做过一项调查，大多数职工对班组长的依赖和期许，都是在日常工作中培养起来的。当问到对自己的生活和工作影响最大的人是谁？大部分都会回答是工长、支部书记。

实践证明，对职工影响最深的就是带领职工干工作的人，面对新的事物，一定要找准正确的政治思想教育方法，只有教育方式的不断创新，摸准职工脉搏才能下准药，出“聊”效。

在马永春心里，新时代的铁路职工不再是被动接受、被动服从的角色，而是政治思想工作的参与者、经历者和体验者，要让他们对忙碌枯燥的检修工作不反感，就要在多年形成的“单项灌输”关系上，尝试创建“多项交流”的亲密关系。

一个小小的党支部，一头连着职工，一头连着集体。

如何突破现有的认知界限，提升职工思想境界，马永春在不断地思考。

将心比心，以心换心

“化解职工心结、理顺职工情绪、确保生产安全与企业和谐。”坐在“老马聊吧”的书桌前，马永春望着窗外发出嫩芽的绿植，心中的念头也如这个春天般萌动起来。

“老马聊吧”挂牌两年多了，这期间遇到了形形色色的职工，马永春天天面对不同的人，不同的思想，心中时刻想的都是职工。

这种关注，就像北方的气候一样，从雪花飘飘的寒冬迎来了春暖花开的季节，马永春说：“想要缩短与职工的距离，必须一次次地尝试、挑战，对症下药，才能起到春风化雨的效果。”

别出心裁，他想到了情绪包，将“高兴”“平静”“烦恼”三种情绪包贴到班组的揭示板上，马永春利用班前会挂出思想动态“揭示板”。组织职工从“高兴”“平静”“烦恼”三种情绪包中选择一种。职工们对这种做法既感到新奇又积极配合。而马永春在会上，则是一本正经地了解职工思想状态，他通过察言观色查找重点人员，在班后亲自访谈重点人员。

渐渐地，“揭示板”成为职工心情的晴雨表，也成了马永春掌握职工思想动态的第一手资料库。

年初以来，马永春所在车间的支部委员和党员骨干包保重点人员50余人次，及时发现和解决多个生产问题，大幅降低了检修故障率。

班中盯控提示。老马组织当班的支部委员和党员骨干对责任区内的重点人员“一对一”包保，实时关注其作业状态。

起初，“老马聊吧”的谈心对象有五类，即发生漏检漏修而有情绪的受考核职工，上访、信访重点人员，岗位调整职工，异地通勤职工，生活困难职工。如今，谈心对象扩展到各类职工，老马越管越宽。

马永春干修配车间机械加工班工长也有十几年了，工友的兴趣爱好是什么、工作上有何想法、爱人在哪儿工作、孩子上几年级、父母的身体状况怎样，马永春对每名工友的家庭情况了如指掌，他的脑海中已经构建起职工思想动态立体档案。

有工友取笑说：“老马，瞧你那认真样儿，还真把政治思想工作当回事儿？”马永春“嘿嘿”一笑：“兄弟，您就瞧好吧！”

令工友惊讶的是，他不但没把那句话放在心里，还开始注重学习开展班组思想政治工作的方法和技巧。

说什么开场白、用什么手势、坐什么位置……都精心设计，有时候还一个人自言自语，演示，反复演示。

能用五分钟解决的问题他不会拖延到六分钟，他抓紧每分每秒，同职工谈心、聊天、拉家常，通过一次次的磨合，总能让对面的职工敞开心扉向他讲述自己的内心。

一天，马永春在点名时发现青年职工小宋情绪低落。原来，小宋的父亲突发疾病住院了，妻子出差在外，工作任务多，抽不出身接送孩子，孩子自己去学校又不放心，所以着急苦恼。

马永春对小宋舍小家为大家的精神给予肯定，立即安排党员骨干分担小宋承担的部分任务，解了其燃眉之急。

“我刚分到咱班组不久，和您聊天，却感觉我们认识了好久，您的年龄像我的父亲，但给我的感觉更像朋友。”小宋说。

一种信仰，一生追随。班组的20多名职工，马永春一个个地揣摩，一个个地关注，他始终站在一名支部书记的高度关心职工，温暖职工，让职工心情放松地工作。

他坚持在班后走访工作状态欠佳、故障多发等重点人员，做好疏导工作，帮助解决困难。可是，渐渐地，他发现个别老职工存在资历老、脾气倔、思想问题多、情绪化、疏导难度大的问题。

刚调过来的老温，有一次对班组安排存在分歧，二话不说，留下假条就回公寓了。

得知情况后，马永春就去找他，等他到了，糟糕，“铁将军”把门。头一回就吃了个“闭门羹”。

没关系，再去找，还是不开门。这次，他找管理员打开门，见老温在床上躺着，马永春微笑着和他打招呼，却不理睬，然后，马永春故意大声说：“班组人手少不知道吗？这么做，伙计们会怎样看你”。可是，老温躺在床上依旧不理不睬。

中午时分，马永春到食堂门口去“堵”他，结果，被一手推开了。咬咬牙，继续“堵”，用语言狠狠地激老温：“不好好干活，就挣不下钱，你有家有孩儿，还有责任心吗？”

听到马永春说的这句话，老温丧气地坐到了对面，还是不说话。马永春也不说话了，静静地等着他把饭吃完，然后一起相跟着去车间。

下班后，老温找了过来，愤愤地说："工长和我作对，欺负我……"马永春耐心地听他把心里话讲完，然后像兄弟一样倾心交流，看着他的神色慢慢缓和，他知道这名老职工的思想已经扭转了。他们一起相跟着回家，一路上有说有笑。

从此，老温像换了一个人，学习劲头足了，工作积极努力，还多次受到车间表扬。

"聊吧"的思想工作方式，逐渐让职工感受到他们的心里话有人听，困难有人管，马永春逐渐总结出了"六型"工作法和"谈心十法"。但是，仅仅讲道理远远不够。要切实了解职工的急难愁盼，真心实意为他们办实事，才能得到信任和支持。

"说得好不如做得好，这样工友们才会跟你掏心窝子。"马永春说，只有真正解除职工的后顾之忧，才会取得预期的"聊"效。

于是，马永春牵头组织党员骨干成立了"爱心服务队"，为婚丧嫁娶、生病住院、生活困难的职工提供帮助。谁家要办红白喜事了，都想让他去当"总管"；搞不懂医保流程、社保规则，也想让他给说道说道；就连做红烧肉，也想找老马讨个秘制方子。

太原北车辆段党委书记严斌说："马永春的思想政治工作效果好，是因为职工从内心认同他，觉得老马是跟群众坐在一条板凳上。"

欢乐在"老马聊吧"内外流淌，职工们的笑脸如夏花般绽放，作为一个工作在基层的党务工作者，马永春和他的"聊吧"在几年内让大家都真切得到了帮助。

这与上级党组织的支持密不可分，在职工满意和上级党组织的推动下，兄弟车间也组建了"阳光心灵氧吧""搭把手帮扶热线"等十个"老马聊吧"式工作室，"聊吧"式思想工作法形成了矩阵效应。

这一年，马永春邀请职工谈心73人次，开展思想动态分析12次，有力促进了职工队伍思想稳定。2016年8月24日《人民铁道》头版头条报道了"老马聊吧”。2017年，“老马聊吧”被评为集团公司党内优质品牌。

这里，职工的心里话有人聆听、困难有人关注、建议有人采纳……动人的故事还在续写，马永春打算继续将职工政治思想工作做下去，唱响基层党支部的“春之歌”。

没有血缘的爱

“老马，这事咋办呀？”今年1月的一天，职工老王向老马求援。

原来，老王长期和妻子闹冷战。“老婆为你生儿育女，你小子不给老婆交钱，这哪是人干的事！”马永春先把老王骂了一顿。下班后，他借口路过去老王家串门。

“听说你最近干得不错，领导还表扬你了。”老马用话语引起老王妻子的注意，“嫂子，娃娃要结婚了吧？这家是不是得装修一下？”

和老王妻子搭上话后，老马又借故去了三次老王家。他让老王把工资卡交给妻子，还让其给妻子做饭。“她吃不吃你都得做，总会感动她的。”

就这样，老王多次和马永春聊后，一点点挽回了妻子的心。夫妻和好了，孩子也结婚了。

从那以后，马永春将自己的手机号公示在车间宣传栏，准备随时帮助职工解决实际问题。

职工家里的事情千奇百怪，有些听起来让人啼笑皆非，可是，老马不分大小，对待职工的诉求一视同仁。

“你给我媳妇打个电话解释一下吧，她说只信你。”一位职工找到马永春说，“我近期加班多、回家晚，到家就想睡觉，跟她说她就是不信。”

与职工家属通话后，马永春觉得该职工的妻子生气并非完全没有道理。

原来，这位职工加班后就和工友在外面吃饭，很晚才回家。他先劝这位职工要理解妻子的关心：“天天不见你回家吃饭，回去倒头就睡，搁谁都得问个究竟。”

下班后，马永春来到该职工家里，向家属讲明原因。该职工的妻子说：“还是老马的话中听！”

马永春对谈心有着自己的理解，谈心不是说教，别想着证明自己比职工高明，尊重是交流的基础。老马笑了，职工一家人也笑了。

一位职工曾经不合群，跟谁都“顶”。马永春趁着休班去家访。这位职工的爱人问：“是不是我家那口子又惹事了？”马永春摆手道：“没有没有，我哥俩是朋友，没事过来看看！”简单的对话让这位职工感觉很有面子。

没多久，这位职工找到老马说要给女儿办婚事。马永春和党员服务队从婚礼前期筹划就开始忙活，把婚礼办得风风光光。从那以后，这位职工的工作状态和精神面貌大为改观。

职工们遇到问题手足无措时，总能想起老马，无论是半夜还是凌晨，都会拨打老马的电话。

2020年冬的一个深夜，老马接到职工老郭家暖气漏水严重的电话。

他冒着零下20℃的严寒，跳进两米多深的管道井中，管钳飞舞，关闭水阀，一个人楼上楼下跑来跑去，换管子、装阀门、打压、试验……直到暖气运行正常，老郭激动得不知说什么才好，他端着一杯茶水，不停地说：“书记真好，书记真好！”

职工小周被查出胰腺瘤，住进山西省人民医院。马永春瞧在眼里，急在心上，守在小周床前，看望招呼。

他了解小周的家庭困难，爱人没有工作，而姑娘又患上了脑瘤。帮，必须帮，他千方百计，想方设法帮助这家人。他找段上，动员党员职工爱心捐款，总共筹集捐款17000多元。小周的爱人感激地要给他下跪，马永春扶住她，一边鼓励一边安慰：“弟妹，要坚强，一切都会过去……”掉转身，继续帮忙去。

“有事找老马”已经成为职工的“口头禅”，因为这个“不怕麻烦的热心人”身上有共产党员的炽热情怀，时时处处想着群众。

2021年5月的一天，烈日炎炎。一位职工说自己家的空调坏了，想请设备车间的工友帮忙看看，可是几天过去了，人家也没来。

马永春知道后，带着两名党员职工帮他修好了空调。这位职工握着老马的手，一个劲儿地说：“我孩子就要高考了，多亏了您帮忙，谢谢马书记，太谢谢啦……”

闪亮的品牌

“咱们这堂党课讲的是什么？”

“山西铁路革命史。”

“具体讲的是哪条铁路线上的革命史？”

“南同蒲、正太线……哦，是战火燃烧的白晋铁路。”

每当想起同青年党员的对话，马永春就有一种被年龄约束的紧迫感，千篇一律的形式和内容让职工有点提不起劲。一方面是怀着新奇的心理听课，被英雄的事迹鼓舞着；一方面是带着参与的心理听课，左耳朵进右耳朵出。

回到“聊吧”，望着窗外郁郁葱葱的绿植，时值初春，他心想：“党史教育，不能如海市蜃楼。”必须将“三会一课”多样化，突出重点，以引领职工思想为主线，与时俱进，将传统的教育和互联网融合，才能跨越时代的洪流，切实起到职工思想积极上进的效果。

一次偶然的机会，马永春组织党支部的七名党员，结合不同阶段的形势任务，同山西铁路革命史的内容新旧结合，加以引导的同时，及时了解掌握职工关注的工资收入、职称评聘、社保医保等方面的焦点问题，与党员面对面、键对键进行答疑释惑。

从历史事件讲到铁路改革，从时代背景讲到铁路发展成就，从安全生产讲到社会主义制度的优越性……

这不但让年轻的党员了解了过去，也更加珍惜今天来之不易的幸福生活。为今后精准做好“一人一事”思想政治工作打响了冲锋号。

后来，“老马聊吧”不只有马永春一个人，车间党总支书记和另外两名党支部书记也加入进来。他们将事后劝解前移至事前防范，工作内容也由帮助职工化解矛盾、释放压力，扩展到为职工宣传政治时事以及帮职工处理杂事琐事。

感觉不到被教育，有时是最好的教育。

疫情的反复，让职工们的思想有了细微波动。

“感觉灾难就摆在眼前，众志成城防控疫情是每名党员义不容辞的责任和义务。”马永春说。

受疫情影响，车间生产任务减少，职工收入有所降低。对此，有个别职工不理解发牢骚。马永春做职工思想工作的方法，就像武功秘籍一样打出各种招式。

“接近式”：在食堂，坐下来和职工在用餐的过程中聊天。

“换位式”：国家和家庭一样，也有遇到沟坎的时候，这种情况是暂时的。再说了，“吃干喝尽”谁能相信，克服一下还是可以的。

“猛醒式”：如果把不良情绪带到工作中，出点啥事可就麻烦了，老婆还得管你，家庭不受影响才怪！

马永春说起话来抑扬顿挫，舒张有致，看起来大大咧咧，就像写文章一样，实际上包含着很多技巧。就这样，他用群众能够接受的语言来做职工思想政治工作，也因此，逐渐拉近和职工的距离。

一次，一位前来加工配件的职工抱怨说：“这些活儿原来不归我们。”马永春接过话：“原来的清洁工辞了，这点活儿咱不愿干，就该雇人干了。”

马永春知道，道理其实大伙都知道，自己只是换了个表达方式，帮大伙捋了捋。

都说马永春可会说了，但他却说，安静地听对方述说有时比会说更有效。

“许多时候，职工并非不明事理，他就是想找人说说话，发泄一下心中的不满，倒倒自己内心的委屈。”马永春坦诚地说。

职工康某在工作时发生作业漏检，车间调整了他的工作岗位。性格倔强的他感觉这是对自己几十年工作的否定，一直闷闷不乐。为做通这位老职工的思想工作，马永春曾经五次登门家访。

到家里后，马永春没有直奔主题，而是抱着去看望老朋友的心态和他聊天，坐在一起，望着自己的支部书记，康某内心的委屈喷涌而出，他一件件倾诉着自己的难过，把自己工作几十年的感受和盘托出。

马永春静静地听着，安慰着老康，等他的心情平静下来，便从这位老职工身体健康的角度切入，通过聊天，渐渐地让康某认识到，岗位调整并非完全是工作失误的惩戒，更包含单位对其健康状况及劳动强度等因素的综合考量。

这以后，康某理解了车间的安排，重新找回自信，对待工作更加认真负责了。

他的工长对老马说：“现在，这位老哥总是拽着我检验他的产品，这种劲头年轻人都比不了呢！”

“老马是一个知冷知热、最懂职工的人。”班组的职工都这么说，他们的心里话都愿意跟马永春讲。而马永春，听大家说话、帮大家解难，已经不只是职责所在，更是发自内心的关爱。

铁路车辆维修工作事关国家财产和运输安全，责任重大。职工如果情绪不稳定，容易引发事故。作为身处基层的党支部书记，马永春深深懂得这个道理，他坚持每天收听新闻，吃透党的政策，再用通俗的语言加以诠释。

许多人只信他，因为马永春会把大道理转化成人之常情、事之常理。他始终遵循“尊重、平等是交流基础”的理念，让人感觉踏实可信。

马永春不止政治思想工作做得好，写文章、报道、摄影、做小视频也样样皆通。作为党支部书记，在他的笔下写出的《车辆段里的“美容师”》《曼妙口琴声最抚工友心》被《山西工人报》刊登；《检修库里的“飞行员”》《复兴号让我插上腾飞的翅膀》《钢丝面换成了营养餐》等摄影作品和人物通讯被《人民铁道》《太原铁道报》刊登。他还给央视提供文字素材“检修库里的快递小哥”等等，许许多多的车辆段人物故事被各种公众号刊发，他宣传默默无闻工作在一线的职工，传播正能量，职工的觉悟上来了，工作就干得更有劲了。

“当好职工群众的贴心人”是班组党支部书记的重要职责之一。做好思想政治工作，成为职工群众的贴心人，看似简单实则不易的工作，马永春用真心、热心、耐心以及助人、感人、化人的工作理念，和职工群众打成一片，统筹一盘棋，奏响了党群同心的交响曲。

一个人只能走一段，一群人才能走更远。

为了延伸“老马聊吧”品牌效应，健全职工服务网络，在党组织支持下，马永春将多年总结出的谈心工作法，分享给20名年轻职工，共同搭建了“老马服务热线”微信平台。同时，帮助10个车间建立“老马聊吧”分吧，孵化出“玉梅导航”“搭把手”“老程微课堂”等党内品牌，将党组织的温暖和关怀传递给每名职工。

“老马聊吧”是一片红色的沃土，深藏着中国共产党人无私奉献的红色精神，群众需要这样的沃土，需要这样的班组党支部书记。

“老马聊吧”是马永春打造出的红色品牌和群众资源，曾经被人认为“无趣”“乏味”的“聊天”真正接上了地气，“老马聊吧”已经成为铁路职工交流的新时尚。

巧克力的力量

春暖花开，一切都在悄然改变。

伴随着“老马聊吧”的发展壮大，马永春做好职工思想政治工作的布局也越来越大。

2021年，党中央在全党开展党史学习教育，要求切实为群众办实事、解难题。

“老马聊吧”作为全路党内优质品牌，拉出了12项清单，涉及通勤、住房、婚姻、疾病等内容。

在青工座谈会上，马永春了解到年轻人的困惑和诉求，组织成立了“红娘驿站”，积极联络青工与外单位青年进行联谊。

新工，在马永春的心中就像儿子一样，这些孩子们大部分从农村来，沈阳、哈尔滨、山东、河北、河南的都有，举目无亲，人生地不熟，家长对铁路不了解，怎么办？介绍对象讲究知根知底，聊聊孩子们的想法、家庭情况、爱好兴趣……都想找正式工作的，没文化也必须有技术。

知道了年轻人的心思，马永春把这些信息认认真真做成表格，建立“大学生合作群”，年轻人的思想观念、价值取向、行为方式和兴趣都不一样，他接近他们，挖掘他们的内心，既要为铁路的新鲜血液加油鼓劲，同时，也劝导这些年轻人不要心高气傲，现实和理想的差距很大，脚踏实地地干好工作，一切都会顺势而来。

他发动自身的资源，家人、同学、朋友、同事们全部行动起来了，发照片、发简历、兴趣爱好……一一对号入座。一个微信发过去，开始牵线搭桥。

有时候地方的年轻人找来了，职工的子女也找来了，马永春忙得不亦乐乎，用职工的话说：“地方上的婚姻介绍机构是收钱，老马是自愿的，办好事呢，全部免费。”

他唯一的要求就是：“娃，信得过我，就当我家小子吧！”嘿嘿一笑，亲密无间。如今，已成功为11名青工牵线搭桥。

这也只是开始，好人做到底，帮忙帮到底，帮年轻人找下了对象，最基础的就是得有住房，为此，他几乎跑遍了太原所有的楼市，为家在外地的青工提供买房攻略和贷款咨询。目前，已帮助九人安家太原，青工都亲切地说老马是“娘家人”。

有一位青年职工，没有父母，只有一个哥哥，对象是老马给张罗的，房子在漪汾街幼儿园旁，到了结婚办事的时候都是老马出面，从订婚、说彩礼、到仪式、饭店……整场婚礼办得体体面面，亲家激动地不停给他敬酒：“马哥，孩子们的事，全凭您了！”

望着一对幸福的年轻人，那一刻，马永春既欣慰又满足。

多年来，马永春忙碌在“聊吧”的事情上，几乎没有休息过一个完整的假日，对家里的亏欠无法言表。

有一次，他正在一名职工家里忙着改下水道，突然收到妻子的微信：“请‘吧主’回来，我们家有困难！”

看到这条微信，他一阵酸楚。这次，再晚也得赶回家陪陪妻子。

忙完手头的事，他买了一盒妻子最爱吃的巧克力。推开家门，看到满满一桌的饭菜和妻子的笑脸，原来这天是自己的生日，整天忙得把自己的生日都忘记了，说不出的感动和感恩涌上心头。

几十年相濡以沫，最能理解、默默支持他的还是妻子啊！

帮他把儿子管大，还得照顾年迈的老母亲，望着双鬓渐白的妻子，太多的往事涌上心头。

那时候，他忙于班组的工作，顾不上管孩子。妻子也要上班，她每天把做好的饭放在保温桶里，孩子回家后自己吃饭，吃完饭自己去学校。在念五年级的时候，有一次过马路，孩子被一辆自行车撞倒，腿都被撞破了，鲜血不停地往外流，妻子知道后，带着儿子去医院包扎、消毒，然后继续把孩子送到学校，担心影响他的工作，整个事情都没告诉他。如今，孩子的腿上仍然留有当时被撞伤的疤痕，这件事一想起来，马永春的心就会痛，当年，如果是自己送孩子去学校，就不会发生那样的事了吧！

还有一次，孩子扁桃体发炎，半夜发烧，一样，妻子自己扛，骑上自行车带着孩子去医院打针、输液。不告诉他，怕他工作时分心……外表柔弱的女人，是马永春身后坚强的后盾，他帮助了一家又一家人，在自己的家人需要时，却不在身边。她没有埋怨，没有唠叨，“你忙你的，家里有我呢”……

巧克力，是妻子最爱吃的，而印象中，自己也没有买过几次。

不怪他，他在忙重要的事，职工的思想稳定了，老马的脸上才有笑容。妻子喜欢看到挂着笑容的老马。

这顿饭，马永春吃得特别香，都是他最爱吃的菜，为了凸显仪式感，妻子还特意准备了红酒。自己58岁了，儿子大学毕业后，到了苏州工作，不用父母再操心，而家中，有知冷知热的妻子时刻牵挂着他。端起酒杯，温暖和幸福溢满心间。

离退休还有两年了，可是，他觉得自己还很年轻，老马说：“在铁路工作，总会有退休的那一天。但我是一名党员，永远也不会退休！”他离不开朝夕相处的职工们，离不开“老马聊吧”这块红色的土地。

《说句心里话》是他最爱唱的歌。老两口碰杯的时候，他又想高歌一曲了：“说句心里话，我也不傻，我懂得从军的路上风吹雨打。说句实在话，我也有情，人间的（那个）烟火把我养大……”

妻子也跟着唱了起来：“来来来，话虽这样说，来来来，有国才有家，你不站岗我不站岗，谁保卫咱祖国谁来保卫家，谁来保卫家……”

巧克力，含到嘴里就化了；吃了巧克力，却又有无穷的力量。

发表于《中国铁路文艺》2023年第9期

后记 HOUJI

远方，灯火闪烁

这是我独立创作的第一本书，拿在手中，却是如此平静！

平静！是因为我知道这一天终归会来，就像相处多年的年轻男女终归会收获到爱情一样。

三年前，我就主笔写过一本书，也陆陆续续参与编写过三部书，但没有一本署名是自己的书。这期间，也有文友关心地问道：“宝爱，多会儿可以收到你的书？”一般这个时候，我都会微笑着告诉他：“等等，再等等……”

终于等到这一天，我有了自己的书！

有时候，拥有新的幸福就会失去现有的。好比女儿长大了就要出嫁，离开自己的娘家，到一个除了爱人之外完全陌生的地方生活。我也一样，这本书诞生了，而我的职场生涯也将结束，离开工作、生活了几十年的铁路，离开朝夕相伴的同事们。

写着，写着，真感觉舍不得呢！

铁路，是培养我的故乡，是孕育我文学生命的土地。我动笔，写的都是铁路人。他们，都是我的家人，都是我的兄弟姐妹。也因此，不管是在平凡的岗位还是在文学创作的道路上，我的视角和思维，总是无法跳出这浓浓的铁路情结。太多年了，我不断去寻找、去发现、去塑造、去书写我的家人们。他们，就是一群普普通通的铁路工人，他们最大的付出是在铁路改革的道路上砥砺奋进，坚定前行。他们最大的收获是保障铁路运输和生产设备的健康使用。他们最大的幸福就是守护国家铁路大动脉的安全畅通。

当我走遍集团公司的各个站段，真真实实面对他们的时候，他们口中那一句句朴实的语言，笨拙的举动，在我看来，都是铁路人特有的责任和担当。而我，往往会被这些担当所感动，并且有一种越来越炽热的情感升腾，那是一种热爱，对铁路人最深沉的爱，我的内心，已经不单单是文学创作的热情，而是要把他们的故事用心写出来，呈现给读者。那是一种神圣感，更加是一种使命感。

我不止一遍地走近他们，倾听他们的心跳，捕捉他们的心声。

那深藏在心灵深处的创作欲望啊，仿佛山洪一样澎湃激荡！经常，我会坐在那里，安静地聆听他们的讲述；经常，电话、微信、视频、语音忙得不亦乐乎……有时，在货场、站台、候车室、列车上交谈；有时，也会相约某处，散着步，聊着天，谈着生活……走到哪里我便写到哪里，感动到哪里。经常写着，写着，我会泪流满面；写着，写着，也会欣喜若狂。曾经，我认为自己很努力，而我所遇到的、看到的却是比自己更努力、更热爱铁路工作的兄弟姐妹们。所以，我写他们，并奢望着让读者了解并认识他们。

从未想过，自己会成为作家，也从未忘记过自己是铁路人的身份。

铁路牵系着我们的生活，我们的生活也离不开铁路。如今，是高铁飞速发展的时代，铁路出行永远是人们的首选。之后，在铁路的工作场所里或者不会再看到我。然而，于我而言，家就是铁路，不管走到哪里，乘坐高铁也好，乘坐普铁也好……走到哪里也离不开自己的家，离不开守护着万家灯火的兄弟姐妹们，他们，奋斗在不同的岗位上，是列车员、客运员、货运员、列车司机等等。

也因此，不管是旅行、采风，还是探亲访友，不管是出差、谈生意，还是异地的同学、战友们聚会，每每出门，总会遇到身穿藏青蓝制服、气定神闲指挥列车或者是笑容满面在车厢里热情服务的铁路人。无论是在铁路运输一线还是负责后勤保障的他们，都会有一张阳光的面孔，都会带给正在出门或旅行的您温暖的旅程和灿烂的笑容。

这样的场景，会不断不断地在生活中呈现；这样的场景，不止与出门远行的你有关，也与灯火和温暖有关。

很多年了，我一直在用情用心地书写他们，谈不上深刻，但一定真诚。我知道，自己笨拙的文字根本驾驭不了那山、那河、那宏伟博大的站区以及长长的钢轨和铁道线，但我内心的敬畏却与日俱增。这种敬畏来自培养我的铁路以及耐心接受我采访并倾心交流的兄弟姐妹们……

本书出版之后，其中一些人物或者已经退休，或者调整到其他岗位，但是，曾经默默无闻的奉献和付出不能被淹没，他们留在铁路的温暖和成绩是永恒的。如果有机会，我多想大声地告诉每一位读者："看吧，这就是铁路人，这就是在祖国大动脉上流动的热血，他们，都是最可爱的人……"

书中所有奋战在铁路一线的职工，很平凡，但他们的故事和经历却不凡，正是因为有这些不凡，才让我们一次次去享受美好的生活，享受人间的温暖和爱。不想说太多，最希望的是读者能看到书中每位人物的故事，将我们平凡铁路人身上所发生的故事写出来并面世，这才是我最想要的。

如今，这本书面世了，您可以打开它，感受一下铁路人的生活，认识一下工作中以及生活中的他们。

前路迢迢，作为一名用心在文字中行走的人，我所寻找的铁路人的故事，不仅仅是这一本书中的人物，如果有机会，我还会写出第二、第三本，甚至更多关于铁路和灯火的书。也许，很多年以后，人们早已忘记了我是谁，但是，只要能够记住这本关于灯火的书，能够记住书中的人物：薛胜利、盖圣巍、呼长宝、马永春、李杰、刘芳军、叶子、霍宸浩、王勇……记住他们对祖国、对人民、对铁路职业的忠诚，那么，请接受我最真诚的谢意，懂了他们，便是我的初衷。

引用诗人艾青的一句话："为什么我的眼里常含泪水，因为我对这土地爱得深沉。"铁路，是培养我的土地，是永远的家和故乡。相信，故乡、家、铁路的温暖将会带给您不一样的惊喜和感动。

这本书，也是我在同自己深爱的铁路和家人们最后的告白，除了长长的文字，或者还会有发布会，还会有读书分享，还会有很多喜欢我的读者朋友们……还会有等着欢送我的鲜花和掌声。然而，这一切，对即将离开职场走向另外一种生活的我来说，都不重要了。

一路走来，得到的帮助太多太多，感谢中国铁路作家协会给予的积极支持，感谢集团公司、集团公司党委和太原房建公寓段的培养，感谢集团公司党委宣传部（企业文化部）的指导，感谢集团公司文联及文学协会的大力支持与帮助，更加感谢集团公司文联文学协会主席林小静、集团公司宣传部宣教理论科畅永嘉、山西省晋中市作家协会主席杨丕梁的专业指导帮助，感谢接受我采访的每位人物以及各单位党委，还有许许多多文友、同事们的理解信任，谢谢所有的鼓励、支持和帮助。

如果没有你们的助力，怎么能有宝爱笔下流淌出的暖流和能够温暖万家灯火的故事?

离开了铁路，离开了故乡。但是，心心念念的还是这里，还是惦记坚守在各岗位的兄弟姐妹们，我会把他们的故事珍藏在记忆，珍藏在万家灯火里。

准备启程了，去寻找我人生中文学的栖息地。不同的旅程，相同的热爱。

身旁，一路书香。

远方，灯火闪烁。

贾宝爱

二〇二三年九月写于太原

图书在版编目（CIP）数据

心系万家灯火 / 贾宝爱著. —太原：山西经济出版社，2024.1

ISBN 978-7-5577-1035-4

Ⅰ. ①心… Ⅱ. ①贾… Ⅲ. ①报告文学—中国—当代 Ⅳ. ①I25

中国国家版本馆CIP数据核字（2023）第198519号

心系万家灯火

著　　者：	贾宝爱
出 版 人：	张宝东
责任编辑：	郭正卿
装帧设计：	华胜文化
出 版 者：	山西出版传媒集团 · 山西经济出版社
地　　址：	太原市建设南路21号
邮　　编：	030012
电　　话：	0351—4922133（市场部）
	0351—4922085（总编室）
E-mail：	scb@sxjjcb.com（市场部）
	zbs@sxjjcb.com（总编室）
经 销 者：	山西出版传媒集团 · 山西经济出版社
承 印 者：	山西尚美印刷科技有限公司
开　　本：	787mm × 1092mm　1/16
印　　张：	23.25
字　　数：	320 千字
版　　次：	2024 年 1 月　第 1 版
印　　次：	2024 年 1 月　第 1 次印刷
书　　号：	ISBN 978-7-5577-1035-4
定　　价：	79.00 元